Nena Muck

For that *Moment*

Rain sounds like Applause

Roman

tredition®

© 2020 Nena Muck

Verlag & Druck: tredition GmbH, Halenreie 40-44, 22359 Hamburg

Buchcoverdesign: Sarah Buhr / unter Verwendung von Bildmaterial von popovartem.com / Shutterstock

ISBN

Paperback: 978-3-347-01474-9

e-Book: 978-3-347-01475-6

Für all die Emmis dieser Welt,

die es verdient haben, dass jemand ihre Geschichte erzählt.

Playlist

Billie Eilish - I love you

Kodaline - All I want

Rihanna (without Eminem) - love the way you lie

Guns n'Roses - November Rain

Gabrielle Aplin - Salvation

Travis - Love will come through

James Arthur - Naked

Lewis Capaldi - Bruises

Coldplay - Fix you

Sanders Bohlke - The Weight of us

Corinne Bailey Rae - The Scientist

Band of Horses - The Funeral

Sam Smith - Fire to Fire

Lewis Capaldi - Before you go

Iron & Wine - Flightless Bird

Ryan Adams - Wonderwall

The Killers - Mr. Brightside

Ron Pope - a drop in the Ocean

Meredith Brooks - Im a Bitch

Andrew Belle - Make it without you

Kodaline - High Hopes

Puddle of Mudd - Away from me

Die Welt bricht jeden von uns.

Es trifft die Guten,

die Sanften,

die Tapferen
und die, die sie nicht bricht,

tötet sie.

\- *Hemingway*

Prolog

Vince

Der Wind weht durch die Schlitze der kaputten Fenster und macht dabei ganz komische Geräusche. Er pfeift … und es wird kalt. In diesem Raum ist es immer kalt …

Und ich bin allein. Ich finde es nicht schlimm allein zu sein.

Ich kann es nicht leiden mit den anderen in einem Raum zu schlafen. Die großen Kinder ärgern mich immer und stecken mir beim Duschen Seife in den Mund. *Sie sind so gemein.*

Heute hat mich Tray Mc Nelly an den Ohren gezogen und ich habe ihn mit einem Stock gehauen. *Er ist viel größer als ich, also habe ich den Stock gebraucht.*

Er hat mich bei Mrs. Cornigall verpetzt. *Wie ein Baby.*

Und Mrs. Cornigall hat mich hier eingesperrt.

Sie schicken uns immer in diesen Raum, wenn wir nicht artig sind. Mein Bauch grummelt, als der Wind wieder durch das Fenster pfeift. Eigentlich schleiche ich mich *immer* raus, wenn es windig ist, weil das Mädchen aus meinem Lieblingsbuch von einem Wirbelsturm in eine Zauberwelt gebracht wurde. *Wenn ich mich ganz doll anstrenge, kann er mich ja vielleicht auch dahinbringen.*

»Was treibst du da schon wieder?«, knurrt Mrs. Cornigall, als sie zu mir kommt und mir in den Arm kneift, bevor sie mich vom Fenster zieht und auf den Boden schubst.

Ich kann es nicht leiden, wenn sie das macht. Sie ist wie die böse Hexe aus dem Buch. Ich krabble unter die Decke und tue so, als würde ich schlafen.

»Ich will nicht noch mal kommen müssen«, droht sie. *Ich will auch nicht, dass sie noch mal kommt.* Sonst muss ich noch länger hierbleiben und auf dem kalten Boden schlafen. *Vielleicht bringt der Wind mich das nächste Mal ja von hier weg.*

Jahre später ...

Ich habe echt lange gebraucht, um zu kapieren, dass es keine scheiß Zauberwelt gibt und warum dieser dämliche Blechmann unbedingt ein Herz wollte, wird mir auf ewig ein Rätsel bleiben. Wenn er unbedingt will, kann er liebend gern meins haben. *Ich brauche es nicht.* Wenn du kein beschissenes Herz hast, kann es dir auch keiner rausreißen. Ein Lektion, die ich früh lernen musste, aber mit der Zeit wurde ich richtig gut darin und mit sechzehn haute ich aus diesem beschissenen Heim ab. Ich fand Freunde *oder sowas Ähnliches ...*

Mit achtzehn erbte ich dann das gesamte Vermögen meines Erzeugers und einen Moment lang überlegte ich, ob ich es abhebe, drauf pisse und anzünde. Doch es gab andere Wege, um es *gut* zu investieren. Mit der Zeit wurden die Trips immer länger, härter und wilder und es gab keinen Raum für Gefühle, während namenlose Frauen ihre Nägel in meine Arme bohrten. Keine Ahnung, was sie in mir sahen.

War mir auch scheißegal, ich hatte sie vergessen, bevor sie aus der Tür waren. Ich empfand gar nichts außer Wut und Arroganz. Alles andere wurde sofort im Keim *oder irgendeiner anderen Substanz* erstickt. Doch eines Abends wurde es ganz finster und ich verschwand. Fing von vorn an. Blieb allein. Empfand nichts als Taubheit, die mir der Whisky bescherte.

Von dem anderen Scheiß ließ ich seit jener Nacht die Finger.

Ich traf auf ein paar neue Leute, die genauso arschig waren, wie die davor. Aber das spielte keine Rolle, *denn ich war wirklich gut darin ein Arsch zu sein.* Die Taubheit in mir blockierte praktisch jedes Gefühl. *Ich empfand gar nichts.* Weder bei den Frauen, die ich vögelte, noch für irgendetwas anderes und das war okay so ... *dachte ich.* Bis eines Tages ohne Vorwarnung dieses Mädchen mit den hellblauen Augen in mich reinrannte. *Zweimal um genau zu sein ... als würde ich es beim ersten Mal nicht schnallen.* Beim ersten Mal hat dieses kleine Ding nur mit ihren großen Augen zu mir nach oben gestarrt. Ich war mit genug Frauen zusammen, um ganz genau zu wissen, wie sie mich ansehen, aber dieser Blick ... war anders. Als würde sie etwas anderes sehen. *Klare Fehleinschätzung ehrlich.*

Doch als sie das zweite Mal in meine Welt stolperte, war sie gar nicht mehr so wortkarg. *Nein, ganz im Gegenteil.*

Bei unserer zweiten Begegnung hatte sie doch tatsächlich den Nerv mich vor versammelter Mannschaft lächerlich zu machen und mich herauszufordern. *Ihr zweiter schwerer Fehler.* Niemand machte sich über mich lustig und kam ungeschoren davon. Niemand forderte mich heraus, ohne die Konsequenzen zu tragen. *Schon gar nicht so eine sture, verwöhnte, eingebildete Zicke wie sie.* Eigentlich sollte es eine ganze einfache Nummer werden. Ich würde dem kleinen eingebildeten Prinzesschen das Krönchen von ihrem sturen Schädel reißen, sie vögeln, bis ich genug von ihr haben würde und sie gleichzeitig vor allen anderen lächerlich machen.

Praktisch ein Win-win-Ding.

Ich meine Scheiße, es würde keine Woche dauern, bis ich sie rumkriegen würde.

Sie war nicht anders, als all die anderen.

Was für dumme, dumme letzte Worte.

15

Emmi

This whole time
I've been loving a fantasy.
- Brigitte Devoue

Ich schaffe es, nicht hoffnungslos in Tränen auszubrechen.

Diese Genugtuung gönne ich ihnen einfach nicht.

Gönne ich *ihm* nicht. Als er sich umdreht, fühlt es sich an, als hätte jemand den Slow-Motion-Knopf gedrückt, alles was ich höre, ist das Heulen des Windes, der mir eiskalt ins Gesicht peitscht. Ich weiß, in dem Moment, indem er mich ansieht, wird es real. Dann ist es getan! *Dann ist es gesagt!* Dann sehe ich den Mann, von dem ich dachte, er könnte mich retten und würde erkennen, *dass alles nur eine Lüge war!* Er hat mich verraten, erniedrigt und meine ganze Welt zertrümmert und jetzt … Jetzt steht er einfach nur da. Sein Gesicht ist trotz der Kälte, die allen anderen die Röte ins Gesicht treibt, völlig farblos.

Seine mintfarbenen Augen sind weit aufgerissen und alles, was ich darin sehe, ist Panik, die verzweifelt an seinen Lidern zerrt.

»Emmi«

Ich sehe, wie er meinen Namen ausspricht, doch alles, was ich höre, ist mein hämmerndes Herz und das Rauschen in meinen Ohren, es ist ... *als hätte jemand den Ton ausgestellt.*

Ich sehe diese Leute lachen und spotten. Sie zeigen mit dem Finger auf mich, doch mir ist es egal! Alles, was ich sehe, ist *sein* verzweifelter Blick, als er in Zeitlupe auf mich zukommt. *Ich kann mich nicht rühren.* Es fühlt sich an, als wären meine Füße am Boden festgefroren. Mein Verstand kommt einfach nicht mehr hinterher und mein Herz ist vor zwei Minuten in tausend Scherben zersplittert, die sich nun quer über dem kalten, grauen Betonboden verteilt haben und unter seinen weißen Turnschuhen weiter bersten, als er näher kommt. Ein lautes Fiepen reißt mich aus meiner Schockstarre und stellt den Ton wieder an. Die Geschwindigkeit, mit der Vince auf mich zukommt, hat sich verdoppelt, während ich mich umdrehe und zur Tür renne. *Ich will nichts hören!*

Das Adrenalin weicht mit jeder Sekunde mehr aus meinem Körper und lässt zu, dass der bestialische Schmerz des Verrats mit jeder dieser Sekunden tiefer in meine Seele schneidet.

Es fühlt sich an, als würde mir die Realität eine kiloschwere Metallstange zwischen die Rippen jagen und mir bleibt schlagartig die Luft weg. Wenn ich ihn jetzt reden höre, wird mich der Schmerz zermalmen.

Als ich spüre, wie er mein Handgelenk packt, drehe ich mich ohne zu zögern um, und schlage ihm mit allem, was noch von mir übrig ist, mitten ins Gesicht. Ich höre die anderen jubeln und lachen, während sie sich an meinem *und wahrscheinlich im Moment auch an seinem* Schmerz erfreuen.

Tolle Freunde! Leider verschafft mir diese Ohrfeige nicht ansatzweise die Befriedigung, die ich mir erhofft hatte.

»Ich hoffe, das war es wert.« Meine Stimme klingt weinerlich und gebrochen. Ich komme mir so klein und unbedeutend vor und als ich mich zum zweiten Mal von ihm abwende, besitzt er doch tatsächlich die Dreistigkeit mich erneut aufzuhalten. Aber *hey,* ein Hoch auf zweite Chancen und nachdem ich bereits zum zweiten Schlag ausgeholt und meine Hand in Richtung seines makellosen Gesichts schnellt, hält er sie auf. Er sieht mich reglos an und ich versuche mich aus seinem Griff zu befreien, doch er lässt es nicht zu.

»Bitte, lass es mich erklären«, fleht er.

Ich packe seine Hand und reiße sie mit aller Kraft von meinem Handgelenk.

»Ich denke du hast genug gesagt«, fauche ich und wende mich ein drittes Mal ab. Dieses Mal packt er mich jedoch ziemlich unsanft an den Schultern und wirbelt mich ruckartig zu sich herum. *Im Ernst?!* Ich boxe ihn mit voller Wucht vor die Brust, um ihn von mir wegzustoßen. »Nein!«, schreie ich.

»Emmi bitte…« Er kommt wieder einen Schritt auf mich zu. »Gib mir fünf Minuten«, wimmert er beinahe und beugt sich zu mir herunter, um mir in die Augen zu sehen. *Was soll denn das?* Ich verstehe es nicht und ich will es auch gar nicht mehr verstehen. Ich ertrage dieses Hin und Her einfach nicht länger. *Es ist zu viel für mich.*

»Nein! Ich habe dir schon viel zu viel gegeben« In diesem Moment klingt meine Stimme wesentlich selbstsicherer, als ich mich fühle. »Ich werde keine weitere Sekunde mehr an dich verschwenden.«

»Bitte sag sowas nicht« Er schüttelt wild mit dem Kopf, während sein Blick unkoordiniert über mein Gesicht huscht, bevor er erneut meine Hand ergreift. Ich bin gerade dabei, sie erneut wegzuschlagen, als mir klar wird, dass das nichts bringen wird. Er ist davon überzeugt, dass er sich, *nachdem ich mich ein bisschen beruhigt habe,* nur entschuldigen muss. Dann werde ich schreien und dann wird er schreien und irgendwann knicke ich ein. Denn so ist es immer gewesen. *Doch nicht dieses Mal!* Dieses Mal muss ich stärker sein.

Dieses Mal muss das letzte Mal sein, dass ich seinetwegen zerbreche, denn wenn ich noch mehr Teile von mir aufgebe, werde ich aufhören zu existieren. Ich atme tief durch, um mich zu beruhigen. Er umklammert meine Hand immer noch.

Ich trete einen Schritt an ihn heran und streiche ihm sanft über seine Wange. Diese Geste hat ihn kalt erwischt und mich reißt sie schlichtweg in Stücke. Ich sehe ihm tief in die Augen, sanft aber distanziert. Sein Blick ist verwirrt und ... *verzweifelt!*

Er greift sofort nach meiner Hand auf seiner Wange und ich lasse meine Stirn gegen seine fallen. Ein erleichtertes Seufzen kommt aus seinem Mund und ich genieße diese letzte Berührung.

»Keine Entschuldigung dieser Welt würde jetzt noch etwas daran ändern. Da gibt es nichts wiedergutzumachen. Da gibt es nichts zu diskutieren. Es ist vorbei! *Und zwar ein für alle Mal.*« Mein Tonfall ist monoton und emotionslos und trifft ihn härter als jeder Schlag und mehr als jedes Geschrei. Er öffnet den Mund und gibt ein verzweifeltes Geräusch von sich, bevor er wieder anfängt, den Kopf zu schütteln und mich an sich zu ziehen.

»Lass los, Vince!« Nachdem ich meine Hand von seiner Wange genommen habe, streiche ich seine von meiner. »Ich meine es ernst.« Ich sehe ihm tief in die Augen und hoffe mein Blick ist nur halb so vernichtend, wie er sich anfühlt.

»Lass los!« Meine eiskalte Stimme lässt die kalte Luft wie ein Sommerlüftchen erscheinen und als sich seine Hand von mir löst, drehe ich mich um und gehe, während alles, was mich ausmacht, zurückbleibt und genau in diesem Moment zu Boden sackt, denn alles was ich bin, liebt ihn und ohne ihn …

bin ich verloren.

Emmi

8:55 Uhr.

8:56 Uhr.

8:57 Uhr.

8:58 Uhr.

8:59 Uhr.

9:00 Uhr.

Damit wären es genau 107 qualvolle Stunden.

6.420 grauenhafte Minuten und

385.200 unerträgliche Sekunden ... *Ohne ihn.*

Ich wusste, dass es nach diesem Wochenende, an dem wir uns unsere Liebe gestanden, kein Zurück mehr geben würde, und auch dass es im Falle eines Scheiterns unglaublich schwer werden würde, aber das hier ... das hier ist nicht schwer. Das hier ist ... *wie sterben.* Ganz ehrlich, am ersten Tag war ich mir sicher, dass ich es nicht überlebe.

Ich bekam einfach keine Luft mehr, nachdem dieses verdammte Monster sich auf mich gestürzt und lebendig begraben hat. Als Hannah mich in die Arme nahm, hatte ich keine Kraft mehr. Keine Kraft mehr zu reden. Keine Kraft mehr zu weinen. Keine Kraft mehr zu atmen. *Ich wollte einfach nur, dass es aufhört.* An diesem Tag rief er mindestens hundertmal an und ich lehnte seinen Anruf mindestens hundertmal ab, während ich ununterbrochen gegen den Drang ankämpfte, mein Handy mit voller Wucht gegen die Wand zu schleudern. Er schrieb mir unzählige Nachrichten, die ich alle löschte, ohne sie zu lesen und nachdem meine Seele, *die zusammengerollt auf dem Boden lag,* ächzend vor Schmerz schrie, als ich die letzte Nachricht löschte, blockierte ich seine Nummer! Ich kappte die letzte Verbindung von seinem Leben zu meinem und spürte, wie der ächzende Schrei verstummte und etwas in mir starb.

Am zweiten Tag erzählte ich Hannah, was passiert ist. Ich dachte, es würde helfen, doch es trieb nur einen weiteren unerträglichen Schmerz in meine Brust, genau an die Stelle, an der sich früher einmal mein Herz befand.

Bevor *er* es mir rausgerissen hat.

An diesem Tag klingelte es unaufhörlich Sturm und Schläge hallten in einer monotonen Endlosschleife gegen die Tür. Als Hannah schließlich die Tür öffnete, verschloss ich mich in ihrem Schlafzimmer und obwohl sich alles in mir gegen diesen perversen Instinkt wehrte, presste ich mein Ohr an die Tür und als ich seine Stimme hörte, blieb nichts mehr von mir übrig. Er schrie meinen Namen und ich drückte mir die Hände auf die Ohren, *versuchte, irgendeine Melodie zu summen,* doch es war zwecklos. Seine Stimme ritzte mit jedem weiteren Wort eine tiefe Furche in meine Haut, die für immer Narben hinterlassen würde. In diesem Moment wäre ich beinahe eingeknickt. Um ein Haar hätte ich die Tür aufgerissen und wäre ihm in die Arme gefallen. Seine Berührung, seine Stimme, sein Geruch. *Mehr bräuchte ich nicht.* Es wäre mir egal, ob er mich nur benutzt oder mich belügt. Es wäre mir egal, ob er mir nur etwas vormacht, solange er nur bei mir bleibt.

Solange er mich vor dem Ertrinken bewahrt.

»Emmi, bitte«, brüllte er an Hannah vorbei, die ihn nicht durchließ und allein die Vorstellung, dass er vor dieser Tür stand, nicht einmal fünf Meter von mir entfernt, ohne dass ich ihn sehen oder berühren konnte. *Nie wieder.* Ließ mich in Tränen ausbrechen. Ich sank zu Boden und umschlang meine Beine.

Als könnte ich so verhindern noch weiter auseinanderzufallen und dann... *ertrank ich* ... in meinen eigenen Tränen, während ich dem Leben, das mich zweifellos hasste, zu seinem glorreichen Sieg gratulierte.

»Ich werde nicht gehen, bevor du mit mir redest«, war das Letzte, was ich hörte, bevor ich mir meine Kopfhörer in die Ohren stopfte und sie die nächsten zwölf Stunden auch nicht wieder rausnahm, während *Billi Eilish* mich mit dem Lied *I love you* auf den harten, kalten Boden rang.

I wish we never learned to fly
Maybe we should just try
To tell ourselves a good lie

... und repeat!

Maybe won´t you take it back
Say you were tryna make me laugh
And nothing has to change today
You didn´t mean to say »I love you«
I love you and i don´t want to
Oh-oh-oh

Immer wieder auf repeat ...

The smile that you gave me

Even when you felt like dying

There's nothing you could do or say

I can't escape the way i love you

I don't want to, but i love you

Oh-oh-oh-oh-oh

Und jedes Mal nahmen mir ihre Worte die Luft zum Atmen, während ich regungslos an die Decke starrte und mir einredete, dass mein Leben ohne ihn leichter wäre, ohne es auch nur für eine Sekunde zu glauben.

Vince

It was always you.
— F. Scott Fitzgerald

Drei Tage. Seit drei verdammten Tagen redet sie nicht mehr mit mir oder weigert sich mir auch nur zuzuhören und mit jedem beschissenen Tag, der vergeht, fällt es mir schwerer zu atmen. *Dieser Blick.* Dieser Ausdruck in ihrem Gesicht ... er hat mich regelrecht umgeworfen. Sie sah mich an wie einen Fremden. Nein. Schlimmer. Sie sah mich an, wie ein Monster und der Schmerz traf mich wie ein Hieb mit einer Brechstange gegen die Rippen. Seitdem kämpfe ich gegen die Schwere in meiner Brust und ich würde einfach alles dafür tun, dass sie mich anschreit. Nur um dabei diesen süßen, düsteren Ausdruck auf ihrem Gesicht zu sehen und die kleine Falte zwischen ihren Brauen ... Scheiße, wie gern würde ich die jetzt glattstreichen. *Nur noch einmal!* Stattdessen sitze ich hier ...

Angewidert von mir selbst und liefere mir seit einer Stunde ein Blickduell mit diesen dämlichen Kartons, *das ich obendrein auch noch verliere.* Ich kann mich nicht aufraffen, sie ihr zu bringen. Sie sind der einzige Beweis dafür, dass sie wirklich hier war. Sie und diese verdammten Fotos, die ich seit Montag ununterbrochen anstarre. Mir war überhaupt nicht klar, dass ich so viele Bilder von ihr gemacht habe, bis ich anfing sie aneinanderzureihen wie ein psychopathischer Stalker. Einfach nur, weil dieses hinreißende Mädchen bei jedem weiteren dieser verfluchten Bilder schöner wurde. *Und dann kam der absolute Hammer* ... der letzte Schritt auf dem Weg zum Wahnsinn ... ich fing an *sie* zu zeichnen. *Ich fing an sie zu zeichnen, verflucht nochmal.* Einzig und allein in der Hoffnung, dass dieses vollkommene Gesicht endlich aufhörte durch meinen verdammten Schädel zu spuken, wenn ich es nur aufs Papier brachte. Und während ich das tat, versuchte ich mich die ganze Zeit daran zu erinnern, wie die genaue Definition von *Besessenheit* lautete, *denn vermutlich war ich ziemlich nahe dran.*

Vermutlich habe ich diese Grenze schon überschritten, als ich damals auf ihrem Handy die Trackingapp installiert habe.

Jetzt mal im Ernst, als wären diese ganzen Begegnungen Zufall gewesen. Als wären wir in einer dieser kitschigen Schnulzen, die sie so liebt. Aber wir sind keine romantische Liebeskomödie.

Wir sind ein verdammtes Drama. *Weil ich es vermasselt habe.*

Ich fahre mir übers Gesicht und schiele auf die Papierfetzen in meinem Zimmer. *Wie sie dahin gekommen sind?*

Ganz einfach… als ich anfing, die Kerbe in ihrer Wange zu schattieren, zog ein so elender Schmerz durch meine Brust, dass ich beinahe daran krepiert wäre und ich fing an diese verdammte Zeichnung, *die mir ganz offensichtlich an den Kragen wollte,* zu zerfetzen und das alles nur, um zwei Minuten später wieder von vorne anzufangen.

Jep, Psycho! Fehlt nur noch ein Absperrband und ein abgewetztes Album, in dem eine Haarsträhne von ihr klebt, und ich könnte Eintritt verlangen. Verdammt, wer hätte gedacht, dass diese sture, braunhaarige Schönheit, *die sich in zu großen Klamotten versteckt,* es schaffen würde mir derart unter die Haut zu kriechen. Sie hat sich hindernisfrei in meine Seele geschlichen und sie lichterloh in Brand gesteckt. Sie hat all die Mauern, die ich jahrelang mühevoll um mich herum aufgebaut habe, hemmungslos niedergerissen, nur um mich jetzt unter den Trümmern zu begraben. Ich greife mir an die Nasenwurzel und schließe die Augen. Nur einen Moment. *Reiß dich zusammen, verflucht!* Dann gebe ich den hoffnungslosen Krieg mit den dämlichen Kartons auf und greife nach dem ersten davon, kurz bevor mein Blick auf das Kleid fällt. *Dieses Kleid.*

Das Kleid, was sie bei dem Date mit diesem verfluchten Wichser trug und indem ich es ihr danach besorgt habe, und zwar in einem verdammten Kellerloch. Ich kann förmlich spüren, wie ich meine Finger in ihre weiche Haut grabe, während ich sie gegen die Wand drücke und sie unter meinen Stößen wimmert. *Fuck, ich liebe es sie wimmern zu hören.* Habe es geliebt! Dieser grässliche Gedanke erstickt, das warme Gefühl des Rauschs, den sie in mir auslöst und begräbt es unter einer Lawine aus Schutt.

Bei dem Gedanken daran sie nie wieder berühren zu dürfen, fängt der Boden an zu schwanken und es fühlt sich an, als hätte mir jemand einen verdammten Baseballschläger in den Magen gerammt. *Kurz darauf sacke ich zu Boden.*

Ich vergrabe mein Gesicht in ihrem Kleid und ihr vertrauter Geruch schnürt mir die Kehle zu. Es riecht nach Vanille und frisch gebackenen Plätzchen. Scheiße, sie riecht wie ein verfluchter Weihnachtsmorgen.

Zumindest so, wie ich es mir immer vorgestellt hab.

Genau das ist der Moment, indem ich anfange, wie ein Kleinkind in ihr Kleid zu heulen und einfach nicht mehr damit aufhören kann. Diese ganze Hölle bricht über mir zusammen und ich wehre mich nicht länger dagegen, während ich inständig hoffe, dass sie mich umbringt.

Emmi

In der schwarzen Nacht der Seele ist es immer drei Uhr morgens.
– F. Scott. Fitzgerald

Es vergingen 72 lähmende Stunden, in denen ich regungslos an die Decke starrte, während mir völlig unklar war, welche von diesen Stunden Tag und welche Nacht waren.

Die Jalousien blieben unten. Und ich war allein. Allein mit einem Monster, *das niemals ging.* Wie ein alter, zuverlässiger Freund, der mich immer, wenn ich es wagte die Augen zu schließen, mit einer kranken Mischung aus beängstigenden Gefühlen erstickte, die ich mittlerweile nicht mehr auseinanderhalten konnte. Es war einfach nur *Schmerz.*

Es tat einfach nur weh, bis irgendwann... gar nichts mehr wehtat.

Da war nichts. Gar nichts. Nur schwarz und dann ... *Panik.*
Ich bekam keine Luft. *Ich bin unter Wasser.* Als ich den Mund
öffne, atme ich es ein. Keine Luft. Nur Wasser. Ich kämpfe
mich an die Oberfläche. Doch ich kann nicht. Irgendwas hält
mich zurück. *Irgendetwas zerrt an meinem Knöchel.* Es reißt mich
weiter und weiter ... *in die Tiefe,* während das Licht an der
Oberfläche langsam aber sicher erlischt.

Ich schreckte hoch und das Gefühl war so intensiv, dass
ich wirklich glaubte, ich würde ertrinken. Doch dann atmete
ich endlich Luft, statt eingebildetes Wasser und die Enge in
meiner Brust ließ nach, doch verschwunden ist sie nie.

Die Dunkelheit auch nicht. Der Schatten, der mir
unmissverständlich zeigte, was ich versuchte zu vergessen.
»Wieder ein Albtraum was?« Ich zwang mich, den Kopf zu
neigen und zu Hannah zu sehen, die sich durch den kleinen
Spalt der Tür drängte, den sie öffnen musste, um ins
Schlafzimmer zu kommen. Als wäre ich ein Vampir und nur
der kleinste Strahl Tageslicht würde mich sofort vernichten.

Ja vernichten! Ich bin noch ein Fan der Oldschool-Vampire.

Die, die im Sonnenlicht sterben, statt zu glitzern.

Ich sah sie an und atmete schwer aus, bevor ich müde
nickte. Sie erwiderte es wissend, als sie sich zu mir legte und
den Kopf auf ihren Unterarm stützte: »Weißt du, am Anfang
dachte ich, du schwitzt nur viel im Schlaf ...«

Sie strich mir eine nasse Strähne aus der Stirn und zog eine amüsierte Grimasse. »Ich wollte nichts sagen ...«, witzelte sie und versuchte die Stimmung aufzulockern. Vergebens.

Da war gar nichts.

Ich war ... taub.

Gefangen in einem endlosen Schatten, der meine dunkelsten Momente wieder und wieder aufleben ließ.

Vince

It hurt because it mattered.

– John Green

Es ist 18:00 Uhr, als ich auf der Rückbank eines stinkenden Linienbusses sitze, weil ich einfach nicht in dieses Zimmer zurückwill, indem nun nicht mehr nur sie, sondern auch ihr ganzer Krempel fehlt. Das hier ist die Hölle auf Erden und ich halte diese ganze Scheiße nicht einen Tag länger aus.

Zumindest nicht ohne Betäubung. Ich habe versucht die Leere, die sie hinterlassen hat. mit Whisky zu füllen, doch alles, was ich damit erreicht hab, ist, dass die Sehnsucht nach ihr mittlerweile unaufhörlich meinen Kopf fickt und ich kurz davor bin durchzudrehen. Der Bus ist fast leer.

Schräg gegenüber von mir sitzt 'ne Tussi, aus deren Kopfhörer irgend so 'ne beschissene Schnulze dröhnt. Sieht sie gut aus?

Wen juckts! Kann sein, dass ich dieser 0815-Nicht-Emilia vor ein, zwei Monaten noch etwas mehr Aufmerksamkeit geschenkt hätte. Könnte auch sein, dass ich sie hinter der Werbewand gevögelt hätte, aber jetzt geht sie mir am Arsch vorbei. Ich neige meinen Kopf zu dem Fenster und beobachte, wie das Meer aus Lichtern an mir vorbeizieht und ... *Hailee!?* Ich springe auf und drücke auf den Stoppschalter.

»Hier ist keine Haltestelle Jungchen«, summt der Fahrer dieses wandelnden Gesundheitsrisikos, während er unbeeindruckt weiterfährt. *Das ist ein Witz oder?!*

»Halt sofort an, sonst ramme ich dir deinen Schaltknüppel so tief in den Arsch, dass du ab morgen nur noch schalten kannst, indem du dir deine schwielige Hand in den Rachen schiebst«, drohe ich und er macht eine Vollbremsung, bevor er zwei Sekunden später die Tür öffnet. *Kluge Entscheidung.* Hailee bleibt stehen und sieht verwirrt zwischen dem Bus und mir hin und her. Ich hab keinen blassen Schimmer, was genau ich überhaupt von dieser Quasselstrippe erwarte, aber sie ist eine Freundin von Emmi und deshalb eine Verbindung zu ihr, weswegen das in meinem dämlichen Schädel auch alles irgendeinen Sinn ergibt.

»Vince!?«

»Hey. Ja, also ... ich ... Ach scheißegal, hast du was von Emmi gehört?« Sie erstarrt und sieht mich an, als hätte ich einen Hundewelpen geschlagen.

»Hör auf, mich so verdattert anzuglotzen! Hast du oder hast du nicht?« Sie zögert und ich bin kurz davor auszuflippen, bevor sie sagt: »Nein, ich versuche sie schon seit Montag zu erreichen. Mein Handy war weg! Ich weiß wirklich nicht, wer sich da einen Spaß erlaubt hat, aber *er, sie oder es*, hat sie von meinem Handy aus zum Campus bestellt. *Keine Ahnung was das sollte.* Ich hab auch gar nicht gemerkt, dass es weg-«

»Halt, Moment«, unterbreche ich sie. *Montag?! Campus?! Was?* »Was faselst du da schon wieder für 'n Mist«, frage ich sie verwirrt und sie stöhnt genervt. »Irgendwer hat mein Handy geklaut und Emmi am Montag zum Campus bestellt. *Keine Ahnung warum.* So 'ne bescheuerte Action wäre ja eigentl-«

»Wo ist Marlene?«, schneide ich ihr das Wort ab, während ich krampfhaft versuche, mich zusammenzureißen.

»Was?«

»Wo sind die ganzen Arschgesichter heute?«, herrsche ich sie an.

»Ich glaube bei Rob.« Sie zieht die Schultern nach oben.

»Er hat Geburtstag und sie-«

36

Ich lasse sie nicht ausreden. Ich hoffe für jeden Einzelnen von ihnen, dass ich mich irre oder ich schwöre bei Gott ...

Doch tief im Innern weiß ich, dass ich das nicht tue.

Sie haben sie dort hinbestellt und mich ins Messer laufen lassen! Sie haben genau das getan, wovor ich sie beschützen wollte, bevor ich sie beschützen konnte. *Das kann nicht* ... Ich sehe nur noch rot! Ich hab keine verdammte Ahnung, wie schnell ich renne, aber ich bin in weniger als zehn Minuten bei Rob und während ich wie ein Bekloppter durch das Treppenhaus stürme und dabei drei Stufen auf einmal nehme, überlege ich, ob ich mir wirklich noch die Mühe machen sollte zu klingeln?! Doch das würde zu lange dauern und bevor ich noch länger darüber nachdenke, spüre ich auch schon den schmerzenden Druck, den der gewaltige Tritt gegen diese beschissene Haustür verursacht und sehe, wie das komplette Holz der Eingangstür splittert, als sie samt Rahmen aus den Angeln fliegt. Die Bude ist voll und alle springen hoch, während sie mich anstarren, als wäre ich verrückt.

Noch nicht, aber gleich!

»Ding Dong«, sage ich trocken und ruhig, zu ruhig und jeder, der mich auch nur länger als fünf Minuten kennt, weiß, dass er jetzt lieber die Schnauze hält.

»Vince?«, fragt Rob überraschend ruhig.

Muss wohl an dem Kilo Gras liegen, das er intus hat und hinter ihm tauchen auch schon Alex, Marlene und Elias auf. *Sehr gut, da hätten wir sie ja alle beisammen.* Ich fixiere jeden Einzelnen von Ihnen, mein Herz tobt und mein Atem ist abgehackt, während das Blut in meinen Ohren rauscht.

Die Wut hat meine äußeren Blickwinkel komplett in Beschlag genommen, als ich die Augen schließe und schnaubend ausatme.

»Wer?«

Sie sehen mich an, als wüssten sie nicht, wovon ich rede.

Elias und Rob kaufe ich den Scheiß ja vielleicht auch noch ab, aber den andern beiden Heuchlern garantiert nicht.

»Wovon redest du Mann?«, will Elias wissen, doch ich reagiere nicht. Ich sehe zu Alex und Marlene, denn die wissen ganz genau, wovon ich rede.

»Wer hat ihr verflucht noch mal geschrieben?«, brülle ich.

»Jetzt beruhige dich Mann, ich meine diese Rambonummer, die du hier abziehst, wird das Problem sicher nicht lösen«, mischt sich Elias ein.

»Ihr habt zwei Minuten, bevor ich diese verdammte Bude Stück für Stück auseinandernehme.« Meine Stimme überschlägt sich.

»Alter, komm runter«, versucht Rob mich zu beruhigen, aber der Zug ist längst abgefahren.

»Also hatte Alex wirklich recht«, schneidet Marlens Stimme durch die stickige Luft.

»Womit?«, knurre ich zwischen zusammengebissenen Zähnen, als mein Blick sich in die Visage von Alex bohrt, der in diesem Moment abwehrend die Hände hebt, während Marlene die Augen verdreht.

»Scheiße, jetzt sags ihm doch!«

»Was soll er mir sagen?«, frage ich ruhig, während die Wut anfängt, mich zu überrollen. *Irgendjemand von diesen Wichsern wird heute dafür bluten.*

Und dann funkelt Marlene mich an. »Wir wussten, dass da irgendwas läuft. Wir sind doch nicht dämlich. Es ging gar nicht mehr nur darum, sie zu vögeln.« Sie zuckt die Achseln und grinst gehässig. »Und dann hab ich die Kartons gesehen.«

Diese verdammte Schlampe.

»Was denn? Hat es dich mitgenommen, dass das Prinzesschen von ihrem hohen Ross gestürzt ist?« Sie verstellt bedauernd die Stimme. »Und du selbstloser Wohltäter, hast sie auf deiner Matratze aufgefangen, nicht wahr?« Ihre Stimme klingt widerlich, bevor sie die Unterlippe nach vorn schiebt und alle anfangen zu lachen. *Ich glaub den Scheiß hier einfach nicht!*

»Und jetzt sieh dich an … du kommst hier reingestürmt und suchst verzweifelt einen Schuldigen, aber letztlich war nicht *ich* diejenige, die dem süßen kleinen Bambi das Herz rausgerissen hat, das warst *du* ganz allein mein Schatz!« Sie lacht gehässig. »Wir haben dir lediglich dabei geholfen, dir selbst zu helfen.« Sie prostet mir zu und tut, als hätte sie mir nicht das einzig Gute genommen, was mir in meinem beschissenen Leben je passiert ist.

»Ihr habt was?«

»Komm schon Kumpel ...«, lacht Alex. Ihm scheint nicht klar zu sein, dass er gerade mit seinem jämmerlichen Leben spielt.

»Wir haben dich nur dabei unterstützt es deinem süßen, kleinen *und anscheinend gar nicht so unschuldigem* Mäuschen zu verklickern. Also ...«, er zwinkert mir zu, »... Gern geschehen. Und jetzt komm!« Er nickt in das dreckige, stinkende Loch, aus dem sie gekrochen sind.

»Hier sind genug Frauen, die dir nur zu gern dabei helfen, diese kleine Nonne zu vergessen.«

Ich bin mir ziemlich sicher, dass ich noch mindestens zwei andere Typen mit zu Boden reiße, bevor ich auf die dämliche Fresse von Alex einschlage. *Doch das ist mir scheißegal!*

Von mir aus einer nach dem anderen. Aber zuerst mach ich *diesen* kleiner verlogenen Pisser kalt. Ich schlage immer wieder auf sein blutverschmiertes Gesicht ein, doch es nimmt mir nichts von der Enge in meiner Brust, die mir die Luft zum Atmen raubt, seit ich sie verloren habe ... wegen *ihnen*.

40

Und ich schlage noch fester zu, bis die Arme, die an mir zerren, so übermächtig werden, dass sie es schaffen, mich von ihm runterzureißen. Doch ich schlage sie von mir und warte nur darauf, dass irgendjemand sein Maul aufreißt. Das Lachen ist ihnen jedenfalls vergangen. Jedem einzelnen von diesen verfickten Idioten, die ich mal meine Freunde nannte und die dafür gesorgt haben, dass sie mich hasst.

»Wenn einer von euch Wichsern noch mal versucht, mir oder ihr...« Ich male Anführungszeichen in die Luft »... *zu helfen*, ramme ich seinen verfluchten Schädel in die Wand!«, brülle ich durch die komplett verwüstete Wohnung, bevor ich sie verlasse.

Emmi

I love hard and I break just as hard as I love.

- Gemma Troy

Es waren genau 259.200 Sekunden ohne ihn, als ich aus dem Zimmer trat, geblendet von dem Leben und dem Licht und dieser verfluchten Sonne, die sich über mich lustig zu machen schien und wegen der ich es einfach nicht schaffte zu blinzeln und praktisch blind durch das Zimmer taumelte, bis sich meine Augen langsam, aber sicher wieder an das Tageslicht gewöhnten und als sie das taten, wünschte ich mir, ich wäre blind geblieben. Ich blieb wie angewurzelt stehen. Keine Ahnung, wie lang ich das tat, bevor ich meinen Rücken an das harte, kalte Holz der Wohnungstür presste und daran zu Boden sank, um die Kartons zu betrachten, die nun wieder in Hannahs Wohnung standen. Kartons, die mittlerweile mein komplettes Leben beherbergen, was genauso traurig ist, wie es sich anhört und ich würde jeden von diesen verdammten

Kartons sofort gegen die eine Sache eintauschen, die ich wirklich haben will. *Meinen Anker in dieser tosenden See.*

»Er hat sie gestern mitgebracht«, flüsterte mir Hannah zu, als sie mir einen Tee reichte, den sie mir mehr oder weniger aufzwang. Er schien das lodernde Inferno in meinem Hals zu besänftigen, der durch das Weinen und Schluchzen der vergangenen Tage praktisch in Flammen stand. »Ich hatte ihn darum gebeten«, fügte sie sanft hinzu und ich nickte schwach.

Klingt vernünftig. Ich ließ seufzend den Kopf an die Tür fallen und ... erstarrte.

»Emmi?« Seine Stimme klang grausam und gequält und hatte nichts mehr mit der sinnlichen Stimme, in der immer ein gewisser Schalk mitschwang, gemeinsam und die Tatsache, dass allein diese mickrige Tür uns voneinander trennte, ließ mich innerlich vor Sehnsucht schreien.

Mein ganzer Körper verkrampfte sich und ich verzog schmerzlich das Gesicht, als ich es gegen die Tür drückte, um ihm irgendwie nahe zu sein.

»Bitte rede mit mir«, flehte er, bevor seine Stimme brach und ich ein dumpfes Geräusch hörte, das klang, als hätte er seine Stirn ebenso verzweifelt gegen die Tür gelehnt, wie ich und plötzlich ... *stand die Zeit still.*

Ich versuchte mich für einen Moment an dem Gefühl festzuhalten, ihm so nah zu sein, es war fast so, als würde ich seinen Atem spüren und der Gedanke, dass ich nur die Tür öffnen müsste, um ihn zu berühren, ließ mich erneut in Tränen ausbrechen und dabei war ich mir sicher, ich hätte keine mehr übrig. Ich zwang mir die Hand vor den Mund, um ein Schluchzen zu dämpfen, das das Feuer in meinem Hals aufs Neue entfachte, während mein Magen sich zusammenzog wie eine geballte Faust. Ich verbrachte den Rest des Tages auf dem Badezimmerfußboden, während ich den Tee und die Packung Nüsschen, die ich in den vergangen vier Tagen gegessen hatte, wieder hochwürgte und hoffte, diese erbarmungslosen Gefühle würden ihnen in die Toilette folgen und ich könnte sie anschließend einfach runterspülen.

Doch diesen Gefallen taten sie mir nicht.

Vince

Es ist niemals zu spät, zu sein, wer auch immer du sein willst. Ich hoffe, du lebst ein Leben, auf das du stolz bist und wenn du bemerkst, dass du es nicht bist, hoffe ich, du hast die Stärke wieder von vorn anzufangen.
– F. Scott Fitzgerald

Ich habe keinen Plan, was mich geritten hat, als ich Professor Galloway vorgestern abgepasst hab und … *nachdem* sie mich kurzzeitig angesehen hat, als wäre ich ein asozialer Penner, der sie im nächsten Moment abzieht, erkannte sie mich schließlich und wartete. Woraufhin ich ihr schweigend mein Projekt in die Hand drückte und ging. Ich habe keine Ahnung, was die da oben rauchen, aber sie haben mein Projekt ernsthaft in die engere Auswahl genommen und wollen es am Sonntag ausstellen und während ich hier in diesem muffigen alten Hausflur sitze, könnte *es mir nicht egaler sein.* Ohne sie hätte ich es überhaupt nie versucht und ohne sie hat der ganze Scheiß auch keinen Sinn. *Ohne sie macht überhaupt nichts Sinn.*

Auf die Sekunde genau erhellt das Licht des Bewegungsmelders den Flur, dicht gefolgt von einem alten Mütterchen, das hier um diese Zeit ständig auf- und abläuft und mich jedes Mal anstarrt, als wäre ich der Neffe des Teufels. *Womit sie nur leicht übertreibt.* Ich bin jedes Mal kurz davor ihr den Stinkefinger zu zeigen, während ich ununterbrochen dasselbe verdammte Lied höre. Ich hab früher nie kapiert, warum 'ne Rockband 'ne Schnulze fabriziert, doch jetzt, wo ich hier wie ein Häufchen Elend vor ihrer Haustür hocke, kann ich absolut verstehen, wie das arme Schwein sich fühlt.

When I look into your eyes
I can see a love restrained
But darlin, when I hold you
Don't you know I feel the same?

Ich schließe die Augen und versuche den Schmerz runterzuschlucken, der mir in die Kehle steigt, während ich meinen Kopf gegen die Wand sacken lasse.

I know it's hard to keep an open heart
When even friends seem out to harm you

But if you could heal a broken heart

Wouldn't time be out to charm you?

Und ich stoße ihn wieder und wieder gegen die Wand, in der Hoffnung es würde von diesem anderen erbarmungslosen Schmerz ablenken.

And when your fears subside

And shadows still remain

I know that you can love me

When there's no one left to blame

So never mind the darkness

We still can find a way

›Cause nothin‹ lasts forever

Even a cold November rain

Und, als Axl mit seiner Ballade fertig ist, sitze ich hier in einem alten stinkenden Hausflur und flenne wie ein Mädchen, kurz bevor die Tür sich öffnet und mein Herz komplett aussetzt. Ich springe auf und reiße mir erschrocken die Kopfhörer aus den Ohren. *Doch sie ist es nicht.*

»Vince. Sie wird nicht rauskommen. Vielleicht solltest du nach Hause gehen und etwas schlafen?!«

Ich weiß, dass sie es gut meint, deshalb unterdrücke ich den Impuls sie beiseitezuschieben, da rein zu stürmen, mir mein Baby über die Schulter zu werfen und endlich dort rauszuholen. Als sie vorhin hinter der Tür hockte, ihren Kopf an meinen gelehnt, wäre da nicht diese verfickte Tür gewesen, bin ich beinahe durchgedreht. Ich schwöre bei Gott, ich war drauf und dran sie aus den Angeln zu reißen.

Ich fahre mir verzweifelt übers Gesicht und raufe mir stöhnend die Haare, bevor ich kurz zusammenzucke, weil meine aufgeplatzten Fingerknöchel schmerzen. Doch das ist nichts im Vergleich zu den inneren Qualen. Ich wusste nicht mal, dass es diese Art von Schmerz überhaupt gibt. Am liebsten würde ich mir mein eigenes verkorkstes Herz rausreißen. Ich hätte nie gedacht, dass ich mal so fühlen würde oder überhaupt könnte.

»Vielleicht solltest du ihr etwas Zeit geben.« Und als sie das sagt, kann ich eine Art Mitleid in ihren Augen erkennen. Mann, ich muss beschissener aussehen, als ich dachte. Ich haue meine Stirn gegen die kalte Wand und schließe für zwei Sekunden die Augen.

Doch als sie die Tür schließen will, halte ich sie auf, bevor ich die zwei Karten für die Ausstellung aus meiner verdreckten Hosentasche ziehe und sie mir noch einem Moment lang ansehe, bevor ich sie ihr hinhalte.

»Ich kann das nicht ohne sie.« Meine Stimme klingt erbärmlich und ich ersticke fast an den Worten. Mein Mund ist trocken und mein Hals brennt wie Feuer, doch das ist mir alles egal. Genau wie der armselige, flehende Blick, den ich Hannah jetzt zuwerfe. »Bitte, sag ihr das?!«

Sie nickt leicht, bevor sie die Tür schließt und mich wieder im Dunkel zurücklässt.

Emmi

118 Stunden.

7.080 Minuten.

424.800 Sekunden, *ohne ihn.*

Und es ist die 424.801ste Sekunde, in der ich mich endlich vom Badezimmerfußboden erhebe und zum ersten Mal seit fünf Tagen in den Spiegel sehe. *Der Anblick ist verstörend.* Meine Augen sind so verquollen, dass ich durch die winzigen Schlitze kaum noch etwas erkenne. Doch das macht gar nichts, denn eine Welt *ohne ihn* möchte ich gar nicht sehen und in diesem Augenblick öffnet Hannah die Badezimmertür.

»Okay, es reicht.« Sie schlägt die Hände zusammen. »Du hast seit fünf Tagen nicht mehr geduscht und kaum etwas gegessen.« Dann wird ihr Blick sanfter und sie legt behutsam ihre Hand auf meine Schulter »Emmi, du bist krank! Was du dir da antust, ist nicht gut und ich mache mir Sorgen. So kenne ich dich überhaupt nicht.

Nach allem, was du in dem vergangenen Jahr durchgestanden hast … ich meine, du bist der stärkste Mensch, den ich kenne.«

Ich kneife die geschwollenen Augen zusammen und rutsche wieder zu Boden. Ich schaffe es einfach nicht, die Tränen aufzuhalten, dabei weiß ich gar nicht mehr genau, ob es überhaupt noch Tränen sind oder nur ein trockenes Schluchzen, das in meinem Hals schmerzt als wäre es Säure.

»Ist er noch da?« Ich erkenne meine Stimme nicht, sie ist so rau und versagt am Ende der Frage, bei der ich nicht weiß, ob ich die Antwort überhaupt hören will, weil sie mich, egal wie sie ausfällt, verletzten wird.

»Nein. Er ist heute Morgen gegangen.« In ihren Augen blitzt für eine Sekunde etwas auf, was aber genauso schnell wieder verschwindet.

»Ich ertrage das nicht mehr«, sagt sie schließlich, schüttelt den Kopf und hievt mich hoch. »Man darf traurig sein. Man darf sich auch im Selbstmitleid suhlen, aber nachdem das getan ist, muss man auch wieder aufstehen. Wir beide legen heute einen ausgewachsenen Wellnesstag ein und sorgen dafür, dass diese gruselige Frau da im Spiegel verschwindet. Okay?«

Sie deutet auf das Gespenst, das mir gegenüber steht und eine ganz geringe Ähnlichkeit mit mir hat, bevor ich nicke. »Okay!«

Nach diesem Tag fühle ich mich wieder wie neu, *zumindest äußerlich*. Ich war zur Kosmetik, hab mich massieren lassen, saß im Whirlpool, habe Small Talk betrieben und so getan, als würde das alles etwas bezwecken. Noch ein Talent, das ich in dem letzten Jahr perfektioniert habe, so zu tun, als wäre alles okay. Und nun sitzen wir in einem rustikalen Steakhouse, in dem die Stühle und Tische aus dunklem Massivholz sind und wie poliert glänzen, während das gedimmte Licht für eine gemütliche Atmosphäre sorgt. Die Dekoration ist ziemlich spartanisch, aber irgendwie passt es zu dem gesamten Flair.

Ich habe inzwischen wirklich Hunger und entscheide mich für das Putenschnitzel genau wie Hannah und nachdem die Bedienung uns die Karten abnimmt, sieht Hannah mich vorsichtig an.

»Was ist?«, frage ich, nachdem sie mich gedankenverloren anstarrt und hinter ihren Augen ein Kampf zu herrschen scheint. Sie überlegt einen Moment und schüttelt dann den Kopf.

»Han, du weißt, dass ich das für den Tod nicht ausstehen kann. Spucks schon aus«, antworte ich erschöpft, während ich beobachte, wie sie im Konflikt mit sich selbst steht.

Sie kaut in Ruhe, nimmt ein Schluck Wein, atmet tief durch und sagt dann: »Ich weiß ja gar nicht, ob diese Frage überhaupt erlaubt ist?!« Sie nimmt abwehrend die Hände nach oben und ich sehe sie fragend an, bevor sie die Augenbrauen zusammenzieht. »Hast du dir mal überlegt, ihn anzuhören?«

Ich wende den Blick ab und sie redet weiter »Ich bin immer auf deiner Seite, das weißt du und ich steh auch immer hundertprozentig hinter dir, nur-«

»Nur was?«, unterbreche ich sie.

»Dich so leiden zu sehen …« Sie schüttelt den Kopf. »Das Einzige, was du damit wirklich bewiesen hast, ist, wie sehr du ihn liebst.«

Ich atme aus. »Ich liebe ihn Hannah, mehr als ich jemals dachte, dass ich jemanden lieben könnte. Er hat mich …« Ich versuche den golfballgroßen Kloß in meinem Hals runterzuwürgen, indem ich einen Schluck Wein von ihr nehme und mich dann räuspere. »Das spielt jedoch alles keine Rolle, denn *er* liebt mich nicht. Ich war nur ein kleines, dummes Spielzeug, das in einer Bar ausgesucht wurde, um sein Ego zu stärken und seinen Freunden etwas zu beweisen.«

»Das stimmt nicht«, unterbricht sie mich.

»Ach, nein«, fordere ich sie hinaus.

»Nein, Emmi. Du hast ihn nicht gesehen. Er saß von früh bis spät vor unserer Tür und ich garantiere dir, jedes Mal, wenn ich sie geöffnet habe, hatte dieser Typ Herzaussetzer. So verhält sich kein Mann, der nicht verliebt ist. Und schon gar kein Mann wie er.« Sie ergreift meine Hand und lacht.

»Und er sah scheiße aus.«

Mein lachendes Schnauben überrascht mich selbst und deshalb setzt sie noch einen drauf. »Ich meine immer noch zehnmal besser als alle anderen Männer auf diesem Planeten, aber trotzdem-«

Ich sehe sie lächelnd an, bevor sie wieder ernst wird.

»Er hat mindestens genauso gelitten, wie du. Sein Blick-«

Sie sieht gedankenverloren ins Leere. »Als er mir gesagt hat, dass er nicht aufgibt ...« Sie nimmt noch einen Schluck Wein und sieht mich entschieden an. »Ich weiß nicht genau, was dich daran hindert ihm zuzuhören. Aber wenn es tatsächlich der Gedanke daran ist, dass er dich nicht lieben würde, dann sage ich dir hier und jetzt, dass das nicht stimmt.«

Ich sehe auf meinen Teller und stochere in meinem Essen herum, während ihr Blick prüfend auf mir liegt. »Oh mein Gott. Das ist nicht der Grund«, ruft sie, als wäre ihr ein Licht aufgegangen und ich sehe sie an.

Ihre Augen sind weit aufgerissen und ihr Mund steht offen. »Du hast immer noch Angst, es ihm zu sagen«, bestätigt sie meine größte Angst und ich hebe die Schultern.

»Ich war nicht ehrlich zu ihm. Ich kann nicht ehrlich zu ihm sein. Ich meine … es wäre einfach unfair, ihm diese Last aufzubürden.«

Ich ziehe mit der Gabel einen imaginären Schlussstrich in die Luft, um dieses Gespräch zu beenden, doch es wäre nicht meine beste Freundin, wenn sie das nicht einfach übergehen würde.

»Denkst du nicht, dass er das selbst entscheiden sollte?«, protestiert sie,

»Nein«, antworte ich bestimmt »Und er hat auch genügend Fehler gemacht. Was er gemacht hat …« Ich schüttle unaufhörlich den Kopf. »…entschuldigt nichts! Ich meine, wo soll das hinführen, dass…« Ich lasse erschöpft die Gabel auf den Teller sinken, »… das alles sollte nicht so schwer sein müssen.«

Sie sieht mich mitfühlend an.

»Es ist nie leicht Emmi. Und jeder Mensch macht Fehler … und heute … Da machst *du* einen.«

Ich schaue minutenlang ins Leere, bis ich wieder beginne den Kopf zu schütteln und tonlos flüstere:

»Ich kann nicht.«

Sie lehnt sich zurück. »Du gibst ihm überhaupt keine Chance.«

Ich schnaube. »Doch ich gebe ihm die Chance glücklich zu werden.«

»Das ist falsch und das weiß du«, erwidert sie trotzend und ich reibe mir müde über die Stirn.

»Er hat schon mehr als genug gelitten und auch wenn er mich wirklich verletzt hat … das hat er nicht verdient. Schlimm genug, dass ich euch das antue.« Ich sehe an ihr vorbei zu einem der bodenlangen Fenster. »Ich kann nicht noch mehr Menschen mit runterreißen.« Ich sehe sie bewusst nicht an, doch das hindert sie nicht an ihrer Antwort.

»Aber was, wenn du ihn gar nicht runterreißt? Was ist, wenn du genau das Gegenteil tust?« Ihr Blick ist sicher, als sie mir anschließend zwei Karten über den Tisch schiebt und ich sie ansehe.

»Was ist das?«

Sie atmet hörbar aus.

»Zwei Karten für die Kunstausstellung der Abschlussarbeiten des Probesemesters für Fotografie.«

Mein Blick schnellt auf die Karten und wieder zu ihr, bevor sie mir zuzwinkert und lacht.

»Gott, das musste ich ablesen«, doch ich reagiere nicht auf ihren Witz, der auf eigene Kosten ging.

Alles was ich tue, ist sie mit offenem Mund anstarren, bevor sie beschwichtigend auf die Karten deutet, die nun vor mir liegen.

»Sein Projekt wurde ausgewählt.« Sie zuckt mit den Schultern und ich schaue zu den Karten, bevor ich langsam darüberstreiche.

»Er hat gesagt, dass er das ohne dich nicht kann.«

Emmi

Sad birds still sing.

– Autumn

Es ist 02:00 Uhr morgens. Das schätze ich auf jeden Fall, denn als ich vor gefühlt fünf Minuten zum letzten Mal auf mein Handy gesehen habe, war es 01:55 Uhr.

Ich wälze mich seit Stunden hin und her.

Nicht, dass ich sonst sonderlich viel schlafe. Doch heute ist es nicht die Angst, die mich lähmt, sondern das Echo der Worte, die wieder und wieder von den Wänden hallen.

Er hat gesagt, dass er das ohne dich nicht kann. Sie klingen in einer Endlosschleife in mir nach. Er hat es wirklich gemacht und ich freue mich für ihn. Dass er ausgewählt wurde, überrascht mich nicht. Er ist so unglaublich talentiert und die Neugier auf sein Projekt wächst von Minute zu Minute. *Ich würde es zu gern sehen.* Doch das würde bedeuten, ihn wieder zu sehen und dafür bin ich noch nicht bereit!

All die Gefühle, die ich gerade wieder in den Griff bekommen habe *oder vielmehr immer noch versuche, irgendwie in den Griff zu kriegen,* würden mit einem Mal über mir einbrechen und ich weiß nicht, ob ich das ertragen könnte. Ich vermisse ihn mit jeder Sekunde, die vergeht, mehr und dabei hatte ich gehofft, es würde leichter werden, anstatt schwerer.

Doch das tut es nicht.

Aber ich bin nicht sicher, ob ich ihm verzeihen kann.

Außerdem würde das bedeuten, dass auch ich ihm die Wahrheit sagen müsste. Ich müsste alles auf eine Karte setzten, *auf eine Karte mit einem wirklich, beschissenem Blatt!*

Wenn er mich dann zurückweist, hätte ich Gewissheit.

Doch wenn er das tut, dann ist es das Ende! Noch habe *ich* die Zügel in der Hand. Wenn ich sie ihm reiche und er ergreift sie nicht, ist es vorbei! Doch so geht es nicht weiter.

Ich kann von ihm nicht die Wahrheit erwarten und ihn weiter belügen. Ich kann mir seine Entschuldigung nicht anhören, ohne selbst vollkommen ehrlich zu sein. Ich meine, was würde das sonst aus mir machen? *Eine Heuchlerin!*

Ich kann ihm nicht vorwerfen, nicht genug Vertrauen in uns gehabt zu haben, um sich seinen Freunden zu stellen, wenn ich ihm selbst nicht vertraue. Er würde wissen, dass ich ihn die ganze Zeit belogen hab. Könnte *er* mir das verzeihen?

Emmi

Two Souls are sometimes created together
and in love
before they're even born.
– F. Scott Fitzgerald

Ich streiche mir nervös die feuchten Hände an den Beinen ab, während ich die Leute dabei beobachte wie sie in Scharen in das Performing Arts Center stürmen. Es ist riesig und wirkt extrem einschüchternd, was nicht unbedingt positiv zu meinem derzeitigen Gefühlschaos beiträgt.

Hannah hat mich zu einem eleganten Jumpsuit überredet, den ich zuletzt bei der Hochzeit meiner Cousine trug. Er ist schwarz und hat einen tiefen V förmigen Ausschnitt an Dekolletee und Rücken und um die Hüfte geht ein breites Seidenband, was an der Seite zusammengebunden wird. Ich trage High-Heels und habe meine Haare in einen Messy Bun gebunden, aus dem zwei gelockte Strähnen fallen, was das Abend Make-up mit den dunklen Augen abrundet und ich hoffe die ganze Zeit, dass es nicht zu viel ist und ich mich in diesem Aufzug vollends zum Affen mache. Aber um das herauszufinden, müsste ich natürlich erst einmal aus dem Auto steigen, doch meine Beine haben andere Pläne.

»Du siehst unglaublich aus«, unterbricht Hannah meine rasenden Gedanken. Ich bin so froh, dass sie mitgekommen ist. Ohne sie wäre ich sicher zehnmal wieder umgedreht. Aber auch diese Tatsache ändert nichts daran, dass meine zitternden Hände klitschnass sind und mein Herz so laut schlägt, dass sie es mit Sicherheit hört, während mein Kreislauf komplett verrücktspielt. Ich kann keinen einzigen klaren Gedanken fassen. Nichts in meinem Leben hat mich hierauf vorbereitet.

Sie streicht sich das ebenfalls sehr schicke Seidenkleid glatt, greift mir ermutigend in den Oberschenkel und nickt nach draußen, während sie die Tür öffnet. »Na komm.«

Der vordere Teil des Gebäudes wird durch vier riesengroße, graue, gemusterte Säulen gestützt, an deren Sockel gigantische Strahler angebracht wurden, die diese mit warmen, einladenden Farben beleuchten, um dieses triste, furchteinflößende Gebäude etwas freundlicher wirken zu lassen.

Die hohen, robusten Tore sind geöffnet und eins von den Plakaten, die auf dem Campus hingen, hängt in zehnfacher Vergrößerung über dem Eingang.

Die Decke des Foyers ist hoch und besteht aus einer großen Glaskuppel, während der Fußboden aus Marmor ist. Alles wirkt groß und äußerst edel. Am Eingang des Saals steht ein Mann mittleren Alters in einem sehr teuren Anzug, dem alle Besucher ihre Karten reichen, während wir uns ihnen anschließen.

Ein anderer, ebenso gut gekleideter Mann nimmt uns unsere Jacken ab und ich bin froh, dass Hannah mich zu diesem Outfit überredet hat. Der Saal, in dem die Ausstellung stattfindet, ist riesig, wird aber durch unzählige Raumteiler getrennt, was es zu einem unüberschaubaren Irrgarten macht.

In jeder Ecke stehen selbstentworfene Skulpturen oder es hängen Fotografien von Landschaften und Porträts an den Wänden und teilweise sind es auch Projekte, über deren Bedeutung ich mir nicht ganz im Klaren bin.

Doch alles, was ich wirklich suche, sind stechende mintgrüne Augen, und während der Klumpen in meinem Hals von Sekunde zu Sekunde größer wird, kommt vor uns eine Bedienung mit einem Tablett gefüllter Sektflöten zum Stehen. *Bingo!*

Ohne zu zögern nimmt Hannah sich zwei herunter und reicht mir eine, die ich in einem Zug leere, bevor sie mir mit einem breiten Lächeln im Gesicht auch die zweite reicht, während wir weiter in den Saal vordringen. Mir fallen noch zwei Skulpturen auf, bei denen das Wort abstrakt völlig neue Dimensionen annimmt und ich drehe mich lächelnd zu Hannah. »Man sagt ja immer, Kunst wäre subjektiv, aber das ist absurd«, scherze ich, doch Hannahs Blick klebt an einem Projekt vor uns und ich folge ihm. »Das ist schön«, gebe ich zu, als wir näher herantreten. Es ist eine 1,20 m x 1,20 m große Schwarz-Weiß-Collage aus Fotos, Zeichnungen und verschiedenen Textausschnitten. Es ergibt eine außergewöhnliche 3D-Optik und im Gesamtbild wirkt es fast wie … ein Gesicht und Hannah schnappt nach Luft, als es auch mir auffällt. Es ist… *mein Gesicht!* Zusammengesetzt aus unzähligen Bildern von … *mir!* Ich kann mich nicht bewegen.

Ich erkenne die Bilder, die er damals in seinem Zimmer von mir gemacht hat und auch die Bilder von mir, während ich das Mohnfeld und später dann ihn ansah.

Auch ein Bild von der Kreuzung ist dabei und dann sind da noch unzählige Detailbilder, auf denen beispielsweise mein Mund abgebildet ist. Wie er lächelt oder ein Grübchen zeigt oder auch nur halb geöffnet ist. Meine Hand, neben meinem schlafenden Gesicht, wobei das Gesicht verschwimmt.

Meine Haare auf dem Kissen. Alles aus einer indirekten Perspektive, die nur Bruchteile des Bildes zeigen und es damit unglaublich professionell und einzigartig erscheinen lassen.

Ein Stück von meinem Bein, das unter der Decke hervorblitzt, mein Schlüsselbein, zusammen mit einem Stück meines Gesichts. *Meine Hand in seiner!* Dieses hat er gezeichnet, genau wie ein Bild meines Seitenprofils, auf dem ich unglaublich traurig wirke. Es ist ein Ausdruck, den ich sehr gut kenne, ich habe nur nicht gewusst, dass ich ihm die Chance gegeben habe, ihn zu bemerken oder gar festzuhalten.

Ein Bild von seinen Lippen auf meiner Stirn, ein Bild von mir in diesem Kleid, das er so liebt, und noch unzählige weitere Bilder, von denen ich nie bemerkt hab, dass er sie gemacht oder gezeichnet hat. Bilder, die ein für alle Mal beweisen, wie unglaublich talentiert er ist.

Zwischen den Bildern sind ein paar Textausschnitte eingearbeitet oder vielmehr Zitate. Zitate von ... F. Scott Fitzgerald. Sie sind alle aus dem Buch *die Schönen und Verdammten.* In diesem Moment kommt mir unser Gespräch, das wir damals auf der Kreuzung hatten, in den Sinn.

Es ist, als wäre ich wieder dort und würde uns vom Straßenrand aus beobachten ... wie wir mitten auf der Kreuzung liegen.

Er hat den Arm um mich gelegt, während ich auf seiner Brust liege und mit einer nachhallenden Stimme frage:

»Wieso ausgerechnet dieses Zitat?«

»Es hat mich an dich erinnert.«

»Dann hast du das Buch gelesen?«

»Jep.«

»War es das einzige Zitat, das dir gefallen hat?«

»Wieso? Glaubst du etwa, ich hab mir alle Zitate, die mich an uns erinnern, farblich markiert …?«

Er küsst mich auf die Stirn und ich bin wieder in der Realität. Ich blinzle ein paar Mal.

Oh mein Gott, genau das hat er getan!

Und hier sind sie, eingebettet zwischen hunderten von Bildern … von uns.

»Manchmal sind zwei Seelen füreinander und verliebt geschaffen, bevor sie überhaupt geboren sind.«

»Er hält sich selbst für einen außergewöhnlichen jungen Mann, der durch und durch raffiniert ist und etwas bedeutender als jeder andere, den er kennt.«

»Ich würde es nehmen, wenn ich es wollte, das habe ich mein ganzes Leben gedacht, doch es kann sein, dass ich dich will und deshalb habe ich einfach keinen Platz für andere Wünsche.«

»Sie war wunderschön, vor allem aber gnadenlos.«

»Dann passierte etwas Seltsames! Sie drehte sich zu ihm um und lächelte und als er sah, dass sie lächelte, fiel jede Wut und jedes Leid der Eitelkeit von ihm ab. Als wären seine Stimmungen nur ihre äußeren Wellen.«

»Er wollte ihr plötzlich in neuartigen und heldenhaften Farben erscheinen.«

»Ich denke immer nur daran, dass ich dich liebe!«

Ich starre auf dieses Bild. *Auf dieses Kunstwerk!*

Auch wenn ich es mehr als schräg finde, dass die Bilder mich zeigen, so ist es doch das Beeindruckendste, was ich jemals gesehen habe. *Ich wusste, dass er das kann.*

Ich wusste auch, dass er verdammt gut ist, aber das hier ... ist einfach ... *konkurrenzlos!*

Wenn er das durchzieht, wird er seinen Traum verwirklichen. Ich war mir selten einer Sache so sicher.

»Also …« Hannah reißt mich aus meinen Gedanken und mir wird schlagartig bewusst, wo ich mich befinde und in welcher bescheidenen Situation ich immer noch stecke.

»Ich kann mich nicht entscheiden«, beginnt sie erneut und ich muss meinen Blick regelrecht von dem Bild loseisen.

»Entscheiden?« Ich bekomme keinen klaren Gedanken zusammen, geschweige dann eine gut formulierte Frage.

»Ist das hier jetzt gruselig…?« Sie neigt den Kopf. »Oder ist das der phänomenalste Liebesbeweis, den es gibt?« Ich lache sie an und dann wird mir bewusst, dass sie vollkommen recht hat. Ich schaue zu dem Bild. Das hier ist offensichtlich.

Jeder kann es sehen. Jeder sieht, dass *ich* die Frau auf dem Bild bin. Jeder sieht, dass das Bild von *ihm* ist. Jeder sieht … *dass er mich liebt!* Als Hannah wie so oft meine Gedanken liest, sagt sie: »Jap, finde ich auch. Die romantischste Liebeserklärung aller Zeiten. Ich liebe dich… *Pictionary style.*«

Und sie gibt mir einen spielerischen Stoß in die Seite, als sich meine Nackenhärchen aufstellen. Das kann nur eines bedeuten! In diesem Moment räuspert sich Hannah und sagt:

»Ich bin dann mal … keine Ahnung, irgendwo anders.«

Ich flehe sie stumm an, bei mir zu bleiben, doch sie zwinkert mir nur zu. Ich weiß, ohne hinzusehen, dass er links von mir steht! Ich spüre seinen Blick auf mir.

Wenn ich mich jetzt rumdrehe, gibt es kein Zurück mehr.

Vince

Er hat sie gesehen, bevor er etwas anderes im Raum gesehen hat.
– F. Scott Fitzgerald

Gott ich hasse diese bescheuerten Hemden! Ich bekomme darin jedes Mal Beklemmungen, fast so, als würde sich mein Proletenkörper dagegen wehren. Und da diese ganze Veranstaltung so ein piekfeines Schickimicki-Ding ist, *muss auch der oberste Knopf zu sein,* weswegen ich das Gefühl habe, dass mir gleich *buchstäblich* der Kragen platzt.

Ich ertrage das so nicht länger. *Wo ist der verdammte Alkohol?*

Dieser aufgeblasene Pinguin mit dem Tablett ist doch vor fünf Minuten noch permanent an mir vorbeigeschossen. *Wie bin ich nur hier reingeraten?* Ich stehe hier zwischen diesen ganzen Strebern mit ihren behämmerten Hipsterbrillen, die ihren versnobten Eltern ihr dämliches Projekt erklären, von denen das meiste echt totaler Mist ist, *während mein Projekt sich selbst erklärt.* Ich bin ein Trottel, der sich gerade abgrundtief blamiert, weil er einen gottverdammten Schrein für eine Frau gebastelt hat, die ihn hasst! Hätte ich mich vor zwei Monaten bei so 'ner Mission gesehen, hätte ich mir in den Arsch getreten.

Doch jetzt stehe ich hier in dieser finsteren Ecke, in der ich diesen protzigen Saal größtenteils im Blick habe, nur um unbemerkt zu sehen, ob sie kommt. *Wird sie kommen?*

Mir ist scheißegal, ob jemand an dem Bild stehenbleibt, mir ist scheißegal, ob ich einen guten Eindruck mache, mir ist auch scheißegal, ob ich genommen werde.

Das einzige was mir nicht scheißegal ist, ist sie …

… und genau in diesem Moment fühlt es sich an, als würde mich jemand in den Schwitzkasten nehmen.

Denn da ist sie! Sie ist hier! Sie ist gekommen und steht vor meinem Bild. Hoffentlich findet sie es nicht schräg und bewirkt morgen eine einstweilige Verfügung gegen mich, sodass ich mich ihr nur noch auf zehn Meter nähern darf. Ein unvorstellbarer Gedanke und eine Auflage, die ich nicht erfüllen könnte!

Was wohl dazu führen würde, dass ich sie in einem Keller einsperren müsste und als sich bei dieser perversen Vorstellung ernsthaft etwas in meiner Hose regt, frage ich mich, was für ein kranker Wichser ich wirklich bin.

Obwohl ihr diese Vorstellung sicher auch gefallen würde.

Sie würde es niemals zugeben, doch ich weiß, dass es sie unglaublich anmacht, wenn ich all die dreckigen, perversen Dinge ausspreche, die ich denke, während ich sie vögele. *Dieser kleine verruchte Engel.*

Oh Shit, ich fasse es nicht, sie steht über hundert Meter von mir weg und ich kriege nach nur einem Blick auf sie einen Ständer?! *Was ist nur los mit mir verflucht?!* Ich exe das Glas in meiner Hand, mache die Augen zu und denke an England.

Doch alles was ich sehe, ist sie! Ob meine Augen nun offen oder geschlossen sind. Ich atme tief durch, gehe auf sie zu und zum ersten Mal verstehe ich, warum es heißt: *»Das Herz schlug mir bis zum Hals«.* Denn ich bin mir ziemlich sicher, dass mein verkorkstes Herz jeden Augenblick den obersten Knopf sprengt. *Verflucht, was hat sie da an?!* Dieses Ding betont wirklich alles an ihrem Körper. Und nachdem ich mich von dem tiefen Rückenausschnitt dieses Teils losreiße, treffe ich auf Hannahs Blick, die sich anschließend räuspert und meinen Engel allein lässt. Sie sieht noch einen Augenblick nach vorn und dann sieht sie mich an. *Fuck, sie ist so schön!* Obwohl mich dieses Wahnsinnsgesicht in den letzten sechs Tagen nicht für eine Sekunde losgelassen hat, hätte mich ihr direkter Blick fast umgehauen. Verdammt, wie gerne würde ich sie jetzt einfach packen und ihre perfekten vollen Lippen küssen.

Ich will einfach jeden Zentimeter von ihr berühren, während sie diesen scharfen kleinen Fummel trägt.

Ich will sie an diese verfluchte Wand drücken und sie unter mir wimmern hören, während all die anderen in diesem beschissenen Raum sich wünschten, sie wären wir.

Doch stattdessen bleibe ich zwei Meter vor ihr stehen und sage völlig verzweifelt: »Hey«, bevor ich mit der anderen Hand in meiner Tasche versuche den Ständer zu verstecken, den diese unsägliche Frau vor mir innerhalb von fünf Minuten zum zweiten Mal verursacht hat.

Emmi

Du hast einen Platz in meinem Herzen, den sonst niemand haben könnte.
– F. Scott Fitzgerald

Er steht vor mir. In einem weißen Slimfithemd und schwarzer Skinnyjeans und es ist fast, als hätte ich vergessen, wie *hübsch* er ist. Das ist vielleicht nicht gerade das maskulinste Wort und mein rationales *Ich* würde sicher auch ein passenderes Wort finden, doch mein jetziges *Ich* kann einfach nicht über *diese Augen* hinausdenken! Sie sehen direkt in meine, doch sie haben nichts mehr mit den Augen gemeinsam, die ich kenne.

Sie wirken traurig, unsicher und verzweifelt. Dieser Blick sorgt dafür, dass das wohlige warme Gefühl, das sich gerade in mir ausbreiten wollte, sofort erstickt.

»Du bist gekommen?!« In seiner Stimme liegt so viel Leid, gemischt mit einem Funken Hoffnung und am liebsten würde ich ihn in die Arme nehmen und nie wieder loslassen.

Doch das kann ich nicht!

»Ich habe dein Bild gesehen«, sage ich, während ich darauf deute und mir auf die Wange beiße, um das Brennen in meinen Augen zu unterdrücken.

Er greift sich verlegen in den Nacken. »Können wir bitte reden? Ich möchte dir so viel sagen«, fleht er.

Das muss ich auch, also nicke ich kurz. Die Erleichterung in seinem Gesicht ist nicht zu übersehen und ich habe jetzt schon Angst davor, ihm all diese Hoffnung wieder zu nehmen. Er deutet auf die Terrasse, während er vorneweg geht, *ohne mich aus den Augen zu lassen. Die* Terrasse sieht aus wie der Balkon eines Schlosses. Sie ist mit kleinen Säulen umrandet und wird von derselben Art Strahler beleuchtet wie auch die weitaus größeren Säulen am Eingang. Auch hier draußen stehen zwei Tische mit Häppchen und Aperitifs und die Balustrade zieren atemberaubende Tonblumentöpfe, die mit den wundervollsten Blumen in sämtlichen Farben bepflanzt sind und so den traumhaften Ausblick vollenden.

»Emmi, ich...« Er fasst sich in den Nacken und legt den Kopf hinein, um die richtigen Worte zu finden. Eine Geste, die ich nur zu gut kenne und die ich versuche, mir gut einzuprägen, falls das unser letztes Gespräch sein sollte.

Dann schüttelt er den Kopf. »Es tut mir so unendlich leid!

Wenn du nur wüsstest ...« Er kommt einen Schritt auf mich zu und legt die Hände zusammen, als wolle er beten.

»Ich habe kein einziges Wort davon ernst gemeint.« Dann atmet er verzweifelt aus. »Nicht eins davon. Gott, wie könnte ich...«

Wieder schüttelt er entmutigt den Kopf. »... Ich wollte sie einfach nur von dir fernhalten. *Ich wollte dich für mich.*« Er greift sich mit beiden Händen in den Nacken, um sich an irgendetwas festzuhalten. »Ich wollte nicht, dass sie sich zwischen uns stellen.« Dann fährt er mit den Händen zu seinen Haaren, bevor er fahrig die Finger hindurchgleiten lässt. »Ich wollte nicht, dass sie wissen, wie sehr ich dich liebe, weil ich mich nicht angreifbar machen wollte.« Er zuckt die Achseln. »Ich hatte einfach Angst, aber jetzt weiß ich, wie dämlich das war.«

Sein Blick ist voller Schmerz, als er sich ein Stück zu mir runterbeugt. »Scheiße, Emmi, das Einzige wovor ich wirklich Angst habe, ist *dich zu verlieren.* Ich bin diese ganze Sache eingegangen, bevor ich dich kannte. Bevor du in meine Welt gekommen und sie komplett auf den Kopf gestellt hast.«

Er breitet demonstrativ die Arme aus, bevor er noch ein Stück näher kommt und ich die Wärme spüren kann, die von ihm ausgeht und mich in den Tiefen des Ozeans verliere.

»Du hast mir gezeigt, was ich haben könnte und ich habe es verspielt.« Seine Stimme klingt so gequält und ich schaffe es nicht ihn anzusehen. »Du bist das Beste, was mir jemals passiert ist. Ohne dich zu sein, fühlt sich an, als wäre ich nur zur Hälfte da. Ich …«

Wieder fährt er sich hektisch über das Gesicht, aus Angst, dass er sich nicht richtig ausdrückt. Was völlig unbegründet ist, denn alles was er sagt, ist so perfekt, dass es mich gnadenlos in Stücke reißt, weil ich daran denke, was *ich* zu sagen hab und er fährt fort. » Du hast mir gezeigt, dass ich es wert bin und ich möchte es wert sein. Gott …« Und dann geht er in die Knie, damit ich ihn ansehe. Er geht in die Knie, um mich anzuflehen und während all das Gute auf der Welt mit ihm zu Boden sinkt, könnte ich schwören, dass hinter ihm der Teufel applaudiert. »Ich möchte jemand sein, den du lieben kannst, denn ich liebe dich und ich brauche dich … mehr … als die Luft zum Atmen.«

Ich schließe die Augen und schüttle leicht den Kopf.

Einmal, weil ich ihn nicht länger ansehen kann.

Und weil ich nicht länger zuhören kann, wie er für etwas kämpft, was längst verloren ist. Und ich zudem die Tränen, die seit Minuten verräterisch hinter meinen Wimpern lauern, nicht länger zurückhalten kann.

Doch er hört nicht auf, sondern ergreift machtlos meine Hand und seine Berührung gibt mir endgültig den Rest. »Nein Emmi«, fleht er. »Ich … wenn ich dir doch nur zeigen könnte, wie es in mir aussieht-« Er greift sich voller Schmerz und wortwörtlich an sein Herz und ich ertrage es nicht länger.

»Vince«, unterbreche ich ihn, doch er lässt mich nicht.

»Nein … nein! Warte! Bitte, ich-«

»Vince …« , unterbreche ich ihn erneut, bevor ich zögere.

Hier steht er nun. Hier steht er und sagt all die Dinge, von denen ich mir so gewünscht habe, dass er sie sagt und ich muss es zerstören. Ich muss ihm die Wahrheit sagen, weil er sie verdient und wenn ich es jetzt nicht tue, schaffe ich es nie, denn bei jedem einzigen Wort aus seinen perfekt geschwungenen Lippen bröckelt meine Entschlossenheit mehr.

»… Ich muss dir was sagen.« Meine Stimme ist zittrig, während ich einen Blick in dieses wunderschöne Gesicht riskiere und sehe, wie sich meine Angst in seinen Augen widerspiegelt. »Emmi, bitte …« Nun ist es soweit, er sackt verzweifelt auf die Knie und greift nach meinen Händen. »Bitte, lass es mich wiedergutmachen. Ich werde es dir beweisen. Jeden Tag. Ich werde dich so behandeln, wie du es verdienst. Ich flehe dich an, verlass mich nicht.«

Seine Augen glänzen verdächtig und mir bricht es zum hundertsten Mal das Herz.

Ich wünschte so sehr, dass ich das hier nicht tun müsste.

Ich wünschte, ich könnte zu ihm nach unten sacken, ihn in die Arme nehmen und ihm sagen, dass alles wieder gut wird.

Ich wünschte so sehr dieses Leben hätte mir bessere Karten gegeben. *Aber das hat es nicht!*

Ich ziehe ihn sanft an seinen Händen nach oben.

Er steht direkt vor mir. *Verletzlich.* Sein Herz in den Händen und er schenkt es *mir.* Doch ich kann es nicht annehmen, *denn ich verdiene es nicht.* Ich nehme sein Gesicht in beide Hände und präge mir jeden Zentimeter, jedes noch so kleine Detail dieses wunderschönen Mannes ein, bevor ich meine Stirn gegen seine lege und diesen Geruch inhaliere. *Seinen Geruch.*

»Bitte.« Sein Atem streicht meine Haut und ich kann die Tränen nicht länger aufhalten, als ich mich zurücklehne und flüstere. »Ich kann nicht.«

Sein Gesicht wird von Schmerz überwältigt, bevor ich ihn eindringlich und gebrochen ansehe.

Meine Stimme ist flehend und tonlos, als ich verzweifelt flüstere: »Vince …«

Ich schüttle erneut den Kopf. *Ich schaffe es einfach nicht, es zu sagen.*

Es fühlt sich an, als würde ich mir selbst ein Messer in mein Herz jagen und in diesem Moment verändert sich sein Gesichtsausdruck, als hätte er endlich verstanden, dass ich nun diejenige bin, die etwas zu sagen hat.

»Emmi?« Sein Blick ist unruhig, wird jedoch immer noch von Angst beherrscht.

Ich schließe die Augen und auf einmal sind da nur noch Tränen und all die verlorenen Hoffnungen und Träume … und ein unerträglicher Schmerz, der unsere Herzen für immer zerreißt.

»Vince, ich bin krank.«

Emmi

Drei Worte, die alles, was er glaubte, verraten.

Drei Worte, die die schwere Last der Lüge von mir nehmen.

Drei Worte, die reichen, um alles, was gut war, zu zerstören.

Drei Worte, die ein Leben in vorher und nachher teilen.

Nur drei kleine Worte.

Seine Augen zucken unkontrolliert über mein Gesicht, während er versucht, das Gesagte zu ordnen. Er blinzelt mehrmals und dann zieht er verwirrt die Brauen zusammen.

»Wie meinst du das?« Er schüttelt den Kopf. »Wie krank?«

Ich sehe nach unten, doch er kommt auf mich zu und drückt mein Kinn nach oben, während mir weiterhin die Tränen in die Augen schießen und in seinem Blick ein komplettes Gefühlschaos herrscht.

Ich schließe die Augen, atme tief durch und öffne sie wieder. *Zeit für die Wahrheit.*

»Es nennt sich Angiom …«

Sein Gesicht ist wie versteinert.

»… dieses Angiom befindet sich in meinem Hirn und es scheint ihm dort zu gefallen, denn es will einfach nicht wieder verschwinden.« Ich versuche mit dieser Art diese Situation irgendwie erträglicher zu machen, doch es kommt nicht bei ihm an. Sein Blick huscht unaufhörlich durch die Gegend, während er versucht, die Information zu verarbeiten. Wie die Datenbank eines Computers, die gerade ein neues Update bekommt. Dann sieht er mich an und ich sehe schon, bevor er die Frage stellt, dass er unglaubliche Angst vor der Antwort hat.

»Ein Hirntumor?« Seine Stimme ist ein leises Flüstern, als hätte er Angst die Wahrheit damit herauszufordern.

Ich sehe ihn verzweifelt an und nicke vorsichtig. Er stolpert nach hinten, als hätte ich ihn gestoßen.

Das habe ich nicht gewollt. Sein Gesichtsausdruck bricht die Stelle meines Herzens, die noch heil war, *auch wenn ich felsenfest davon überzeugt war, dass es sie nicht mehr gibt.*

»Und … und was jetzt?« Er schüttelt beharrlich den Kopf und sein Blick ist panisch »Was wollen sie jetzt machen? Sie können das Ding doch einfach rausholen oder nicht?! Ich meine, es gibt doch so viele Möglichkeiten …« Er kommt auf mich zu.

Die Hoffnung in seinen Augen macht mich fertig! Wahrscheinlich werfen die Ärzte deshalb immer noch ein *aber* hinter das eigentliche Todesurteil, weil sie diesen Blick tagein tagaus einfach nicht ertragen könnten.

Zum ersten Mal kann ich diese offensichtliche Lüge verstehen und mir wird bewusst, dass sie damit nicht nur den Patienten, sondern auch sich selbst belügen, um ihren Job erträglicher zu machen. Sie haben also doch so etwas wie ein Herz, *wer hätte das gedacht.*

Doch ich kann ihn nicht belügen. *Nicht mehr!*

Ich sehe nach unten, weil ich merke, dass mir wieder die Tränen in die Augen strömen und schüttle kaum merklich den Kopf. Die folgenden Sekunden des Schweigens sind die längsten meines Lebens und ich schaffe es nicht ihn anzusehen, während ich mit dem Handrücken die Träne entferne, die von meiner Wange rollt.

»Verflucht was … was soll das heißen Emmi?«, bellt er verzweifelt.

»Sie haben es versucht.« Meine Stimme bricht und ich muss das folgende Schluchzen hinunterschlucken, bevor ich fortfahre. »Er ist inoperabel und auf all die anderen Behandlungen spreche ich nicht länger an, es-«

»Was?«, schneidet er mir das Wort ab. »Wie meinst du das?«, fragt er und zieht dabei die Augenbrauen zusammen, während ich ihn verwirrt ansehe.

»Wann…?!« Er schüttelt ebenso verwirrt den Kopf, als er versucht all die Informationen in die richtige Reihenfolge zu bringen und dann macht es *Klick*. »Wie lange weißt du das schon?« Er sieht mich völlig entgeistert an und ich sehe zum xten Mal an diesem Abend auf den Boden.

»Emilia?«, herrscht er mich an und all die Emotionen, die er in den vergangen fünf Minuten durchlaufen hat, weichen einer einzigen. *Wut!*

»Wie lange?« Seine Stimme ist ruhig. Zu ruhig und ich schüttle hilflos den Kopf, bevor er brüllt: »Sieh mich an verflucht!«, und ich tue, was er sagt. Er zieht herausfordernd die Brauen nach oben. »Wie lange?«

»Seit einem Jahr.« Ich hab es gesagt, es ist raus und in dem Moment fühlt es sich an, als wäre mein gesamter Körper taub! Unempfänglich für weitere Gefühle oder für die nächsten vernichtenden Worte.

Ein Selbstschutzmechanismus nehme ich an, denn das ist der Augenblick, vor dem ich Angst hatte, seit wir uns kennen.

Die nächsten Sekunden vergehen wie in Zeitlupe und in meinen Ohren wiederholt sich das dumpfe Geräusch einer dröhnenden Sirene.

Er nimmt schockiert die Arme nach oben.

Seine Augen sind weit aufgerissen, während er kreidebleich wird. Als er sich die Hände in seinen Haaren vergräbt, wirkt es, als wolle er sich jedes einzelne Haar einzeln rausreißen.

»Ein Jahr?«, wiederholt er ungläubig.

»Ein gottverdammtes Jahr?!«, wütet er beim zweiten Mal, bevor er den Kopf schüttelt. »Die ganze Zeit über?« Seine Stimme ist tonlos, weil er die Antwort kennt.

»Die ganze beschissene Zeit über?«, brüllt er erneut, während er einen der wunderschönen Blumentöpfe mit nur einer Bewegung von der Terrasse fegt und wir nun die ungeteilte Aufmerksamkeit aller anderen Gäste auf uns ziehen.

»Deswegen warst du in dem verdammten Krankenhaus?!« Es ist keine Frage, sondern vielmehr eine Feststellung, doch er möchte, dass ich es sage, also nicke ich. »Aber Rosie hat…-«

»Ich habe sie darum gebeten«, unterbreche ich ihn völlig monoton. Ein Tonfall, der vermutlich zu dem tauben Gefühl gehört, das sich in mir ausbreitet.

»Was hast du?«, fragt er ungläubig und scharf.

»Du hast…?!« Seine Gesichtszüge scheinen sich darum zu streiten, wer die Oberhand gewinnt, die Ungläubigkeit oder die Wut, doch wir alle wissen, wer diesen Kampf gewinnt.

»Fuuuuck!«, schreit er aus vollem Hals und dreht mir verzweifelt den Rücken zu, kurz bevor er mit voller Wucht einen weiteren Topf von der Brüstung kickt.

»Entschuldigen Sie, Sir?« Ein Mann, *eindeutig von der Security*, unterbricht seinen Wutausbruch, doch er ignoriert ihn komplett, während er wütend auf mich deutet.

»Du hast mich die ganze Zeit belogen.«

Seine Kiefermuskulatur zuckt und seine Lippen sind zu einer schmalen Linie gepresst, dann schüttelt er den Kopf. »DU verdammte …«

Ich ducke mich vor dem folgenden Wort und er verstummt.

»Die ganze verfluchte Zeit …« Seine Stimme ist eiskalt und jagt mir einen Schauer über den Rücken, doch das ist nicht das, was mir Angst macht, es ist sein Blick, die Art und Weise, wie er mich jetzt ansieht, *die ich nicht ertrage*. In den letzten zehn Minuten hat er ein Wechselbad aus Gefühlen durchlebt. Seine Verzweiflung war Verwirrung gewichen und aus Verwirrung war Wut gewachsen. Doch die Wut war nun, durch etwas anderes ersetzt worden. *Enttäuschung*. In diesem Augenblick trägt er denselben Gesichtsausdruck, den er trägt, wenn er über seine Vergangenheit spricht, nur dass er sich diesmal gegen mich richtet und ich kann es ihm nicht verübeln.

»Die ganze Zeit über hast du selbstgefälliges Miststück gepredigt, wie wichtig dir die Wahrheit ist.« Er verstellt missbilligend die Stimme »Und wie wichtig es ist, alles über den anderen zu wissen.« Dann deutet er mit einer großspurigen Geste auf sich. »Und ich Schwachkopf hab dir geglaubt …« Er lacht bissig.

»*ICH hab dir vertraut.*« Dann sieht er mich von oben herab an und schnaubt abwertend. »Und du verheimlichst *DAS.*«

»Es tut mir so leid …«, flüstere ich tonlos, während die Tränen erneut beginnen über meine Wangen zu laufen.

»Nein, du heulst jetzt nicht verflucht!«, blafft er, während er auf den Tisch mit den Häppchen einprügelt.

»Sir…«

»Ich wollte dir so oft die Wahrheit sagen«, unterbreche ich den Security-Mann bei seinem nächsten Versuch »Aber ich wusste nicht wie. Und *jetzt-*«

»Und *jetzt* ist es zu spät.« Sein Blick ist undurchdringlich, seine Stimme eiskalt. »Denn dummerweise zeigt deine Wahrheit *jetzt,* dass alles andere nur eine beschissene Lüge war.«

Ich sehe ihn flehend an und ein verzweifeltes Seufzen schallt aus meinem Mund, *weil ich es einfach nicht daran hindern kann,* während die Security beginnt sich zu organisieren.

Doch als sie auf ihn zugehen, hält er sie mit nur einer einzigen Handbewegung auf. »Nicht nötig.« Er sieht mich mit einem letzten vernichtenden Blick an. »Ich bin hier fertig.«

»Vince bitte«, wispere ich, doch er dreht sich um und rempelt einen der Security-Männer ganz bewusst mit der Schulter an, während er geht. Die reinste Provokation, da bin ich sicher, denn er würde im Augenblick nur zu gern eine Schlägerei anzetteln und die gesamte Veranstaltung sprengen, indem er alles kurz und klein schlägt und damit seine Zukunft, *von der er leider zugegeben hat, dass er sie sich wünscht,* verspielen.

Doch der Sicherheitsmann reagiert nicht, als Vince nach draußen stürmt und mich allein in dem Chaos zurücklässt.

Nur drei Worte.

Es waren nur drei verdammte Worte, die aus allem, was wir hatten, eine Lüge machten.

»Seit einem Jahr«

Drei Worte, die alles, was hätte sein können, zerstören.

Drei Worte, die niemals wieder zurückgenommen werden können.

Drei Worte, nach denen nichts mehr so ist, wie es war.

Nur drei verfluchte Worte.

»Ich bin krank«

»Wärst du so freundlich, die Luft aus meinem Glas zu lassen«, rufe ich der Tussi mittleren Alters zu, die dieses Loch hier zu führen scheint und deren wasserstoffblondiertem Schädel vermutlich entgangen ist, dass sie keine Zwanzig mehr ist. Sie trägt einen geschmacklosen Minirock, der ihre faltigen, alten Beine zeigt, die sich über die Jahre wahrscheinlich öfter geöffnet haben, als die Türen von McDonalds. Ihren jämmerlichen Busen hat sie in ein Leopardentanktop gezwängt, das genau wie ich kurz davor ist aufzugeben, während sie mir zuzwinkert und, *natürlich unabsichtlich,* über meine Hand streicht, als sie mir den Scotch zuschiebt.

Billige Schlampe! Für einen Moment überlege ich, ob ich sie einfach auf dieses ekelhafte Klo zerre und durchficke, einfach nur, weil mich dieser verfluchte Engel verflucht noch mal zwei Monate lang verarscht hat. *Wie konnte ich nur so dämlich sein?* Ob überhaupt irgendetwas wahr war, was aus diesem perfekten kleinen Mund gekommen ist? Und dann dieser verdammte Bambiblick ... doch hinter diesen unschuldigen Augen spielen hinterhältige Dämonen rücksichtslos mit Streichhölzern. Ich setze das Glas an.

Aber ich habe in meinem ganzen Leben noch nie so schöne Funken gesehen.

Nein ... Scheiße, nein! Sie hat mich die ganze Zeit belogen! Die ganze Zeit, während ich ihr alles über mich anvertraut habe, hat sie mir eiskalt in die Fresse gelogen.

Dieses verdammte Miststück hat mich die ganze Zeit getäuscht!

Ich leere das Glas in einem Zug. »Noch einen«, sage ich, bevor ich das Glas auf den Tresen knalle und genieße, wie die brennende, braune Flüssigkeit meine Kehle runterrinnt.

Sie füllt mittlerweile mein viertes … nein fünftes Glas, mit dem ich versuche, den Schmerz zu betäuben, den diese Frau seit gefühlten Jahren verursacht und jetzt weiß ich ganz genau, warum ich diese Scheiße nie zugelassen hab. Doch anstatt es mir über den Tresen zu schieben, läuft die in die Jahre gekommene Barschnalle um ihn herum und positioniert sich direkt neben mir, während sie mir den Scotch vor die Nase stellt.

»Was zum Teufel soll das werden?«, frage ich sie, ohne sie auch nur anzusehen.

»Du siehst traurig aus«, stellt sie überflüssigerweise fest, als sie anfängt an meinem Bein entlang in Richtung meines Schwanzes zu streichen und dabei anzüglich lächelt. Ich kann ihn ihr ja ins Maul stopfen, vielleicht vergeht ihr das dumme Grinsen dann. Ich werfe einen Blick über meine Schulter in diesen abgewrackten Schuppen, den sie Bar nennt.

Was wirklich ein Witz ist. Die Sitznischen sind abgenutzt und speckig, während das Innenleben durch die diversen Löcher des Stoffes quillt. Die Tische sind ramponiert und verklebt und außerdem hängt ein ekelerregender Geruch nach schalem Bier und kaltem Zigarettenrauch in der Luft, während das dürftige Licht der verstaubten Deckenlampe schwermütig durch den Raum schwingt.

Außerdem ist Wochenende und ich bin der einzige in diesem Kabuff. *Das sagt ja wohl alles.*

»Ich kann dich vielleicht aufmuntern.« Und bei diesen Worten ist ihre nuttige Hand auch schon da, wo sie hinwollte. *Mann, die hat es echt nötig!*

Ich schlage ihre Hand weg. »Nein kannst du nicht! Es sei denn du verwandelst dich in eine verlogene, selbstgefällige, blauäugige Schönheit«, knurre ich.

»Für dich bin ich, wer du willst«, grinst sie mich an und vielleicht ist es gar keine so dumme Idee! Die Vorstellung, dass sie Emmi ist und ich sie hier auf dieser dreckigen Bar vögele, bis sie winselt und einsieht, dass sie mich nicht hätte verarschen dürfen, lässt meinen Schwanz zucken. Allein der Gedanke treibt mich in den Wahnsinn, also schließe ich die Augen und greife nach rechts.

Ich drehe sie mit einer Bewegung um und lehne sie unsanft über die Theke, bevor ich ihren nuttigen Rock nach oben schiebe und mir vorstelle, es wäre *ihrer* und es wäre *ihre* perfekte kleine Frisur, die ich zerstöre, indem ich ihr derb in die Haare greife, ihren Kopf nach oben reiße und mit einem Ruck das Top von ihren vollkommenen Titten zerre. Doch diese Titten sind nicht vollkommen! Und ihre Haut schmeckt auch nicht wie ein verdammter Keks. Nein, sie schmeckt nach Kippe und nem schrecklichen Billigparfüm.

Verflucht, was mache ich hier? Ich lasse sie los und lasse mich wieder auf den Barhocker fallen.

»Verdammt, was soll das?«, krächzt sie ungläubig, während sie versucht, ihr zu Tode gebleichtes Haar zu richten, *doch dafür kommt jede Hilfe zu spät.*

»Du bist nicht *sie!* Und um mir das vorzustellen, reicht der ganze Schnaps der Welt nicht«, motze ich, als ich das Glas in meiner Hand kreisen lasse und zuhöre, wie das Eis an den Rand schlägt.

»Du arrogantes Arschloch! Raus!«, keift sie entsetzt und deutet auf die Tür, während ich genüsslich an meinem Scotch nippe, ohne sie auch nur eines Blickes zu würdigen, *denn ich glaube, dann muss ich kotzen.*

»Ich bin noch nicht fertig«, sage ich völlig unbeeindruckt.

»Doch das bist du«, wettert sie, aber ich ignoriere sie und stehe auf.

»Nein, ganz im Gegenteil«, flöte ich, während ich hinter die Theke schlendere, mir den Scotch schnappe und die gesamte Flasche ansetze! *Wozu länger Zeit verschwenden?!*

Sie schnaubt entrüstet, bevor sie zu einer Tür in dem hinteren Bereich der ›Bar‹ verschwindet, während ich mich an den Tresen lehne und das Gefühl des brennenden Scotchs in meiner Kehle genieße und dabei beobachte, wie ihr perfektes kleines Gesicht auf meinem Handybildschirm aufleuchtet, bis ich es nicht mehr ertrage und mit voller Wucht in die Bar schmettere. Ich höre, wie das Display springt und unmittelbar danach erklingt das Geräusch der Türglocke dieser Kaschemme, während zwei abgefuckte Möchtegernschläger sie betreten und mit verschränkten Armen stehenbleiben, als die Tür sich quietschend wieder schließt.

Wie es aussieht, hat die zarte Besitzerin dieses Etablissements um Hilfe gerufen! Ich drehe mich nicht noch mal zu ihnen um, als ich langsam und entschlossen in den Flaschenhals flüstere:

»Genau auf euch hab ich gewartet.«

Emmi

Wir beide sind unter den Wellen der Worte ertrunken,

die wir nicht gesagt haben.

– Ben Maxfield

»Er ist einfach so gegangen?«, fragt Hannah schockiert, als wir nach Hause fahren.

»Ja«, antworte ich kleinlaut, während ich ihn versuche anzurufen und Hannah missbilligend flucht.

»Arschloch.«

»Nein, das ist er nicht«, verteidige ich ihn, als ich das Handy erfolglos sinken lasse. »Ich hatte jede Gelegenheit, es ihm zu sagen, aber jedes Mal gab es ein neues Drama, das uns den Boden unter den Füßen weggerissen hat und wenn es das nicht war, war es gerade so perfekt, dass ich es nicht kaputtmachen wollte, weil ich wusste, dass es alles verändert.«

Ich schüttle resigniert den Kopf, bevor Hannah nachdenklich summt: »Mmhh …«

Sie greift fragend zu ihrem Handy. »… Ist ja komisch.«

»Was?«, will ich wissen und sie zuckt mit den Achseln.

»Eigentlich hab ich eine ›Ist das nicht ironisch‹-App auf meinem Handy, die immer losgeht, wenn jemand so einen Schwachsinn erzählt«, Sie hebt provokant die Brauen und mir huscht für den Bruchteil einer Sekunde ein Lächeln über die Lippen.

»Ich weiß, was du meinst.« Dann lasse ich den Kopf an die Kopflehne fallen und seufze. »Aber ich hab ihn auch belogen. Ich bin nicht besser, als er.«

»War er sauer?«, fragt sie anschließend und ich sehe sie erstaunt an, bevor ich voller Sarkasmus antworte.

»Nein. Überhaupt nicht. Ich dachte ja, er wäre wütend und würde sich verraten fühlen, aber er hat das alles super aufgenommen.« Ich forme mit Zeigefinger und Daumen einen Kreis, während Sie mich mitfühlend ansieht und ich sofort bereue, dass ich sie angefahren hab. Ich schließe die Augen und greife mir an die Nasenwurzel. »Sorry. Es ist nur-«

»Schon okay«, beruhigt sie mich, bevor sie eine Hand vom Lenkrad nimmt und sanft über meine streicht, während ich aus dem Fenster sehe.

Es ist dunkel, doch man kann förmlich spüren, wie sich die trüben Wolken am Himmel gegeneinander auflehnen, während der drohende Regen bleischwer in der Luft hängt.

»Ich habe ihm das Herz gebrochen, kurz nachdem er zugegeben hat, dass er wirklich eins hat. Ich habe ihn dazu gebracht, mir zu vertrauen, und dann hab ich es vor ihm in der Luft zerrissen. *Ich hab ihn verraten!* Das ist alles, was er im Moment sieht und ich erinnere mich noch genau, wie sich das anfühlt.«

Ich zucke mutlos mit den Achseln. »Alles, was wir hatten, basiert auf Lügen. Wir sind Lügner. *Beide.*«

Dann atme ich hörbar aus und versuche, die Tränen weg zu blinzeln, die diese Erkenntnis mit sich bringt.

Gott wann bin ich so ne Heulboje geworden?

Hannah greift noch einmal besänftigend nach meiner Hand und ich nicke ihr dankend zu. Nicht für ihre tröstende Berührung, sondern für all der Dinge, die sie nicht sagt.

All das ist so wirr und es fällt mir schwer in Worte zu fassen, was ich in diesem Moment empfinde. Ich bin einfach nur leer und ausgelaugt.

Die vielen Tränen, die ich geweint habe, haben mich müde gemacht und ich bin es so unendlich leid zu fühlen.

Ich lehne meine Stirn an die kalte Fensterscheibe und beobachte, wie mein Atem die Scheibe beschlägt, als einen Augenblick später der erste Donnerschlag dröhnt und der Regen beginnt auf das Auto zu prasseln, als wäre der gesamte Himmel geschlossen in Tränen ausgebrochen.

Vince

Ich liebe sie,

und das ist der Anfang und das Ende von allem.

– F. Scott Fitzgerald.

»Was ist passiert«, fragt mich Heather in der Notaufnahme, während sie die kleine Platzwunde an meiner Stirn näht, die mir die beiden Arschgesichter in der versifften Bar verpasst haben. Ich konnte gerade mal so viel austeilen, dass lediglich meine Fingerknöchel wieder aufgeplatzt sind, bevor sie meinen Schädel gegen die Bar geschlagen haben.

»Aahhh … Hast du das überhaupt schon Mal gemacht?«, fahre ich sie an, während sie meiner Meinung nach ziemlich ungeschickt die Wunde versorgt. Da waren ihre Hände an anderer Stelle wesentlich geschickter.

Sie wirft mir einen warnenden Blick zu, bevor sie fragend die Augenbraue hebt und ich schüttle den Kopf.

»Hilf mir einfach und hör auf dumme Fragen zu stellen«, schnaube ich genervt und sie schnalzt belustigt mit der Zunge.

»Vielleicht bist du nicht in der richtigen Position um Forderungen zu stellen.« Sie funkelt mich an. Sie ist nach wie vor sehr hübsch. Sie ist groß und schlank, blond und versaut.

Ich hatte wirklich Spaß mit ihr, deshalb verzichte ich auf eine niederschmetternde Antwort und verdrehe nur die Augen, was sie zum Grinsen bringt. Doch alles, was ich sehe, ist das fehlende Grübchen in ihrer Wange und die fehlende Begeisterung für die Welt in dem Blau ihrer Augen, das leblos und blass scheint, wenn man es mit *ihrem* Blau vergleicht.

Ich drücke mir die Handballen gegen die Augen, in der Hoffnung, es könnte ihr Gesicht vertreiben, wenn ich nur fest genug drücke, doch das ist hoffnungslos. Es hat sich in meine Netzhaut gebrannt. Ich stoße ein verzweifeltes Geräusch aus, bevor ich die Augen wieder öffne und neben den Punkten, *die durch den Druck vor meinen Augen blinken,* Heathers besorgtes Gesicht sehe, als sie mir eine Terminkarte hinhält, auf der der Termin zum Fädenziehen steht.

Ich stehe auf und reiße sie ihr aus der Hand, bevor ich ihr den Rücken kehre.

»Vince, warte! Vielleicht sollten wir vorsichtshalber ein MRT machen …«, ruft sie mir hinterher, doch ich ignoriere es. Es ist nicht der Schlag vor den Kopf, der mich verfolgt.

Emmi

Just in case you ever foolishly forget;
I'm never not thinking of you.
– Virginia Woolf

Es ist Dienstagvormittag, ich habe seit Sonntag nichts von ihm gehört und ich mache mir allmählich wirklich Sorgen.

Genau das ist der Grund, weshalb ich jetzt vor seinem Zimmer stehe und zum fünften Mal gegen die Tür hämmere, doch nichts passiert. Es ist abgeschlossen, aber das bedeutet nicht, dass er nicht da ist. Zumindest hoffe ich das, doch falls er da sein sollte, macht er nicht auf. Ich lasse meine Stirn gegen die Tür sinken und atme zweimal tief durch, »Vince«, *keine Antwort.*

Ich stoße mich gerade frustriert von der Tür ab, als ich ein Räuspern hinter mir höre und schnelle erschrocken herum.

Doch es ist nicht Vince, es ist eine Professorin.

Sie war auch auf der Veranstaltung.

»Entschuldigen Sie bitte. Ich wollte sie nicht erschrecken.«

Sie hat ein unglaublich warmherziges Lächeln, das ihre strahlend weißen Zähne zeigt und somit einen starken Kontrast zu ihrer dunklen Haut schafft. Außerdem hat sie einen dieser Turbane auf dem Kopf.

»Nein schon okay … ich-« Ich lächle, atme aus und schüttle den Kopf. »Das macht nichts.«

»Sie sind eine Bekannte von Vincent King?« Sie versucht es, wie eine Frage auszudrücken, ist sich dieser Tatsache jedoch ziemlich sicher. *Sie erkennt mich von dem Bild.*

Ist das seine zukünftige Professorin? Falls er es schafft, *woran ich jedoch keinen Zweifel habe.*

»Ja!« Ich strecke ihr meine Hand entgegen. »Ich bin Emilia Glass.«

Sie legt ihre Hand in meine, während sie sich vorstellt. »Ich bin Professor Galloway. Ich unterrichte den Studiengang Fotografie, Fotodesign und Kunst«.

Ich nicke. »Ich hab sie auf der Ausstellung gesehen. Es freut mich sehr, sie kennenzulernen. Vince hat mir schon sehr viel von ihrem Kurs erzählt.«

»Hat er das?«, hakt sie interessiert nach. »Anfangs schien er kein wirkliches Interesse zu haben, obwohl er ein ausgesprochenes Talent besitzt.

Doch in den vergangenen Wochen hat sich sein Engagement sehr gesteigert und er ist wahrlich über sich hinausgewachsen.

Ich gebe mich der Annahme hin, dass er das zum größten Teil Ihnen verdankt.« Sie nickt mir anerkennend zu und ich ziehe die Brauen zusammen, während mein Blick kurz über ihr langes, lilafarbenes *Gewand* huscht.

»Wie kommen sie darauf?«, frage ich verwirrt.

»Ich bin dafür zuständig, seine Abschlussarbeit zu beurteilen und man muss nicht zwingend ein Genie sein, um zwischen den Zeilen oder in diesem Fall *Fotos* zu lesen.

Es war in der Tat ein einzigartiges Projekt. Vielleicht sogar das beste Projekt, das ich in diesem Jahr gesehen habe.«

Sie lächelt und zwinkert mir tatsächlich zu.

»Ist das ihr Ernst?«, frage ich sie hoffnungsvoll, weil ich inständig hoffe, dass es das bedeutet, was ich vermute.

»Nun ja, zumindest habe ich es in meiner Beurteilung so formuliert und es scheint, ich bin mit meiner Meinung nicht allein.« Sie zieht einen großen Umschlag aus ihrer Tasche.

»Ich wollte ihm die gute Nachricht gerade persönlich überbringen, aber so, wie es aussieht, ist er nicht da?«

Sie reicht den Umschlag wie selbstverständlich an mich weiter und ich sehe sie fragend an.

»Ich kann mir vorstellen, dass er solch eine Nachricht am liebsten von Ihnen hört.« Ich nehme ihr den Umschlag ab und zwar so vorsichtig, dass man meinen könnte, sie würde mir gerade den heiligen Gral überreichen.

»Vielen Dank. Er wird-« Ich schüttle fassungslos den Kopf, doch dann sehe ich sie eindringlich an:

»Vielen Dank!«

Sie nickt und in diesem Moment weiß sie wofür.

Denn ich danke ihr nicht für den Umschlag, sondern dafür, dass sie das Außergewöhnliche in ihm sieht …

dafür, dass sie an ihn glaubt.

Vince

Denkst du das Universum kämpft für Seelen, die zusammengehören?
Manche Dinge sind zu seltsam und zu stark, um Zufall zu sein.
— Emery Allen

»Sie hat mich darum gebeten«, fleht Rosie mit erhobenen Händen, nachdem ich sie ziemlich lautstark gefragt hab, was zum Teufel sie sich dabei gedacht hat mich zu belügen.

Ich drehe ihr den Rücken zu. Ich kann sie nicht ansehen.

Das hier kommt mir vor als hätte sich das gesamte beschissene Universum gegen mich verschworen. Ein gigantischer Witz, auf meine Kosten. Ich lasse mich auf die Behandlungsliege fallen und fahre mir über das schmerzende Gesicht, um irgendwie einen Ausgleich zu schaffen. Dann sehe ich sie an. »Wie konnte sie das tun? Scheiße, ich habe ernsthaft versucht mich für sie zu ändern, ihr zu vertrauen und sie ... Sie hat mich verdammt noch mal angelogen!

Sie hat *dich* gebeten, mich zu belügen. Diese Frau macht mich einfach wahnsinnig«, brülle ich und kicke gegen den kleinen Stuhl vor der Liege, bevor er durch den Raum rollt und Rosie erschöpft schnaubt.

»Das sehe ich. Und jetzt willst du sie einfach gehenlassen?«

Ich reiße meinen Blick von den Rollen des Hockers und sehe sie entsetzt an. »Sie hat mich *belogen*, Rosie.«

Ich ziehe die Schultern nach oben. »Die ganze Zeit.«

Dann schüttle ich den Kopf und sehe aus dem Fenster.

»Es wäre sonst nie so weit gekommen.«

»Wirklich?«

Ich spüre, dass ihr herausfordernder Blick auf mir liegt, doch ich starre weiter aus dem Fenster und sie fährt fort.

»Tut es dir denn leid, dass du sie getroffen hast? Also richtig leid, nicht weil du wütend auf sie bist oder dich verraten fühlst. Ich meine wünscht du dir wirklich von ganzem Herzen, dass du sie niemals getroffen hättest? Sie niemals kennengelernt hättest? *Dich niemals in sie verliebt hättest?*«

Ich sehe sie schockiert an.

»Ach komm schon«, winkt sie lachend ab. »Ich bin doch nicht blind. Natürlich liebst du sie. *Sie* hat dich dazu gebracht, etwas zu empfinden. *Sie* hat auf *dich gesetzt.*«

Ich schnaube bissig. »Riesenfehler, ehrlich.«

Und sie zieht die Augenbrauen nach oben.

»Ganz offensichtlich. Du bist launisch, sprunghaft und ein riesengroßes Arschloch. Nicht unbedingt die beste Voraussetzung für den Partner an ihrer Seite.« Sie sieht mich missbilligend an, aber dann wird ihr stahlharter Blick weicher.

»Doch du bist hier und nur zu 70 %, weil du irgendjemand anderem die Schuld geben willst, sondern auch, weil es dich beschäftigt.« Sie sieht mich eindringlich an und ich wende den Blick ab. Es gefällt mir nicht, wie schnell meine Mauern bröckeln, nachdem *sie* ihnen einen irreparablen Schaden zugefügt hat und Rosie hört einfach nicht auf darauf einzuhämmern.

»Vince, sie ist ein cleveres Mädchen und sie hat auf *dich* gesetzt, sie hätte das nicht getan, wenn sie nicht irgendetwas in dir sehen würde, was du anscheinend niemand anderem zeigst. Entscheidend ist … Was siehst du in ihr? Würdest du auch auf sie setzen?« Sie macht einen Schritt nach vorn, setzt sich auf den Hocker und rollt auf mich zu, um mir den Rest zu geben. »Wenn du all das rückgängig machen könntest, würdest du es tun?«

Ich sehe zu ihr und es fühlt sich an, als hätte ich eine vernichtende Niederlage eingesteckt und da ich keine Antwort auf diese Frage habe, blicke ich auf den Boden, denn ihre Augen durchbohren mich wie Messer.

Es ist einfach nur kompliziert und ich bin kein beschissener Held. *Ich bin ein Arsch.*

Rosies Blick brennt sich weiter in meine Haut, doch ich kann ihr nicht sagen, was sie hören will, also stehe ich auf und gehe.

Ich wollte dir so oft die Wahrheit sagen, aber ich wusste nicht wie.

Ihre Worte dröhnen durch meinen Schädel.

Gott, ich bin so sauer auf sie, doch ich werde ihren verdammten Gesichtsausdruck einfach nicht los.

Hätte Reue ein Gesicht, wäre es ihr Gesicht gewesen.

Scheiße, nein. Ich bin hier derjenige, der belogen wurde.

Betrogen. Hintergangen. *Warum fühle ich mich dann so schuldig verdammt?*

»Mann, siehst du scheiße aus«, reißt mich eine Stimme aus meinen unerklärlichen Gedanken und es ist eine Stimme, die alles in mir sofort in Flammen aufgehen lässt.

Nicht heute, du Ratte! Ich beiße meine Zähne so fest zusammen, dass es schmerzt, als ich wortlos an Finn vorbeigehe.

»Was denn King«, höre ich seine höhnische Stimme hinter mir. *Fuck, er bettelt ja geradezu darum ...*

Doch seine nächsten Worte zwingen mich beinahe in die Knie. »Hat sie dir endlich ihr kleines Geheimnis anvertraut?«

Ich schnelle herum. »Was hast du gesagt?«

»Du hast mich schon verstanden«, lacht er herausfordernd, bevor er seine Brauen selbstgerecht nach oben zieht. »Aber hey...« Er deutet auf mich. »... So wie es aussieht, hast du wirklich großartig und verständnisvoll darauf reagiert.«

Er lacht bitter. »Ich hab ihr gesagt, wie du es aufnehmen würdest, doch sie wollte einfach nicht hören«, höhnt er voller Sarkasmus. *Das ist ein Witz oder?!*

Sein dämliches Grinsen schnürt mir die Kehle zu.

»Aber mach dir keinen Kopf Mann.« Sein Blick ist gehässig, bevor er mir zuzwinkert. »Ich werde mich gut um sie kümmern.«

»Hören sie auf, um Gottes Willen«, schreit eine hysterische Frauenstimme, die mich aus dem Tunnel, der Wutspirale zieht. Ich sitze auf diesem hinterfotzigen Wichser, während mich jemand an meinen Armen von ihm wegzerrt.

Er hält sich die blutige Nase. *Habe ich schon zugeschlagen?*

Ich befreie mich aus dem Griff und stürme hinaus, bevor noch jemand die Bullen ruft und würde ich nicht schon bis zum Hals in der Scheiße sitzen, würde ich ihm seinen verfluchten Schädel einschlagen.

Soll er sie doch haben! Wahrscheinlich passt jemand wie er sowieso viel besser zu ihr.

Jemand, der verständnisvoll reagiert, wenn ihm die Frau, die er liebt, offenbart, das alles, was zwischen ihnen war, nur eine beschissene Lüge war. Scheiße, ich habe jedes verfluchte Recht sauer zu sein. *Auch, wenn mir die Ironie dabei nicht entgeht.*

Mir brummt der Schädel und ich setze mich auf eine der Parkbänke, die mich zwangsläufig an sie erinnert.

Sie war deswegen hier. Sie hat mir direkt ins Gesicht gelogen, als ich ihr meine verdammte Seele offenbart habe. *Eiskalt.*

Ich reibe mir über die Augen. Ich bin plötzlich so schrecklich müde. Gott, ich habe das Gefühl, ich habe seit Jahren nicht geschlafen. Ich vergrabe mein Gesicht in meinen Händen, bevor ich den Kopf in den Nacken lege, in den Himmel starre und krampfhaft versuche wieder in die Leere zu finden, an der ich so lange festgehalten habe.

Ich hab keine Ahnung wie lange ich in den Himmel starre, doch als mein Nacken sich versteift, wende ich den Blick ab und dann … einfach so, steht sie da. Auf der anderen Seite der Straße … *eine gottverdammte Mohnblume.*

Mutterseelenallein schwingt sie im Wind und starrt mich an. *Wie hat es dieses zarte Ding nur durch den Asphalt geschafft?*

Es muss doch unglaublich mühselig für so ein zierliches Ding sein, sich durch zig Schichten aus Stein und Beton zu kämpfen. Und das alles, nur um jeden Tag darauf zu warten, von irgendeinem Arsch zertrampelt zu werden.

Es ist ein verdammtes Wunder, dass sie es überhaupt so lang überlebt hat. *Ein kleines Wunder.*

Ich lege meine Ellenbogen auf meine Oberschenkel und fahre mir durchs Gesicht, bevor ich mir die Augen reibe und wieder zu dieser kleinen Schönheit sehe.

Ich würde sie so gerne beschützen. Doch ich weiß einfach nicht, ob ich es schaffe, dieses winzige kleine Ding vor all den Gefahren zu bewahren, die ihr bevorstehen.

Ich weiß nicht, ob ich mich dem stellen kann, was ihr bevorsteht.

Emmi

Sie kämpft mit Dingen, von denen ihr Lächeln nie erzählen wird.

— Johnny Cox

Da die Wahrheit nun sowieso restlos ans Licht kommen wird, beschließe ich *nach den vergeblichen Versuchen bei Vince* an Hailees Tür zu klopfen. Sie hat die Wahrheit ebenso verdient und sie hat es verdient, sie von mir zu hören, obwohl ich eine ähnliche Reaktion wie die von Vince erwarte und sie wäre damit auch voll im Recht. Ich hab beschlossen sie zu belügen und ihr zu misstrauen und nun sollte ich wohl endlich anfangen, Abbitte zu leisten. Natürlich hoffe ich auch herauszufinden, ob sie vielleicht irgendetwas von Vince gehört hat und trotzdem weiß ich nicht, welcher Teil in mir größer ist. Der, der hofft, dass sie da ist, oder der, der hofft, dass sie nicht da ist. Außerdem hab ich nicht den blassesten Schimmer, was ich mit dem Umschlag von Professor Galloway tun soll.

Eigentlich müsste ich ihn unter seiner Tür durchschieben.

Er will mich eindeutig nicht sehen. Aber trotzdem ist der Brief der einzige Weg, ihn mit Sicherheit noch einmal zu sehen und ihm all die Dinge sagen zu können, die ich ihm einfach noch sagen muss. Vielleic-.

In diesem Moment öffnet sich die Tür zu Hailees Zimmer.

»Gott sei Dank! Du bist also nicht verschleppt worden«, ruft sie leicht übertrieben und auch ziemlich sarkastisch und ich meine weit entfernt einen Gong zu hören, der die erste Runde einläutet, als ich zögerlich den Kopf schüttle.

»Es geht dir also gut? Keine Knochenbrüche oder andere Wunden jeglicher Art?« *Zählen innere Verletzungen auch?*

»Nein«, antworte ich vorsichtig.

»Gut, dann kann ich ja jetzt zu anderen Gefühlen übergehen«, sagt sie, während sie mir die Tür aufhält und ich an ihr vorbeischlüpfe und mich auf einen Anschiss gefasst mache, der sich gewaschen hat.

Doch ich habe noch einen sehr guten Konter im Ärmel, immerhin hat sie mich an jenem dunklen Montag, an dem meine Welt zum ersten Mal unter einem Trümmerhaufen begraben wurde, zum Campus bestellt, ohne überhaupt aufzukreuzen.

»Okay, ich fange an«, sagt sie, nachdem sie sich geräuspert hat. *Oh je.*

»Ich habe keine Ahnung, wer dir diese Nachricht geschickt und dich zum Campus bestellt hat, ich war es nicht. Allerdings war ich an jenem Morgen kurz mit Alex im Diner verabredet, um mich mit ihm auszusprechen und aus irgendwelchen unerfindlichen Gründen war Marlene auch da und ich habe meine Tasche unbeaufsichtigt an dem Tisch stehen lassen und der heftigen Reaktion von Vince nach zu urteilen, war sie wohl diejenige, die dir diese Nachricht geschickt hat.«

Ich sehe sie mit großen Augen an und lasse mich auf ihr Bett sinken, während ich das Gesagte verarbeite.

Eigentlich hätte ich es mir denken können. Dieses verfluchte, hinterhältige Miststück! Aber warum hat sie es nicht gelöscht?

Es ist fast so, als wollte sie, dass wir wissen, dass sie diese Revolte angezettelt hat. *Aber das ist erstmal nebensächlich.*

»Vinces Reaktion?«, hake ich nach.

»Ja, letzten Donnerstag habe ich ihn getroffen. Er kam aus einem Bus gestürmt, wie ein Irrer, hatte eine Fahne, die selbst Shia Labeouf umgehauen hätte und sah auch sonst echt beschissen aus. Auf jeden Fall, hat er nach dir gefragt, *schon wieder …*« Sie sieht mich misstrauisch an, doch ich ignoriere es und sie fährt fort. »Ich habe ihm von den Nachrichten erzählt und dann ist er stinksauer geworden. Er hat nach Marlene und Alex gefragt, ist zu ihnen gestürmt, hat Robs komplette Wohnung zerlegt und Alex krankenhausreif geprügelt …«, sagt sie schockiert, während ich schlucke und versuche, das alles zu verdauen.

»So und jetzt kommst du«, fordert sie »Würdest du mir jetzt mal bitte erklären, was zum Teufel hier los ist?« Sie stemmt wütend die Hände in die Flanken, während ich überlege, wo ich anfange.

Tja am besten am Anfang. Ich erzähle von unserem ersten gemeinsamen Abend und von dem Treffen mit Vince und von allem, was folgte, bis hin zu dem Krankenhausbesuch.

Ich verrate ihr, warum ich wirklich dort war und sie zieht scharf die Luft ein, aber weil ich wirklich nicht in Stimmung bin, darüber zu reden, oder das Mitleid in ihren Augen zu ertragen, erzähle ich weiter und gehe näher auf die Geschichte mit Vince ein. Auf die Konfrontation mit seinen Freunden, auf die grauenvollen Tage danach und auf die Kunstausstellung. Darauf, was er gesagt hat und wie ich es zerstört hab.

»Und seitdem habe ich ihn nicht mehr gesehen und fange wirklich an, mir Sorgen zu machen.« Ich verziehe gedankenverloren das Gesicht, bevor ich sie ansehe und sie mich mindestens eine Minute wortlos und mit aufgerissenen Augen anstarrt.

»Ich weiß, das waren ziemlich viele Informationen. Tut mir leid«, besänftige ich sie und sie zuckt hilflos mit den Schultern.

»Ich weiß nicht, was ich sagen soll. Ich bin geschockt und offen gesagt auch überfordert. Warum hast du nichts gesagt?«, fragt sie etwas verärgert.

»Ich wollte einfach ein Stück Normalität.« Ich schüttle erschöpft den Kopf. »Ich wollte einfach nur für einen Moment wieder die Emmi sein, die nicht *krank* ist.

Ich wollte mit dir weggehen und über belanglose Dinge reden und einfach … normal sein …« Ich deute auf sie.

»Ohne, dass du mich so ansiehst, wie du es jetzt tust.«

Ihr mitleidiger Blick bringt mich beinahe um und auch wenn es schräg ist, bin ich auf eine Art wahnsinnig froh, dass Vince so wütend geworden ist. Es ist hundertmal leichter zu ertragen, als *dieser Blick*.

»Es tut mir leid Emmi, es ist nur… auf sowas war ich einfach nicht vorbereitet … ich meine du bist so jung und du … siehst so gut aus. Ich meine …« Sie schultert sich.

»Ja, vielleicht sollte ich mir einen Zettel auf die Stirn kleben, um diesen bescheuerten Spruch in Zukunft nicht mehr hören zu müssen.« Ich versuche mit einer Grimasse die Schärfe aus dieser Bemerkung zu nehmen, aber in Wahrheit fängt auch dieser Satz an, mir tierisch auf die Nerven zu gehen.

»Nein, so habe ich es nicht gemeint. Ich weiß nicht … was … Kann ich irgendetwas für dich tun?«, fragt sie mich, während ihre Augen verdächtig glänzen.

»Ja, hör auf, mich so anzusehen«, antworte ich und sie sieht auf den Boden. Dann ergreife ich ihre Hand, bevor ich sie ermutigend drücke. »Und hilf mir Vince zu finden.«

Sie atmet hörbar aus. »Das ist ja der nächste Hammer.« Sie stößt ein entsetztes Schnauben aus. »Damit kann ich fast genauso wenig anfangen.«

Ich lache dankbar, dass sie auf den Themenwechsel eingeht und stoße sie spielerisch mit der Schulter an.

Liebe ist eine notwendige Tragödie.

– Bridgett Devoue

Es klopft. *Schon wieder.* Verflucht seit Tagen habe ich das Gefühl, dass es ununterbrochen an meiner beschissenen Tür klopft und ich habe absolut keinen Bock irgendjemanden zu sehen! *Und wenn sie es ist?*

Ganz sicher nicht!

Und was wenn doch? Ach Fuck! Ich mache die Tür auf und es ist Hailee. Das fehlte gerade noch, sie ist nun wirklich der nervigste Mensch, der überhaupt rumrennt.

»Was willst du?«, schnauze ich sie an.

»Oh danke, mir geht es auch gut. Ich habe ein bisschen unter dem Wetter gelitten, aber jetzt geht's«, witzelt sie.

»Lass das mit dem Sarkasmus, das ist nicht dein Ding«, kontere ich genervt und sie schließt die Tür hinter sich.

»Gott, was willst du?«, wiederhole ich erschöpft und wende ihr den Rücken zu.

»Ich hab mit Emmi gesprochen.«

Ich halte in der Bewegung inne. »Und?«, frage ich völlig reserviert.

»Sie hat mir alles erzählt«, atmet sie aus und ich schnaube.

»Ach ja? Wow, ich dachte mit Ehrlichkeit hat sie es nicht so.«

»Vince sei kein Idiot!«

»Wie bitte?« Ich dreh mich zu ihr um.

»Ich weiß, dass du sauer bist, aber-«

»Woher willst du wissen, dass ich sauer bin?«, unterbreche ich sie, als könnte es mir nicht egaler sein.

»Weil sie es mir gesagt hat«, antwortet sie mit einem Bedauern in der Stimme, das mich extrem nervt.

»Und woher will sie das wissen? Sie weiß einen scheiß über mich«, knurre ich sie an.

»Okay. Du bist nicht sauer.« Sie hebt abwehrend und höhnisch die Hände »Dann hat dein ramponiertes Gesicht sicher auch überhaupt nichts mit ihr zu tun?« Sie zieht fragend und gleichzeitig wissend die Augenbrauen nach oben und ich schnaube abfällig, während ich sie gekonnt ignoriere. Diese verfluchte Nervensäge fängt an mir auf den Sack zu gehen.

Sie atmet hörbar aus. »Du hast dich also entschlossen den Aussteiger zu spielen?«, fragt sie.

»Jep! Der ganze Scheiß interessiert mich nicht. Ich habe für so was keine Zeit« Ich schultere mich, als hätte mir dieser Satz nicht gerade die Seele zerquetscht.

»Dann bist du noch ein viel größerer Arsch, als ich dachte«, erwidert sie scharf und ich zucke erneut mit den Achseln.

»Ich habe nie etwas anderes behauptet.«

Sie verschränkt die Arme vor der Brust. »Du hast behauptet, dass du sie liebst.«

»Tja, dann bin ich anscheinend ein fast genauso begabter Lügner wie sie«, gebe ich zynisch zurück.

»Offensichtlich. Du bist so gut, dass du es sogar schaffst, dich selbst zu belügen«, höhnt sie und diese rätselhaften zweideutigen Bemerkungen sickern nur schwermütig in mein benebeltes Hirn und ich schlage stöhnend meinen hämmernden Schädel gegen die Kommode.

»Was zur Hölle laberst du da?«

»So funktioniert das nicht Vince, wenn es echt ist, kannst du nicht wegrennen, wenn es schwierig wird«, sagt sie streng und ich fahre ein zweites Mal zu ihr rum.

»Ich renne nicht weg verflucht! Sie hat mich die ganze Zeit über belogen, Hailee«, schnauze ich.

»Ja, sie hat einen Fehler gemacht, genau wie du, als du zu feige warst Alex und dem Rest die Wahrheit zu sagen«, gibt sie kein Stück nach.

»Weil sie das überhaupt nichts angeht, verdammt!« Ich räume mit einem Ruck meine gesamte Kommode ab.

»Nein, das war nicht der Grund! Du wolltest dich nur nicht angreifbar machen. Aber genau das passiert wenn man sich verliebt, Vince, man wird verwundbar und genau das ist es, was dir Angst macht, denn du hast völlig Recht, du bist nicht sauer, *du hast Angst!* Und wenn du das hier wirklich durchziehst, dann bist du auch kein Arsch, sondern ein *Feigling«*, stänkert sie mit einer dramatischen Geste.

»Im Ernst? Was soll das werden? Ein Jedi-Gedankentrick? Glaubst du, das funktioniert? Glaubst du ernsthaft, ich bin so leicht zu manipulieren?« Ich lache gehässig, doch sie sieht mich weiter an.

»Ich manipuliere dich nicht Vince. Ich sage einfach nur die Wahrheit. Es ist kein schönes Gefühl, selbst einen Spiegel vorgehalten zu bekommen oder? Aber *sie* hatte wenigstens den Mumm und stand dazu«, fordert sie mich heraus.

»Nur zwei Monate zu spät«, schnaube ich.

»Und jetzt war es das? Du lässt sie einfach gehen und fängst wieder an, dich jeden Abend volllaufen zu lassen und eine Schlampe nach der anderen zu vögeln?«

118

»Wieso nicht? Zufällig mochte ich mein Leben«, breite ich die Arme aus, doch ihr stechender, wissender Blick macht mich fertig und ich wende meinen ab, bevor ich das Shirt, was ich seit fünf Minuten von A nach B schleppe, in die Ecke donnere und leise zugebe: »Es war viel leichter.«

»Vielleicht war es zu leicht. Schon mal darüber nachgedacht?«

Ich sehe sie nicht an, sondern lasse mich auf den Boden sinken und starre an die Decke, als wüsste sie die Antwort auf ihre beschissene Frage.

»Hör zu«, fährt sie fort. Oh, Mann! Was soll das verdammte Geschnatter?!

»Um es mit den Worten von Bob Marley zu sagen und du weißt, dass er auch ein Fan davon war, immer alles zu leicht zu nehmen …

Wenn sie wunderbar ist, wird es nicht einfach sein.
Wenn sie einfach ist, wird es niemals wunderbar sein.
Wenn sie es wert ist, wirst du niemals aufgeben.
Wenn du aufgibst, war sie es nicht wert.

Die Wahrheit ist, jeder Mensch wird dir wehtun. Du musst nur diejenige finden, die es wert ist, dass du leidest«

Während sie das sagt, öffnet sie meine Zimmertür und schiebt ein kolossales Päckchen herein, bevor sie das vordere Papier wegreißt und ich in unzählige Perspektiven *ihres* wunderschönen Gesichts schaue.

Es ist mein Projekt!

»Die Frage ist jetzt nur, ist *sie* es wert oder ist *sie* es nicht?«

Sie sieht mich siegessicher an, zumindest vermute ich das, denn ich kann meine Augen nicht von dem Gesicht auf den Bildern losreißen. *Ich liebe dieses Gesicht!* Ich liebe ihren Geruch und die Art, wie sie redet. Ich liebe die Art, wie sie lacht. Scheiße ich liebe sogar, die Art, wie sie schmollt. Ich liebe sie und genau dafür hasse ich sie! Sie hat dafür gesorgt, dass ich nicht ohne sie leben kann, obwohl sie wusste, dass der Tag kommt, an dem ich sie verliere, und jeder weitere Tag mit ihr wird es schwerer machen, doch jeder weitere Tag ohne sie ist völlig bedeutungslos. Ich wünschte, ich hätte sie niemals getroffen! *Scheiße, nein … ich …*

»Fuck!« Ich schreie so laut, dass Hailee zusammenzuckt und ich versenke meinen Kopf zwischen meinen Händen, während sich meine Ellenbogen verzweifelt in meine Knie bohren. »Ich kann das nicht.«

Emmi

Es gibt immer Erlebnisse, von denen man nie und nimmer reden kann,
und doch jemand wünschte,
der es schweigend verstünde,
ohne daran zu rühren.
– Fanny zu Reventlow

Nach dem Gespräch mit Hailee habe ich noch ein paar Mal an seine Tür geklopft, *vergebens*, also habe ich den Umschlag schweren Herzens unter der Tür durchgeschoben. Ich habe kein Recht diese bedeutende und wichtige Neuigkeit auf irgendeine Art als Druckmittel zu benutzen und vielleicht hält sie ihn davon ab, irgendetwas Unüberlegtes zu tun. Ich versuche das ungute Gefühl in meiner Brust in Schach zu halten, während ich in meinem Auto sitze und mich selbst foltere, indem ich das Lied von Coldplay, das gerade im Radio läuft, auf volle Lautstärke drehe.

When the tears come streaming down your face
Cause you loose something you can`t replace
When you love someone but he goes to waste
What could be worse!

But high up above or down below
When you are to in love to let it go
I will try to fix you

Ich weiß nicht genau, was mich erwartet, als ich im Treppenhaus die letzten Stufen hinaufgehe, doch als ich Daniels Gesichtsausdruck sehe, *kurz nachdem er mir die Tür öffnet,* sind alle meine Sorgen vergessen und nachdem er mich zwei Minuten lang angesehen hat, als wäre ich ein Geist, reißt er mich in eine lange und feste Umarmung.

»Ich dachte schon, du lässt dich hier nie wieder blicken«, säuselt er mir in mein Haar, bevor er sich ein Stück zurücklehnt, ohne mich loszulassen. »Und eigentlich hatte ich vor stinksauer zu sein, falls du es doch tust.« Er versucht, mich bei diesem Satz anzufunkeln und wirklich ernsthaft zu klingen, doch er versagt kläglich dabei. *Ich hab ihn vermisst!*

»Lust auf einen Spaziergang?«, frage ich verlegen und er grinst mich warmherzig an.

Es ist ein wunderschöner Herbsttag. Es ist Ende September und das Wetter spielt völlig verrückt. *Genau wie alles andere im Moment.* Es wechselt ununterbrochen. An einem Tag sind es über zwanzig Grad, am nächsten nur knapp über zehn und diese Temperaturschwankungen passen wirklich perfekt zu meinem momentanen Gefühlschaos. Heute würde ich die Temperaturen auf knappe sechszehn Grad schätzen und mit meiner Übergangsjacke könnte ich es hier draußen ewig aushalten, während wir bei einem Spaziergang den Sonnenuntergang über dem Feld hinter dem Haus genießen.

Voller Ehrfurcht beobachte ich, wie die spektakulären Farben des Horizonts mit dem Gold der Gerste verschwimmen, während der Wind sanft darüberstreicht.

Es ist etwas so Alltägliches. Der Sonnenauf- und Untergang ist etwas, das sich jeden einzelnen Tag wiederholt, *er hat keinerlei Seltenheitswert* und doch gehört er zu den wenigen Dingen, die die Fähigkeit besitzen, die Menschen immer wieder sprachlos zu machen. Ich spüre seinen Blick auf mir und als ich zu ihm rübersehe, lächelt er wissend. *Er weiß, wie viel ich für diese Dinge übrighab.* Es war eine gute Idee ihn zu besuchen.

Ich ertrage es einfach nicht allein zu sein und mir über all die Dinge klar zu werden, die ich falsch gemacht und die ich verloren habe. *Außerdem hat er mir wirklich gefehlt.*

Ich schließe die Augen und genieße die letzten warmen Strahlen der Sonne, bevor sie am Horizont verschwindet, während Daniel mir erzählt, dass er fleißig Bewerber interviewt, aber bis jetzt noch nicht das Richtige dabei war, bevor er mich beinahe wehmütig ansieht. »Und du bist sicher, dass du nicht zurückkommen willst?«

»Was denn, vermisst du es den Babysitter zu spielen?«, scherze ich und er sieht mich an, doch sein Gesicht ist ernst.

»Ich vermisse *dich!* Sehr sogar.«

Auf einen Schlag hat sich die Stimmung zwischen uns geändert und sein Blick wird so eindringlich, dass ich wegsehen muss, bevor ich so unauffällig wie möglich versuche, das Thema zu wechseln, indem ich ihn frage, was seine Eltern so wichtiges zu verkünden hatten.

»Sie haben vor ihr Ehegelübde zu erneuern«, sagt er, als wäre es völlig absurd.

»Oh mein Gott, das ist so süß«, entgegne ich und er lacht.

»Wenn du meinst.«

»Ja, das meine ich«, nicke ich sicher. Es muss wahnsinnig schön sein, nach all den Jahren immer noch so verliebt zu sein.

Ich habe ehrlich gesagt, nie wirklich daran geglaubt, dass eine Liebe wirklich so groß und so alles verzehrend und vor allem von Dauer sein kann. Bis sie mich zum ersten Mal mit sich riss und ich jegliche Macht und Kontrolle verlor, doch dieses Gefühl, trotz der Machtlosigkeit, das Schönste und aufregendste war, was ich je empfunden habe. Zumindest bis ich festgestellt habe, wie es sich anfühlt diese Liebe zu verlieren und wieder überkommt mich dieses erstickende Gefühl der Leere. *Ich kann ihn einfach nicht gehen lassen, bevor ich ihm nicht eine Sache erklärt habe.*

✳✳✳

Nachdem auch das vierte Klopfen an seine Tür keinerlei Reaktion zeigt, drücke ich meinen Rücken gegen das Holz und gleite an ihr herunter, bevor ich weitere zehn Minuten davor sitzenbleibe und dann das Ohr dagegen presse, um irgendetwas zu hören. *Irgendwas!* Ab und zu bilde ich mir ein, ein Rascheln zu hören und als sich meine Nackenhärchen aufstellen, könnte ich schwören, dass er hinter der anderen Seite der Tür sitzt.

»Vince?«, flüstere ich gegen die geschlossene Tür. »Bist du da?« *Keine Antwort!* Doch selbst wenn er da ist, hätte ich mit keiner Antwort gerechnet.

»Hör zu! Ich weiß nicht, ob du da bist oder ob ich jetzt völlig den Verstand verliere und anfange mit einer Tür zu reden, aber ich möchte, dass du weißt, dass ich verstehe, warum du nicht mit mir reden willst und dass es mir wirklich unendlich leid tut, wenn du dich auf irgendeine Art verraten fühlst und ich-«

Ich lehne den Kopf gegen die Tür und könnte schwören, er tut dasselbe.

»Ich war einfach so glücklich, verstehst du? Und die hässliche Wahrheit ist, dass ich nicht weiß, ob ich etwas anders gemacht hätte, wenn ich dich noch mal treffen würde.

Ich weiß, dass das die beschissenste Entschuldigung aller Zeiten ist, aber das Risiko dich zu verlieren und all die unglaublichen Momente mit dir nicht erleben zu dürfen ... ich weiß nicht, ob ich jemals bereit dazu gewesen wäre, dieses Risiko einzugehen. Ich weiß, das macht mich zu einem unglaublichen Egoisten, aber-« Ich atme hörbar aus und lehne meine Hand an die Tür, während ich die Augen schließe.

»Gott ich liebe dich so ... und ich ... ich liebe das Gefühl, dass du es auch getan hast, wenn auch nur für einen kurzen Moment, denn ich kann unmöglich von dir verlangen, dir diese Last aufzubürden und das möchte ich auch gar nicht.«

Ich schlucke den Kloß in meinem Hals runter und schluchze gegen die Tür.

»Ich möchte nur, dass du verstehst, warum ich so egoistisch war.« Ich hole tief Luft. »Du warst derjenige, der mich wiedergefunden hat, nachdem ich mich verloren habe.

Ich hatte aufgegeben Vince. Und dann bin ich dir begegnet. Du hast mir im wahrsten Sinne des Wortes das Leben gerettet. Du warst in *meiner* Geschichte der Held!

Klar sie wird wahrscheinlich nicht so lang sein wie die meisten und es gibt wahrscheinlich auch kein Happy End, aber-« Meine Stimme bricht. »Aber die Kapitel mit dir, werden es zu einer außergewöhnlichen Geschichte machen...« Ich presse meine Stirn gegen die Tür und atme aus. »Danke, dass es dich gab.«

Emmi

Don't tell me it's not worth fightin for
I can't help it, there's nothin I want more
You know it's true
Everything I do
I do it for you

Ich stehe wie festgenagelt in der Ecke dieses übertrieben geschmückten Raums, in dem gefühlt wirklich überall die Zahl 25 prangt, um denen, die es nicht wissen, bis zu ihrem Lebensende ins Hirn zu brennen, dass meine Tante Jody und mein Onkel Chad, *die sich gerade zu den wundervollen Takten von Bryan Adams wiegen,* heute ihre Silberhochzeit feiern. Meine Mom hat mich dazu überredet mitzukommen und gesellt sich gerade zusammen mit Frank zu dem glücklichen Paar auf die Tanzfläche, während ich versuche mich hier zu verstecken. Es war eine wirklich dumme Idee, denn diese Veranstaltung hier ist der hundertprozentige Beweis dafür, warum ich die

Gesellschaft von Menschen meide. Alle sehen mich an, als wäre ich ein lebendiger Verkehrsunfall. Es ist eine unerträgliche Mischung aus bedächtigem Schweigen, gefolgt von Schultertätscheln und verstohlenen Blicken, wenn sie denken, ich würde es nicht bemerken. Im Endeffekt fühlen sich alle unwohl, weil ich über den Glanz des Tages einen Schatten werfe und keiner möchte an solch einem Tag an das Unglück erinnert werden. Ich atme hörbar aus und schleiche so unbemerkt wie möglich an den glücklichen und liebenden Menschen vorbei und begebe mich auf direktem Weg zur Bar.

Dahinter steht ein gut aussehender Typ, vielleicht zwei, drei Jahre älter als ich und ich sehe ihn verzweifelt an.

»Wie hoch, stehen die Chancen, dass du mir einen Wodka-Redbull machst und es aussehen lässt, wie Apfelsaft?«, frage ich ihn mit offensichtlicher Verzweiflung in der Stimme.

»Harter Tag?«, fragt er lächelnd, als er sich prüfend im Raum umsieht.

»Du hast ja keine Ahnung«, seufze ich, als ich mich auf den Barhocker setze.

»Dann lieber einen doppelten?«

Ich sehe ihn an und er hebt spielerisch die Brauen.

»Apfelsaft meine ich?!«

Er zwinkert mir zu, während ein Lächeln an seinem Mundwinkel zupft, als er nach dem Wodka greift.

»Kommt drauf an, hast du eine Ahnung, wie viele von diesen Schnulzen sie heute noch ausgraben?«, stöhne ich und er schnaubt belustig.

»Das ist eine Silberhochzeit, also würde ich sagen … *eine Menge.*«

Und ich seufze. »Dann mach einen Vierfachen draus.«

Er lacht, als er mir den wirklich *klaren* Apfelsaft reicht und mir zuzwinkert. Ich bedanke mich mit einem Lächeln und nehme einen großzügigen Schluck, während ich versuche, die Eiswürfel daran zu hindern, der hellen Flüssigkeit zu folgen.

Obwohl sie unverzichtbar sind. Es ist so extrem schwül da draußen, dass der warme Regen, der sich vor circa zehn Minuten angekündigt hat und jetzt über die Pflastersteine der Einfahrt plätschert, mehr als notwendig war und trotzdem ist es noch viel zu warm hier drin. Ich beobachte wie hypnotisiert den Regen, der auf den heißen Boden vor den großen Panoramafenstern rieselt, während Bryan Adams mir die Splitter meines gebrochenen Herzens in die Eingeweide jagt. Mein Blick wandert zu meiner Tante. Ich mochte die Vorstellung, so lange mit jemanden verheiratet zu sein und sich nach all der Zeit noch genauso anzusehen wie die beiden. *Das ist ein wahres Wunder,* das ich nie erleben werde.

Zum ersten, weil es, *wie Bryan gleich beschreibt,* keine andere Liebe geben wird, die wie unsere Liebe ist und ich zum zweiten, niemals die Chance haben werde, einen 25. Hochzeitstag zu feiern. *So viel Zeit bleibt mir nicht.*

Und bei diesem Gedanken setze ich das *Apfelsaftglas* an und leere es in einem Zug, bevor ich zu dem netten, süßen Barmann schiele, der schon dabei ist, mir einen zweiten zu machen, während er mir lächelnd zunickt.

There's no love
Like your love
And no other
Could give more love
There's nowhere
Unless you're there
All the time
All the way, yeah
Look into your heart, baby

Ich bin gerade dabei ein Foto von meiner Mom zu machen, die so unverschämt glücklich aussieht, während sie mit Frank tanzt, dass es mich umbringen würde, würde ich mich nicht so für sie freuen … als mein Handy vibriert.

»Ich dachte, dieses Kleid ist nur für mich bestimmt?«

Ich starre auf den Text und kann mich nicht rühren.

»Noch eine Lüge?«

Ich trage das Kleid. Das weiße Kleid, mit dem Rückenausschnitt. *Das Kleid, das er so liebt!*
Aber woher weiß er das?

»Nein! Es ist und bleibt für dich bestimmt.«

Meine Hände zittern, nachdem ich diese Worte getippt habe und verzweifelt auf eine Antwort warte, während ich mich suchend im Raum umsehe. Diese Worte sind wie ein langersehnter Rettungsring, nachdem ich die Hoffnung, wieder an die Oberfläche zu gelangen, aufgegeben habe.

»Du bist so wunderschön, dass es fast schmerzt.«

Mir steigen augenblicklich Tränen in die Augen.
Ich hatte nicht mehr daran geglaubt, diese Worte von ihm zu hören oder zu lesen. Ich weiß auch nicht, was sie bedeuten, aber-. Mein Blick fällt über das Handydisplay und schweift wieder durch den Raum.

Woher weiß er, dass ich das Kleid trage?

Kann er mich sehen?

Doch er ist nicht hier! Draußen schüttet es wie aus Eimern, daher kann er ja wohl kaum …

… und nachdem ich einen weiteren Schritt auf das Panoramafenster zugemacht mache, bleibe ich wie angewurzelt stehen. Sämtliche Muskeln in meinem Körper spannen sich an und ich kann mich nicht mehr rühren.

Ich sehe zuerst sein Auto, das vor der Einfahrt des Gebäudes steht und dann … *sehe ich ihn.*

Er lehnt an seinem Auto, die Hände lässig in seinen Taschen vergraben. Er ist klitschnass und starrt mich an.

Es ist, als würden seinen Augen leuchten und die Lässigkeit, mit der er dort steht, nimmt mir eine tonnenschwere Last von den Schultern. Ich weiß immer noch nicht, was das heißt, aber er ist hier bei mir ungefähr zehn Meter von mir entfernt und es gibt nichts auf der Welt, was mich jetzt davon abhalten könnte, zu ihm zu gehen.

Ich renne nach draußen und bleibe für ein paar Sekunden zögerlich unter der Überdachung des Eingangs stehen und sehe ihn an. Das Wasser rinnt über sein Gesicht, während der Himmel langsam wieder aufreißt und die Farben der Abenddämmerung hinter ihm gerade zum Höhepunkt kommen.

In diesem Moment bin ich mir nicht sicher, ob ich wach bin oder träume und ich kann einfach nicht in Worte fassen, was ich in diesem Augenblick empfinde.

Es ist ein Sprengkörper an Gefühlen, der in mir detoniert, bevor all die Emotionen sich darum schlagen, als erste an die Oberfläche zu gelangen, während ich den ersten Schritt nach vorn mache und mich der warme Sommerregen trifft.

Doch obwohl er stark ist, spüre ich ihn nur leicht, als er an mir herabrinnt und mein cremefarbenes Kleid komplett durchtränkt. Der Himmel reißt immer weiter auf und taucht ihn in ein Abendrot, das schöner nicht sein könnte. Er sieht so unglaublich gut aus und verräterische Hoffnung keimt in mir auf.

Ich kann nicht ohne ihn sein.

Sein Blick heftet sich an mich und schwingt langsam von oben bis unten an mir herab, bis er quälend langsam wieder von unten hinauf gleitet und dabei beobachtet, wie mein Kleid an Transparenz gewinnt. Er atmet schwer, als ich einen halben Meter vor ihm zum Stehen komme. Sein Blick liegt auf meinem Gesicht und ein paar Sekunden lang herrscht vollkommene Stille. Wir lauschen, wie die Tropfen auf seine Motorhaube rieseln, während wir uns eindringlich ansehen.

Dann schüttelt er kaum merklich den Kopf, während er sich von seinem Auto abstößt.

Er kommt noch ein Stück näher und scheint doch meilenweit entfernt zu sein, bevor er mich entschieden ansieht.

»Kennst du diesen Moment, wenn du in deinem Auto sitzt und es draußen schüttet wie aus Eimern, genau wie jetzt gerade?! Und diese verdammten Tropfen hämmern so laut gegen die Windschutzscheibe, dass es dich langsam wahnsinnig macht und du einfach nicht mehr klar denken kannst?«

Er erwartet eine Reaktion und ich nicke vorsichtig, dann fährt er fort. »Und dann fährst du unter eine Brücke und der ganze Scheiß hört plötzlich auf. Auf einmal ist alles still und ... *irgendwie friedlich.* Es ist, als hätte jemand die Stopptaste gedrückt, damit du endlich wieder atmen kannst. Kennst du das?« Er sieht fragend zu mir und ich nicke erneut.

Dann sieht er auf den Boden und schüttelt den Kopf.

»Und kennst du auch den Moment, in dem du am anderen Ende der Brücke wieder rausfährst und dieser ganze Scheiß trifft dich noch zehnmal härter als jemals zuvor?!«

Er sieht mich verzweifelt an und ich nicke noch einmal, während mir unbemerkt eine Träne über die Wange läuft.

Er zieht die Schultern nach oben und sein Blick ist so traurig, dass er mich fast in die Knie zwingt.

»Du warst meine Brücke.«

Ich kann ein Schluchzen nicht unterdrücken, als ich sage:

»Und du warst meine«, doch als ich auf ihn zugehe, weicht er zurück. Es raubt mir die Luft zum Atmen und treibt einen stechenden Schmerz geradewegs in meine Brust. *Bitte! Nicht!*

Er schüttelt den Kopf. »Nein, du … wie konntest du mir das antun«, bellt er. »Ich … ich kann nicht ohne dich sein!

Und was ist, wenn ich dich verliere? Ich … wieso hast du das zugelassen?«

Ich schüttele langsam den Kopf, bevor ich die Schultern hebe. »Weil ich dich liebe. Und das wird wohl für immer das Grausamste sein, was ich einem anderen Menschen und mir selbst je angetan habe.«

Er schnaubt und schließt die Augen, dann schüttelt er den Kopf und sieht mich wieder an. »Und ich weiß nicht, ob ich dir das je verzeihen kann.« Seine Worte durchbohren mich wie eine rostige Eisenstange, doch er fährt fort »Ich wollte *nie* etwas haben, dessen Verlust ich nicht verkraften könnte und jetzt?! Jetzt hab ich das und egal, wie ich es drehe und wende, ich kann nicht gewinnen. Ich hab so eine scheiß Angst dich zu verlieren. Weil ich dich liebe Emmi und ich hasse dich dafür!

Ich liebe dich so sehr, dass ich mir am liebsten mein verfluchtes Herz rausreißen und irgendwo … Keine Ahnung, verbuddeln möchte, nur um mich nie wieder so fühlen zu müssen.«

Er fährt wütend mit seinen demolierten Händen über sein zerschrammtes Gesicht, vergräbt sie in seinen Haaren und verschränkt sie letztlich hinter seinem Nacken, bevor er mich ansieht. In seinem Blick liegen so viele Emotionen, dass es unmöglich ist eine davon auszumachen.

»Darf ich dich was fragen?« Meine Stimme ist vorsichtig und kaum lauter als ein Flüstern, woraufhin er kaum sichtbar mit den Schultern zuckt, auf den Boden sieht und einen kleinen Stein wegkickt, bevor er ebenso leise flüstert.

»Du wirst es sowieso tun.«

Und ich weiß nicht, ob ich nun völlig den Verstand verliere, aber ich könnte schwören, dass, während er das sagt, ein kleines Schmunzeln um seinen Mundwinkel spielt und ich nehme all meinen Mut zusammen.

»Du kannst also nicht mit mir zusammen sein, weil du Angst hast mich zu verlieren?«, versuche ich seinen Vortrag auf die simpelste Form zusammenzufassen und er zieht nachdenklich die Brauen zusammen.

»Schätze schon.«

»Mmmhh«, brumme ich und sehe ihn mit allem an, was ich zu geben habe. »Und das findest du nicht verrückt?« Ich beiße mir auf die Unterlippe und sehe ihn fragend an.

Er zieht die Augenbrauen noch weiter zusammen und sein Blick huscht unkoordiniert umher, während er alles noch einmal durchgeht. Dann schließt er die Augen, streicht sich über das Gesicht und flucht irgendetwas Unverständliches in seine Hände, bevor er sie wieder sinken lässt und sein Blick auf meinen trifft, nachdem er sich für eine Emotion entschieden hat.

»Du hast mir so gefehlt«.

Sehnsucht.

Emmi

I was meant to be yours

all along,

even before we met.

– Unbekannt

Ich stehe wie zur Salzsäule erstarrt vor ihm. »Du hast mir auch gefehlt.« Meine Stimme klingt erbärmlich, doch das ist mir egal. Eine wilde Mischung aus Erleichterung, Reue, Sehnsucht und Liebe trifft mich wie ein Frontalzusammenstoß und ich kann nicht mehr denken. Ich will ihn nur berühren, ihn an mich reißen und nie wieder loslassen.

Doch er schüttelt den Kopf. »Gefehlt ist nicht das richtige Wort.« Dann kommt er auf mich zu. »Das beschreibt es nicht mal annähernd. Es war der *krankeste* und *abscheulichste* Entzug, den es gibt.« Sein Blick ist gequält und dunkel und meine Knie geben bei jedem seiner Schritte nach.

»Ohne dich ist mein ganzes beschissenes Leben einfach nur grausam.« Er ist kurz vor mir.

»Ich brauche nur diese Lippen.« In diesem Moment greift er mir fest in den Nacken und presst seine Lippen auf meine, bevor er mit seiner Zunge über meine Unterlippe fährt und meine Knie unter diesem Gefühl völlig aufgeben, während sich ein Stöhnen aus meinem Mund löst, das wie die pure Erlösung klingt.

»Ich weiß Baby«, flüstert er mir rau und lasziv in den Mund, während er mich an den Holzpfeiler des Vordachs drängt, mein Haar ergreift und damit leicht meinen Kopf nach hinten zieht, um meinen Hals freizulegen.

Oh Gott, ich liebe es, wenn er das tut. Ich liebe dieses Gefühl. Ich liebe ihn. So sehr. Er legt eine gierige Spur an meinem Hals. »Nur diesen Geruch«, stöhnt er mit rauchiger Stimme, bevor er zärtlich hineinbeißt und ich beginne nach ihm zu gieren wie ein Junkie, nach seinem nächsten Schuss.

Er löst sich von meinem Hals und streicht sanft an der Innenseite meines Schenkels entlang, während er mit offenem Mund beobachtet, wie mich allein diese winzige Berührung von ihm bis zum Rand der Verzweiflung treibt.

Genau wie ihn, mir dabei zuzusehen.

Er stöhnt auf, ergreift meine Schenkel und ich verliere den Boden unter den Füßen, *nicht, dass ich den vor ein paar Sekunden noch gespürt hätte.* Er trägt mich aus dem Blickfeld jeglicher Zuschauer an die hintere Seite des Gebäudes. Weit weg von allem, außer ein paar Gartengeräten, die an der Wand einer alten Gartenlaube lehnen. Als er sich sicher ist, dass uns niemand sieht, lässt er seine Hand unter mein Kleid rutschen und drückt mich an die Wand. Ich weiß nicht, wie viele Berührungen ich von ihm noch ertrage, ohne zu zerspringen.

Er schiebt sich an meinem Slip vorbei und als er auf meine Mitte trifft, stöhne ich laut auf, bevor ich mich in seine Schulter kralle. Sein Blick liegt auf meinem Gesicht und sein Ausdruck bringt mich um den Verstand. Ihm scheint es ganz genauso zu gehen, denn er gibt allein bei dem Anblick meines Gesichts einen erstickten Seufzer von sich, bevor er sich auf die Unterlippe beißt und zwei Finger in mich gleiten lässt.

»Oh Gott!« Ich lasse den Kopf nach hinten fallen.

»Oh ja Baby«, seufzt er völlig verzweifelt, während er weitermacht und mich bei jedem Stoß sein stockender Atem streift.

»Das gefällt dir«, keucht er, während er seine Finger stöhnend in das Fleisch meines Rückenausschnitts bohrt und mich hält. »Sag mir, wie sich das anfühlt«, raunt er in meinen offenen Mund, während er seine Finger kreisen lässt und ich nichts anderes tun kann, als fühlen. *Ich fühle...*

»Sie mich an«, haucht er und ich tue, was er sagt und sehe *ihn.* Sein Gesicht, diese Augen, die dunkel und voller Begierde funkeln und seine Lippen, die voller Erregung offenstehen.

»Wie fühlt sich das an Baby?«, flüstert er.

»Unglaublich«, stöhne ich, während er mit einer weiteren Bewegung seiner Finger eine Antwort fordert.

»Ja«, stöhnt er in meinen Mund »Du fühlst dich einfach unglaublich an.« Und als er seine Finger zurückzieht, fange ich, wie von selbst an zu wimmern. Sein Blick bohrt sich in mein Gesicht, während ein diabolisches Lächeln seine Lippen umspielt und er seine Erregung noch fester gegen mich drängt.

»Dieser verfluchte Blick.« Seine Augen fixieren mich, während er die Hand hebt und unglaublich sinnlich, genau die beiden Finger, zwischen seine perfekten Lippen schiebt und leise seufzt. »Dieser Geschmack.«

Ich starre ihn mit offenem Mund an.

»Du schmeckst so verdammt gut«, stöhnt er beinahe verzweifelt, während er sich mit einem Ruck von mir löst und ich wieder auf den Füßen lande.

Er schiebt seine Zunge in meinen Mund und ich lasse ihn, während er unter mein Kleid schlüpft, seine Finger in meinen Slip hakt und sich, während er ihn nach unten zieht, vor mich kniet.

»Vince, wa …?!«

»Ssscchh …«, beruhigt er mich, während er mein Kleid nach oben schiebt.

»So schön«, raunt er, als er mit seinem Finger zärtlich über meine Mitte streicht und ich zischend die Luft einatme. Ich versuche, nach seiner Hand zu greifen, doch er fixiert meine beiden Hände blitzschnell neben meinem Körper.

»Spreiz die Beine«, flüstert er so nah an mir, dass ich seinen Atem spüre und eine Gänsehaut über meinen kompletten Körper kriecht. Als ich zögere, fordert er mit wesentlich strengerem Tonfall: »Tu es!«

Und ich tue es, während mich sein Atem erneut und viel intensiver trifft.

»Baby du hast ja keine Ahnung«, haucht er, bevor er seine Lippen dorthin presst, wo sie mich zum Wahnsinn treiben und ein Orkan aus Gefühlen über mir hereinbricht.

»Oh Gott«, kreische ich und spüre, wie er lächelt, als ich den Kopf in den Nacken werfe, um irgendwie Herrin der Lage zu werden. *Doch ich schaffe es nicht!* Wie immer, wenn Vincent King zurück in mein Leben stürmt – ich übergebe ihm nur zu gern die Kontrolle, wenn er mir nur verspricht, dass er bleibt.

»Baby, sieh mir zu«, raunt er zu mir nach oben und auch das tue ich und dieser Anblick fängt an, mich innerlich zu zerreißen, aber nicht auf eine schlechte Art. Zu sehen, was er da mit seinen Fingern und seiner Zunge anstellt, während ich es fühle und er mich aus diesen einzigartigen vor Begierde schreienden Augen ansieht, treibt mich an die Grenze des Bewusstseins.

»Soll ich dich so kommen lassen?«, fragt er sehnsüchtig und ich nicke.

»Sag es! Sag, dass ich dich kommen lassen soll«, fleht er.

»Vince«, ächze ich »Bitte, lass mich kommen.«

Er stöhnt und greift so fest in meine Hüfte, als würden allein diese Worte mit ihm dasselbe anstellen wie er mit mir.

In diesem Augenblick tut er, was ich von ihm verlangt habe und eine unvergleichbare Explosion breitet sich in mir aus und nimmt all den Schmerz der letzten Wochen mit sich.

Ich ringe nach Luft und er verteilt sanfte Küsse auf meinem Bauch, während er seine Arme um meine Beine geschlungen hat.

Ich ziehe ihn leicht an den Haaren nach oben und während auch er schwer atmend vor mir steht, streiche ich an seinem unglaublichen Körper entlang, greife in seine Hosentasche und fingere ein Kondom heraus, bevor ich langsam seine Hose öffne und anfange, seinen Hals zu küssen, während ich ihm langsam das Kondom überstreife, was er mit einem verzweifelten Stöhnen belohnt. *Gott ich liebe dieses Geräusch.* Ich liebe es, in ihm genau dieselben Gefühle auszulösen wie er in mir. Ich nehme sein Ohrläppchen zwischen die Zähne, bevor ich ihm ins Ohr raune.

»Und jetzt möchte ich, dass du mich vögelst!«

Er erstickt ein weiteres Stöhnen, indem er mir sanft in mein Schlüsselbein beißt.

»Und zwar gegen diese dreckige, alte Hauswand«, füge ich hinzu, während ich mit den Zähnen an seinem Kiefer entlangstreiche und seine geschlossenen Augenlider beginnen zu flattern.

Ich gebe ihm einen behutsamen Kuss auf seine begabten Lippen, die vor Erregung halb offenstehen, bevor er mich aus dunklen Augen ansieht.

»So, wie nur du es kannst«, sage ich bestimmt, während ich ohne den Blick abzuwenden seine Hose inklusive Boxershort nach unten ziehe. Ich habe es noch nicht ganz ausgesprochen, als er mich beinahe schmerzhaft in meine Hüfte greift und mich mit nur einer einzigen Bewegung nach oben hebt, nur um mich sofort wieder auf sich herabzusenken. Wir stöhnen beide auf und sein Blick brennt sich in mein Gesicht, während er unwiderruflich, unaufhörlich und erbittert in mich eindringt.

»Fuck, ich hab dich so vermisst«, stößt er zwischen ruhelosen Atemzügen hervor.

Ich umschlinge seinen Hals, während sich meine Hände in seinen Haaren vergraben.

»Ich kriege einfach nicht genug von dir.« Seine Worte und die Art und Weise, wie er mich nimmt, bringen mich dazu, innerhalb kürzester Zeit vor Erregung zu schreien, doch er legt mir vorsichtig die Hand auf den Mund.

»Ich weiß Baby... Zu Hause ficke ich dich noch mal... und dann... darfst du so laut schreien... wie du willst«, sagt er abgehackt und zwischen zusammengebissenen Zähnen, um sich selbst zu beherrschen, während ich ihm über den Rücken kratze, um den aufsteigenden Druck abzubauen und er unter dem Schmerz noch einmal fest zustößt und wir beide zusammen zum Höhepunkt kommen. Mein Kopf sackt auf seine Brust, während er schwer atmend sein Gesicht in meinem Hals vergräbt. Ich lausche seinem Herzschlag und den sanften Regentropfen, die leise auf den kalten, harten Boden prasseln. Und für diesen einen kleinen, kurzen Moment... klingt der Regen wie Applaus.

Vince

Wenn du jemanden triffst, der die Art und Weise ändert,

wie dein Herz schlägt,

tanze mit ihm in diesem Rhythmus,

solange das Lied dauert.

– Kirk Diedrich

Klasse. Meine Hose ist im Arsch und mein Shirt ist komplett durchgeweicht. Doch das war es allemal wert. Verdammt, ich würde es immer wieder tun. Als dieses wunderschöne Wesen mich gerade angefleht hat, sie hinter einer verfluchten Hauswand zu vögeln …

Ich schwöre bei Gott, würde ich sie nicht schon lieben, dass es wehtut, würde ich es jetzt tun. *Verdorbener kleiner Engel.* Sie sieht mich an und lächelt verlegen. Ich schnaube und ziehe sie an mich.

»Jetzt ist es zu spät, um schüchtern zu sein«, necke ich sie und sie sieht zu mir auf.

Gott diese Augen und dieses verdammte Lächeln. Sie ist so scheiße schön. *Wie macht sie das nur?* Ich meine, ich habe sie gerade im strömenden Regen gegen eine dreckige Hauswand genagelt und jetzt steht sie vor mir und ist noch hübscher als jemals zuvor. Am liebsten würde ich sie gleich noch mal vögeln. *Fuck, sie ist wirklich eine Droge.* Eine verdammte Droge, nach der man schon nach der ersten Berührung süchtig wird.

Man ist verloren und will einfach nur mehr.

»Was denkst du gerade?«, unterbricht sie meine Gedanken, während sie mir die Haare aus der Stirn streicht.

Gott, sie riecht so gut.

Ich lächle süffisant. »Das willst du nicht wissen… oder vielleicht doch.« Ich streiche mit dem Mund über ihren Hals.

»So verdorben, wie du bist.« Dann sehe ich sie an. Ihr verfluchtes Kleid ist beinahe durchsichtig und hängt nass und schwer an ihrem Körper herunter und ich ziehe sie noch ein Stück näher an mich. »Dreckiger Sex im Regen…« Ich sehe sie fragend an. »…Ist das ein Klischee?« Dabei vergrabe ich meine Finger in ihrem Rückenausschnitt.

Ich will ihre nasse Haut spüren.

Sie fährt mit ihren kleinen süßen Händchen ganz langsam meinen Oberkörper entlang und hinterlässt eine Spur aus Hitze, die mir sofort in meinen Schwanz schießt, während sie mich mit diesem verdammten Blick ansieht.

Sie weiß genau, was sie da tut.

»Nein, dreckiger Sex steht auf keiner Klischeeliste, doch würden wir im Regen *tanzen,* wäre das die Mutter aller Klischees.« Sie schnaubt lachend. »Und zwar mit Abstand.«

Und in diesem Moment bin ich mir sicher, dass sie eine verdammte Hexe ist, denn ich habe absolut keine Kontrolle über die nächsten Worte, die aus meinem Mund kommen.

»Nichts leichter als das.« Sie sieht mich erschrocken an, wodurch ihre verfluchten Bambiaugen noch größer werden.

»Was meinst du?«

Ich krame mein Handy aus meiner durchnässten Jeans, schalte die zufällige Wiedergabe meiner Playlist an und sage:

»Das nächste Lied, das kommt, ist unseres.«

Sie sieht mich an, als hätte ich ihr gerade die Welt zu Füßen gelegt und wenn ich dazu die Macht hätte ... Scheiße, ich würd's tun. Ich drücke auf Play und das Geschrei einer Metal-Band über Tod und Verwesung schallt aus dem Lautsprecher. Ich nicke vielsagend. »Oh ja. Das ist gut, das passt zu uns.«

Sie lächelt und zieht dann eine zuckersüße Schnute.

Sie ist so verdammt niedlich.

»Nein bitte nicht. Hab ich ein Vetorecht?«

»Meinetwegen, aber nur eins und egal was auch kommt.

Das Nächste musst du nehmen! Also bist du dir sicher?«, necke ich sie.

»Absolut sicher«, sagt sie bestimmt und ich gebe ihr einen Kuss auf ihre unvergleichlichen Lippen und sauge ihren alle Sinne betäubenden Geruch ein, während ich blind auf den nächsten Song tippe und die verräterische Melodie von *Sam Smith* und seinem Lied *Fire to Fire* beginnt. *Soll das ein verdammter Witz sein?!*

Und genauso sieht sie mich an. Als ihr Kopf nach oben schnellt ... als hätte sie mich auf frischer Tat ertappt. Ich schüttle den Kopf.

»Kein Plan, wie diese Schnulze auf mein Handy gekommen ist.« *Mann, du hast aber auch schon mal besser gelogen!*

Sie bringt mich einfach völlig raus. Die peinliche Wahrheit ist, dass ich mir dieses beschissene Lied, gefühlt eine Million Mal angehört habe, als ich die verfluchten Tage ohne sie durchstehen musste und ich nicht wusste, ob ich sie jemals wieder berühren darf. Es war meine ganz persönliche Folter und ich weiß nicht, ob es die richtige Wahl für unser Lied ist.

Unser Lied? Alter was zum Henker ist in mich gefahren?

»Gespenstisch«, zieht sie mich auf und ich mache eine Grimasse.

»Ja, oder?«

Sie zieht mich näher an sich und legt ihre Hand auf meine linke Schulter, während die ziemlich verweichlichte Stimme von Sam Smith beginnt zu singen. Sie legt langsam und behutsam ihre Stirn auf meine, bevor sie flüstert: »Es gibt wohl kaum ein anderes Lied, das besser zu uns passen würde.«

Ich versuche, das Zucken an meinem Mundwinkel zu ignorieren, denn genau dieser Gedanke hat in der Hölle ohne sie dafür gesorgt, dass ich nicht krepiere. Sie fängt an sich im Takt zu wiegen, während sie mit geschlossenen Augen der Musik lauscht und der laue Sommerregen auf ihre weiche Haut rieselt.

Ich würde den scheiß niemals zugeben, aber das ist einer von den Momenten, die besser nicht sein könnten. Nur dieser Moment, weit weg von den Gedanken, dass sie mich belogen und ich sie verraten hab. All diese fiesen Gedanken verschwinden sofort, als sie ihre Stirn von meiner löst und mich aus großen hellblauen Augen ansieht, *direkt in meine verkorkste Seele.* Vor ihrem Blick noch irgendwelche Straßensperren einzurichten wäre sinnlos. *Sie hat mich bereits gesehen,* also gewähre ich ihr freien Einlass und sie beginnt die gebrochenen Teile mit nur einem Blick zu kitten, während dieser verdammte Sam Smith es auf den Punkt bringt.

I don't say a word

But still you take my breath and steal the things I know

There you go, saving me from out of the cold

Sie zieht mich an sich und vergräbt ihren Kopf an meiner Schulter, während ich sie umschlinge und so fest an mich drücke, dass ich gerade noch sicher bin, dass ich ihren kleinen Körper nicht zerdrücke, bevor ich mein Gesicht in ihre klatschnassen Haare lege, die den vertrauten Geruch nach frisch gebackenen Plätzchen haben und mir schlichtweg den Verstand rauben.

Fire on fire would normally kill us

With this much desire, together we're winners

They say that we're out of control and some say we're sinners

But dont let them ruin our beautiful rhythms

Sie lehnt sich zurück und ich verfluche beinahe den Raum zwischen uns, doch dann lächelt sie mich an. Wenn ihr Blick meinen trifft so ohne Mühe, genau wie jetzt, schiebt sich irgendetwas in meiner Brust wieder an die richtige Stelle und ich hab das Gefühl, dass nichts mehr wirklich schlimm werden kann, wenn ich nur jeden verdammten Tag dieses

Lächeln sehe. *Gott sie hat mich.* Sie hat mich in ihrer winzigen kleinen Hand und kann mit mir machen, was sie will, solange sie verdammt noch mal nur bleibt.

Sie streicht meinen Arm entlang und greift nach meiner Hand, bevor sie sich ganz langsam unter meinem ausgestreckten Arm dreht. Wahrscheinlich weiß sie ganz genau, dass dieses Tanzding hier 'ne absolute Premiere für mich ist, doch wenn ich gewusst hätte, dass sie mir damit einen 360-Grad-Slow-Motion-Ausblick auf ihren Körper gibt, *bei dem ich mich nicht entscheiden kann, was heißer wäre ... Die Drehung mit diesem nassen durchsichtigen Fummel oder ohne,* hätte ich es schon eher vorgeschlagen. Ich könnte meine Augen ums Verrecken nicht von ihr abwenden und das weiß sie ganz genau, als sie wieder näher kommt und mich anstrahlt.

Cause when you unfold me and tell me you love me
And look in my eyes
You are perfection, my only direction
Its fire on fire

Sie legt ihre Arme um meinen Hals und ihre Stirn zurück auf meine, während wir uns weiter wie zwei Idioten im Regen zu der Melodie einer typischen Schnulze wiegen, doch als ich nach unten schaue und mein Blick auf ihre Grübchen fällt, die mir zeigen, dass sie schmunzelt, die mir zeigen, dass sie glücklich ist, höre ich auf so zu tun, als wäre ich es in diesem Moment nicht auch.

»Emmi.«

Wie ein verdammter Beckenschlag holt uns eine Stimme aus der Trance, in der Zeit und Raum keine Rolle spielen und all die ungestellten Fragen und diese ganze beschissene Situation, in der wir uns befinden nicht existieren und ich will verflucht nochmal zurück.

Sie sieht mich erschrocken an und im nächsten Moment taucht auch schon wie aus dem Nichts ihre Mutter auf. Ich habe sie damals im Krankenhaus gesehen. Sie hat mich nicht mit dem Arsch angeguckt, denn die Vorstellung von jemandem wie mir zusammen mit ihrer Prinzessin ist in ihrer perfekten Welt wahrscheinlich so abwegig, dass sie nicht mal im Traum einen Gedanken daran verschwendet hat.

Umso deutlicher sieht sie mich jetzt.

»Bist du verrückt?! Es regnet. Du holst dir den Tod«, fährt sie Emmi an und ich schalte augenblicklich in den Verteidigungsmodus, obwohl ich weiß, dass das nicht nötig ist. »Ich … Wir wollten gerade rein gehen.« Sie deutet unsicher auf mich. *Was? Scheiße, nein!*

»Ihr?«, fragt ihre Mutter kalt und ohne mich aus den Augen zu lassen.

Sie sieht mich an, als wäre ich ein verlauster Straßenköter, der unangemeldet auf der Türschwelle aufgetaucht ist.

Ein gefährlicher Köter, der schnellstens verjagt werden muss.

»Ja ... ähm. Mom, das ist Vince« Sie deutet auf mich und zwingt sich zu einem Lächeln, doch ihr entgeht diese Spannung nicht.

»Vince, das ist meine Mom«, ergänzt sie zögerlich und versucht noch irgendwie das Ruder rumzureißen. *Zu spät Baby.*

»Ich bin entzückt«, sage ich scharf und ihre Mom brummt missbilligend, bevor sie hinter sich nickt.

»Komm jetzt«, fordert sie mein Mädchen auf. Den Teufel wird sie tun, als ob ich sie *so* dort reingehen lasse. Dem bescheuerten Typen hinter der Bar lief vorhin schon der Geifer aus dem Mund.

»Baby, meinst du nicht, dass du zuerst nach Hause solltest, um dir was Trockenes anzuziehen?!« Ich bin mir des zischenden Geräusches, das ihre Mom gemacht hat, als ich sie Baby nannte, durchaus bewusst. Ich will nicht sagen, ich hab es mit Absicht gemacht, aber der Gesichtsausdruck der Frau, die wirklich große Ähnlichkeit mit *meinem Baby* hat, war es allemal wert.

»Ja, Mom. Vince hat Recht«

Ihr eiskalter Blick schnellt zu ihrer Tochter.

»Ich möchte ungern so…«, sie deutet auf sich. »Wieder da reingehen.«

»Daran hättest du denken sollen, bevor du dich im strömenden Regen mit-«, sie sieht mich mehr, als herabwürdigend an »Gott weiß wem in irgendwelchen Ecken herumtreibst. Ich meine wirklich Emmi. Was soll das?« Ich räuspere mich »Bei allem Respekt, ihre Tochter ist erwachsen-«

»Sie halten sich da gefälligst raus«, schneidet sie mir das Wort ab und ich versuche wirklich, mich zusammenzureißen.

»Ich weiß gar nicht, was sie hier wollen-«

»Ich hab ihn hergebeten«, unterbricht Emmi sie, bevor sie näher an mich herantritt und meine Hand ergreift. »Und wir werden jetzt gehen« Sie geht auf sie zu, gibt ihr einen Kuss auf die Wange und ohne mich dabei loszulassen, gehen wir an ihr vorbei. Der Blick ihrer Mutter durchbohrt mich wie ein Messer und noch lange nachdem wir an ihr vorbei sind, spüre ich es in meinem Rücken.

Emmi

Wenn es nicht ein wenig brennt,

was ist dann der Sinn,

mit dem Feuer zu spielen?

– Bridgett Devoue

»Sie kann mich nicht ausstehen, mmhh?«, fragt er witzelnd, während wir zu meinem Auto gehen und ich anschließend den Motor starte, bevor ich die Heizung auf die höchste Stufe stelle und meine Hände daran aufwärme.

»Nein…nein, es ist nur…«

»Ich bin kein blonder, reicher Vorzeigesportler«, unterbricht er mich scharf.

»Sie hat einfach nicht damit gerechnet«, versuche ich sie zu verteidigen.

»Mit was?« Er funkelt mich an. »Damit, dass ein böser, dunkler, verwegener Typ ihre Tochter bei einer Familienfeier hinter dem Haus um den Verstand vögelt!?«

Er sieht mich teuflisch grinsend an. »Was ist nur los mit ihr?«, fragt er voller Sarkasmus.

»Keine Ahnung«, antworte ich auf dieselbe Art und Weise, während ich übertrieben den Kopf schüttle und die Schultern hebe. Er zieht mich grinsend zu sich und küsst mich.

Sanft fängt es an, doch seine Nähe ist für mich wie Blut für einen Vampir und ich kralle mich in sein Shirt und vertiefe den Kuss fieberhaft, worauf er sofort anspringt und mit den Händen in mein Haar greift. Es wirkt beinahe verzweifelt, denn wir wissen beide, dass uns ein Gespräch bevorsteht, dem wir nicht ausweichen können und keine Leidenschaft der Welt kann die Steine, die vor uns liegen aus dem Weg räumen, wir müssen uns ihnen stellen, doch ich brauche nur noch diesen einen Augenblick und nach diesem Augenblick löse ich mich von ihm und lege kurzzeitig meine Stirn auf seine Brust, während ich seinen Geruch vermischt mit dem Duft des Regens inhaliere. Ich hatte wirklich gedacht, er könnte nicht mehr besser riechen. Ich schüttele nur lachend den Kopf, bevor ich mich von ihm stoße. »Wir sehen uns bei dir?«

Er nickt lächelnd. »Verlass dich drauf.«

Er gibt mir noch einen kurzen Kuss und schließt die Fahrertür.

Emmi

Rück mit dem Stuhl heran.

Bis an den Rand des Abgrunds.

Dann erzähl ich dir meine Geschichte.

– F. Scott Fitzgerald

Zwischen uns herrscht eine unangenehme Stille, seit wir sein Zimmer betreten haben. Sie wuchs bei jedem Meter, den wir gemeinsam zu seinem Wohnheim gingen, bis sie nun beinahe unerträglich an meinen Nerven zerrt, während die ungesagten Worte bleischwer in der Luft hängen. Also stelle ich mich dem Schmerz, den ich zu verantworten habe.

»Ich war nie mit Daniel zusammen.« *Bäm...* somit habe ich ihm den Ersten, von vielen kommenden Magenschwingern verpasst.

»Was?« Er reißt schockiert die Augen auf.

»Ich habe es dir erzählt, weil ich den Abstand wahren wollte. Du dachtest, er wäre es und ich dachte, wenn du weiterhin glaubst, es wäre so, dann würde das hier nicht passieren.« Ich deute auf den Raum zwischen uns.

»Dann hätte ich dir das niemals angetan«, sage ich verzweifelt und warte auf einen sarkastischen Kommentar zu meinem offensichtlichen Scheitern, doch sein Blick huscht durch das Zimmer und über mein Gesicht, während er versucht die Frage, die ihm als erstes über die Lippen kommen soll, zu finden und dann hat er sie.

»Da war also nie was?«, fragt er voller Skepsis.

»Nein, es gab immer nur dich. Seit ich dich zum ersten Mal sah, gab es immer nur dich«, antworte ich liebevoll und versuche ihm mit meinem Blick zu zeigen, dass ich es genauso meine, was ziemlich schwierig ist, weil ich in seinem deutlich sehe, dass meine Lügen sein Vertrauen zu mir bis auf die Grundmauern erschüttert hat. Ich kann erkennen, dass er einen inneren Kampf mit sich führt. Ein Teil ist stocksauer, dass ich ihm noch so eine Lüge vor den Bug knalle, aber die andere scheint glücklich darüber zu sein, dass ich von Anfang an nur ihm gehörte. Er kann sich nur noch nicht entscheiden, an welchem Teil er festhalten möchte.

»Aber er war im Krankenhaus?«, fragt er, während er die Augenbrauen zusammenzieht.

»Ja, wir sind Freunde«, antworte ich wahrheitsgemäß und er sieht mich skeptisch an.

»Und ihr habt zusammengewohnt?«

»Ja, als Freunde«, bestätige ich meine vorherige Aussage felsenfest. Sein Blick verhärtet sich.

»Weiß er das auch?«

»Natürlich«, sage ich entschlossen, obwohl mir seine letzte Reaktion einfach nicht aus dem Kopf gehen will.

»Gott, diese Lügen! Ist überhaupt irgendetwas, was jemals aus deinem schönen Mund kam, wahr?«, herrscht er mich an, bevor er mit dem Finger auf mich deutet. »Du bist die böseste, verrückteste, sturste, manipulativste, komplizierteste Frau, die mir je begegnet ist«, bellt er, bevor sein Blick sanfter wird und etwas Liebevolles in seine Augen zurückkehrt. »Und leider Gottes, bin ich absolut verrückt nach dir.«

»Ich dachte, ich war nur eine Herausforderung?!«, spreche ich das nächsten Thema an, das mit uns im Raum steht und uns beide mit seiner Präsenz beinahe zerdrückt.

Es sind zu viele unausgesprochene Dinge, zu viele Wellen, die in den letzten Tagen über uns einbrachen und die es uns schwermachen überhaupt den Kopf über Wasser zu halten, doch obwohl es leichter für uns beide wäre einfach nachzugeben, lassen wir einfach nicht los.

Er zieht schmerzhaft die Augenbrauen zusammen, als hätte ich ihm einen Kinnhaken aus einer ungeahnten Ecke verpasst. Ja, ich weiß, ich habe Fehler gemacht, doch das macht seine nicht ungeschehen.

»Du weißt genau, dass es nicht so ist, das hab ich dir gesagt…«, knurrt er.

»Warum hast du es dann gesagt?«, unterbreche ich ihn scharf.

»Weil ich ein Arschloch bin«, kontert er und deutet verzweifelt auf sich. »Doch ich habe daraus nie ein Geheimnis gemacht. Du wusstest von Anfang an, worauf du dich einlässt.

Ich hab nie so getan, als wäre ich etwas Besseres. Ich hab dich nie *belogen*«, deutet er bitterböse auf mich.

»Nein, du hast mich nur verleugnet und gedemütigt«, schreie ich zurück.

»Was denn, wird das hier jetzt ein Wettstreit, wer der größere Lügner ist?«, bellt er und wir sind wieder dort angekommen, also versuche ich den Ärger wegzuatmen und antworte wesentlich ruhiger:

»Nein … ich … du hast mich unglaublich verletzt.« Ich sehe ihn an und versuche die Tränen zu verscheuchen, die mir bereits jetzt unnachgiebig in die Augen steigen. Seine stahlharte Miene wird augenblicklich weich und er kommt auf mich zu.

Ich kann das warme Gefühl, das mich durchströmt, einfach nicht ignorieren und ich weiß, dass das hier nun die Stunde der Wahrheit ist und dass wir all das, was zwischen uns steht, ein für alle Mal aus der Welt schaffen müssen, bevor es uns so weit unter Wasser zieht, dass wir beide darin ertrinken. Doch ich weiß nicht, welches Ende es nimmt.

Ich weiß nur, dass es sein muss.

Deshalb fühlt es sich an, als würde er mit dieser simplen Berührung, mit der er mir eine Träne von der Wange streicht, eine unendlich schwere Last von den Schultern nehmen.

Denn er ist hier. Trotz aller Erwartungen ist er hier. *Bei mir.*

»Ich weiß«, sagt er schmerzerfüllt, während er über meine Wange streicht und sein Blick sich reuevoll in meine Augen brennt. »Und das ist etwas, was ich niemals wollte. Ich hätte dich beschützen müssen. Das war alles so neu für mich und … Es tut mir leid«

Er nimmt mein Gesicht in beide Hände. »Es tut mir so unendlich leid.«

Er streicht mit den Daumen über meine Lippen.

»Es wird nie wieder passieren«, flüstert er, bevor er noch einmal darüberstreicht und dann die Augenbrauen zusammenzieht.

»Gott, deine Lippen sind blitzeblau.« Dann sieht er schockiert an mir herunter. »Scheiße du zitterst ja?!«

Mir ist tatsächlich kalt, ich wusste nur nicht, ob das Zittern an der Angst vor dem Ende dieses Gesprächs liegt oder an dem noch immer feuchten Kleid, das wie ein kalter Waschlappen an meiner Haut klebt. Ohne zu zögern greift er an den Saum meines Kleides und zieht es über meinen Kopf.

»Verflucht, du bist eiskalt«, fährt er mich an und ich beginne mich selbst zu ohrfeigen, denn das ist nun wirklich etwas, das nicht passieren sollte. Mein Immunsystem ist im Keller und übersteht so eine Unterkühlung selten ohne eine ausgewachsene Grippe und die kann ich mir echt nicht leisten.

Mir kommt der besorgte Gesichtsausdruck meiner Mutter in den Sinn und mir wird klar, dass ich sie anrufen muss, doch zuerst muss ich dieses komplette Wirrwarr entknoten.

Er ist mit einem Schritt an seinem Schrank und holt mir eines seiner Sweatshirts mit Kapuze heraus, das mir dank seiner Größe auch weit über den Oberschenkel reicht.

Ich greife dankend danach, denn in dieser Situation, *während nüchtern die Unsicherheit über unseren Köpfen schwebt,* ist es ein merkwürdiges Gefühl in Unterwäsche vor ihm zu stehen, auch wenn sein intensiver Blick und das starke Schlucken, als er mich ansieht, wohl in jeder noch so bizarren Situation einen Impuls durch meinen gesamten Körper schickt.

Doch bevor ich mir den Hoodie über den Kopf ziehe, unterbricht er mich.

»Willst du das nicht ausziehen?«

Ich sehe ihn erschrocken an, während er etwas unsicher auf meine Unterwäsche deutet. Diese offensichtliche Unsicherheit in seinem Blick ist völlig neu und einfach hinreißend. Anders kann ich es nicht sagen, denn auch er scheint die Anspannung der unausgesprochenen Worte zu spüren. Das vorhin war die pure Leidenschaft, die zwischen uns wütete wie ein Sturm und uns, ohne zu fragen, mitriss.

Doch auch diese Leidenschaft, die zwischen uns von Anfang an geradezu überwältigend war, kann uns nun nicht mehr vor dem tonnenschweren Block aus Verantwortung und Wahrheit bewahren.

Ich klemme mir den Pulli zwischen die Beine, während ich vorsichtig nicke und beginne hinter meinem Rücken den BH zu lösen. Und er sich, *Gentlemanlike, wie er sonst niemals gewesen wäre und es ihm auch jetzt mit ganz großer Sicherheit schwerfällt,* wegdreht und nach seiner Bettdecke greift.

Für ihn war Sex schon immer eine Lösung, ein Ventil, alles was Sinn machte …

… das hier ist auch völlig neu für ihn, doch ich finde es bewundernswert, wie er sich bis jetzt schlägt.

Ich streife mir den Slip von den Beinen und ziehe den Pulli über, bevor ich all die Sachen zusammenlege und auf der Heizung platziere.

Als ich mich umdrehe, ertappe ich ihn dabei, wie er mich von oben bis unten mustert und dabei ganz unbewusst seine Unterlippe einsaugt. *Doch noch ganz der Alte.* Sehr gut, denn das ist etwas, was wirklich unentbehrlich ist und die Wirkung, die sein Blick auf mich hat, ist unbestreitbar und nistet sich direkt in meinem Unterbauch ein. *Doch nicht jetzt!* Wir haben dieses Gespräch lang genug aufgeschoben. Ich wende den Blick ab und er räuspert sich, während er mit der Decke auf mich zukommt und mich darin umhüllt, bevor er mich an sich zieht, in seine Arme schließt und anschließend sanft und in gleichbleibenden, kreisförmigen Bewegungen über meinen Rücken streicht. Ich vergrabe mein Gesicht in seinem Hals und augenblicklich riecht es nach einer lauen Sommernacht am Strand, während man in die Sterne schaut und hört, wie sich die Wellen des unnachgiebigen Ozeans an der Küste brechen. Ich liebe diesen Geruch und entspanne mich augenblicklich. Eine Reaktion, auf die ich gar keinen Einfluss habe und er umschließt mich noch fester, bevor er mir sanft in mein Haar flüstert: »Ganz egal, was danach passiert ist … Was ich dir bei der Ausstellung gesagt hab, bevor du diese Bombe hast platzen lassen, habe ich genauso gemeint Emmi.

Und scheißegal, ob du gelogen hast, ich möchte für dich der Mann sein, den du verdienst. Du hast an mich geglaubt, als niemand anderes es getan hat. Und jetzt bin ich dran.

Doch deine Lüge hat auch mich verletzt. Du hast mir nicht vertraut! Nicht so sehr wie Hannah oder deinem verfluchten Daniel. Scheiße, sogar Rosie und allen voran diesem gottverdammten Wichser Finn!« Am Ende des Satzes kann er seinen Groll nicht länger verbergen und ich blicke auf.

»Ich hab es ihm nicht erzählt«, verteidige ich mich. »Er hat es irgendwie herausgefunden. Keine Ahnung, wie, wahrscheinlich hat er es von einer der Schwestern erfahren, doch ich hab es ihm nicht erzählt, das musst du mir glauben.«

Er macht einen abschätzigen Laut, der mich trifft wie ein Vorschlaghammer und das schlimmste daran ist, dass ich ihn mehr als verdient habe. Er sieht mich an und versucht die Verärgerung abzuschütteln, schafft es aber nicht.

»Wirst du mir jemals wieder etwas glauben?«, frage ich, obwohl ich nicht weiß, ob ich die Antwort ertrage. Er sieht mich eindringlich an… *und dann steht die Zeit still.*

»Ich weiß nicht.« Er schüttelt den Kopf und streicht sich über die Stirn, während er sich ein Stück entfernt.

Die Kälte, die nun an der Stelle entsteht, an der er nicht mehr ist, trifft mich zehnmal härter als die Kälte des nassen Stoffs auf meiner Haut. *Ich ertrage es nicht!* Ich trete wieder einen Schritt an ihn heran und streiche langsam über seinen Rücken, während er unter meiner Berührung die Luft einzieht, doch meinen Blick weiterhin meidet.

»Vince«, murmele ich sanft und auch wenn es ihm schwerfällt, lenkt er ein und ich sehe in seine von Schmerz und Wut erfüllten Augen, die von dem inneren Konflikt müde geworden sind. »Es tut mir unendlich leid, dass ich dich angelogen habe, ich hatte einfach Angst dich zu verlieren, doch nun, da du alles weißt, hofft der winzig kleine, vollkommen egoistische Teil von mir, dass ich mich geirrt hab und … dass du mir verzeihst. Und solltest du das eines Tages schaffen, verspreche ich dir hoch und heilig, dass ich dich nie, nie, nie wieder anlügen werde.« Ich sehe ihm eindringlich in die Augen, während ich mit meinen Handinnenflächen über seine Wangen streiche. »Ich verspreche es.«

Er lässt die Stirn auf meine sacken, bevor wir synchron ausatmen und ich habe keine Ahnung, wie viel Zeit vergeht, während wir schweigend in dieser Position verharren. Ich kann spüren, wie seine Gedanken kreisen und ich wünsche mir so sehr, dass er was sagt, ebenso wie ich mir wünsche, dass er es nicht tut. Doch dann atmet er ein, während er seinen Kopf ein Stück zurücklehnt.

»Ist das derselbe egoistische Teil, der nicht wirklich bereut, mich belogen zu haben, weil das Risiko mich zu verlieren und somit all die gemeinsamen Momente nicht erleben zu dürfen, einfach zu groß wäre und dass das deine eigentliche Wahrheit ist?!«

Er sieht mich prüfend an. »Die hässliche Wahrheit?!«

Ich schlucke schwer und blinzle perplex, während ich versuche, diese Aussage irgendwie einzusortieren.

Das ist meine Wahrheit! Die schreckliche Wahrheit, aber woher … Dann sehe ich in an und lasse die Luft entweichen, von der es sich anfühlt, als hätte ich sie seit Stunden angehalten und er weicht meinem Blick aus.

»Ich habe alles gehört«, gesteht er, während er zur Tür nickt. Er saß tatsächlich auf der anderen Seite der Tür.

Ich wusste es!

»Oh«, mehr kommt mir einfach nicht über die Lippen, denn diese Worte hatte ich absolut ernst gemeint, dabei ging ich jedoch davon aus, dass er nicht bei mir bleiben kann und ich das auch unmöglich verlangen kann, doch genau jetzt in diesem Moment fällt mir auf, wie groß dieser hässliche, egoistische Teil in mir tatsächlich ist.

»Das Problem ist«, unterbricht er meine Gedanken, »mir tut es auch nicht leid.« Er zuckt die Achseln und schüttelt leicht den Kopf. »Es tut mir nicht leid, dass ich auf diese bescheuerte Herausforderung meiner Freunde eingegangen bin. Um ehrlich zu sein, glaube ich sogar, dass diese Abmachung das Beste war, was mir je passiert ist, denn sie hat mich zu dir gebracht.« Dann atmet er hörbar aus.

»Rosie hat mich gefragt, *als ich zu ihr bin, um sie zur Sau zu machen* ...« Er macht eine Handbewegung, als wäre das sonnenklar. »...Ob *ich* es rückgängig machen würde? Wenn ich jetzt wüsste, dass es so endet ...« Er zieht die Schultern nach oben, während er die Hände tief in den Taschen seiner Jeans vergraben hat. »Ich konnte ihr einfach keine Antwort geben und ich war auch noch nicht bereit dazu, als du vor meiner Tür gehockt hast, aber jetzt...« Er verzieht schmerzhaft das Gesicht, während er an mir vorbei ins Leere starrt, völlig in seinen Gedanken gefangen und dann ... sieht er mich an. »Ich war mir einer Sache noch nie so sicher.« Er schüttelt den Kopf und sein Blick wird sanft. »Ich bereue gar nichts. Nichts davon ... und auch wenn das alles schwierig, kompliziert und Gott weiß was wird ... so lang ich dich hab, hab ich... *zu viel zu verlieren.* Ich würde nichts anders machen Emmi und ich möchte auch nicht nur ein Teil eines Kapitels sein. Ich möchte in der ganzen verdammten Geschichte vorkommen.«

Als er fertig ist, sind meine Wangen von Tränen geflutet und alles, was ich mir im Moment wünsche, ist ein Repeat-Knopf, den ich immer und immer wieder drücken kann, bis seine Worte und deren Bedeutung vollkommen zu mir durchgedrungen sind.

Ich sehe, dass er auf eine Antwort wartet und in einem normalen Zustand könnte ich auch eine halbwegs intellektuelle und angemessene Antwort formulieren. Doch in meinem jetzigen Dämmerzustand, dem Zustand nach den letzten Wochen aus Drama, Sehnsucht und Verlust, kann ich es einfach nicht. Es fühlt sich an wie ein Kurzschluss.

Er räuspert sich, während er anfängt, auf seinen Füßen hin und her zu wippen.

»Hast du mich gehört?«, fragt er mich verlegen und ich nicke vorsichtig, bevor mein Mund die Frage:

»Bist du sicher?«, formuliert, ehe ich ihn daran hindern kann. Er sieht mich verwirrt an »Was?«

Ich schließe die Augen und atme tief durch. Mein Mund hat recht. *Er muss wissen, was das bedeutet.* Ich muss wissen, ob er sich sicher ist, bevor unser tragisches Leben uns im nächsten Moment wieder auf die Füße fällt. Nein, das hier ist ein Neuanfang und wenn wir ihn beginnen, dann richtig.

»Hast du dir das auch wirklich gut überlegt?«, frage ich erneut und er weicht ein Stück zurück.

»Vince, mit mir zusammen zu sein ist kein Spaß. Im Grunde … bin ich eine tickende Zeitbombe, bei der jeder in meiner Nähe früher oder später zum Kollateralschaden wird.

Und wenn du klug bist, dann … ist genau das, der Zeitpunkt, an dem du weglaufen solltest.«

Doch das tut er nicht. Er läuft nicht weg oder wird wütend, seine Augen werden nicht abweisend oder kalt. Nein, sie sind warm und *traurig*. Während er langsam auf mich zukommt und mich küsst, sanft und so innig, wie noch niemals zuvor, bevor er an meine Lippen flüstert.

»Es ist zu spät. *Ich hab dich gesehen*. Ich weiß, ich sollte gehen und ein Teil von mir *und ich weiß nicht, wie groß, dieser Teil ist*, schreit mich gerade an, ob ich jetzt völlig bescheuert bin, aber ich kann es nicht. Ich kann … nicht ohne dich sein! Du hast es mir unmöglich gemacht.«

Ich atme seufzend aus »Es tut mir so leid«, schluchze ich.

»Tut es das?«, fragt er und ich sehe ihn an.

»*Was?*«

Er zieht kurz die Schultern nach oben. »Wenn du es ungeschehen machen könntest, würdest DU es tun?«

Ich schüttle langsam den Kopf, während sich eine Träne aus meinen Augen stiehlt und über meine Wange rollt.

»Nein.«

Er zieht mich an sich und nickt, als wolle er sagen:

»*Na siehst du*«, bevor er mit dem Finger sanft über meinen Hals streicht.

»Alsoo …«, fange ich an. »Soll das bedeuten, dass du immer noch zu mir gehörst?«

Er lächelt verschmitzt, während er über mein Schlüsselbein fährt. »Gehörst du denn immer noch mir?« Er funkelt mich an und ich sehe, wie der Schalk in seine Augen zurückkehrt, während er sich durch die Decke wühlt.

Ich weiß, dass er mich damit provozieren will. Aber die Wahrheit ist … Ich gehöre ihm, also antworte ich so ehrlich, wie noch nie: »Ja, das tue ich!«

Und er presst seine Lippen auf meine.

Emmi

There are all kinds of love in this world, but never the same love twice.

– F. Scott Fitzgerald

Ein irisierender Lichtstrahl huscht über meine geschlossenen Augen und lässt sie mich noch fester zukneifen, bevor mein ganzer Körper aus Angst erstarrt. Angst davor, dass da womöglich eine ganz neue Art von Albtraum auf mich wartet, der mich auf einer völlig neuen Ebene in Stücke reißt.

Ich habe in den vergangenen Wochen kaum geschlafen und jedes Mal, wenn es doch passierte, habe ich es hinterher bereut.

Die Träume wurden mit jedem Mal grausamer und brutaler, doch da ich mich sowieso nicht dagegen wehren kann, beschließe ich, es hinter mich zu bringen und öffne vorsichtig die Augen oder vielmehr eins davon, das andere lass ich noch zugekniffen, in der Hoffnung, dass das, was da in der Dunkelheit lauert, so nur halb so schlimm ist.

Doch da ist ... *nichts.* Nichts außer den wärmenden Strahlen der Spätsommersonne, die sich an den verdunkelnden Rollos vorbeidrängt und in das Zimmer scheint. *In sein Zimmer.* Augenblicklich bin ich hellwach und mein erster Blick schnellt zu ihm. Er liegt direkt neben mir, den Arm fest um mich geschlungen. Sein Atem geht gleichmäßig und sein unbeschwertes Gesicht träumt friedlich vor sich hin. Er ist hier. *Es ist Wirklichkeit.* Es gibt keine Geheimnisse mehr. Keine Lügen. Nur noch uns. Der Sturm ist vorbei und wir haben ihn überlebt. *Fürs Erste.*

Ich streiche vorsichtig seinen Arm von mir und schiebe mich aus dem Bett, bevor ich mir eins seiner Shirts aus dem Schrank nehme und mich ein Geruch erfasst, der sich anfühlt wie nach Hause kommen. Als ich ins Badezimmer gehe und mein Blick auf den Zahnputzbecher fällt, macht mein Herz einen Sprung, denn meine Zahnbürste steht noch genau da, wo ich sie an jenem dunklen Montagmorgen zurückgelassen habe und was noch viel wichtiger ist ... all die anderen sind verschwunden. *Ist das wirklich möglich?*

Gehört Vincent King nun tatsächlich zu mir?

Ich kann mir ein breites Grinsen nicht verkneifen, während ich mir mit den Fingerspitzen grob durch die Haare kämme, die in vollen und wilden Locken über meine Schultern fallen.

Da ich sie gestern ohne Föhn oder Haarglätter trocknen ließ, kommt nun die volle Wirkung meiner Naturwelle zum Vorschein, was aber gar nicht so übel aussieht.

Doch auch dabei schaffe ich es einfach nicht den letzten Rest des Schattens zu vertreiben, der im Schutz der Dunkelheit nur auf einen Moment der Schwäche wartet.

Auch wenn er es in seiner Nähe nicht schafft, meine Träume zu beherrschen, so wird er mich doch nie vergessen lassen, dass es ihn gibt und mich ab sofort auch daran erinnern, dass ein Leben mit Vince bedeutet, auch ihn früher oder später mit in diesen Abgrund zu reißen. Doch ich kann dort einfach nicht länger allein sein. *Nicht ohne ihn.*

Auch wenn das aus mir ein Monster macht.

Nachdem ich mich durch die Badezimmertür zurück in sein Zimmer schleiche, beobachte ich ihn noch eine Weile in diesem friedlichen Zustand, in dem er frei von all den Fesseln zu sein scheint, die sein Herz im wachen Zustand so umklammern. Dann greife ich vorsichtig nach meinem Handy. Zwei neue Nachrichten. Eine ist von meiner Mom und eine Frage, die normalerweise völlig harmlos ist, schreit mir nun praktisch zähnefletschend entgegen:

»Wo bist du?«

Wow, sie ist wirklich sauer.

Die zweite ist von Hannah:

»Deine Mom hat mich angerufen! Ist alles okay?«

Na klasse! Als wäre ich ein Kleinkind! Ich pfeffere das Handy etwas zu fest auf den Schreibtisch und das Geräusch, was der Aufprall verursacht, ist wirklich nicht zu überhören. Sofort huscht mein Blick zu ihm, doch er schläft seelenruhig weiter. Gott, ich könnte ihn stundenlang dabei beobachten, doch stattdessen, mache ich das, was jede halbwegs normale Frau in dieser Situation machen würde.

Ich schnüffle ein bisschen herum.

Sein Schreibtisch ist wüst. Er ist vollgepackt mit Heften, Notizen, Skizzen und Zeichnungen. *Wahnsinnig schönen Zeichnungen.* Das ist wirklich beeindruckend. Dieser wütende, dunkle, hasserfüllte Mann, der will, dass ihn alle auch genauso sehen, hat eine so unglaubliche Begabung. Es sind Landschaftsbilder, Stillleben, Detailbilder und ein Bild, an dem ich ewig lange hängen bleibe. Es ist ein Bild eines älteren Paares. Sie sitzen auf einer Parkbank und sehen einander an, als wären sie frischverliebte Teenager und eine Gänsehaut kriecht mir über den Rücken und erfasst meinen gesamten Körper, während ein wohlig warmes Gefühl sich in meinem

Bauch ausbreitet und mein Herz schlägt ... *als würde es applaudieren.*

Er hat diesen einen kurzlebigen Moment zwischen den beiden gesehen, ihn festgehalten und ihm mit seiner außergewöhnlichen Gabe ein Stück Ewigkeit geschenkt.

Eine Ewigkeit, in der sich ihre Augen niemals schließen, ihre Herzen niemals aufhören füreinander zu schlagen und die Zeit für immer still steht. Früher dachte ich immer, dass es genau das ist, was ich will. *Ein Meilenstein.*

In diesem Alter noch den Menschen an meiner Seite zu haben, der das ganze Leben mit mir durchlitten hat.

Der all die Kämpfe, Sorgen, all die Tücken und Hürden, die das Leben auf Lager hat, mit mir gemeistert hat und ich würde ihn immer noch ansehen, als wäre es das erste Mal.

Ich würde immer noch das Kribbeln spüren, wenn er auf mich zukommt und jede Berührung würde mich durchzucken wie ein Blitz. Ich denke, lieben kann man häufig und auf viele Arten, aber diese wahnsinnig verrückt gewordene, vorgeben die gleichen Dinge toll zu finden, ihn das letzte Stück Pizza essen zu lassen, vor seinem Fenster einen Ghettoblaster über den Kopf hochhaltende, unmögliche Weise, die dich ihn hassen lässt ...

Verliebtheit erlebt man nur einmal so innig und es ist das Wertvollste, was man im Leben jemals finden wird.

Ich streiche gedankenverloren über die Zeichnung, während ein Auge lacht und das andere weint, ich habe sie gefunden, auch wenn es in meinem Leben nie zu diesem Moment kommen wird, so habe ich das Glück, dieses Gefühl in Form vieler anderer Momente zu erleben und ich kann gar nicht sagen, wie dankbar ich ihm für diese kleine Ewigkeit bin.

Doch im zweiten Moment jagt mir diese Erkenntnis unweigerlich ein Dolch ins Herz, weil mir bewusst wird, dass ich auch ihn um diesen Moment beraube.

Ich lasse die Zeichnung auf den Schreibtisch sinken und schnappe nach Luft. Ich schließe die Augen und vertreibe mit stummen Gebeten die näherkommenden Wände.

Nicht hier, nicht jetzt. Ein Moment nach dem anderen.

Ich stopfe die Schuld, die Angst und die Wut auf diese Ungerechtigkeit wieder zurück in meine imaginäre Kiste und verschließe sie sicher und in einem ruhigen Moment, in dem ich allein und bereit für sie bin, öffne ich sie und lasse sie frei, damit sie mich zusammen mit meinem Schatten überwältigen können. *Die Büchse der Pandora war ein Scheißdreck dagegen.*

Mein Blick, der suchend nach Ablenkung durch das Zimmer huscht, bleibt an einer abgenutzten Bücherecke hängen, die aus dem zweiten Fach seines Schreibtischs hervorragt. Ich hocke mich hin, um es herauszuziehen und eine Erinnerung durchfährt mich, wie ein Gespenst ... kalt und grob.

»Ich habe Freunde! Ganz im Gegensatz zu dir«, jagt meine Stimme hallend durch meinen Kopf.

Es war der Abend, an dem ich Vince traf.

Er lag vor mir auf seiner Motorhaube, den Oberkörper auf seinen Unterarmen abgestützt und schaute mich bitterböse an, während ich vor Wut schäumte, doch er schnaubte nur:

»Und in welchem Bezirk von Oz leben die genau Dorothy? Sag es mir dann schick ich 'ne Kondolenzkarte.«

Gott, er war wirklich ein Scheusal, doch ich erinnere mich auch noch, dass diese Bemerkung mich sehr überrascht hat und dass mein Konter, er solle den Zauberer nach einem Herz fragen und aufhören sich wie ein Ungeheuer zu benehmen, ihn für einen kurzen Moment den eiskalten Gesichtsausdruck aus seinem Gesicht wischte und ich zum allerersten Mal durch den Panzer von Vincent King drang.

Meine Finger fahren über die abgenutzten Buchstaben des Buchs ›Der Zauber er von Oz‹. Das Buch ist so abgenutzt, die Seiten zerknittert und eingerissen. Es wirkt, als hätte man es schon tausend Mal gelesen und dieser Geruch. Gott, das Einzige, was noch besser riecht als ein neues Buch, ist ein altes Buch. Ob *er* es so oft gelesen hat?

Es muss eine Bedeutung für ihn haben. Ich wollte es gerade wieder zurücklegen, als ein kleines verblasstes Foto aus den abgenutzten Seiten rutscht. Es ist ein Polaroid, auf dem eine kleine glückliche Familie zu sehen ist. *Die Frau ist wunderschön.*

Sie hat braunes lockiges Haar, himmelblaue Augen und ein unbeschreiblich liebevolles und strahlendes Lächeln, während sie einen kleinen süßen, schwarzhaarigen Jungen hält, der ebenso strahlt. Doch was wirklich heraussticht, sind diese Augen. Leuchtende, einmalige *mintgrüne* Augen. *Seine Augen.* Unter mir fängt der Boden an zu schwanken, während mein Herz tonnenschwer wird. Der Junge auf diesem Bild ist Vince.

Aber wer ist diese Frau?

Seine Mutter?

Und dieser große dunkelhaarige, leicht düster schauende Mann mit den smaragdgrünen Augen, der seine Hand in den Haaren des Jungen vergräbt … sein Vater? Es könnte auch eine Pflegefamilie sein, doch die Liebe auf diesem Bild ist unbestreitbar. Ebenso wie die Ähnlichkeit. Ich halte mir die Hand vor den Mund, während ich darüberstreiche.

Er wurde geliebt. Unmöglich, dass er das nicht weiß.

Aber was ist passiert, dass sie diesen wunderschönen Jungen aufgaben?

Mir bricht das Herz, als ich es zurück in das Buch schiebe und zu dem kleinen Jungen schaue, der zu schnell erwachsen werden musste und ich hasse sie dafür.

Ich lege es zur Seite und durchstöbere seine Küchenzeile.

Ich werde ihn nicht aufgeben. *Niemals.* Und ihm die Liebe geben, die er verdient. Daher würde ich uns liebend gerne etwas zum Frühstück machen, doch diese Küche ist definitiv eine Junggesellenküche. In dem Kühlschrank befindet sich nichts außer Bier, eine Wodkaflasche, saure Gurken, *die echt schon mal besser ausgesehen haben* und eine Flasche Ketchup.

Wow, das ist wirklich der deprimierendste Anblick seit langem. Doch in dem nächsten Schrank werde ich fündig.

Instant-Cappuccino und Toasterwaffeln und er besitzt einen Wasserkocher und einen Toaster und meine innerliche Emmi führt einen mehr als peinlichen Freudentanz auf, der mich beinahe zum Mitmachen animiert und während ich zwei Tassen aus dem Schrank nehme und die Waffeln in den Toaster schiebe, wird mir klar, dass das der erste Morgen seit sehr langer Zeit ist, an dem ich wirklich glücklich bin.

Vince

You dance so flawless with the devil
that you made it fall in love with your angelic heart.
– Lg

Scheiße, was ist das für ein Lärm?! Und was ist das verdammt noch mal für ein Geruch? *Ist das Kaffee?* Ja, definitiv … es riecht nach Kaffee und nach irgendetwas … *anderem.*

Mir scheißegal, was es ist, es löst *ihren* Geruch ab und das nervt mich. Ich habe kein Bock meine Augen aufzumachen.

Ich hoffe nur, dass ich gleich wieder einpenne, denn in meinen Träumen war sie wieder bei mir, *wie so oft.*

Deshalb ist Schlaf in dieser Zeit das Einzige, was dafür sorgt, dass ich nicht vollends den Verstand verliere, denn die Realität *fuckt* mich einfach nur ab. Ich vergrabe mein Gesicht in dem Kissen. *Gott, mein Bett riecht immer noch nach ihr.*

Scheiße, ich werde den ganzen Tag in diesem verfluchten Bett verbringen, doch ein Poltern lässt mich diesen grandiosen Plan vergessen und ich setze mich auf.

Was zur Hölle … und dann vertreibt die Realität diesen wunderschönen Traum, nur dass sie mir dieses Mal nicht mit voller Wucht ins Gesicht schlägt.

Nein … Erinnerungen an gestern tauchen vor meinem inneren Auge auf und ich hab keine Ahnung mehr, was Wirklichkeit und Traum ist. *Sie war hier* …? Mein Blick schnellt so ruckartig zu dem Heizkörper, dass ich mir fast den Nacken verrenke und da hängt es … Tatsächlich …

Dieses verdammte Kleid. Es war kein scheiß Traum.

Wie ein Geisteskranker reiße ich mir die Decke vom Leib und hab dabei keine Ahnung, was überwiegt, die Freude, dass sie da ist, oder die Angst, dass sie es nicht ist und ich wirklich meinen verdammten Verstand verliere, doch sollte es so sein, dann okay, solange sie nur …

Fuck! Sie steht tatsächlich in meiner Küche … nicht einmal einen halben Meter von mir entfernt. Ich bin in einem Schritt bei ihr und drücke sie so heftig ich kann an mich. Zu heftig, doch ich kann meinen Griff ums Verrecken nicht lockern.

Sie schreckt unwillkürlich zusammen, als ich meine Brust an ihren Rücken presse und mein Gesicht in ihren Haaren vergrabe, während ich diesen einzigartigen Geruch einatme.

Bis zu diesem Moment hatte ich keine Ahnung, wie sich das pure Glück anfühlt, *doch jetzt schon.*

Und auch sie entspannt sich augenblicklich unter meinem Griff, bevor sie schnurrt wie ein Kätzchen: »Ich wünsche dir auch einen guten Morgen.«

Ich sehe ihr Gesicht nicht, doch ich kann spüren, wie sie lächelt. Ich lasse sie nur widerwillig los, aber ich möchte sehen, wie sich diese verflucht süßen Grübchen in ihre Wangen bohren, während sie das tut.

Es fühlt sich an, als würde sie sich in Zeitlupe bewegen, bis sie mir schließlich mit diesen großen, hellblauen Augen direkt in meine sieht und dann haben die Grübchen ihren großen Auftritt. *Verdammte Scheiße, ich liebe sie.* Sie sieht mich an, als würde sie etwas in meinem Gesicht suchen. *Reue? Eine Lüge?*

Kein Plan! Doch darauf kommt es nicht an, denn ich beuge mich nach vorn, während ich ihr fest in den Nacken greife und sie gegen mich drücke, um ihr mit diesem Kuss alles zu geben, was ich geben kann und dabei zu Gott bete, dass es reicht.

Ich könnte mich echt daran gewöhnen sie früh morgens in meiner Küche zu haben, mit nichts anderem an als meinem Shirt. Wie sie mir strahlend das Frühstück macht, während ich an meinem Cappuccino nippe. Ein Anblick, der mit keinem Geld der Welt zu bezahlen ist.

Sie dreht sich mit den Waffeln auf zwei Tellern um und flötet in einem absurden Sing Sang: »Ich hab dir Waffeln gemacht«, als wäre ich blind. Ich hätte nie gedacht, dass ich mich über so etwas Kitschiges so freuen könnte, doch hier sitze ich und lache sie an wie ein verdammtes Honigkuchenpferd, *das ist echt armselig.*

»Iss, solange sie noch heiß sind«, fordert sie, doch als ich sehe, dass die Ecken so verbrannt sind, dass ich sofort Schiss kriege, dass jeden Moment der Feuermelder losgeht, sehe ich sie an. Sie ist perfekt!

Denn wunderschöne Dinge sind niemals perfekt.

Sie nimmt strahlend einen Bissen von ihrer Waffel, bevor sie mich skeptisch ansieht.

»Was ist?«

»Zieh mit mir zusammen«, höre ich meinen dämlichen Mund sagen, bevor ich überhaupt so weit bin.

Ich rede immer erst, bevor ich denke und genau das wird mir sehr oft zum Verhängnis, aber in diesem Moment bereue ich es nicht.

Zumindest nicht, bis ihr hübsches Gesicht in der Bewegung erstarrt und ihre riesengroßen Augen noch viel größer werden, während sie krampfhaft versucht, ihren Bissen von der Waffel runterzuwürgen, bevor ihr Blick auf meine verbrannte Waffel fällt. Ich weiß nicht, was ihr gerade durch ihr hübsches Köpfchen geht, doch als sie wieder zu mir nach oben sieht, liegt doch tatsächlich so etwas wie Hohn in ihrem Blick, bevor sie furztrocken und vor Sarkasmus triefend sagt:

»Das sind nur fertige Waffeln, weißt du?!«

Sie zieht die Brauen hoch und schüttelt leicht amüsiert den Kopf, doch ich fordere sie heraus.

»Komm schon. Du trägst meine T-Shirts, du lässt mein Frühstück anbrennen, du schläfst hier … *und das ab jetzt sowieso jede Nacht und das schwör ich dir, so wahr ich hier sitze!* Lass uns nach etwas Größerem suchen?! Etwas mit einer richtigen Küche, in der du noch viel mehr Schaden anrichten kannst.«

Ich beiße mir neckend auf die Unterlippe, weil ich weiß, dass sie das anmacht, doch ihr Blick ist verwirrt, als könnte sie nicht glauben, dass ich es ernst meine. Bedränge ich sie?

Scheiße, das tue ich! Aber ich will sie hier haben. Bei mir. *Hier ist sie sicher.* Sie atmet seufzend aus. *Na toll!*

»Vince …«

Dieser mitleidige Ton legt sich wie 'ne Schraubzwinge um meinen Nacken und ich lasse mich in meinen Stuhl sinken, bevor ich die Hände in meinem Nacken verschränke, um das abzuschmettern, was jetzt kommt.

Sie sieht mich verständnisvoll an.

Verdammt, genauso gut könnte sie mir die Eier abreißen und Ohrringe draus machen.

»Wir sind gerade erst wieder zusammengekommen.

Wir haben nach diesem ganzen Drama noch nicht einen einzigen Tag zusammen verbracht. Ich möchte all das nicht sofort wieder aufs Spiel setzten. Ich weiß, dass du immer alles unter Kontrolle haben möchtest, aber das hier geht wirklich zu schnell, selbst für dich! Du willst zu schnell zu viele Dinge und Zusammenziehen ...«, sie schüttelt den Kopf, »... ist ein Riesen-Ding-«

»Scheiße, was ist so falsch daran, zu wissen, was ich will«, grätsche ich dazwischen und beuge mich zu ihr.

»Ich will dich!« Ich sehe ihr in diese unverschämt großen Augen und lächle sie an. Ihr Blick wird augenblicklich weicher. »Ich will das Mädchen, das tut, als wäre es unschuldig, doch im nächsten Moment unheimlich darauf steht, wenn ich ihr schweinische Sachen ins Ohr flüstere. Die, die rot wird, wenn ich ihr sage, wie heiß sie aussieht, mich dann aber anfleht, sie hinter einer Hauswand zu ficken.«

Und wie auf Knopfdruck wird sie rot, es ist so eine niedliche Reaktion.

»Ich hab gefunden, was ich will. Und ich werde nie wieder etwas anderes wollen.« Ich sehe sie entschieden an.

»Komm schon! Willst du wirklich stets und ständig diese Kartons hin- und herräumen und in dieser winzig kleinen Bude meilenweit weg bleiben? Das ist doch Scheiße!« Ich lehne mich noch weiter nach vorn, greife um ihre Hüfte und ziehe sie auf meinen Schoß. »Wir könnten die Zeit viel sinnvoller nutzen.«

Ich krabble mit Zeigefinger und Mittelfinger ihren Oberschenkel nach oben. »Komm schon. Warum nicht?«, necke ich sie, doch sie schüttelt nur nachdenklich den Kopf.

»Hör zu…« *Sie wird nicht nachgeben.* »… Dieses ganze Hin und Her. Die ganzen Geheimnisse und die Lügen haben mir wirklich zu schaffen gemacht und ich muss erst einmal zu Atem kommen, bevor mir das nächste Ding um die Ohren fliegt, verstehst du? Wenn ich diesen Schritt gehe, muss ich mir sicher sein.«

1.0 für die braunhaarige Schönheit. Sie ist sich nicht sicher und ich kann sie dafür nicht mal anschreien, das hab ich irgendwie verdient. Ich starre auf das Stück Holzkohle vor mir, denn ich ertrage ihren mitleidigen Blick einfach nicht. Sie sieht mich an, als wäre ich ein geschlagener Hund und im Moment fühle ich mich auch genauso beschissen.

»Okay«, murmle ich und pule in der Waffel herum, bevor ich tief einatme und sie wieder ansehe. »Ich weiß, ich kann dir nicht versprechen, keinen Scheiß mehr zu bauen, aber wenn ich dir doch nur irgendwie zeigen könnte, dass ich dich um nichts auf der Welt jemals wieder verletzten möchte! Wenn ich dir doch nur irgendwie zeigen könnte, wie sehr ich dich liebe.«

Ich lasse die Waffel fallen und atme trotzig aus und was macht sie, sie umfasst mein Kinn und zwingt mich sie anzusehen, bevor sie herausfordernd die Augenbrauen nach oben zieht.

»Tja, wenn du die schreckliche Waffel, die ich gemacht habe, runterwürgen könntest, wäre das schon mal ein Anfang.« Die kleinen Vertiefungen graben sich in ihre Bäckchen, während sie sich verschmitzt auf ihre Unterlippe beißt, um das Lächeln zu unterdrücken. Aber diese Grübchen sind genauso verräterisch wie das Grinsen, das an meinem verdammten Mundwinkel zerrt.

Ich kann mich nicht entscheiden, ob, dieser Gesichtsausdruck süß oder wahnsinnig sexy ist. Sie ist eine tödliche Mischung, aus beidem, was sie zu einem ebenbürtigen Gegner macht und diese Herausforderung nehme ich an. Ich starre auf die kohlrabenschwarze Waffel und kann das Lachen nicht länger unterdrücken.

»Gut. Okay!«

Ich verschränke meine Finger ineinander und strecke sie mit den Handinnenflächen nach vorn, bevor ich den Kopf in meinem Nacken kreisen lasse, bis er knackt. »Nichts leichter als das.« Ich greife nach der Waffel und klappe sie in der Mitte zusammen, bevor ich sie mir dann bis zum Anschlag in den Rachen schiebe, während sie neben mir sitzt und kichert.

Ja sie kichert. Das ist echt das Süßeste, was ich je gehört hab. So süß, dass ich es in Kauf nehmen würde dafür zu ersticken, denn das tue ich beinahe und während ich versuche dieses verkrustete Teil in meinem Mund irgendwie zu zerkauen, verwandelt sich ihr Kichern in ein ausgewachsenes Lachen. *Es klingt wunderschön!* Sie lacht aus vollem Herzen unbekümmert und frei und diese Tatsache ist für mich wie ein Schlag ins Gesicht, denn es ist das erste Mal, dass ich sie so lachen höre, dabei habe ich sie schon so viele Male zum Heulen gebracht.

Kein Wunder, das sie sich nicht sicher fühlt. Sie würde sich wahrscheinlich in 'nem Haifischbecken sicherer fühlen als bei mir. Weil ich ein verfluchter Arsch bin. Doch ich werde es besser machen, sie wird sich bei mir sicher fühlen und ich werde mir ihr zusammenziehen, koste es, was es wolle. Von heute an, möchte ich dieses Geräusch jeden verdammten Morgen hören.

Emmi

Es ist dein Weg und einzig und allein deiner.
Es gibt Menschen, die ihn mit dir gehen werden,
aber niemand wird ihn für dich gehen.
– Rumy

»Ich bin bei Vince«, flüstere ich in den Lautsprecher meines Handys, während ich mich in sein Badezimmer zurückziehe und die Stille am anderen Ende ohrenbetäubend ist.

»Hannah?«, frage ich, um ihr eine Antwort abzujagen.

»Bin noch dran«, antwortet sie schließlich seufzend.

»Wie kommts?«, fragt sie herausfordernd und ich erzähl ihr von dem gestrigen Tag. Was er getan hat, was er gesagt hat, dass im Moment all meine kühnsten Träume wahr zu werden scheinen, *was so überhaupt nicht nach mir klingt* und mir genau deswegen eine Heidenangst macht. Nur seinen plötzlichen, unvorhersehbaren rechten Haken von heute Morgen, als er gefragt hat, ob wir zusammenziehen, lasse ich erst einmal weg.

Denn das traf mich völlig unvorbereitet. Er verleiht dem Wort unberechenbar wirklich eine völlig neue Bedeutung.

Man weiß nie, was er als Nächstes macht, und ich weiß auch, dass es das riskant macht, aber es macht es auch so verdammt aufregend. Ich möchte kein geplantes vorhersehbares Leben, ich will genau das, *ich will ihn.*

Er fordert mich heraus, überrascht mich. Er raubt mir den Atem und ich kann diesen riesen Satz, den mein Herz gemacht hat, als er diese Frage gestellt hat, auch nicht abstreiten. *Aber es ist zu früh!* Wir haben noch alle Zeit der Welt. *Nein haben wir nicht!*

»Emmi?«, verscheucht Hannah die düstere, kratzende Stimme, die sich erbarmungslos in meine Gedanken bohrt.

»Mmh?«, frage ich und mache mich auf das Schlimmste gefasst.

»Du klingst glücklich«, stellt sie liebevoll fest. *Okay?!*

»Das bin ich«, antworte ich felsenfest, denn genauso ist es.

Ist es dumm? *Ja!* Ist es naiv? *Klar!* Ist es abwegig? *Auf jeden Fall!* Macht es mich inkonsequent? *Absolut!* Doch wer stellt diese Fragen? In der Liebe gibt es keine Regeln, kein richtig, kein falsch. Es geht nicht darum, irgendwelche Anforderungen zu erfüllen, die Leute aufstellen, die überhaupt nicht an meinem Leben beteiligt sind.

Es ist nicht ihr Leben! Es ist meins! Und das sind nicht die Fragen, die ich mir stellen sollte. Die einzige Frage, die wirklich wichtig ist, hat Hannah mir gerade gestellt und deswegen ist sie einer der wichtigsten Menschen in meinen Leben und als sie sagt: »Dann freue ich mich aufrichtig für dich«, glaube ich ihr und atme erleichtert aus. Sie auf meiner Seite zu wissen, fühlt sich so gut an. Es ist, als würde sie mir die Riesenlast aus Zweifel und Unsicherheit abnehmen und ich kann den Rücken endlich wieder durchstrecken und erhobenen Hauptes glücklich sein, denn ihre Meinung und die meiner Mom sind die einzigen, die zählen.

»*DöDöö*«, hallt die Melodie durch meinen Kopf, die in den Quizshows erklingt, wenn jemand die falsche Antwort sagt. *Meine Mom.*

»Er und meine Mom sind gestern aufeinander gerumpelt«, sage ich schließlich und reibe mir die Stirn.

»Ups«, erwidert sie, bevor sie zischend die Luft einsaugt.

»Und?«, will sie wissen.

»Oh, sie war begeistert«, antworte ich voller Sarkasmus.

»Kann ich mir vorstellen. Ich denke ein Typ wie Vince ist im Moment wohl nicht das, was sie erwartet hat?!«, versucht sie die Reaktion meiner Mom abzuschwächen, ohne dass sie überhaupt Zeuge war, aber sie kennt sie ziemlich gut.

Ich denke, sie kann es sich vorstellen.

194

»Ja und wahrscheinlich hat sie auch nicht damit gerechnet, dass ich mit ihm verschwinde, nachdem sie uns draußen, klitschnass vom Regen, gefunden hat.« Ich verziehe schmerzerfüllt das Gesicht, während ich an ihres denke.

»Was habt ihr draußen gemacht?«

»*Dödöö* ...« Ich kneife ertappt die Augen zusammen und als könnte sie mich sehen, pfeift sie anerkennend.

»Sex im Regen?«, johlt sie. »Schick.«

Ich kann ihr breites Lachen praktisch vor mir sehen.

»Was mach ich denn jetzt?«, seufze ich.

»Weshalb?«, fragt sie stutzend.

»Wegen meiner Mom«, antworte ich wie selbstverständlich.

»Ach so.« Sie lässt einen belustigten Laut von sich. »Ich war noch völlig bei der - *Sex im Regen Sache*«, witzelt sie.

»Han«, bitte ich.

»Entschuldige«, sie seufzt. »Lass ihr ein paar Tage Zeit, um runterzukommen, das war sicher ein harter Brocken für sie. Dann erklärst du es ihr und sagst ihr, dass du glücklich bist. Sie wird einlenken. Du weißt, dass sie dich liebt und nur das Beste für dich will.«

»Nur leider sind es die Menschen, die nur das Beste für dich wollen, die gar nicht wissen, was eigentlich das Beste für dich ist«, widerspreche ich niedergeschlagen, denn ich denke, dass es nicht so einfach wird.

»Versuch es einfach!«, befiehlt sie.

»Meinst du?«, frage ich.

»Bei mir hat's funktioniert«, scherzt sie und ich lache.

»Was würde ich nur ohne dich machen?«, frage ich sie liebevoll.

»Du wärst verloren«, antwortet sie und ich spüre quasi, wie sie die Schultern nach oben zieht, als wäre es eine allseits bekannte Tatsache und das ist es vermutlich auch.

»Wo wir gerade dabei sind ...«, fange ich an.

»Oh oh«, unterbricht sie mich.

»Ich hab nichts außer meiner Clutch und dem rückenfreien Kleid hier«, sage ich, weil ich weiß, dass sie genau weiß, was das heißt, und sie stöhnt in den Lautsprecher.

»Diese Klamottennummer wieder?!«

»Ja«, bestätige ich, während ich, aus Angst vor einer verbalen Ohrfeige, die Augen zusammenkneife.

»Könnt ihr nicht wie normale Menschen planen, wo ihr die Nacht verbringt und zur Abwechslung mal vorausschauend packen?« Sie verdreht die Augen.

Ich sehe sie nicht, aber ich weiß es.

»Wir arbeiten daran.« Und mir kommt der Gedanke, dass das Problem gelöst wäre, wenn wir zusammenziehen würden.

Nein! Unsinn! Ich wedle den Gedanken weg, als wäre er stinkender Zigarettenrauch.

»Pass auf, Sweety«, fängt sie an. »Ich habe morgen frei.
Was hältst du davon, wenn ich ein paar Sachen von dir
packe und zu dir komme? Ich will mal sehen, wo du dich die
ganze Zeit rumtreibst, damit ich, falls du unter seiner Obhut
doch spurlos verschwinden solltest, den Cops wenigstens
sagen kann, wo sie zuerst suchen sollen«, scherzt sie und ich
muss lachen. »Und dann machen wir uns einen schönen Tag«,
beendet sie den Satz und mir wird warm ums Herz.

»Eine hervorragende Idee«, erwidere ich strahlend.

»Sehr gut. Dann morgen? Gegen 10 Uhr?«, fragt sie.

»Perfekt«, schnalze ich und lege auf.

Als ich aus dem Badezimmer trete, sitzt er mit den
Unterarmen auf den Knien abgestützt auf der Bettkante und
starrt mich an. Es tut beinahe weh, dabei zuzusehen, wie
krampfhaft er versucht, so zu tun, als wäre er nicht angepisst,
weil ich gerade telefoniert hab, ohne dass er weiß mit wem
und warum. Gott seine Unsicherheit, die er hinter dieser
großkotzigen Arroganz versteckt, ist beinahe greifbar.

Wovor hat er nur solche Angst?

Schließlich seufzt er, lässt den Kopf sinken und steht
ruckartig auf, bevor er zu seiner Kommode geht.

»Und?«, fragt er etwas zu scharf. »Was hat sie gesagt?«

Ich sehe, wie seine Kiefermuskulatur zuckt, während er vollkommen sinnlos seine T-Shirts zerwühlt, nur um mich nicht ansehen zu müssen.

Was? Hat er Angst, sie findet es scheiße und ich setze mich sofort in den nächsten Zug nach Fairwood? Er hat genauso viel Angst vor der Zerbrechlichkeit unserer Beziehung wie ich, weil wir beide genug dafür getan haben und wir müssen dringend aus diesem Teufelskreis raus. Ich gehe vorsichtig auf ihn zu, wie jemand, der sich nach und nach einem wilden, unberechenbaren Tier nähert, und bleibe circa einen halben Meter neben ihm stehen.

Er sieht mich immer noch nicht an.

»Sie freut sich für uns«, wispere ich und er hält in der Bewegung inne, bevor er mich endlich ansieht.

Sein Blick ist voller Verwirrung und Staunen und ich lächle ihn an. »An dieser Stelle sollte ich dir wohl sagen, dass Hannah absolut pro Vincent King ist«, lächle ich, während ich auf ihn zugehe und meine Arme um ihn schlinge, bevor ich ihm sanft über den Rücken streiche und merke, wie er sich darunter entspannt. Ich sehe sicher in seine Augen, bevor er sie erleichtert schließt und seine Stirn gegen meine fallen lässt.

»Und selbst wenn es nicht so wäre …«, flüstere ich leise, während ich sanft meine Hand über die fahrigen Muskeln seines Rückens gleiten lasse, die ich durch sein Shirt spüre. »… Ich gehe nirgendwohin.«

Nach einem kurzen Moment kann ich sehen, wie sein Mundwinkel zuckt und er kaum spürbar nickt, als er nach unten sieht, um das unsichere Kind zu verstecken.

Ich stelle mich auf meine Zehenspitzen und gebe ihm einen sanften Kuss, um mein Versprechen zu untermauern.

Emmi

Der Kummer, der nicht spricht, nagt leise an deinem Herzen, bis es bricht.

— Shakespeare.

»Geilster Sonntag seit langem«, johlt er, während wir fest umschlungen auf seinem Bett liegen und so quasi den ganzen Sonntag verbracht haben.

»Diese Art der Freizeitbeschäftigung ist wohl dem Umstand geschuldet, dass mir keinerlei Garderobe zur Verfügung steht«, mache ich auf vornehm und deute auf sein Shirt an mir und er sieht mich lachend an.

»Könntest du aufhören, wie 'ne verwöhnte Schnepfe aus den Zwanzigern zu reden«

»Oh, Sorry«, protestiere ich, bevor ich mich räuspere.

»Wir hocken nur den ganzen gottverdammten Sonntag in deinem Nest und vögeln in einer Tour, weil ich nicht eine beschissene Klamotte hier habe, verflucht!«

Das letzte Wort bekomme ich vor Lachen gar nicht mehr heraus, zumal er mich dabei auch schon lachend in den Hals beißt.

»Weißt du, was da helfen würde?«, raunt er unter mein Ohr, während er bereits beginnt, erneut sein Shirt an meinem Oberschenkel raufzuschieben.

»Was?«, dabei weiß ich schon, was kommt und er lässt von meinem Hals ab und sieht mich an.

»Wenn wir zusammenwohnen würden«, bei diesen Worten zieht er selbstgerecht die Augenbrauen nach oben, als wäre das die offensichtliche Lösung für alles und mein Magen zieht sich bei dem Gedanken jedes Mal vor Freude zusammen, doch ich ignoriere es gekonnt.

»Wovor hast du Angst?«, fragt er, als ich nicht sofort antworte.

»Ich weiß nicht...«

Er verzieht das Gesicht

»... Es geht so schnell und ...«

»Und?«, hakt er sofort nach, also antworte ich wahrheitsgemäß. »Woher soll ich wissen, dass das nicht wieder nur irgendein Spiel ist? Eine neue Wette ...«

»Was?!«, unterbricht er mich wütend.

»Herrgott Emmi, ich würde dir so etwas nie wieder antun«, herrscht er und ich sehe ihn ernst an.

»Versprich nicht, was du nicht halten kannst.«

Er sieht mich an, als hätte ich ihm eine Ohrfeige verpasst und ich schließe die Augen, bevor ich zurückrudere.

»Wieso ist dir das mit dem Zusammenziehen auf einmal so wichtig?«

Er sieht auf seine Handflächen, während er an seiner Nagelhaut pult.

Ich sehe, dass er mit sich ringt, bevor er sagt. »Weil es dir dann schwerer fallen würde, wieder zu gehen.«

Da sind sie wieder. Seine Selbstzweifel! Zusammen mit dem Kind, was sich dafür schämt. Aber ich bin so dankbar dafür, dass er mich mittlerweile hinter seine Fassade aus Arroganz und Ignoranz blicken lässt, ohne überhaupt zu versuchen, es zu verstecken. Wie kann ich ihm nur klar machen, dass er keine Angst haben muss.

»Vince, wie oft soll ich dir noch sagen, dass das nicht passieren wird?! Ich habe nicht vor, wegzugehen, solange du mir keinen Grund dafür gibst.«

Er antwortet nicht. Er braucht Gewissheit, Kontrolle, eine Garantie. Das alles liegt außerhalb seiner Kontrolle und damit kann er nicht umgehen.

»Lass mich darüber nachdenken«, breche ich das Schweigen, und sein Kopf schnellt zu mir.

»Wirklich?«

Ich nicke und lächle ihn an.

»Wie lange?«, will er wissen und ich verdrehe die Augen.

»Bis ich mir sicher bin.« Und ich kann förmlich sehen, wie seine Hoffnung verpufft.

»Also nie«, sagt er völlig am Boden zerstört.

»Das hab ich nicht gesagt«, antworte ich zuversichtlich, als ich an ihn heran rutsche und ihm einen sanften Kuss auf den Nacken gebe.

»Hey!« Ich drehe seinen Kopf zu mir. »Ich denke darüber nach. Okay?« Ich reibe meine Nase an seiner und gebe ihm einen Kuss.

»Okay«, flüstert er leise und ein heulendes Geräusch unterbricht die entstehende Stille zwischen uns. Ich stehe auf und gehe zum Fenster, während ich mir seinem verzweifelten Blick im Rücken durchaus bewusst bin. Ich ziehe das verdunkelnde Rollo zur Seite.

»Gott, ist das ein Sturm.« Ich lache schnaubend.

»Ist wie der Anfang von *The Day After Tomorrow* da draußen«, sage ich, während ich beobachte, wie zwei Studenten verzweifelt mit ihren Schirmen kämpfen, die in dem Moment, in dem sie in die richtige Windrichtung gelangen, garantiert dafür sorgen, dass die beiden abheben.

»Ach ja«, sagt er seufzend, weil er ganz genau weiß, dass es ein verzweifelter Versuch ist, das Thema zu wechseln. Ich drehe mich zu ihm um.

»Ja. Nicht so schlimm, wie der Tornado, der Dorothy und Toto nach Oz entführt hat, aber doch verdammt ungemütlich«, witzle ich in der Hoffnung, dass eine Anspielung auf den Zauberer von Oz ihn einlenken lässt.

Er versucht es angestrengt, doch er kann das Lächeln nicht verhindern, das unnachgiebig an seinen Lippen zupft.

»Apropos«, rufe ich aus, indem ich meinen Zeigefinger in die Luft strecke, als wäre mir ein Licht aufgegangen.

Ich drehe mich rum und krame seine abgenutzte Ausgabe des Buchs aus seinem Schreibtisch hervor und halte es hoch, als wäre es der letzte unumstößliche Beweis eines Mordfalls oder zumindest der Beweis, dass seine Abscheu zu dem Buch nur eine Lüge war.

»Du hast in meinem Scheiß gewühlt?«, braust er sofort auf, während er ruckartig aufsteht. Sehr gut, denn mit dem wütenden Vincent King kann ich beinahe besser umgehen, als mit dem verletzlichen, kindlichen Vince. Dieser Anblick zwängt mein Herz jedes Mal so fest zusammen, dass ich beinahe alles tun würde, um ihn glücklich zu machen.

»Ja«, antworte ich völlig emotionslos, während ich die Schultern nach oben ziehe, als ob es die normalste Sache der Welt wäre.

»Verarschst du mich?«, rabt er mir wütend das Buch aus der Hand und ich verschränke herausfordernd die Arme vor der Brust.

»Ich könnte dich dasselbe fragen«, sage ich, während ich selbstgefällig die Augenbrauen nach oben ziehe, was dafür sorgt, dass er seine fragend und wütend zusammenzieht.

»Tja!« Ich schnalze mit der Zunge. »Für jemanden der es absolut traurig fand, dass ich an jenem Sonntag ein…« Ich zeichne mit den Fingern Anführungszeichen in die Luft »… *Kinderbuch* gelesen habe, scheinst du es doch aber auch das ein oder andere Mal überflogen zu haben«, deute ich auf das abgenutzte Buch und er sieht es einen Moment zu lang an, bevor er es zurück auf seinen Schreibtisch pfeffert und »… interessiert doch niemanden …« murmelt, während er sich abwendet.

»Doch mich«, gebe ich zurück und er schnalzt genervt mit der Zunge und legt den Kopf in den Nacken, während er sich an die Nasenwurzel greift. Ich weiß, dass ihn meine Neugier gerade aufregt und er stumm um Geduld betet, doch das läuft nicht mehr.

»Vince, du hast mich gefragt, wie du mir beweisen kannst, dass du es ehrlich meinst ...« Ich ziehe die Schultern nach oben, während er mich seufzend ansieht. »...das wäre ein Anfang«, sage ich sanft, was jedoch nichts bringt, denn er braust sofort wieder auf.

»Was soll denn der Scheiß?! Wie zum Henker beweise ich dir damit, dass ich dir erzähle, wieso ich ein scheiß Buch gelesen habe, dass du mir vertrauen kannst?« Er macht ein abschätziges Geräusch.

»Das tust du nicht«, gebe ich nüchtern zu und er sieht mich genervt und irritiert an. »Aber es würde mir zeigen, dass auch du wieder anfängst, *mir* zu vertrauen«, sage ich, während es mir einen Stich versetzt.

Ja, ich habe sein Vertrauen zerstört, was ich mir hart erkämpft hab und was er sonst niemandem schenkt, *und ich hab es zertrampelt.* Ich würde echt alles dafür tun, dass er es mir wieder schenkt.

Nachdem er mich ein paar Sekunden vollkommen emotionslos angestarrt hat und ich diesem Blick stand hielt, seufzt er ergeben und rollt mit den Augen, als er auf mich zukommt und mich an sich presst. Vermutlich nur, um mich bei dem, was jetzt kommt, nicht ansehen zu müssen.

Ich erwidere seine Umarmung und der Duft nach Freiheit und den tiefen Tiefen des Ozeans kriecht sofort unter meine

Haut und ich kann hören, dass sein Herz etwas schneller schlägt als gewöhnlich, während ich mein Gesicht in seine Brust grabe.

»So wahnsinnig spannend ist die Geschichte gar nicht«, fängt er an und dann holt er tief Luft, hält sie ein paar Sekunden an und lässt sie dann wieder entweichen. »Es war einfach mein Lieblingsbuch, als ich noch ein *Kind* war.«

Er betont das Wort Kind und kneift mir dabei in den Hintern, um auf meine vorhergehende Bemerkung einzugehen. »Dieses Buch hatte einfach so was wie Tradition.

Als ich noch klein war, haben die älteren Kids es uns vorgelesen. Als ich älter wurde, habe ich es den Jüngeren vorgelesen. Scheiße, keine Ahnung, es hatte irgendwie was Beruhigendes. Für ein Kind, das nichts hatte, war es eine coole Wunschvorstellung von einem Sturm in eine Zauberwelt katapultiert zu werden, in der man nur den Zauberer finden muss und der einem dann gibt, was einem fehlt.« Er hält kurz inne und ich spüre, wie er leicht den Kopf schüttelt, bevor er fortfährt. »Fuck, ich war so dämlich, dass ich früher immer abgehauen bin, als es gestürmt hat, weil ich wollte, das mich dieser scheiß Tornado auch dorthin bringt, dann könnte ich den verfluchten Zauberer fragen, ob …«, er verstummt und ich beiße mir auf die Wange, bevor ich meine Hände sanft auf seine Brust drücke und mich nur ein paar

Zentimeter nach hinten beuge, um in sein wunderschönes, verletztes Gesicht schauen zu können. Da ist so viel Schmerz, versteckt hinter dieser Fassade, die er nicht mehr schafft vor mir aufrecht zu erhalten. Es ist wichtig, dass er es ausspricht.

Sonst gibt er ihm Macht.

Macht, den dieser hinterhältige Schmerz nicht für eine Sekunde verdient. Er hat seine Vergangenheit zerstört, bevor er nun auch noch seine Gegenwart zerstört, muss er einen Weg finden, damit zu leben.

Denn Schmerz, kommt niemals allein. Er wird begleitet von Selbstzweifel und Wut und gemeinsam können sie einen an dunkle Orte führen. Ich streiche ihm sanft über die Wange und er legt seinen Kopf hinein.

»Ob er was...?«, frage ich so sanft wie noch nie und er lässt die Luft entweichen, als hätte er sie seit Jahren angehalten. Doch als er antwortet, sieht er an mir vorbei, während seine Stimme rau und tonlos ist.

»Ob er mir ein paar Eltern schenkt.« *So! Das ist er.*

Der blanke, rohe Schmerz, der ihn bei lebendigem Leibe auffrisst. Tag für Tag. Stück für Stück. Und da er nun frei ist, ist es, als würde er auch mir die Kehle zuschnüren. Doch es vergeht nur ein Augenblick, bevor er ihn mit einem Blick wieder in seinem Herzen einschließt, wo er dafür sorgt, dass das Licht darin erlischt.

Sein verletztes Gesicht weicht seiner Maske aus Arroganz und Gehässigkeit, bevor er abwertend schnaubt.

»Total bescheuert.« Er schüttelt den Kopf und will es abtun, doch das ist längst nicht alles und auch wenn er mich dafür hasst, dass ich in diesem Augenblick nicht locker lasse, bin ich mir sicher, dass ich ihm letztlich dabei helfe, das alles eines Tages loszulassen.

»Was ist dann passiert?«, frage ich vorsichtig und er starrt weiter ins Leere und für einen Moment ist es so, als würde er sich gestehen, für einen kurzen Augenblick in der schmerzenden Erinnerung zu leben, bevor er völlig emotionslos sagt. »Bin älter geworden«, dann blinzelt er den letzten Rest Schmerz davon und ist wieder im Hier und Jetzt, während er versucht ihn abzuschütteln und in diesem Moment wird mir bewusst, dass *mein Monster* nicht das Einzige in diesem Raum ist. Er holt tief Luft und beendet seine Geschichte.

»Ich hab begriffen, dass Märchen nicht wahr werden. Zumindest nicht für Menschen, wie mich.« Er entfernt sich ein Stück von mir, als bräuchte er Raum, um wieder zu Atem zu kommen oder um sich selbst zu schützen, denn das hier, *dass er sich öffnet, mir Einblick gewährt, sich verletzbar macht,* ist für ihn, wie ein Dreifachsalto aus dem Stand.

Einfach verdammt schwer.

»Ich musste weiterhin mit zwanzig anderen, armseligen, verängstigten Gören in einem Raum schlafen, während die eine Hälfte von ihnen die ganze Nacht geheult hat.«

Er schüttelt den Kopf. »Scheiße, das war echt das Schlimmste.« Er beißt sich auf die Unterlippe und lässt auch diese schmerzhafte Erinnerung für einen Augenblick zu, weshalb ich unglaublich stolz auf ihn bin. Auch wenn das total bescheuert klingt, aber das hier ist eine riesen Schritt nach vorne und wäre vor einem Monat noch undenkbar gewesen. Dann fällt sein Blick wieder auf mich.

»Genau deswegen hab ich dich davor bewahrt.« Und dabei kehrt dieses einzigartige Funkeln in seinen Augen zurück.

»Mich?«, frage ich verwirrt.

»Ja, dich«, antwortet er selbstgefällig. »Ich dachte ja eigentlich, du würdest schon viel früher und von allein drauf kommen, aber anscheinend geht es nicht ohne kleinen Schubser.« Sein Lächeln ist überheblich und voller Hohn.

Als wüsste er die Auflösung eines total kniffligen Rätsels und könnte es kaum erwarten, es mir zu verraten, zwingt sich aber noch für einen Moment zu warten, ob ich vielleicht selbst drauf komme. Doch ich hab keinen Schimmer, wovon er da redet. *Er hat mich davor bewahrt.* Vor was? Davor in einem Raum mit tausend anderen zu schlafen … Aber ich …

Oh mein Gott. Ich sehe ihn erschrocken an und er zieht herausfordernd die Augenbrauen nach oben.

»Naaaa?! Hast du's?!«

Er greift sich demonstrativ hinter sein Ohr und neigt es in meine Richtung, als wolle er lauschen, doch ich kann nichts sagen. Dann nickt er mir aufmunternd zu, bevor er dramatisch auf die Stelle an seinem Arm zeigt, an der eine Uhr wäre, wenn er eine tragen würde.

»Komm schon…«, fordert er lachend.

»Du hast mir das Einzelzimmer im Krankenhaus bezahlt«, sage ich ton-, atem- und fassungslos.

»Ding, ding, ding, ding, ding«, johlt er und breitet triumphierend die Arme aus.

»Oh mein Gott«, sage ich noch immer vollkommen überfordert, als ich die Geschehnisse noch einmal Revue passieren lasse. Ich wusste, dass es kein Zufall war.

Das hat er für mich gemacht?

»Gern geschehen«, sagt er leicht provokant, nachdem ich mich nicht sofort dafür bedanke. Aber dieses Gespräch hat schon wieder eine solche Wendung gemacht, dass ich nicht mehr hinterherkomme und die Frage: »Wieso?«, als allererste aus meinem Mund purzelt.

Diese Frage scheint auch ihn zu überraschen, doch bevor er etwas erwidern kann, fahre ich fort.

»Ich meine, du hast dich damals nicht einmal von mir verabschiedet. Ich war dir doch völlig egal.«

Ich schüttle verwirrt den Kopf.

»Wieso hast du das getan?«, sehe ich ihn fragend an und als hätte ihn die Frage auf irgendeine Art ertappt, vergräbt er die Hände in seiner Jogginghose, zieht die Schultern nach oben und fängt an auf seinen Füßen auf und ab zu wippen, während er auf den Boden sieht und nuschelt.

»Keine Ahnung. Ich wollte es gern.« Er atmet aus, sieht mich an, zieht die Augenbrauen zusammen und legt den Kopf schief. »Ich wusste nicht wirklich wieso …«

Dann sieht er wieder nach unten, »… oder wollte es mir einfach nicht eingestehen …«

Er seufzt erschöpft, sieht mich wieder an und hört in diesem Moment auf zu wippen. »Aber ich habe dich immer geliebt, auch wenn es oft nicht so aussah.«

Vince

Tief in meinem Herzen – liebte ich dich – die ganze Zeit.
– F. Scott Fitzgerald.

Ihre großen, blauen Augen starren mich an, als könnte sie gar nicht glauben, was ich gerade gesagt hab.

Doch es ist die Wahrheit. Nachdem ich sie in diesem verdammten Krankenhauspark gesehen habe, war es vorbei.

War ich verloren. Ob ich es akzeptieren wollte oder nicht.

In dem Moment kam mir zum allerersten Mal der Gedanke, dass alles besser und intensiver war, wenn sie da war, und verfluchte mich im selben Moment für diesen Gedanken, ganz zu schweigen von diesem ungewohnten Gefühl, das ich hatte. *Ich wollte einfach nur in ihrer Nähe sein.*

Ach, Scheiße eigentlich hatte sie mich schon, nachdem dieser kleine Sturkopf sich geweigert hatte, mit mir zu frühstücken.

Dabei habe ich das in meinem ganzen Leben noch nicht einer einzigen Frau angeboten oder hatte auch nur das Bedürfnis es zu tun. Doch an diesem Morgen wollte ich einfach noch nicht … dass sie geht und dann besitzt sie die Dreistigkeit nein zu sagen. Als ich sie dann praktisch aus dem Auto warf, bin ich gerade mal hundert Meter weit gekommen, bis ich umgekehrt bin, weil es mir nicht *wie sonst* einfach scheißegal war, nur um fünfzig Meter später wieder eine Kehrtwendung zu machen, weil es doch völlig absurd war, dass mich dieses uneinsichtige, prüde Mauerblümchen irgendwie faszinierte. Sie hat mich echt auf die Palme gebracht und ich hab sie dafür geliebt. *Von Anfang an.*

Letztendlich habe ich gegenüber von ihrem Auto geparkt und wie ein Idiot dabei zugesehen, wie sie an meiner verdammten Jacke geschnüffelt hat und das perverse daran war, dass ich mich wie ein dämlicher kleiner Junge darüber gefreut hab. Was wahrscheinlich auch der Grund war, warum ich ihr nachgefahren bin, nur um zu sehen, wo sie wohnt und dabei hab ich mir die ganze Zeit eingeredet, dass ich es nur mache, um meinen Wichsern von Freunden zu beweisen, dass ich sie rumkriege. Ich wollte es mir einfach nicht eingestehen, auch nicht als mein jämmerliches Herz stehengeblieben ist, als dieser blonde Wichser aus ihrer verfluchten Wohnungstür spaziert ist.

Sie hat mich einfach dort getroffen, wo ich es nicht erwartet hab und es scheiße wehtat und jetzt … jetzt kommt sie auf mich zu … schiebt mich zu meinem Bett und gibt mir einen Schubs, als ich an die Kante stoße. Ich plumpse auf die Matratze und sie klettert augenblicklich auf meinen Schoß, bevor sie sanft an meinen Haaren zieht und mit den Lippen über meinen Kiefer streicht. *Ich liebe es, wenn sie das tut.*

»Emilia Glass, fällst du etwa über mich her?«, necke ich sie, kann das Zittern in meiner Stimme jedoch nicht leugnen, als sie den Saum meines Shirts ergreift.

Sie küsst meinen Hals und ich streiche sanft mit den Fingerkuppen über ihren Arm. Sie bekommt sofort eine Gänsehaut und als sie sich auf meinem Schoß verlagert und ihr Becken nach vorn schiebt, wodurch die Reibung entsteht, die ich will und brauche, schließen sich meine Finger fester um ihre Arme.

Der Gedanke, dass sie nichts unter diesem Shirt trägt, treibt mich in den Wahnsinn. Ich habe noch nie jemanden so sehr und so oft gewollt. Es gab viele Frauen.

Aber es war nur Sex. Ein Mittel zum Zweck mit einer Menge aus namenlosen Gesichtern. Ich wollte sie nie vögeln, um ihnen nahe zu sein, so wie bei Emmi. Ich lege mich auf den Rücken, um ein Kondom aus dem Nachtisch zu angeln, während sie ihr Shirt über den Kopf zieht und ich mir das

Kondom blind über den Schwanz ziehe, weil ich es wohl nie schaffen werde, meinen Blick von ihrem nackten Körper zu nehmen und wenn mein verdammtes Leben davon abhinge.

Ich ziehe sie wieder auf mich, greife in ihre Haare und ziehe ihre vollen Lippen auf meine. Ich schlucke das Wimmern, das aus ihrem Mund dringt, als ich sie auf mich herabsenke und als ich sehe, wie ihre Lider flattern, ist es um meine Beherrschung geschehen.

»Oh Baby. Wir machen es jetzt schnell und hart okay?

Fuck, ich will dich so sehr«, stöhne ich ihr ins Ohr, während sie ihre Hüften kreisen lässt.

»Okay«, keucht sie und das ist mein Stichwort. Ich umfasse ihren Rücken und ziehe sie an mich, sodass sich unsere Oberkörper berühren und ich hebe die Hüfte, in dem Moment, indem sie ihre kreisen lässt. Das Gefühl ist berauschend. Ich kann kaum atmen, während wir beide schneller werden. Ich stoße immer härter zu, während ich ihr fest in die Haare greife und sie hemmungslos stöhnt. Ich liebe ihre Stimme.

»Rede mit mir, Em!«, fordere ich und hoffe sie findet den Mut noch einmal so mit mir zu reden, wie sie es gestern getan hat.

»Vince …«, keucht sie und ich stoße schneller und härter in sie, woraufhin sie sich auf ihre Unterlippe beißt, um sich zu sammeln, was mich so unglaublich anmacht.

»Vince … bitte hör nicht auf … hör nicht auf mich zu berühren … du fühlst dich so gut an …« Ihre Stimme ist rau und verzweifelt und ich fluche leise, bevor sie weiterredet.

»… Es fühlt sich so gut an … Ich liebe es, wenn du mich vögelst … so, wie nur du es kannst.« Ihre letzten Worte bringen mich an den Rand der Ekstase und ich komme, woraufhin auch sie sich versteift und ich ihr dabei zusehe, wie sie kommt, während sie ihre kleinen Finger in meinen Rücken bohrt. Ihr Mund ist weit geöffnet und sie verzieht das Gesicht vor Lust und voller Erlösung. Es ist ein Anblick, der mich immer wieder in seinen Bann zieht. Ich werde niemals genug davon bekommen.

Als ich aus dem Bad komme, ist sie bereits eingeschlafen und hat sich dabei echt beide Kopfkissen gekrallt, während sie quer im Bett liegt und ich beinahe über einen ihrer Stöckelschuhe fliege, als ich wie hypnotisiert beobachte, wie sich ihr kleiner Brustkorb friedlich hebt und senkt.

Verdammt, wie kann ein so kleiner Mensch nur so viel Chaos anrichten?

Ich lege mich vorsichtig neben sie auf die winzig kleine Fläche, die sie mir gnädigerweise von meinem Bett übrig lässt, während ich meinen Kopf in meine Armbeuge lege, weil ich mir lieber den Schädel rasiere, als sie aufzuwecken, um mein Kissen zurückzuverlangen. Denn es ist ein Anblick für die Götter, wie sie ihre winzig kleinen Händchen in dem Kissen vergräbt. Ich lege vorsichtig meine Hand auf ihre Brust und spüre, wie ihr Herz schlägt und weiß in diesem Augenblick genau, dass ich nichts auf dieser verdammten Welt mehr lieben könnte, und hoffe, dass ich für dieses bildhübsche Mädchen alles richtig mache. Sie schmiegt ihr Gesicht an das andere Kissen. *Mein Kissen.* Ich kann einfach nicht aufhören sie anzustarren. Ihr Gesicht ist wirklich makellos. Sie sieht aus wie eine perfekte, kleine, Puppe. *Eine Porzellanpuppe.*

Bildhübsch und genauso zerbrechlich. Ich rutsche noch ein Stück näher an sie heran und lausche ihrem gleichmäßigen Atem, bevor ich ihr eine verirrte Haarsträhne aus dem Gesicht streiche. Wahrscheinlich nur, um sicherzugehen, dass sie auch wirklich da ist. *Echt ist.*

Ich lehne mich vor und drücke meine Lippen gegen ihre Stirn. Sie ist weich und warm und sie vergräbt ihr Gesicht noch weiter in dem Kissen, während sie einen zufriedenen Seufzer von sich gibt und ich gar nicht anders kann, als dasselbe zu tun, bevor ich mich zu ihrem Gesicht lehne und ihr leise zuflüstere: »Würdest du bitte aufhören so stur zu sein und mit mir zusammenziehen … Ich kann ohne dich nicht leben.«

Emmi

Ein Freund ist jemand,
der die Melodie deines Herzens kennt und sie dir vorspielt,
wenn du sie vergessen hast.
– Albert Einstein

Es ist halb zehn Uhr morgens und ich warte wie gebannt auf
Hannah, um mit ihr all das zu teilen, was mich im Moment so
glücklich macht, während ich bewusst all die Dinge ausblende,
die wirklich nicht erfreulich sind. Wie zum Beispiel das
Monster, was nun nicht mehr nur versucht, mich in die
Dunkelheit zu ziehen, sondern sich zu meinem Entsetzten
heute Morgen auch an die Fersen von Vince geheftet hat, als
er zu seinem ersten offiziellen Seminar für sein zukünftiges
Hauptfach gegangen ist und meiner Meinung nach sogar
etwas aufgeregt war und das lag nicht ausschließlich an der
drohenden Gerichtsverhandlung morgen.

Noch so ein Punkt, der echt die Stimmung drückt, aber Vince hat mir erzählt, dass er einen Anwalt hat, der sich gut mit so etwas auskennt, *was mich nicht überrascht, denn mit Vince hatte er sicherlich schon allerhand zu tun.* Doch dieser Anwalt kennt wohl eine Menge Leute, einschließlich des Staatsanwalts.

Er wird sich mit ihm zusammensetzen und versuchen einen Deal vorzuschlagen, um die ganze Sache außergerichtlich zu verhandeln, und auf das Schuldbekenntnis für das *Herbeiführen einer Brandgefahr* pochen. Was in diesem Fall wohl gut möglich wäre, und das klingt definitiv besser als *Brandstiftung.* Ich wünschte, ich könnte ihm irgendwie helfen, doch das kann ich nicht. Aber ich kann ihn heute Abend zum Essen einladen, um ihn erstens … *genau von dieser Tatsache ablenken,* und zweitens, seinen ersten gemeisterten Kurs zu feiern. Denn das ist definitiv ein Meilenstein, der unbedingt gefeiert werden muss. Er hat sich, um seinen Traum zu verwirklichen, wirklich bemüht und ist ihm nun ein ganzes Stück näher. In dem Moment klopft es an der Tür.

Doch nachdem ich sie geöffnet hab, sehe ich weder die langen, blonden Haare noch die blauen Augen. Alles, was ich sehe, ist das hässliche Braun der Kartons, die, *wenn ich es nicht besser wüsste,* beinahe wütend wirken. *Wer kann es ihnen verübeln?*

»Han?«, frage ich vorsichtig.

»Ich hatte keinen blassen Schimmer, was ich dir mitbringen sollte«, dröhnt ihre Stimme extrem gedämpft durch die Kartons.

»Ich meine, was hast du dir dabei gedacht? Ich bekomme es ja nicht mal gebacken, für mich zu packen, wenn ich irgendwohin fahre. Diese Mission war von Anfang an zum Scheitern verurteilt …«

»Also …?«, frage ich vorsichtig.

»*Alsooo …«*, imitiert sie mich wütend. »… Würdest du mir nun freundlicherweise diese verdammten Kartons abnehmen!?«, zischt sie.

»Oh Gott«, krächze ich, während ich nach den Kartons greife.

»Klar, tut mir leid«, lache ich ein bisschen schadenfroh, als ich zwei davon in das Zimmer stelle und sie es mir gleich tut, während sie den Blick schweifen lässt.

»Hier wohnt der Hottie also?«, bemerkt sie überflüssigerweise, bevor sie anerkennend nickt.

»Stilvoll.«

»Ja, war ein richtiger Schock für mich«, gebe ich ihr lachend recht und sie fällt mit ein, bevor sie ihren Blick an mir herabschweifen lässt und dabei hämisch lächelnd auf das T-Shirt deutet.

»Und wann hat sich Axl Rose verdrückt?«

Ich sehe an mir herab und betrachte sein altes Guns and Roses Shirt, das ich trage *und liebe*. Ich freue mich zwar, endlich wieder meine Klamotten bei mir zu haben, finde es aber dennoch schade, seine ausziehen zu müssen.

»Gleich, nachdem er sich 'nen Schuss gesetzt und *Use your Illusion* geschmettert hat«, erwidere ich trocken.

»Willst du so gehen oder…?«, zieht sie mich auf und ich nicke herausfordernd.

»Ja, ich bin mir ziemlich sicher, dass der Look sich durchsetzen wird«, und sie verdreht genervt die Augen.

»Entschuldige, ich bin ein bisschen angespannt«, stöhnt sie, als sie sich auf das Bett fallen lässt.

»Wieso?«, frage ich, während ich eine Jeans, ein Top und meine Lederjacke aus den Kartons angle.

»Ich hab aufgehört zu rauchen«, gibt sie zu und ich erstarre in der Bewegung, bevor ich sie entsetzt ansehe.

»Ich weiß…«, seufzt sie, bevor sie sich die Haare rauft.

»Genau so fühlt es sich auch an.«

Ich möchte nicht sagen, dass Hannah viel geraucht hat.

Nein, denn das wäre untertrieben.

Das muss echt hart für sie sein.

»Und diese Nikotinsprays, die sie in der Werbung immer so anpreisen?!«, sagt sie herausfordernd und will damit eigentlich fragen, ob ich sie kenne »Ja?!«, antworte ich.

»Die totale Verarsche«, erwidert sie fassungslos.

»Ich bin stolz auf dich«, strahle ich sie an und neige den Kopf, woraufhin sie zum xten Mal die Augen verdreht und mich unwillkürlich an Vince erinnert.

»Jetzt komm! Ich brauch was zu essen. Ich brauche eine Alternative, um meinen Mund zu beschäftigen.«

Ich will gerade Luft holen, um ihr eine zweideutige Antwort entgegenzuschleudern, als sie mir diese auch schon abschneidet.

»Sag es nicht!« Ich ziehe die Augenbrauen nach oben und zucke mit den Achseln.

»Wäre sowieso zu leicht gewesen.«

Dann schnappe ich mir meine Tasche und begutachte für einen Moment den Ersatzschlüssel in meiner Hand, den mir Vince gegeben hat und versuche dem warmen Gefühl in meinem Inneren keine allzu große Bedeutung zu schenken, als ich die Tür hinter mir schließe.

Nach einem überaus üppigen Frühstück, das sie rücksichtslos verschlungen hat, *während mich die ganze Zeit der Gedanke amüsiert hat, dass sie unheimlich zunehmen wird*, sind wir in die Mall gefahren, in der ich mich, *mit ihr an meiner Seite*, wesentlich wohler fühle.

Völlig unabhängig voneinander zieht es uns in einen Second-Hand-Laden, in dem wir sofort beginnen nach Schätzen zu wühlen. Wir beide lieben diese Art von Läden abgöttisch und ein Bonus ist, dass sie meistens von den großen Menschenmassen umgangen werden, die damit beschäftigt sind den gleichen überteuerten Mainstreammist zu kaufen und dabei zu hoffen eine neuere oder bessere Version zu ergattern als ein Nachbar oder Schwager oder sonst wer schon am Tag zuvor. Ich liebe diese kleinen in Vergessenheit geratenen Dinge wie diesen Laden und die seltenen Kostbarkeiten, die man hier findet.

»Wieso hast du aufgehört, zu rauchen?«, will ich von Hannah wissen, während ich in einer Schatulle voll mit altem Schmuck krame.

»Ich meine, ganz abgesehen von dem gesundheitlichen Aspekt«, füge ich lachend hinzu und sie verzieht kaum merklich das Gesicht, bevor sie sich auf die Unterlippe beißt und meinem Blick ausweicht, während sie so tut, als hätte sie mich nicht gehört. *Oh, der Grund ist gut!*

Ich lege den Schmuck zurück und gehe auf sie zu.

»Han?«, frage ich lachend, während ich die Augenbrauen hochziehe, was absolut nichts nützt, da sie mich immer noch nicht ansieht. *Oh, der Grund ist richtig gut!*

Für einen Moment beschleicht mich der schreckliche Gedanke, es hätte gesundheitliche Gründe, doch dann sieht sie mich an und obwohl ich sie besser kenne als irgendjemand sonst, kann ich diesen Blick nicht deuten. Sie lächelt und zieht die Augenbrauen zusammen, bevor sie rot wird und sich wie ertappt auf die Unterlippe beißt, so als würde sie sich zwingen müssen, es mir zu erzählen.

Doch dann schüttelt sie verlegen den Kopf und sieht wieder auf das Regal mit wirklich abscheulichen Pullis. Sie hat gelächelt, also kann es nichts Schlimmes sein, aber es ist irgendetwas, was ihr unangenehm ist.

»Hannah?!«, rufe ich in einem Sing Sang, während ich ihr monoton in ihren Oberarm pikse.

»Du weißt, tief in deinem Inneren, willst du es mir sagen«, singe ich belustigt weiter und sie legt ihre Stirn gegen das Regal. »Ich kann nicht.«

»Okay…«, lenke ich ein. »Du verrätst mir dein Geheimnis, während ich dir meins verrate.« Ihr Kopf schnellt hoch.

»Du hast ein Geheimnis?«

Ich nicke übertrieben und reiße die Augen auf.

»Oh Mann, was hast du jetzt wieder angestellt?«, seufzt sie.

»Hey«, protestiere ich. »Du stellst dich doch hier gerade an wie 'ne Zwölfjährige, die einen Jungen zum ersten Mal in ihren Strafraum gelassen hat.« Sie lacht und schüttelt den Kopf, bevor sie mich unsicher ansieht.

»Komm schon«, ermutige ich sie »Auf drei, okay?«

Sie atmet tief aus und nickt kaum merklich. »Okay.«

Ich nicke zuversichtlich, bevor ich anfange runterzuzählen »3…2…1«.

Sie kneift die Augen zusammen, bevor sie beinahe in Lichtgeschwindigkeit säuselt. »Ich hab mich in 'ne Frau verliebt.«

Während ich ihr von dem Vorschlag von Vince, zusammenzuziehen, erzähle, *was nun völlig unbedeutend ist.*

Ich starre sie an. »Du… du hast dich…«

»Verliebt«, beendet sie den Satz.

Ich nicke unglaublich schnell, unfähig diese Information zu verarbeiten, während sie mich unsicher ansieht, doch das will ich nicht

»In …?«, frage ich vorsichtig und sie atmet langsam aus, um sich zu sammeln.

»Jamie«, gibt sie zu. *Jamie …?! Jamie …?!Jamie …?! Oh mein Gott …Jamie! Ich kenne …sie! Aber sie war vor einer Ewigkeit mit einem gemeinsamen Freund von uns zusammen. Riley! Einem Mann! Ich bin total verwirrt.*

»Jamie?«, frage ich und sie nickt. »Du meinst… Rileys Jamie?«, frage ich noch einmal, um das ganze hier zu verstehen, obwohl ich die nächste sinnlose Frage bereits bereue, bevor ich sie überhaupt ausgesprochen hab, *noch dazu viel zu laut.*

»Das *Mädchen* Jamie?« Und sie sieht mich schockiert an, bevor sie flucht.

»Verdammt, du solltest dir 'ne Flüstertüte besorgen, sonst kriegen es nicht alle mit.«

»Entschuldige! Ich versuche, diese Information geistig zu verarbeiten, doch das ist irgendwie unmöglich.« Dann schüttle ich den Kopf. »Wer weiß davon?«

»Nur du«, antwortet sie wie aus der Pistole geschossen, und ich nicke

»Du und Jamie«, wiederhole ich es wieder, damit es bei mir ankommt und sie verdreht die Augen. »Könntest du bitte aufhören, das zu sagen«, bittet sie mich streng.

»Also seid ihr dann … seid ihr dann?« Ich mache vollkommen unsinnige Verrenkungen mit meinen Händen und stottere vor mich hin, weil ich keine Ahnung habe, was ich sagen soll. Da sind Millionen Fragen, die sich praktisch darum schlagen, an die Oberfläche zu kommen, doch sobald sie meinen Mund erreichen, lösen sie sich in Luft auf.

»Nein ich …«, schüttelt sie verwirrt den Kopf. »Ich weiß nicht genau, wo wir stehen, doch ich mag sie wirklich sehr.«

Ich nicke wieder wie ein Roboter.

»Sie ist ja auch verdammt hübsch«, sage ich schließlich und schaffe es zu lächeln, und sehe, wie ihr eine riesen Last von den Schultern fällt.

»Hör mal...«, fängt sie an, »... du musst nichts dazu sagen... Ich ... ich wollte es dir nur erzählen.«

Ich nicke. *Wieder.* Und atme aus.

»Wir sind doch noch Freunde oder?«, fragt sie und ich weiß nicht, ob ich sauer auf *sie* sein soll, weil sie so eine idiotische Frage stellt oder auf mich, weil ich ihr ja anscheinend das Gefühl gegeben habe, dass irgendetwas unsere Freundschaft jemals gefährden könnte. Letztendlich verdrehe ich nur die Augen.

»Natürlich sind wir noch Freunde! Komm her!«

Ich breite die Arme aus und drücke sie an mich, während sie an meiner Schulter »Danke« flüstert und ich langsam wieder zu mir komme und mir den folgenden Kommentar einfach nicht verkneifen kann.

»Das macht dich jetzt nicht an oder?«, feixe ich, wofür ich einen Knuff auf den Arm ernte und wir beide lachen, bevor eine sinnvolle Frage den Weg zu meinem Mund findet.

»Wie lange läuft das schon?«

Sie zieht die Augenbrauen hoch und schüttelt den Kopf.

»Ich weiß nicht genau. Zuerst sind wir mal zusammen weggegangen.

Ganz freundschaftlich und dann hat sie mir erzählt, dass sie bisexuell wäre und auch schon mal mit einer Frau zusammen war und ab diesem Tag hat sich die Chemie zwischen uns irgendwie verändert. Ich hab sie auf einmal … ganz anders gesehen und fühlte mich … unheimlich von ihr angezogen und dieses Gefühl stand ab diesem Zeitpunkt immer mit im Raum, wenn wir zusammen waren, wie ein dicker, rosafarbener Elefant, den man nicht ignorieren kann und dann konnte ich diesen Schwebezustand einfach nicht länger ertragen, habe all meinen Mut zusammengenommen und sie geküsst und …« Sie zuckt mit den Schultern.

»In meinem ganzen Leben hat sich noch nie etwas so richtig angefühlt.« Sie sieht mich an und strahlt aus vollem Herzen.

»Wow«, atme ich aus.

Emmi

Frag dich nicht, was richtig ist, sondern frag dich, was du fühlst.

Hör auf zu fragen, ob du kannst, sondern frag dich, ob du willst.

– Julia Engelmann

»Er hat dich gefragt, ob ihr zusammenzieht?«, ruft sie fadenscheinig und ich schüttle den Kopf.

»Oh nein, du wechselst jetzt nicht das Thema ich …«, ich deute drohend auf sie, bevor ich eine kurze Pause mache und die Überzeugung sich in Luft auflöst. Ich presse verzweifelt die Lippen aufeinander und kneife die Augen zusammen, bevor ich erneut den Kopf schüttle.

»Ich … schaffe es einfach nicht, nicht darüber zu reden«, ärgere ich mich über mich selbst. »Doch dieses Thema ist noch lange nicht durch«, warne ich sie schon mal vor und sie nickt lächelnd.

»Okay.«

Dann atme ich stöhnend aus.

»Ja er hat gefragt. Das ist doch völlig absurd oder? Ich meine er schafft es echt immer wieder, mich aus der Bahn zu werfen. Erst verleugnet er mich. Auf die grausamste Art und Weise, die man sich vorstellen kann und dann setzt er sich tagelang vor unsere Haustür und bittet mich, ihm zu verzeihen. Dann beweist er mir seine Liebe vor Tausenden von Menschen und dann läuft er wieder weg.«

Sie will gerade etwas einwenden, doch ich komme ihr zuvor. »Was zum großen Teil meine Schuld war«, gebe ich zu.

»Aber das ist nicht der Punkt. Vorher ist er bei jeder winzigen Hürde ausgerastet, nun habe ich den Schwierigkeitsgrad um ein Vielfaches erhöht und was macht er? Er macht das, was er immer macht, nämlich genau das, was niemand erwartet. *Er nimmt sie!*

Was mich wieder völlig rausbringt und als wäre diese Achterbahnfahrt der Gefühle nicht schon aufregend genug, hat er es tatsächlich geschafft, noch einen drauf zu setzten.

Und egal wie nervenaufreibend es ist, ich möchte noch nicht aussteigen. *Ich möchte nicht, dass es zu Ende ist.*

Ich möchte wirklich sehen, wie die Fahrt weitergeht, was da noch kommt und ich kann auch nicht abstreiten, wie glücklich mich der Gedanke daran jedes Mal macht, auch wenn ich weiß, dass es völlig verrückt ist und mir höchstwahrscheinlich um die Ohren fliegen wird, doch im Moment ist es genau das, was ich will.

Ich weiß, dass es viel zu früh und überstürzt ist, aber wir machen nichts so wie andere Paare und genau das ist das *aufregende*. Und ganz ehrlich? Ich habe dieses verdammte Nomadenleben so satt. Ich würde so unglaublich gern ankommen.« Ich hole tief Luft, als ich endlich fertig bin und schaue sie fragend an. »Also, du meine Freundin, die du nicht nur clever bist, sondern praktisch weise … Was soll ich tun?«, frage ich sie, doch lasse sie nicht zu Wort kommen.

»Du findest es bescheuert oder?« Ich verdrehe die Augen

»Natürlich findest du das! Allein der Gedanke, mit ihm zusammenzuziehen, sollte sofort im Keim erstickt werden.

Was hab ich mir nur dabei gedacht?« Ich lasse mich in einen Sitzsack fallen, bevor ein Stück von der Füllung rausplatzt und wie eine Feder vor meinem Gesicht bis auf meinen Schoß sinkt. »Was soll ich nur tun?«, seufze ich völlig erschöpft, als ich den Kopf nach hinten sinken lasse.

»Das kann ich dir nicht sagen, Liebes«, flüstert sie mit Engelszungen, als sie auf mich zukommt und sich vor mich hockt. »Und du brauchst meine Meinung auch gar nicht. Und schon gar nicht meine Erlaubnis.«

»Doch«, wimmere ich gespielt.

»Nein«, widerspricht sie.

»Du weißt längst, was du tun möchtest. Aber du hast Angst davor und deswegen fühlst du dich ratlos. Aber du hast schon vor einiger Zeit beschlossen, dass du das tun möchtest, was dich glücklich macht. Wieso zögerst du jetzt?«

Ich sehe sie an und lasse mich nach vorn fallen, bevor ich meine Stirn auf ihre Schulter lege. »Keine Ahnung.«

»Emmi.« Sie nimmt meine Hand. »Es ist völlig egal, was ich denke oder was der Rest der Welt denkt. Du weißt genau, was du willst. Du bist mutig und furchtlos. Du lebst für den Moment und in diesem Moment hast du zum ersten Mal genau das, was du wolltest! Und du hast es so verdient. Also nimm es an und scheiß drauf, was die anderen sagen.«

Sie drückt meine Hand »Die, die es stört, zählen nicht und die, die zählen, die stört es nicht. Okay?!«

Ich sehe sie an und dann nehme ich sie in den Arm.

»Toller Satz…«, flüstere ich ihr in die Haare, »…für uns beide«. Ich streiche ihr über den Rücken, bevor ich sie noch etwas fester an mich drücke und sie kichert.

»Danke, aber der ist nicht von mir« Ich lehne mich zurück und sehe sie fragend an, woraufhin sie die Achseln zuckt.

»Theodor Seuss Geisel!«

Ich ziehe die Augenbrauen nach oben und sie gibt mir einen spielerischen Klaps.

»Was denn? Bist du etwa die Einzige, die irgendwelche Dichter zitieren darf?«

Ich lache und schüttle den Kopf »Gott, ich sag's doch … *weise*«, witzle ich, meine es aber genauso. »Im Ernst, Hannah.«

Ich nehme ihr Gesicht in beide Hände.

»Du bist das Beste, was einem Menschen passieren kann, und ich habe keine Ahnung, womit ich dich verdient habe, aber … ich hoffe inständig, dass sie weiß, was sie an dir hat!?«

Ich sehe sie intensiv und gleichzeitig fragend an und sie lächelt verlegen.

»Ich denke schon.«

Und ich lächle zustimmend. »Dann würde ich sie sehr gern kennenlernen«, sage ich sicher und sie sieht mich erschrocken an. »Noch mal und offiziell«, füge ich hinzu und sie verlagert unruhig das Gewicht von einem Bein auf das andere.

»Wenn du so weit bist«, beruhige ich sie, bevor ich ihr ermutigend ans Kinn greife und es rüttle, wofür sie mich dankbar anstrahlt, als mein Blick auf etwas hinter ihr fällt.

»Oh mein Gott«, rufe ich aus und stehe auf, *zumindest versuche ich es,* doch dieser verdammte Sitzsack ist wie Treibsand. »Das darf doch nicht…«, fluche ich, als ich mich versuche aus den Klauen dieser hinterhältigen, unkooperativen Bestie zu befreien. *Vergebens.*

Doch Hannah verhält sich in diesem Moment wie eine echte Freundin! Sie hilft mir … nachdem sie sich darüber lustig gemacht hat, bis ihr vor Lachen die Tränen kamen und als sie mich schließlich aus seinen Todeskrallen zieht, könnte ich schwören, dass eine Staubwolke in der Form eines Totenschädels aus dem Sack pufft und ich fühle mich, als wäre ich im Sprint drei Runden um das Haus gerannt,. doch auch das kann mich nicht davon abhalten, nach ihrer Hand zu greifen und sie einmal quer durch den Laden zu zerren, während ich direkt auf diesen Schatz zusteuere und mich nach der Verkäuferin umsehe. Als mein Blick wieder nach vorn fällt, taucht diese kleine Frau wie aus dem Nichts vor mir auf.

Wo kommt sie jetzt so schnell her? Und in diesem Moment kann ich den Gedanken nicht abschütteln, dass sie womöglich ein Geist ist. Eine frühere Besitzerin einer dieser alten Gegenstände, die einfach nicht loslassen kann und auch wenn ich diese Art von Gedanken immer gern zulasse, läuft mir jetzt ein kleiner Schauer über den Rücken und ich schüttle ihn ab, bevor ich auf den Gegenstand vor mir zeige:

»Funktioniert sie noch?« Sie folgt meiner Bewegung und nickt zustimmend

»Ja. Sie ist noch voll funktionsfähig.«

Und ich fange an von einem Ohr zum anderen zu strahlen.

»Ich nehme sie.«

Emmi

Aber wir liebten mit einer Liebe, die mehr war als Liebe.
– Edgar Allen Po.

Es ist kurz nach sechs und ich zupfe unaufhörlich an dem Saum des Kleides, das ich mir heute mit Hannah gekauft habe. Es ist der Inbegriff des *kleinen Schwarzen* und auch recht kurz. *Finde ich!* Hannah hat mehr oder weniger darauf bestanden, dass ich es mir kaufe, weil sie meinte, dass ich unbeschreiblich heiß darin aussehen würde. Es ist schon merkwürdig, dass dieser Ausdruck, den sie schon so oft benutzt hat, auf einmal ganz andere Facetten mit sich bringt.

Keine Schlechten. Um Gottes Willen. Eigentlich ganz im Gegenteil. Eine solche Aussage ihrerseits hat plötzlich viel mehr Gewicht als zuvor. Denn sie sagt es nicht, weil man es so sagt, sondern weil sie es genauso sieht. Das ist wirklich faszinierend und ich hoffe so sehr, dass es funktioniert.

Sie wirkte so glücklich damit. Anfangs hatte ich ein schlechtes Gewissen, da es so aussieht, als würde aus unserem Plan zusammenzuziehen doch nichts werden und ich auch so die meiste Zeit hier verbringe, aber dann kam mir der Gedanke, dass eine Mitbewohnerin auf so engem Raum im Moment wahrscheinlich sowieso *unvorteilhaft* wäre. Ich denke, dass alles ist schon aufregend genug, *auch ohne Zuhörer.* Bei diesem Gedanken muss ich lächeln und streiche zum letzten Mal über den weichen Stoff, bevor ich den Ausschnitt hochziehe, damit nicht so viel von meinen Möpsen rausquillt, doch so verliert es wieder an Länge. Das ist ein Spiel, bei dem es keinen Gewinner gibt, also gebe ich es auf, denn verdammt noch mal, es ist heiß und ich bin mir ziemlich sicher, dass es Vince gefallen wird. Ich streiche mir die weichen Locken hinter das linke Ohr, während mir die Locken auf der rechten Seite doppel-S-förmig ins Gesicht fallen. Als ich diesen Audrey-Hepburn-Look zum letzten Mal getragen habe, hat es ihn fast um den Verstand gebracht. Unglücklicherweise hatte er eine üble Art es zu zeigen, vielleicht hatte seine Wut aber auch etwas damit zu tun, dass ich im Begriff war auf ein Date mit einem anderen zu gehen … *Finn.*

Als ich ihn das letzte Mal gesehen habe, hat er mir versichert, dass Vince sofort verschwinden würde, wenn er es erfährt … und ich habe ihm geglaubt. *Doch er ist noch hier.*

Obwohl ich mir ziemlich sicher bin, dass er sich dieser Sache noch gar nicht vollkommen bewusst ist. Ich denke, dass man bei der Bewältigung einer solchen Krankheit dieselben 5 Phasen wie bei der Trauerbewältigung überstehen muss. Obwohl jeder Mensch anders ›trauert‹ und wir alle unterschiedlich lange brauchen, um einen Verlust zu verarbeiten, erleben viele Menschen diese Phasen auf sehr ähnliche Weise und er ist meiner Meinung nach noch voll in der *Verleugnungsphase.* Er hat den Fokus nur auf meine Lüge gelegt und nicht auf den wahren Grund. Tief im Inneren kennt er ihn, doch er hat Angst davor, ihn zuzulassen.

Er lässt es nicht an sich rankommen, dafür ist er einfach noch nicht bereit und ich gebe ihm die Zeit, die er braucht, um auf seine Art und Weise zur Akzeptanz zu gelangen, denn das ist das Mindeste, was ich tun kann, nachdem ich ihm diese Last aufbürde. Ich werde ihn nicht damit konfrontieren, bevor er soweit ist. Diese Gefühle sind völlig neu für ihn und auf dieses Spektrum an aufwühlenden Emotionen ist er nicht vorbereitet. Er will einfach wieder die Kontrolle gewinnen, deswegen hat er mich auch gebeten, zu ihm zu ziehen.

Kontrolle ist im Moment alles, was er hat, und die kann ich ihm nicht nehmen, doch sie wird uns beide nicht retten.

Manchmal glaube ich, die Verleugnungsphase ist die schlimmste Phase für den Betreffenden, *für mich,* weil ich die Wahrheit kenne. Ich sehe, dass er auf Kollisionskurs damit ist, und kann mich nur auf den Aufprall vorbereiten ... Ein Klicken unterbricht diese bittere Erkenntnis und ich drehe mich vorsichtig um.

Zum Ersten, weil ich bereits High Heels trage und nicht vorhabe mich zu überschlagen und zum Zweiten, weil ich noch nach meinem Geschenk greife, was ich heute gefunden und was meiner Meinung nach perfekt ist, um seinen ersten, großen Schritt in die richtige Richtung zu feiern.

Er öffnet die Tür und lässt seine rechte Hand an dem Schlüssel, während er die Tür aufdrückt. In der anderen hält er sein Handy und liest etwas, was ihn wohl zu nerven scheint.

Er trägt seine Jogginghose und ein weißes, einfaches, eng anliegendes Shirt unter seiner schwarzen Jacke, während seine Haare perfekt durcheinander sind.

Er sieht nach den fünf Stunden im Krankenhaus wirklich müde aus und ich weiß auch, dass die Verhandlung morgen, *wenn auch außergerichtlich,* ihm im Nacken sitzt, von meinem Monster, das mich dabei beinahe grausam anlächelt, ganz zu schweigen. *Es ist mühselig, es zu tragen.* Um so wichtiger ist es, diesen Meilenstein zu feiern und nachdem er immer noch nicht von seinem Handy aufgeblickt und gemerkt hat, dass ich mitten im Raum stehe wie eine Glücksradfee, räuspere ich mich und sein Blick fliegt erschrocken über den Rand seines

Displays, woraufhin sich sein mürrischer, verkniffener Gesichtsausdruck augenblicklich entspannt und zu erstaunt wechselt. Seine Augen fangen an zu glühen und ich habe das Gefühl, ich schmelze unter seinem Blick. Anschließend lässt er ihn quälend langsam an mir rauf und wieder runter gleiten, während er seine Augenbrauen schon beinahe gequält zusammen zieht. Ich liebe es so sehr, diese Wirkung auf ihn zu haben. Er sieht mich an, als wäre ich eine Jane-Austen-Erstausgabe.

»Hallo Liebling. Willkommen zu Hause«, flöte ich übertrieben glücklich und er beißt sich lächelnd auf die Unterlippe, während er sein Handy auf die Couch fallen lässt, ohne den Blick von mir zu lösen.

Er liegt nicht auf mir, sondern brennt sich förmlich in meine Haut, während er jeden Zentimeter von meinem Körper und meinem Gesicht scannt, als würde er den Anblick ganz genau und aus allen Winkeln abspeichern wollen, bevor er kaum merklich den Kopf schüttelt.

»Scheiße, du willst mich doch verarschen«, sagt er anschließend rau und tief … *so unglaublich sexy*. Es ist, als würde dieser Tonfall irgendeinen Riegel in mir lösen, während sich jede Logik und jeder halbwegs intellektuelle Gedanke aus dem Staub macht.

Nachdem er mich eine gefühlte Ewigkeit angestarrt hat, kommt er mit geschmeidigen Bewegungen auf mich zu.

Er ist wie … *ein Raubtier,* bei dem in jeder seiner Bewegungen etwas dunkles, gefährliches und ungezähmtes mitschwingt. *Seine Augen schimmern so intensiv* und alles an ihm ist angespannt. Seine Schultern, sein Kiefer, seine Hände.

Er greift sich in den Nacken seines Shirts und zieht es sich über den Kopf, dabei kommen die sehnigen Muskeln seines athletischen Körpers zur Geltung und als er nur noch ein paar Schritte von mir entfernt ist, hauche ich tonlos. »Ich hab was für dich.« Ich halte das Geschenk hoch, unfähig meinen Blick von seinen dunklen, leuchtenden Augen zu lösen, die mich sowieso gefangen halten. Er nickt kaum sichtbar, als er so kurz vor mir zum Stehen kommt, dass ich seinen Atem spüre, als er rauchig, tief und dunkel haucht: *»Leg es weg!«*

In diesem Moment zieht sich mein Unterbauch so schmerzhaft zusammen, dass ich alle Kraft aufbringen muss, die ich habe, um ihm nicht in den Mund zu stöhnen. Ich schiebe es seitlich neben mich auf den Schreibtisch.

»Nicht dahin«, droht er und ich blinzle, als seine Worte den kleinen Teil meines Verstandes erreichen, der irgendwo ganz hinten im Nebel meines Schädels dümpelt und noch einigermaßen funktioniert. Ich löse mich von seinem Blick, um auf das Geschenk zu schauen, was ihn wohl unheimlich ärgert, denn er beißt seinen Kiefer so fest zusammen, dass es knirscht, bevor er nach dem Geschenk greift und auf das Bett wirft. Ich folge dem Geschenk mit meinem Blick, als es sanft auf die Kissen fällt, und atme erleichtert aus.

»Sieh mich an«, mahnt er und genau das tue ich, doch wahrscheinlich nicht ganz so, wie zuvor, *aber was ist, wenn es kaputtgegangen wäre?* Sein Gesicht wird weicher, als er über die Falte zwischen meinen Augenbrauen streicht, bevor er seinen Mund unerträglich langsam zu meinem Ohr bewegt und in diesem verboten heißen Tonfall raunt. »Hast du eigentlich eine Ahnung, wie wunderschön du bist?« Oh mein Gott, ich hab das Gefühl, allein durch seine Worte zu kommen, bevor er mich so schnell packt, dass ich erschrocken die Luft einziehe und er mich beinahe schmerzhaft auf seinen Schreibtisch knallt. Es ist ein schmaler Grat zwischen dem scharfen, lustvollen und alle Sinne beraubenden Schmerz und echten Schmerzen und Vincent King kann auf diesem Grad nicht nur balancieren. *Verflucht er könnte darauf Purzelbäume schlagen.* Und da ist wieder diese unbeschreibliche Leidenschaft zwischen uns, die uns in Situationen wie diesen beinahe erstickt. Seine Hände rutschen unter mein Kleid und reißen meinen Slip fast gewaltsam runter, während er meinen Hals küsst.

»Daran musste ich den ganzen Tag denken«, stöhnt er rau, als er fest nach meinen Haaren greift und sie nach hinten zieht, um eine leidenschaftliche, geradezu versessene Spur aus Küssen von meinen Hals zu meinem Kiefer zu verteilen.

»Woran?«, frage ich völlig atemlos, obwohl ich genau weiß, was er meint, aber scheiße! Ich steh unheimlich darauf, wenn er mit dieser rauen Stimme all die vulgären Dinge sagt. Er sieht mir tief in die Augen und ein wissendes, schmutziges Lächeln zeichnet sich auf seinen Lippen ab, bevor er mir in meinen Mund raunt. »Daran, dich auf meinem verfluchten Schreibtisch zu ficken, bis du meinen verdammten Namen wimmerst.« Und genau das tue ich in diesem Moment.

Dann legt er seine Finger auf meinen Mund und öffnet seinen, sodass ich es ihm automatisch gleich tue, und er lässt vorsichtig seine Finger in meinen Mund gleiten, woraufhin ich fest daran sauge und ihn dabei mit meinem *verfluchten Bambiblick* ansehe, was ihn mit einem gequälten Gesichtsausdruck zum Stöhnen bringt. Er schiebt mich mit einem Ruck fest an die Kante des Schreibtischs, wo ich gegen seine Erektion stoße, die sich deutlich durch den Stoff seiner Jogginghose hindurch abzeichnet. Er lässt seine Finger zärtlich von meinem Mund, über meinen Kiefer, zu meinem Schlüsselbein, bis hin zu meinen Brüsten wandern und es fühlt sich an, als würde er damit eine Spur aus Benzin legen und seine nächsten Worte sind der Funke, der das Feuer entfacht.

»Ich hab daran gedacht, wie ich meine Zunge zwischen deine Beine schiebe und dich *lecke,* bis du deinen Verstand verlierst.« Nach diesen Worten hat sich sein Finger den Weg über meinen Körper, unter mein Kleid, an meine empfindlichste Stelle gebahnt und ich lege stöhnend den Kopf in den Nacken, als er darüberstreicht. Ich stehe lichterloh in Flammen und er reißt hemmungslos das Kleid von meinen Brüsten, während er stöhnend seinen Kopf dazwischen steckt und ich meine Hände in seinen Haaren vergrabe.

»Sag es mir, Emilia«, stöhnt er atemlos, während er seine Zunge über meine Brüste gleiten lässt und seine Finger auf so gekonnte Art kreisen lässt, dass ich befürchte, ich könnte vor lauter Lust das Bewusstsein verlieren. Als er von meinen Brüsten ablässt und mit der anderen Hand wieder fest in meine Haare greift, damit ich ihn ansehe, atmet er schwer.

»Sag mir, dass du möchtest, dass ich dich lecke«, fordert er beinahe flehend. »Sag mir, dass du möchtest, dass ich dich ficke.« Während er das sagt, lässt er seine Finger in mich gleiten und ich verziehe vor Ekstase das Gesicht.

»Sag es«, fleht er.

Ich sehe ihn an und versuche, dass letzte bisschen Klarheit zusammenzukratzen, um die Worte zu formen, die er hören will. Ich vergrabe meine Hände in seinen Haaren und ziehe leicht daran, weil ich durch ihn weiß, wie heiß das ist und seinem Gesichtsausdruck nach zu urteilen, gefällt es auch ihm. »Ich möchte, dass du mich leckst«, flehe ich und seine Reaktion macht mich so unglaublich an. Es ist, als bräuchte er nicht mehr als diese Worte, um an den Rand des Wahnsinns getrieben zu werden.

»Ich will, dass du mich fickst«, füge ich hinzu und er vergräbt stöhnend den Kopf an meinem Hals, bevor er sanft hineinbeißt und dann mit weiteren Küssen hinab wandert.

»Auf diesem Schreibtisch«, ergänze ich und er umgreift fest meine Brust und knetet sie unnachgiebig, bevor er sich vor den Schreibtisch kniet.

»Auf dem Bett … in der Dusche oder wo auch immer du es willst«, als ich diesen Satz beende, zieht er mich so fest an den Rand des Schreibtischs, dass ich mit dem Rücken fest auf die Schreibtischplatte pralle, bevor er seinen Mund fest, hart und stöhnend auf meine Mitte presst. Er streicht sanft mit seinen Händen über meine Schenkel, zu meinem Bauch und packt mich dann so fest an der Hüfte, dass es sich anfühlt, wie ein Stromschlag, als er sich so noch fester an mich presst.

Er führt seine Zunge mit einer solch verzweifelten Intensität, dass ich schon nach wenigen Sekunden um Erlösung flehe, bevor ich seinen kompletten Schreibtisch abräume und seinen Namen schreie. Er lässt mich kaum zu Atem kommen, bevor ich das Kondompäckchen reißen höre und er meine Beine inklusive der High Heels an seine Brust und dann über seine Schulter legt, während er beiden Knöcheln einen Kuss gibt und mich dunkel ansieht, als er über mein Bein streicht, bis hin zu meiner Hüfte, ohne mich dabei aus den Augen zu lassen. Sein Blick brennt sich in meine Haut, während er das Kleid bis hoch zu meinem Bauch schiebt, dann zupackt und mich auf sich schiebt. »Oh Gott«

Es ist ein Schrei nach Erlösung. Nach mehr. Nach ihm.

Ein Schrei der Überwältigung. Der Sehnsucht.

Einfach nach allem, solange er nur nie wieder damit aufhört. Ich öffne die Augen und sehe dabei zu, wie er mich hält, wie er mich gegen sich presst und gleichzeitig zustößt, *mit solch einer Verzweiflung*. Er beißt sich mit voller Kraft auf die Unterlippe, das tut er so oft und genau dieser Anblick wird mich eines Tages noch umbringen. Sein Blick bohrt sich in mein Gesicht, während er sehnsüchtig und voll und ganz Besitz von mir ergreift, und ich lasse ihn. »Oh Fuck, ich liebe dich so sehr«, stöhnt er sehnlichst, greift mir unter den Rücken und reißt mich an sich, während ich instinktiv die Beine um ihn schlinge und meine Arme um seinen Hals lege, bevor ich meine Hände in seinen Haaren vergrabe und endlich diese Unterlippe küssen kann.

Er drückt mit Schwung meinen Rücken gegen die Wand und ich ziehe scharf die Luft ein, nachdem er mich wieder ansieht. »Ich liebe dich! Gott, ich werde dir beweisen … wie sehr ich dich … verflucht noch mal liebe«, stöhnt er abgehackt, während er mich mit festen Stößen vorantreibt.

Ich versuche zu antworten, doch die unaufhaltsame Explosion, die sich in mir aufbäumt, nimmt mir all die Worte, all die Gedanken und lässt mich nur noch fühlen und hören, wie er mir verzweifelt seine Liebeserklärung zuflüstert.

Der Inbegriff eines multiplen Orgasmus. »Ich will dich… nur dich! *Immer*«, schreit er förmlich, während seine Bewegungen unkontrollierter und fahriger werden.

Er ist genauso nah dran wie ich und in diesem Moment schreie ich aus vollem Hals. »Oh Gott, Vince«, während ich meine Nägel in seinen Schultern vergrabe, mehr braucht er nicht, um auch loszulassen.

Emmi

Du liebst jemanden nicht, wegen seines Aussehens,
wegen seiner Kleidung oder seines Autos.
Du liebst ihn, weil er ein Lied singt, das nur du hören kannst.
– Oscar Wilde

Jedes Klischee hat seinen Ursprung in einem winzigen Körnchen Wahrheit. Das Klischee des selbstgefälligen, unfreundlichen und blasierten Franzosen hatte seinen Ursprung ganz sicher in dem Kellner, der uns nach unserer zehnminütigen Verspätung naserümpfend zu unserem reservierten Tisch begleitet.

»Darf ich Ihnen schon etwas zu trinken bringen?«

Er bemüht sich wirklich, freundlich zu klingen, kann die Verachtung in seiner Stimme jedoch nicht verbergen, was auch Vince nicht entgeht, denn er spannt unwillkürlich seine Kiefermuskulatur an.

»Zwei Gläser Champagner bitte«, flöte ich, um die Stimmung zu lockern und das bitterböse Gesicht von Vince, während er dem Kellner stumm die abscheulichsten Beleidigungen an den Kopf knallt *und stumm auch nur meinetwegen,* schnellt zu mir

»Champagner?« Er zieht fragend die Augenbrauen hoch.

»Ja«, sage ich sicher.

»Miss?!«, räuspert sich der Kellner fast amüsiert und noch viel herablassender als zuvor. »Der hauseigene Champagner ist nur in Flaschen erhältlich und doch sehr preisintensiv, vielleicht dürfte ich ...«

»Nein, dürfen Sie nicht«, unterbricht ihn Vince wütend. Verständlich, denn dieser arrogante Hilfskellner überschreitet bei der Schätzung unserer Finanzen eindeutig eine Grenze.

»Verzeihen Sie Sir ...«

»Nein, ich verzeihe nicht ...«, schneidet er diesem aufgeblasenen Gockel erneut das Wort ab und will ihn gerade zurechtweisen, als ich seinen aufkeimenden Wutanfall unterbreche, indem ich mich sanft, aber bestimmend räuspere: »Vince.« Und dabei beschwichtigend seine Hand ergreife und sanft mit dem Daumen über seinen Handrücken streiche in der Hoffnung, ihn zu beruhigen. Ich hatte so gehofft, dass es ein schöner Abend wird.

Er schließt die Augen, atmet tief durch und betet stumm um Geduld, dann öffnet er sie wieder und wendet sich dem Kellner zu, während er das falscheste Lächeln aller Zeiten lächelt.

»Wissen Sie was …« Er beugt sich nach vorn und beäugt ganz genau sein Namensschild.

»…*Phillipe?!*« Sein Tonfall hat etwas beunruhigend Drohendes, als er seinen Namen ausspricht, was jedoch so überhaupt nicht zu seinem Lächeln passen will.

»Wieso bringen sie uns nicht einfach eine Flasche und wischen sich dieses arrogante, überhebliche Lächeln aus ihrem verdammten Gesicht, denn ich würde dieses Lokal wirklich nur ungern kaufen, nur um sie zu feuern.« Dabei ist sein Blick schärfer als Rasierklingen, doch das Lächeln bleibt, was es nur noch viel beängstigender macht und wenn ich es nicht besser wüsste, könnte ich schwören, dass der eingebildete Franzose unter seinem Blick von Sekunde zu Sekunde kleiner wird.

Könnte er das wirklich? Dieses Lokal kaufen? Nur so zum Spaß?

Er hat gesagt, sein Vater hat ihm ein Haufen Geld hinterlassen, doch wie viel genau, hab ich nie gefragt.

Es geht mich ja auch überhaupt nichts an.

»Und sie hätte ihn gern eisgekühlt«, fügt er großspurig hinzu, dann fällt sein Blick wieder auf mich, und wird augenblicklich weicher.

»Offensichtlich gibt es was zu feiern?!« Sein Lächeln, während er das sagt, ist hinreißend, bevor er fragend das Geschenk, das ich mitgebracht hab, beäugt und dabei den wortlosen *Phillipe* keines weiteren Blickes würdigt, während dieser, mindestens einen halben Meter kleiner, verschwindet.

»Natürlich haben wir etwas zu feiern«, sage ich felsenfest.

»Ach ja? Was denn? Dass ich morgen eingebuchtet werde und du mich endlich ein für alle Mal los bist?«, stößt er mit einem Lachen aus, was jedoch nicht seine Augen erreicht und mir einen Stich mitten ins Herz versetzt, bevor ich ihn böse anfunkele, *was ihn wirklich zum Lachen bringt.*

»Nein«, sage ich scharf, bevor ich sanfter fortfahre.

»Du hast das Hauptfach gewechselt Vince und studierst jetzt etwas, was dich wirklich begeistert. Das ist ein Meilenstein. Zumal du noch vor ein paar Monaten nicht im Traum daran gedacht hättest, überhaupt zuzugeben, dass es etwas gibt, was es tatsächlich schafft, dich zu begeistern.«

Er verdreht lachend die Augen. »Und deswegen machst du so einen Aufriss?« Er deutete ungläubig auf das schicke Lokal und das Geschenk.

»Ja!«, antworte ich streng und vielleicht auch ein bisschen zu laut. Wieso will er nicht einsehen, dass das etwas Gutes und vor allem Besonderes ist?

Er sieht eben immer nur das Schlechte. Das macht mich echt fertig. Aber ich werde ihn schon noch bekehren.

»Wieso?«, fragt er kopfschüttelnd und mit gerunzelter Stirn.

»Weil es das wert ist«, antworte ich etwas verbittert, weshalb er sofort zurückrudert.

»Tut mir leid Baby…«

In diesem Moment kommt *Phillipe* mit einer Flasche Champagner und einem passenden Kühler, der mit Eis gefüllt ist, bevor er zeremoniell die Korken knallen lässt und mir einen Schluck eingießt, um ihn zu probieren.

»Miss?!«, fordert er mich mit einer Geste auf das Glas auf und grinst mich mit einem gar nicht mehr so falschen Lächeln an, wofür ihn Vince aber auch sofort anfunkelt, und der arme *Phillipe*, der für heute verloren hat, schaut sofort zu Boden.

Es tut mir schon beinahe leid für ihn, aber er hat … *Na ja um es mit den Worten von Vincent King zu sagen*, verschissen.

Ich führe mir die Champagnerflöte an meine Lippen, nehme einen winzigen Schluck davon und bin mir dem Blick von Vince, der auf meinen Lippen brennt, durchaus bewusst.

»Mmmhh … es ist, als würde man Sterne trinken«, zitiere ich übertrieben Dom Perignon und Vince schenkt mir ein Lächeln, das echt ist, während Phillipe auch ihm einschenkt.

»Lassen sie sie einfach hier, Felice«, zieht er ihn auf, ohne den Blick von meinem Gesicht zu nehmen und ich muss mir auf die Unterlippe beißen, um nicht über den böswillig ausgewählten Spitznamen zu lachen, was seinen Augen jedoch ein raues Funkeln verleiht. Ich atme tief durch und reiche ihm sein Geschenk über den Tisch.

»Herzlichen Glückwunsch zum ersten Schritt in eine Zukunft, die du verdienst.«

Ich bemühe mich sehr, den Unterton in meiner Stimme zu unterdrücken, der mir unmissverständlich klarmachen will, dass eine todkranke Freundin ganz sicher nicht das ist, was er verdient und auch er zieht, *wenn auch nur für eine Sekunde,* nachdenklich die Augenbrauen zusammen, als er an die Zukunft denkt und wie auf Kommando verdunkelt sich das Lokal und ein Schatten neigt sich über unsere Köpfe, doch ich schüttle ihn ab, indem ich auf das Geschenk deute.

»Mach es auf!«

Widerwillig und ein wenig amüsiert über die Geste, die er offensichtlich bescheuert findet, öffnet er das Papier und sein belustigter, etwas genervter Blick verflüchtigt sich sofort und weicht einem beinahe kindlichen Ausdruck. Er sieht aus, wie ein kleiner Junge, der zu Weihnachten genau das Geschenk bekommen hat, das er sich sehnlichst gewünscht hat.

Ich liebe diesen Ausdruck und es wäre der perfekte erste Schnappschuss für dieses Schmuckstück.

Ich hatte schon immer eine Schwäche für Polaroid.

»Analoge Fotografie«, antwortete er, ohne auch nur einen Moment zu zögern, als ich ihn nach seiner Lieblingsfotografie fragte. Ich sah ihn an und er hielt einen Moment inne, bevor seine Augen ein Funkeln zeigten, das ich vorher so noch nie sah.

»Ich liebe allein dieses verdammte Geräusch ...«, er zuckte die Achseln und schüttelte den Kopf, »... wenn sich das Bild durch die Walzen schiebt und dann dieser stechende Geruch nach Chemie und die Vorfreude ...« Er streckte die Hand aus, um es mir genauer zu erklären. »Bei der normalen Fotografie bleibt die Wertschätzung der Vergänglichkeit eines Moments auf der Strecke. Eins davon wird schon perfekt sein. Polaroidbilder sind Unikate. Die Perfektion der Unvollkommenheit. Bei Polaroid sind Bildfehler leichter zu verzeihen.

Nein, um ehrlich zu sein, machen sie diese gerade erst charmant. Manipulationen sind ausgeschlossen. Man muss nichts Perfektes abliefern, was es perfekt macht. Es ist ein Foto, was man in den Händen hält und nicht irgendwo zwischen hundert Fotos auf dem Handy oder der Speicherplatte verschwindet. Nein, diesen einen Moment trägt man bei sich. Deshalb fotografiert man damit auch nicht irgendwas, sondern nur die Dinge, die es wert sind, dass man sie bei sich trägt.«

Ich stand wie angewurzelt da und starrte ihn an. Er fing an, nervös zu werden, und winkte ab. »Ist ja auch scheißegal. Auf jeden Fall ist es ziemlich cool.« Er fuhr sich über den Nacken und sah auf den Boden.

In diesem Moment, stahl er mir für immer ein Stück meines Herzens, denn mir wurde zum ersten Mal bewusst, wie ähnlich wir uns, trotz unserer vielen Unterschiede waren ... Er sah die Welt mit meinen Augen.

Er sieht mich erstaunt an. »Funktioniert sie?« Und das Staunen in seinen Augen erwärmt mein Herz.

»Ja«, nicke ich eifrig und er wartet keine Sekunde länger, hält sie sich vor das Gesicht und drückt auf den Auslöser, bevor sich ein Foto durch die Walzen der Kamera schiebt.

Das Geräusch, dicht gefolgt von dem Geruch. Er zieht es raus und schüttelt es. Ob das den Prozess wirklich beschleunigt, weiß ich nicht, aber sein Gesichtsausdruck dabei macht mich unheimlich glücklich. Ich schwöre, er ist kurz davor vor Freude in die Hände zu klatschen wie ein aufgeregtes Kind, das es kaum abwarten kann. *Die Vorfreude.*

Und auch das ist ein Moment und ein Anblick, den ich nie vergessen werde und ganz tief in der Kiste meiner besonderen Highlights abspeichere, die ich für immer im Herzen trage.

»Sehr gut. Ich finde auch, dass dieser Meilenstein unbedingt festgehalten werden sollte«, scherze ich, während ich aufstehe und zu ihm rübergehe. Er sieht mich fragend an und ich nehme ihm die Kamera aus der Hand und halte sie vor mein Gesicht. »Nur ist es deiner«, sage ich sanft und fixiere ihn mit einem Auge durch das dafür vorgesehene kleiner Fenster, während ich das andere Auge zukneife und meine Finger auf den Auslöser lege, doch bevor ich abdrücken kann, hält er mich mit einer Handbewegung auf.

»Nein«, sagt er ernst und steht ebenfalls auf. »Das alles wäre ohne Bedeutung ...« Er schüttelt den Kopf und versucht die richtigen Worte zu finden. »... Das alles wäre nie passiert ...« Er nimmt mir die Kamera aus der Hand. »... Wenn es dich nicht gäbe«, als er das sagt, bohrt sich sein Blick in meinen, bevor er mich an der Taille packt und an sich zieht.

Dann hält er die Kamera eine Armlänge vor unsere Gesichter und sieht zu mir nach unten, bevor er sanft flüstert:

»Du bist ein Meilenstein« und blind auf den Auslöser drückt. Ich strahle ihn an. Das ist wohl einer der romantischsten Dinge, die er je zu mir gesagt hat. Zu allem Überfluss ist dies das erste gemeinsame Bild von uns und ich bete inständig, dass wir auch nur ansatzweise darauf zu sehen sind, denn das ist der Nachteil dieser analogen Fotografie.

Man fotografiert im *»Selfiemodus«* wirklich vollkommen blind. Er lässt den Arm sinken, ohne mich loszulassen.

Ich nehme den Blick wirklich nur ungern von seinem makellosen Gesicht, doch ich bin so gespannt, also ziehe ich das Foto aus der Kamera und schüttle es freudestrahlend und genauso aufgeregt wie er. Es ist wirklich faszinierend, dass uns beide in der heutigen Zeit der Technik eine so simple Sache so begeistern kann und es ist ein unglaubliches Geschenk, einem Menschen zu begegnen, der diese Begeisterung teilt.

Er sieht mich an, als wäre ich einer dieser süßen Hundewelpen, die sich schwanzwedelnd freuen, weil ihr Herrchen endlich nach Hause gekommen ist, bevor er sich zu mir runterbeugt und mich küsst. In der Sekunde, in der sich unsere Lippen berühren, höre ich erneut das Geräusch des Auslösers. *Ich liebe ihn!*

Emmi

Oft sieht man etwas hundert Mal,

tausend Mal,

ehe man es zum ersten Mal wirklich sieht.

– Christian Morgenstern

Zehn Minuten später halte ich freudestrahlend und überglücklich beide Fotos in der Hand und kann mich einfach nicht entscheiden, welches ich schöner finde. Er hat uns perfekt getroffen. *Natürlich hat er das.* Ich drehe das erste Foto um und zeige es ihm. »Unser erstes gemeinsames Foto.«

Er zieht die Augenbrauen nach oben. »Ehrlich?«

Ich nicke und füge lächelnd hinzu. »Und es ist ein Polaroid.« Ich streiche gedankenverloren darüber.

»Es ist perfekt. Ich werde wohl niemals ganz und gar begreifen, dass ich einen Menschen kenne, der die Fähigkeit besitzt diesen winzigen Lichtblitz eines Moments genau in der Sekunde einzufangen, in der er perfekt ist.«

Ich sehe ihn an und kann genau sehen, wie unglaublich stolz ihn diese Bemerkung macht, obwohl er natürlich sofort wieder versucht es abzuschütteln.

Das muss er sich echt abgewöhnen. Er hat jeden Grund dazu, stolz auf sich zu sein. Ich ertrage es nicht, dass er sich immer selbst so runtermacht, also füge ich hinzu: »Ich hatte mit dir schon so unglaublich viele dieser Wahnsinnsmomente und ich kann dir gar nicht sagen, wie dankbar ich dir für jeden Einzelnen davon bin.«

»Gleichfalls Baby«, erwidert er schwer schluckend.

Langsam taue ich sein eisiges Herz auf.

»Das hier«, deute ich auf das Foto, bevor ich es zu ihm über den Tisch schiebe, »ist einer meiner absoluten Lieblingsmomente.«

Er hebt es auf und sieht es intensiv und wahrscheinlich mit einem viel zu perfektionistischen Blick an, bevor er jedoch anerkennend nickt und ein weiches, warmes Lächeln um seine Mundwinkel spielt.

»Du kannst ruhig zugeben, dass es dir genauso geht«, necke ich ihn, bevor ich über dem Tisch seine Hand ergreife

»Ich verspreche, ich verrate es keinem«, ziehe ich ihn weiter auf, bevor ich ihn anlächele und sein Blick mein Gesicht fixiert, bevor er selbstgefällig die Brauen hebt, den Kopf neigt und überheblich flötet:

»Das würde ich ja, aber es ist nun mal nicht die Wahrheit.«

Ooookay, noch ein Ausnahmetalent von ihm.

Der fiese, unerwartete, rechte Haken, den man einfach nicht kommen sieht und ich muss meinen Blick abwenden.

Als sich meine Hand instinktiv aus seiner lösen will, hält er sie fest im Griff und drückt sie sanft, um mir zu bedeuten ihn anzusehen, was ich nur widerwillig tue und er grinst spöttisch.

»Ach meine kleiner, süßer Sturkopf.« Er zieht eine Grimasse und ich verdrehe die Augen. »Willst du denn gar nicht wissen, welcher Moment in meinem bisher ziemlich beschissenen Leben mein Lieblingsmoment war?« Er wackelt herausfordernd mit den Augenbrauen und ich versuche ganz beiläufig, und desinteressiert die Schultern zu heben, um ihm zu signalisieren:

»Wenn du es unbedingt erzählen willst, erzähl's doch.«

Doch er kennt mich viel zu gut. »Komm schon Baby«, raunt er »Ich weiß, dass du gerade vor Neugier stirbst«, zieht er mich mit einem wissenden Lächeln auf und ich atme hörbar und gleichgültig aus, so als könnte es mir nicht egaler sein. »Gut«, zieht er die Augenbrauen selbstgefällig nach oben.

»Wenn du die Geschichte nicht hören willst, dann nicht.«

Er reckt das Kinn nach vorn und schüttelt herausfordernd den Kopf. »Dabei ist sie wirklich gut« Er beißt sich grinsend auf die Unterlippe.

Er weiß, dass das eine Kombination ist, die mich schwach macht, und Gott, ich liebe diese kleinen Neckereien.

»Nun sag es schon«, seufze ich ergeben, doch das reicht ihm nicht.

»Sag bitte«, summt er bittersüß.

»Du willst echt, dass ich bettle?«, frage ich schockiert.

»Ach Baby, wenn du wüsstest, wie sehr ich es liebe, dich betteln zu hören«, erwidert er und sein Tonfall wird dabei automatisch rauer und augenblicklich breitet sich eine Gänsehaut auf meinen Armen aus, gefolgt von einem eindeutigen Ziehen. *Ich weiß, es heißt Anziehungskraft, aber das hier ist absurd.* Trotzdem versuche ich es mir nicht anmerken zu lassen, was genauso absurd ist, denn diese Reaktion würde ihm niemals entgehen und das teuflische Funkeln in seinen Augen und das diabolische Lächeln auf seinen Lippen bestätigen das. Also verdrehe ich die Augen, schnalze mit der Zunge und atme seufzend aus.

»Okay … Bitte.« Doch ich sage es sanft und sein Blick fixiert mein Gesicht, während in seinem Hinterkopf gerade hunderte Szenarien beginnen, wie er mich am schnellsten aus diesem Kleid befreit. Es ist fast so, als könnte ich es hinter seinen Augen sehen.

»Vince«, ermahne ich ihn und er blinzelt perplex.

Ich wusste es!

»Ich bin ganz Ohr«, summe ich.

»Gut…okay.« Er greift in den Kragen seines zugeknöpften Hemdes, als würde es sich plötzlich um seine Kehle schnüren.

Oh das ist interessant.

»Okay. Also normalerweise erzähle ich so 'nen Scheiß nicht«, verdreht er die Augen. »Aber du willst, dass ich dir beweise, dass ich nicht vorhabe dich noch einmal zu verletzen. Dass ich dich liebe und das es kein Spiel oder Ähnliches ist und um dir das zu beweisen, erzähl ich dir jetzt, ab wann es kein Spiel mehr für mich war.«

Er sieht mich eindringlich an, doch dann wendet er den Blick ab und spielt an der Ecke seine Stoffserviette.

»Dass es das eigentlich nie war«, flüstert er kaum hörbar.

»Also …« Er räuspert sich, als würde ihm das hier unheimlich viel Mühe kosten, doch dann fängt er an.

»Ich erinnere mich noch genau an unsere erste Begegnung.«

»In der Bar?«, unterbreche ich ihn prompt und er verdreht genervt die Augen und schüttelt den Kopf.

»Nein, nicht in der Bar. In der Mall.«

Ich sehe ihn schockiert an und er fährt fort.

»Das Erste, was mir auffiel war dieser Geruch. *Dein Geruch.* Du riechst … Fuck, du riechst wie das pure Glück für mich und ich weiß das klingt total dumm, aber du riechst …

unschuldig. Dann hast du zu mir nach oben gesehen und da waren sie. Diese Augen, diese umwerfenden hellblauen, unschuldigen Augen … du bist mir den ganzen beschissenen Tag nicht mehr aus dem Kopf gegangen. Was mich unfassbar genervt hat! Und dann in der Bar … ehrlich gesagt, für den ersten Moment hast du meinen Jagdinstinkt geweckt. Du warst so verdammt stur und zickig und ich dachte … Gott ich wollte einfach nur, dass du wimmernd meinen Namen schreist! Mehr, als alles andere. Ich wollte dir zeigen, wer hier das Sagen hat … und ab diesem Zeitpunkt hast du meine Gedanken vollkommen beherrscht. Ich dachte, ich müsste dich einfach nur vögeln, dann würdest du mir auch wieder aus dem Kopf gehen. Doch dann an dem Tag im Krankenhauspark, als du unter diesem Baum gesessen und ausgerechnet den Zauberer von Oz gelesen hast.«

Er schüttelt den Kopf, als wäre er in der Erinnerung gefangen. »Das war der Tag, an dem ich dich das erste Mal *wirklich* gesehen hab. Du hattest ein beiges Kleid mit bunten Blumen an, du hattest die Haare offen und eine Strähne wedelte dir permanent ins Gesicht, doch du warst so unglaublich konzentriert, ich meine, hast du überhaupt eine Ahnung, wie lange ich dich angestarrt habe?

Und ich hätte meinen Blick ums Verrecken nicht lösen können.

An dem Tag haben sich zwei kleine Scheißer so traktiert, dass einer davon Nasenbluten bekommen hat. *Verdient, er war echt ein Arsch.* Der Kleine hat geschrien wie am Spieß, seine Mutter wurde völlig hysterisch und hat sich mit der anderen Mutter angelegt. Das war ein Gekeife und Gezeter. *Und du?!*

Du hast da gesessen und gelesen. Ich meine, du hast nicht ein einziges Mal auch nur hochgesehen … und dann …«, er atmet tief aus, »… dann hast du gelächelt und diese unwiderstehlichen Grübchen kamen zum Vorschein und ich dachte …« Er schüttelt fassungslos und in Erinnerungen versunken den Kopf, bevor sie ihn loslassen und er entschlossen zu mir sieht. »Ich dachte, ich hab in meinem ganzen Leben noch nie etwas so Vollkommenes gesehen.«

Sein Blick liegt noch einen Moment auf mir, dann zieht er sein Handy aus der Hosentasche und wischt über das Display, bevor er es mir hinhält. *Ich fasse es nicht!* Das bin ich.

In diesem Kleid. An diesem Tag, mit diesem Buch und diesem Lächeln. »Einer *meiner* absoluten Lieblingsmomente«, sagt er so ernst und so sanft, dass ich merke, wie diese treulosen Tränen meine Augen schimmern lassen.

Dann schiebt er sein Handy wieder in die Tasche und versucht die Stimmung, die allein auf seinen Schultern lastet, abzuschütteln, indem er etwas weniger emotional fortfährt.

»Und getoppt wurde dieser Moment nur noch von dem Moment, in dem du mir gesagt hast, dass du mich liebst, denn auf einmal wusste ich, scheißegal, was noch passiert. Von diesem Moment an könnte nichts mehr wirklich schlimm sein, weil ich dich hatte! Ab diesem Moment hast du allein mir gehört. Ich hatte noch nie etwas, was allein mir gehört und ehrlich gesagt, hat es mir im selben Moment ein Messer in den Magen gerammt … du weißt schon, weil ich wusste, dass ich dich wieder verliere, wenn du erfährst, wie es angefangen hat und dann kam der Tag.« Er blickt nach unten, als würde er sich schämen, doch dann nimmt er sich zusammen. »Seitdem weiß ich, dass ich lieber sterben würde, als ohne dich zu sein.«

In diesem Augenblick kann ich die Träne, die sich ihren Weg durch meine Wimpern bahnt, einfach nicht aufhalten, bevor sie mir heiß über die Wange rollt. Ich kann nicht glauben, dass ich vor fünf Minuten erst sagt, dass die Aussage, ich wäre sein Meilenstein, das Romantischste war, was er je gesagt hat, denn das hier wird er nie wieder toppen können, diese Worte wird er nie wieder zurücknehmen können, das ist mehr, als ich je von ihm wollte und er fängt augenblicklich an, nervös zu werden, da ich ihn mit dieser Offenbarung allein lasse, doch ich muss das erst einmal sortieren und dann weiß ich genau, wie ich es ihm zurückgebe.

Sein Vertrauen. Sein Risiko.

»Okay«, flüstere ich tonlos.

Und er sieht mich mit zusammengezogenen Augenbrauen an. »Okay?«

Und ich nicke und wiederhole selbstsicher. »Okay.«

Er sieht mich immer noch fragend an und ich greife nach seiner Hand. »Ich denke, wir sollten zusammenziehen, was hältst du davon?«

Er reißt seine Augen auf und sieht mich völlig ungläubig an, es ist, als würde er die Luft anhalten, bei dem verzweifelten Versuch die Zeit einzufrieren, um jetzt ja nicht irgendetwas falsch zu machen.

»Ist das dein Ernst?«, fragt er und seine Stimme ist dünn und hoffnungsvoll.

»Ja«, sage ich und meine es auch genauso. Ich liebe ihn und weiß ohne Zweifel, dass er mich liebt und auch, wenn das eine übereilte Entscheidung ist, so werde ich immer wissen, dass er in dem Moment, indem ich sie traf, alles für mich war.

Vince

Du bist die zarteste, schönste, liebevollste und umwerfendste Person,
die ich je gekannt habe und selbst das ist eine Untertreibung.
– F. Scott Fitzgerald

Gott, ich kann meine Augen einfach nicht von ihren perfekten kleinen Rundungen nehmen, während der alte Sack, der uns beim Essen die ganze Zeit schräg gegenübersaß, doch echt den Nerv besitzt, sie ganz genüsslich von oben bis unten zu mustern, als sie aufsteht und zu mir rüberkommt, weswegen ich sie schneller als nötig in ihren kleinen Trenchcoat verpacke, der es ehrlich gesagt nicht besser macht, denn mir kommt gleich der Gedanke, wie unglaublich scharf es mich machen würde, wenn sie den und nur *den* tragen würde und allein der Gedanke daran sorgt dafür, dass mein Schwanz sich gegen meine Hose drückt, wie ein Knasti gegen die Gitterstäbe.

»Ich muss nur noch mal kurz wohin«, sagt sie etwas zu schüchtern und ihre Wangen werden rot, während sie mir eine Strähne aus der Stirn streicht. Ich liebe es, wenn sie rot wird, dann wirkt sie noch viel unschuldiger und ich werde so hart, dass es schmerzt, während ich sie nach draußen zu den Toiletten führe, die direkt neben dem Eingang sind, was mal ein guter Einfall des Architekten oder Innenausstatters oder was weiß ich wem war, denn ich hasse es in so 'nem Schuppen direkt neben den Toiletten zu sitzen. Ich gebe ihr einen Kuss auf den Scheitel und kneife sie in ihren kleinen Hintern, woraufhin sie kichernd nach mir schlägt.

»Beeil dich Baby. Ich warte draußen.« Ich nicke zum Ausgang und sie schenkt mir ihr Grübchenlächeln, bevor sie mir noch einen kleinen Kuss gibt und dann durch die Badezimmertür verschwindet, während ich dieses dümmliche Grinsen auf meinem Gesicht einfach nicht abstellen kann, als ich in die kühle Herbstluft trete. Ich ziehe meine Jacke zu und vergrabe die Hände in den Taschen, während ich in den Nachthimmel starre.

Ich hab sie dazu gebracht mit mir zusammenzuziehen.

Ich fasse es immer noch nicht, es fühlt sich so-

»Freundin von dir?«, diese Stimme schneidet meine Gedanken und die gesamte Luft wie ein Peitschenhieb, nur dass dieser nicht annähernd so schmerzen würde wie die

Panik, die gerade in mir hochkriecht. Ich drehe mich rum und es fühlt sich an, als hätte mir jemand mit einer rostigen Schrotflinte ein riesiges Loch in die Brust gefetzt.

»Sie ist süß.« Seine gehässige, eiskalte Stimme schnürt mir regelrecht die Kehle zu.

»Ja, ist sie.« Meine Stimme klingt wackelig und gepresst und er nickt anerkennend. *Shit.*

»Genau, wie all die anderen, du kennst das ja«, versuche ich zurückzupaddeln, um einen möglichst unbekümmerten Tonfall bemüht, doch er glaubt mir nicht. Er sieht mich an, als hätte er gerade einen Sechser im Lotto gezogen, weil er etwas gefunden hat, um mich zu vernichten. Genau das ist das Problem damit, angreifbar zu sein, weil es Hurensöhne wie Keenan Peyton gibt, die Schwäche wittern wie ein verfluchter Hai, Blut im Wasser.

»Was denn?« Er stößt sich von der gegenüberliegenden Wand ab. »Begrüßt du so einen alten Freund?«

Komisch nur, dass das Wort Freund aus seinem Mund, wie eine verdammte Drohung klingt.

»Vielleicht, weil ich dich clean nicht gleich erkannt hab.«

Beschissener Junkie. Er nickt und ein bösartiges Grinsen breitet sich auf seiner aalglatten Visage aus. Seine blonden Haare sind akkurat im Scheitel getrennt und zu den Seiten gekämmt. *So ein penibler Freak.*

270

Seine eiskalten, stechenden Augen sind noch viel gefährlicher, jetzt wo es so aussieht, als wäre er bei klarem Verstand.

»Ich bin ein neuer Mensch«, behauptet er und ich muss mich zusammenreißen, ihm nicht ins Gesicht zu lachen.

»Nein, echt, Mann.« Er kommt auf mich zu.

»Ich bin schwer beeindruckt.«

Er greift mir an die Schulter, ich schwöre, wenn er nicht gleich seine schmierige Pfote von mir nimmt.

»Du siehst gut aus.« Er greift fest zu, lässt anschließend aber wieder los. »Und du studierst?!«, bemerkt er überflüssigerweise. *Woher weiß der Wichser das?* Er grinst mich so vielsagend an, dass die Panik anfängt, meinen Brustkorb zu zermalmen. »Und dann deine Freundin.« Er deutet dorthin, wo Emmi gerade noch stand, und betont das Wort Freundin, als wäre es die verdammte Auflösung eines unlösbaren Rätsels. Er klatscht theatralisch in die Hände. »Wer hätte das gedacht?« Jetzt noch abzustreiten, dass sie mir etwas bedeutet, wäre umsonst, wer weiß wie lange mich dieser Wichser schon auf dem Schirm hat.

»Wenn du ihr zu nahe kommst, bring ich dich um.«

In meinem Gesicht zeigt sich keinerlei Regung, meine Stimme ist monoton und ich meine es genauso, wie ich es sage.

»Hey Mann« Er hebt abwehrend die Hände. »Ich will keinen Stress! Ich will nur, dass wir alle *Freunde* sind. Genau wie früher.« Jedes Wort aus seinem Mund klingt wie eine beschissene Drohung und sein Blick legt sich wie eine Schlinge um meinen Hals, während wir uns wortlos anstarren.

»Hey«

Fuck! Ich hätte wirklich nie gedacht, dass es einen Moment gäbe, an dem ich mich nicht freuen würde diese Stimme zu hören, doch den gibt es. *Genau jetzt!* Sie stellt sich neben mich und sieht mich fragend an, während Keenan sie ansieht, wie einen gottverdammten Hauptgewinn.

Ich spüre ihren Blick auf mir, doch ich wende meinen Blick nicht von ihm ab und versuche ihm mit den stummen Drohungen klarzumachen, dass er seine verfluchten Finger von ihr lassen soll. Doch ihn scheint es immer nur noch mehr anzutörnen.

»Also Vince, wo sind denn deine guten Manieren? Willst du uns denn nicht vorstellen?« Kurzzeitig wäge ich ab, was wohl weniger beschissen wäre, sie ihm tatsächlich vorzustellen oder ihm hier und jetzt mörderlich die Fresse zu polieren, doch das würde den kleinen Engel an meiner Seite nur noch neugieriger machen und sie würde endlose Fragen stellen und nicht auf mich hören, weil sie nie auf mich hört ...

Ich sehe zu ihr und versuche, mich zu entspannen und ihr ein ermutigendes Lächeln zu schenken, denn mittlerweile kann sie mich lesen, wie ein Buch.

»Emilia«, doch allein das reicht schon, dass sich diese süße kleine Falte zwischen ihren Brauen bildet. Sie weiß, dass ich angespannt bin, wenn ich sie so nenne, doch ich werde den Teufel tun sie mit Emmi vorzustellen. Es kostet mich alles an Überwindung, auf diesen verfluchten Wichser zu zeigen. »Das ist Keenan. Keenan, das ist Emilia.« Er macht einen Schritt auf sie zu. *Oh nein!* Ich trete mit einem großen Schritt vor sie und starre ihn nieder, doch er lächelt so eiskalt, dass ich das Gefühl habe, dass mir das Blut in den Adern gefriert, während er unbeeindruckt über meine Schulter sieht.

»Freut mich außerordentlich, Emilia.« Fuck, ihren Namen aus seinem Mund zu hören, fühlt sich an, als würde er ein riesiges Bowiemesser in meine Eingeweide jagen.

»Emmi«, verbessert sie ihn und ich schnelle zu ihr rum und starre sie wütend an, während sie mich entrüstet und fragend ansieht. Schnallt sie nicht, dass das hier ein gefährlicher Typ ist? *Nein, sie ist einfach zu gutgläubig.*

»*Emmi*«, betont er ihren Namen, während er gehässig zu mir schaut und das Bowiemesser mich komplett durchbohrt.

»Was für ein schöner Name, passend für eine so bildschöne Frau. Gott King …«

Er haut mir auf die Schulter.

»Sie sieht aus wie eine Porzellanpuppe. Ich würde sie am liebsten schrumpfen und auf meinen Kamin setzen.«

Seine Augen funkeln. Er genießt das hier. Dann sieht er wieder sie an und ich male mir hundert Szenarien aus, wie ich ihn umbringe.

»Aber großer Gott, was siehst du nur in ihm?«, witzelt er, während er voller Hohn auf mich deutet. *Jetzt reichts.*

Ich greife ihn am Kragen. »Hoooo, entspann dich! Das war nur ein Witz«, hebt er abwehrend die Hände, dann fällt sein Blick wieder auf Emmi, während er amüsiert und kopfschüttelnd auf mich deutet. »Er ist so aufbrausend.«

Ich schubse ihn von mir und das mit wesentlich weniger Schwung, als ich es gerne hätte, bevor er seine Sachen richtet.

»Okay. Na dann. Man sieht sich«, nickt er mir zu, bevor er sich zum Gehen wendet und ich spüre, wie sämtliche Luft aus meinen Lungen schwindet, dann dreht er sich noch mal um. »Ach und Emmi, es war wirklich unheimlich schön, dich kennenzulernen«

Emmi

Sie beweist, dass du, auch wenn du durch die Hölle gehen musst,
ein Engel bleiben kannst.
– R.H Sin

»Wer war das?«, frage ich neben Vince, der immer noch die Ecke fixiert, um die dieser Keenan gerade verschwunden ist.

»Vince?« Dann sieht er mich an und in seinen Augen tobt ein eisiger Sturm.

»Wieso zu Hölle schnallst du nicht, wenn du jemanden nicht vertrauen kannst? Wieso zur Hölle schnallst du nicht, wer die Bösen sind? Wie kann man nur so verdammt gutgläubig sein?« Er wirft irgendwas mit voller Wucht über die Straße und ich würde ihn am liebsten anschreien und ihn fragen, warum zum Teufel er so sauer ist. Aber so kommen wir nicht weiter, so haben wir es immer gemacht und ich glaube die beste Möglichkeit, die Bombe Vincent King zu entschärfen ist, ihn wie ein Kind bei einem Tobsuchtsanfall schreien und kreischen und um sich schlagen zu lassen, bis er keine Kraft mehr hat und genau das tue ich, während er schnaubt und flucht und tobt, doch ich weiß, dass er nicht sauer auf mich ist. Irgendetwas anderes scheint ihn unheimlich zu ärgern und ich tippe darauf, dass es dieser unheimliche Typ war. Als er gelächelt hat, ist es mir eiskalt den Rücken runter gelaufen und ich habe sofort gespürt, dass er kein sehr netter Mensch ist, *so naiv, wie er manchmal glaubt, bin ich nämlich nicht.* Nachdem er sich wieder heruntergefahren hat, sieht er mich an und sein Blick wechselt binnen eines Wimpernschlags von Wut zu Reue.

»Scheiße!« Er presst seine Fäuste gegen die Stirn. »Es tut mir leid. Ich wollte dich nicht …«

»… Fuck!«, schreit er, während er mit voller Wucht gegen den Papierkorb vor dem Eingang des Restaurants tritt, sich dann auf die danebenliegende Bank setzt und mit seinen Händen auf den Knien den Boden anstarrt. Ich gehe ganz langsam auf ihn zu und hocke mich zwischen seine Beine, er starrt weiter auf den Boden und ich streiche ihm leicht über seine Unterarme, bis er seinen Blick anhebt und mir beinahe angstvoll ins Gesicht sieht. »Hey«, sage ich sanft und lege meine Hand behutsam an seine Wange.

Sein Blick huscht völlig irritiert über mein Gesicht, als würde er etwas darin suchen und ich atme langsam aus.

»Ist es wieder gut?«, frage ich mit einem leichten Lächeln auf den Lippen und er runzelt die Stirn, gibt dann aber ein schnaubendes Lachen von sich, bevor er seine Stirn auf meine legt und ganz sanft den Kopf schüttelt.

»Ich hab dich nicht verdient«, flüstert er so leise, dass ich es kaum verstehe und ich mir auch nicht sicher bin, ob ich es hören sollte, also greife ich ihm sanft in den Nacken und streiche über die kleinen Härchen, die sich darin kräuseln. Nach einer Minute greift er mein Gesicht und gibt mir einen langen sanften intimen Kuss. Diese Art von Kuss, die mir alles gibt, was er zu geben hat. Und zieht mich anschließend mit sich nach oben, bevor er mich in eine feste Umarmung schließt und meinen Scheitel küsst. »Versprich mir bitte, dass du dich von diesem Typen fernhältst.«

Ich sehe fragend nach oben und er nimmt mein Gesicht in beide Hände.

»Ich meine es ernst Emmi. Versprich es mir!«

Ich willige ungern ein, ohne weitere Fragen zu stellen, doch ich weiß, dass ich diese Antworten heute sowieso nicht mehr bekomme und ich habe auch keine Lust mit ihm zu streiten. Außerdem wirkte er beinahe panisch und eines bin ich mir sicher, was Vincent King in Panik versetzt, kann nichts Gutes bedeuten. Also nicke ich vorsichtig und er schließt mich in eine zweite feste Umarmung, bevor er sich nur ein winzig kleines Stückchen von mir löst und wir so zu seinem Auto gehen.

Ich kann diesen kalten Schauer in meinem Nacken einfach nicht ignorieren, der mir sagt, dass ein eiskalter Blick in meinem Rücken liegt und nach einem Blick in das verspannte Gesicht von Vince weiß ich, dass es ihm genauso geht.

Vince

And then she kissed me.
She kissed the devil.
Only a beautiful soul like hers would kiss the damned.
– Daniel Saint

»Woher kennst du ihn?«, flüstert sie nach geschlagenen fünf Minuten, in denen wir im Auto sitzen. Mann, so lange ohne nervige Fragen durchzuhalten, war bestimmt schwer für diese neugierige, kleine Nervensäge. Scheiße, ich fasse es nicht, dass dieser Wichser hier aufgekreuzt ist. Ich persönlich habe ja gedacht, er würde im Knast verrotten. *Habe es gehofft!* Aber die Hoffnung hat das gemacht, was sie immer macht, *mich in den Arsch getreten.*

»Vince«, bohrt sie nach und ich streiche mir genervt über das Gesicht.

»Verdammt. Wieso interessiert dich das?«, blaffe ich sie an.

»Kannst du nicht ein einziges Mal eine Sache einfach nur gut sein lassen, wenn ich dich darum bitte?! Und nur ein einziges Mal tun, was ich dir sage?!«, brülle ich mittlerweile und sie weicht leicht zurück. Fuck, dass allerschlimmste daran ist, dass das ihre Neugier nur noch viel größer macht.

Aber verdammt, was soll ich ihr denn sagen? Ja, ich war ein Arsch, das weiß sie und ich versuche mich zu ändern.

Für sie! Verflucht, ich fasse es nicht, dass mir dieser Wichser diesen Abend ruiniert. Ich fahre rechts ran und umgreife das Lenkrad. Das ist genau der Grund, warum ich nicht möchte, dass sie morgen mit zu dieser dämlichen Verhandlung kommt. Diese versnobten Anzugträger werden wieder jedes, kleinste Vergehen ausgraben und mir vor die Füße werfen, während sie mich ansehen wie einen zweifach verurteilten Sexualstraftäter. Ich könnte es nicht ertragen, wenn sie diese Blicke sehen würde. Oder, Gott bewahre, mich eines Tages genauso ansieht. *Wie ein Monster!* Wie diese nervige kleine Hailee schon sagte, es ist nie schön, einen Spiegel vorgehalten zu bekommen. *Denn das ist wirklich nicht sehr schmeichelhaft.* Ich möchte einfach nicht, dass sie den Vince sieht, der dort gezeigt wird.

Den Vince, wegen dem dieses Stück Scheiße Keenan Peyton in den Knast gewandert ist und dem es jetzt unter den Nägeln brennt sich zu rächen.

Es wäre mir scheißegal, wenn es nicht diese Frau mit den blauen großen Augen gäbe, die mich immer noch fragend anstarrt.

Ich umkralle das Lenkrad und lege meine Stirn darauf, während ich stumm versuche die Wut, die sich in meinem Inneren wie ein Tornado aufbäumt, in Schach zu halten.

Dann sehe ich zu ihr. Sie starrt aus dem Fenster. Na toll!

Sie bockt! Ich drücke meine Fäuste gegen meine Stirn, bevor ich mir die Augen reibe.

»Em, es tut mir leid«, flüstere ich, um Beherrschung bemüht, doch ich weiß, dass sie sich mir nicht zuwendet, wenn ich ihr nicht was anbiete. *Gott, sie ist so anstrengend.*

Ich seufze. »Ich kenne ihn von früher.«

Ich greife mir an die Nasenwurzel. »Aus der Zeit, von der ich dir erzählt hab. Er war definitiv einer von den falschen Leuten, mit denen ich mich abgegeben habe. Er wurde eingelocht und macht mich dafür verantwortlich und jetzt …«

Ich schlage mit voller Wucht gegen das Lenkrad und sie sieht zu mir, doch ich stiere weiter nach vorn, in der Hoffnung eine Lösung zu finden, *doch da ist keine.* »… Jetzt ist er frei«, füge ich völlig emotionslos zu. »Und hier.«

Das darf einfach nicht wahr sein!

»Scheiße!« Ich knalle mit dem Ellenbogen, gegen meine Tür und es schmerzt. *Gut.* Denn ich weiß einfach nicht wohin mit mir.

»Er weiß, wo ich wohne und was ich mache und …«

Am liebsten, würde ich jetzt einfach nur auf irgendwas einschlagen. »Fuck« Ich reiße die Tür auf und steige aus.

Das wird mir alles zu viel. Ich hab das Gefühl in der scheiß Karre keine Luft mehr zubekommen, aber auch hier draußen geht sie mir aus. Ich fahre mir übers Gesicht und verschränke die Hände in meinem Nacken, während ich in den Himmel starre und höre, dass auch ihre Autotür sich öffnet und wieder schließt, gefolgt von dem Klackern ihrer Schuhe auf dem Asphalt, bis sie kurz neben mir zum Stehen kommt. Allein die Tatsache, dass ich weiß, dass sie bei mir ist beruhigt mich und jagt mir gleichzeitig Angst ein, denn das ist das Problem. Ich schüttle leicht den Kopf. »Er weiß von dir.«

Dann lasse ich verzweifelt die Arme sinken und starre mutlos auf den Boden. Ich schaffe es einfach nicht sie anzusehen.

»Hattest du denn etwas damit zu tun?«, flüstert sie sanft und liebevoll. Natürlich, es wäre nicht Emmi, wenn sie nicht immer noch verständnisvoll wäre. Jede andere hätte längst das Weite gesucht. *Doch nicht sie.*

Nein, sie liebt bedingungslos. Ich schüttle unaufhörlich den Kopf, als würde es etwas daran ändern.

»Er wird es mir heimzahlen wollen Emmi und …«

Ich beiße mir auf die Unterlippe. So sehr, dass ich den eisigen Geschmack des Blutes schmecke. »Und er wird versuchen, dich da mit reinzuziehen.« Ich sehe sie an, bevor ich in einem Schritt bei ihr bin. Ich weiß, dass mein Blick wild ist und meine Bewegungen unkontrolliert und dass ich wahrscheinlich aussehe, wie ein Wahnsinniger, aber das ist egal.

»Deshalb musst du es mir versprechen…«, flehe ich, bevor ich ihr Gesicht in beide Hände nehme und es vermutlich etwas zu fest schüttle, damit sie versteht, wie wichtig es ist.

»Versprich mir, dass du dich von ihm fernhältst okay?«

Meine Stimme ist ein einziges jämmerliches Wimmern, als ich meine Stirn auf ihre presse und sie tief Luft holt, bevor sie etwas schärfer sagt: »Vince hattest du etwas damit zu tun?«

Ich lehne mich zurück. *Herrgott noch mal, kann sie nicht ein einziges Mal einfach gut sein lassen und verflucht noch mal das tun, was man ihr sagt!*

»Versprich es«, knirsche ich.

»Hattest du etwas damit zu tun?«, fordert sie.

»Nein!«, herrsche ich sie an. »Aber er gibt mir die Schuld.«

»Woran?«, bohrt sie nach.

Aaaalter! »Daran, dass er in den Knast gewandert ist!«, blaffe ich, bevor ich noch einen drauf setze.

»Soll ich dir ein Bild malen, damit du es verstehst?« Und es sofort bereue, als ich sehe, wie die kleine Falte zwischen ihren Augenbrauen zum Vorschein kommt.

Verdammt, wieso muss sie nur so stur sein?

Und dann sehe ich dabei zu, wie ihre Augen, *sonst so blau, wie ein wolkenloser Himmel,* zu Eis werden. *Oh Mann.*

»Nein, das musst du nicht«, zischt sie, »ob du es glaubst oder nicht, ich hab das schon verstanden. Was ich aber nicht verstehe, ist, wieso er das tut? Warum er im Gefängnis war und vor allem… was du damit zu tun hast?«

Ihre Stimme wird am Ende des Satzes immer lauter und ist genauso eisig wie ihr Blick.

Ich hasse es, wenn sie mich so ansieht.

»Gar nichts«, protestiere ich wütend. Was eine Lüge ist, und sie weiß das.

»Du kannst es einfach nicht oder?«, fragt sie enttäuscht und diesen Blick hasse ich noch viel mehr. Er ist aber nichts gegen den Blick, den sie mir zuwerfen würde, wenn sie wüsste, was für ein Arsch ich wirklich bin.

»Was?«, frage ich genervt, warum weiß ich selber nicht.

Ich will doch nur, dass sie auf mich hört, und tut, was ich ihr sage, verdammt!

Doch sie schüttelt nur entrüstet den Kopf, bevor sie traurig seufzt: »Ich kann das nicht, wenn du nicht ehrlich zu mir bist.« Dann dreht sie sich um und geht zum Auto … und ich bleibe zurück. Allein mit meiner beschissenen Wut, die sich jeden Augenblick selbstständig macht, doch hier draußen ist nichts, woran ich sie auslassen kann und ich hab das Gefühl, sie würde mich ersticken.

»Fuuuuck!«, brülle ich aus vollem Hals, während ich mir die Haare raufe, mehr ist einfach nicht drin, doch all das bringt gar nichts. *Es bringt mich nicht voran.* Sie wird es mir nicht versprechen, solang ich ihr nicht die Wahrheit sage. Ich habe wirklich gehofft, dass ich diesen ganzen Scheiß hinter mir lassen kann. Dass ich mit ihr neu anfangen kann. Wie dumm von mir, denn diese beschissene Vergangenheit hat nun mal die Angewohnheit sich zu rächen. Ich wische mir zweimal über das Gesicht, während ich zum Auto gehe, und atme einmal tief durch, bevor ich einsteige. Sie schaut starr nach vorn und sieht traurig aus. Noch so ein Ausdruck, den ich hasse. Aber das kann ich wirklich am besten. *Sie traurig machen.*

Ich lehne den Kopf an meine Kopflehne und atme hörbar aus.

»Das Auto, was ich geklaut und noch am gleichen Abend zu Schrott gefahren habe, erinnerst du dich daran?«, lenke ich ein und sie neigt den Kopf zwar etwas in meine Richtung, sieht mich aber nicht an, als sie nickt. Ich zupfe an meiner Nagelhaut, das hier ist noch viel schwerer, als ich dachte.

»Damals war ich nicht allein im Auto.« Nun sieht sie mich an und bittet mich stumm weiterzureden.

Ich sehe wieder auf meine Hand und knackse mit den Fingerknöcheln. »Ich bin gefahren. Keenan saß neben mir.

Wir waren völlig zugedröhnt und dicht. Keine Ahnung, wie wir es überhaupt geschafft haben, das Auto kurzzuschließen.« Ich zucke mit den Schultern. »Es hat nicht lang gedauert, bis ich es frontal gegen den Baum gesetzt hab.«

Ich schlucke schwer. »In dem Moment, war ich wieder voll da, aber Keenan war wirklich ein scheiß Junkie und kaum noch ansprechbar und ich wusste, dass es nicht lange dauern würde, bis irgendjemand die Bullen ruft. Es war ja nun nicht gerade unauffällig. Also … habe ich mir die Desinfektionstücher aus seiner Tasche mit seinen Nadeln und den ganzen anderen Drogenscheiß, den er vertickt hat, geschnappt, während er mittlerweile völlig weggetreten war und hab alles abgewischt, was ich angefasst habe und dann … bin ich abgehauen.« Sie saugt erschrocken die Luft ein und versteift sich. Ich streiche mir zum millionsten Mal mit den Handflächen über das Gesicht, bevor ich mich mit den Ellenbogen auf das Lenkrad stütze und die Stirn gegen meine Handflächen presse. Ich kann sie nicht ansehen.

»Danach bin ich zu 'nem anderen Kumpel, obwohl niemand von uns wirklich ein Kumpel war. Der einzige Grund warum er mir geholfen hat Keenan ans Messer zu liefern, war der, dass er ihm ein Drogengeschäft versaut hat.

Das war ein Schlangennest, entweder beißt du zuerst zu oder …« Ich beende den Satz nicht. »Er hat mir geholfen, indem er den Bullen gesagt hat, ich wäre die ganze Zeit bei ihm gewesen. Durch den ganzen Drogenmist, den er bei sich hatte und die Vorstrafen, die er genau deshalb hatte, ist er dafür eingefahren. Da konnten ihm auch seine reichen Eltern nicht helfen. Ich hab meinen Scheiß geregelt und mich vom Acker gemacht.«

Stille.

Ich spüre ihren Blick auf mir, dann wendet sie ihn ab.

»Bitte sag irgendetwas«, flüstere ich tonlos in diese schallende Stille und sie sieht mich wieder an, doch ich schaffe es nicht ihren Blick zu erwidern.

»Bereust du es?« Ihre Stimme ist leise, aber fest und ich riskiere einen Blick, bevor ihr emotionsloses Gesicht mir einen Schauer über den Rücken jagt.

»Was?«, frage ich stirnrunzelnd.

»Tut es dir leid?«, fragt sie kalt, als wäre ich schwer von Begriff, und ich nicke, bevor sie herausfordernd das Kinn hebt. »Dass du es getan hast oder nur, dass ich es weiß?«

Ich schnaube. »Verflucht Emmi, ich weiß, dass ich einen Fehler gemacht habe, aber dieser Typ ist kein netter Mensch.

Er ist ein aalglatter, unberechenbarer skrupelloser Psychopath, der vor nichts zurückschreckt. Er hätte genau dasselbe getan«, protestiere ich und sie schüttelt den Kopf.

»Das ändert nichts daran, dass es falsch war.«

Ich sehe sie an und kann ihren Gesichtsausdruck nicht deuten, als sie fragt: »Weißt du denn, das es falsch war?«

Ich sehe sie an, während ich irgendeine Emotion in ihrem Gesicht suche, als ich erneut nicke.

»Ja« und sie tut es mir gleich, bevor sie wegsieht.

»Hasst du mich jetzt?«, frage ich tonlos, weil meine Stimme versagt und sie schließt die Augen und schüttelt den Kopf.

»Ich hasse dich doch nicht …«. Dann sieht sie mich wieder an. »Das heißt aber nicht, dass ich nicht hasse, was du getan hast.« Ich atme hörbar aus. »Ich weiß … Ich auch.«

Sie nickt und flüstert: »Dann ist es ja gut.« Bevor sie nach dem Gurt greift und sich anschnallt und dabei beinahe flötet.

»Okay. Lass uns nach Hause fahren.«

Ich starre sie an, völlig unfähig mich zu rühren. »Was? Das ist alles?«, frage ich ungläubig und könnte mir dafür im selben Moment den Gurt über den Schädel ziehen.

»Ja«, zuckt sie mit den Schultern und ich ziehe sprachlos die Stirn in Falten, bevor sie mich sanft ansieht, hörbar ausatmet und mitleidig den Kopf schüttelt, als wolle sie sagen *dummer, dummer Junge.* Dann streicht sie mir sanft über die Wange. »Vince, du brauchst keine Angst haben, dass ich dich für deine Vergangenheit verurteile, das wird nicht passieren. Ich weiß, dass du Fehler gemacht und einen Haufen falscher Entscheidungen getroffen hast.«

»Und ja …«, sie nickt. »Du warst eine furchtbarer Mensch.« Dann streicht ihr Daumen weiter über meine Wange und ihr Blick ist weich. »Aber der bist du nicht mehr, du gibst dir Mühe und … jeder Mensch hat eine zweite Chance verdient.« Sie zuckt die Achseln und ihre Stimme ist zart und doch fest, als sie sagt: »Nichts, was ich über dich erfahre, könnte jemals ändern, was ich für dich empfinde.«

Ich suche in ihrem Gesicht, doch da ist keine Verachtung, kein Urteil, nur Verständnis und ich schüttle den Kopf.

»Ich kann nicht glauben, dass du diese ganze Scheiße tolerierst« und sie zuckt zum xten Mal mit den Schultern.

»Wäre es für jemand anderen, wäre es das auch nicht wert.«

Ich löse ihren Gurt, indem ich auf das Gurtschloss drücke und ziehe sie in einem Ruck auf meinen Schoss, bevor ich ihr Gesicht in beide Hände nehme, um sicherzugehen, dass sie auch wirklich echt ist. »Ich hätte dich in hundert Jahren nicht verdient«, flüstere ich, während ich über ihre Lippen streiche.

»Du hast weitaus mehr verdient, als du denkst«, wispert sie und ich ziehe sie an mich, bevor ich meine Lippen auf ihre presse, und sie küsse, als würde ich in sie hineinkriechen wollen, doch dann lehne ich mich zurück und sehe sie eindringlich an.

»Er ist gefährlich.« Ich rüttle sanft an ihrem Kinn.

»Bitte versprich es mir!«, fordere ich. Sie nickt vorsichtig, bevor sie mit ihren Händen über mein Gesicht fährt.

»Ich verspreche es«, haucht sie, bevor sie mich wieder küsst. Warm und innig und dabei meine blutende Unterlippe zwischen ihre vollen Lippen zieht und auf eine Art und Weise, wie nur sie es kann, all die Wut und den Ärger und all die Aggressionen, die ich eben noch hatte, vertreibt.

Ich versuche sie festzuhalten, doch es geht nicht und als sie mit ihrer Zunge über meine Unterlippe fährt, ist Keenan Peyton vergessen und ich sehe nur noch sie in diesem Wahnsinnskleid, wie sie mich küsst, nachdem ich ihr meine hässlichste Seite gezeigt habe, das Schlimmste von mir offenbart hab, und sie es toleriert und ich wünsche mir so sehr, dass sie endlich versteht, *wirklich versteht,* wie selten sie ist.

Sie ist eine von den wenigen Menschen auf dieser Welt, die wissen, was Vergebung bedeutet und auch wenn viele Menschen sie deshalb naiv oder schwach nennen.

Sie ist das genaue Gegenteil und in diesem Moment habe ich zum ersten Mal in meinem Leben so etwas wie Hoffnung.

Emmi

Du sagst, du liebst den Regen, aber öffnest deinen Schirm,

du sagst, du liebst die Sonne, aber suchst ein schattiges Plätzchen,

du sagst, du liebst den Wind, aber verschließt davor dein Fenster.

Das ist der Grund, warum ich Angst habe, wenn du sagst, du liebst

mich.

– Shakespeare

Als wir wieder zu Hause oder vielmehr bei ihm angekommen sind, schlüpfe ich sofort aus den High Heels und entspanne meinen Nacken. Dieser Abend war lang und hat Wendungen genommen, auf die ich nicht vorbereitet war. Doch seit Vincent King in mein Leben gestürmt ist, ist nichts mehr vorhersehbar.

»Wann müssen wir morgen beim Gericht sein?« Als ich die Frage stelle, zuckt er kaum merklich zusammen, *doch ich hab es gesehen.*

»Hör zu Baby. Du darfst dort eh nicht mit rein«, sagt er unsicher ohne mich anzusehen und augenblicklich versteift sich mein Nacken wieder, doch ich zucke mit den Achseln, was unsinnig ist, da er es nicht sehen kann, wenn er meinem Blick ausweicht.

»Ich kann draußen warten«, antworte ich.

»Nein schon gut, Emmi«, schnauzt er, fängt sich aber schnell wieder. »Hör zu! Es ist nicht unbedingt etwas, worauf ich stolz bin, ich möchte das jetzt hinter mich bringen und dann mit dir nach vorn sehen.«

Er kommt zu mir und streicht mir über die Wange.

»Pass auf! Du schläfst in Ruhe aus und eh du dich versiehst, bin ich wieder da.« Er gibt mir einen Kuss auf die Stirn, um mir zu signalisieren, dass das Gespräch vorbei ist, doch ich halte seinem Blick stand, bevor er mich flehend ansieht und ich anschließend die Augen verdrehe und nachgebe. Ich habe heute Abend einfach keine Kraft mehr mich gegen Vincent King zu behaupten, zumal ich ihm anrechnen muss, dass er sich mir heute anvertraut hat, obwohl es ein schockierendes Geheimnis war, was er da im Keller hatte. Aber er vertraut mir, also sollte ich wieder anfangen, auch ihm zu vertrauen und mit diesem Mantra schäle ich mich aus meinem Kleid und ziehe eins von seinen Shirts über, die ich so liebe, bevor ich völlig erschöpft auf das

Bett falle und die Augen schließe. Er versucht, sanft an meinem Oberschenkel hochzustreichen, doch als ich erschöpft wimmere, versteht er den überaus deutlichen Wink mit dem Zaunpfahl und zieht mich in seine Umarmung, bevor er mir einen Kuss auf den Scheitel gibt und flüstert »Ich liebe dich?«, formuliert dies aber wie eine Frage und ich grabe mein Gesicht in seine warme nackte Brust und sorge dafür, dass das warme Gefühl, dass sich in mir ausbreitet und mich in eine warme Decke hüllt, den Zweifel vertreibt, der sich in mir festsetzen will und flüstere: »Ich liebe dich auch.«

Ein nervtötendes Geräusch zerreißt die Grenze zwischen meiner weichen, hellen Traumwelt und der harten, grauen Realität und wird von einem rauen Knurren begleitet, als Vince den Wecker an seinem Handy ausstellt. Er lehnt sich zu mir rüber und gibt mir einen Kuss auf das Haar, die Wange und die Schulter, bevor er aufsteht und mit dem Handy in der Hand ins Bad geht. *Wieso nimmt er sein Handy mit?*

Ob er seinen Anwalt anruft? Ich versteh trotzdem nicht, warum er nicht will, dass ich mitkomme. Ich meine klar, wahrscheinlich dürfte ich sowieso nicht mit rein, aber ... *warum eigentlich nicht?* Nein, ich werde nicht wieder anfangen, ihm zu misstrauen. Ich wische die Bedenken davon, als wären sie undurchsichtiger Nebel ... der jedoch nicht aufklaren will.

»Hey wieso schläfst du nicht?«, reißt mich seine Stimme aus meinen von Zweifeln beherrschten Gedanken und ich sehe ihn an. *Oh, Mann. Das waren jetzt nicht mal zehn Minuten und er sieht toll aus.*

»Ein Hemd?«, übergehe ich seine Frage und er sieht an sich herab und stöhnt: »Dachte, das kann nicht schaden.«

Er zuckt mit den Schultern.

»Du siehst toll aus«, sage ich aufmunternd.

»Du auch«, lächelt er mich an, als er den Saum des Shirts noch etwas weiter nach oben schiebt, doch ich halte ihn auf.

»Bist du sicher, dass ich nicht mitkommen soll?!«

Ich muss es einfach fragen.

»Mann, Emmi«, braust er auf.

»Ich wollte dich nur noch mal fragen«, beruhige ich ihn.

»Ich will nur für dich da sein. Wieso regst du dich nur so darüber auf?«, frage ich, als ich aufstehe und die Decke beiseite werfe.

Er fährt sich übers Gesicht und dann durchs Haar, sodass es nach oben steht. »Ich rege mich darüber auf, dass du einfach nicht locker lassen kannst.« Seine Nasenflügel beben und die Ader an seinem Hals pulsiert.

Na toll.

»Es war doch längst geklärt, doch jetzt fängst du wieder damit an, du bist so eine sture *Dramaqueen!* Du brauchst das einfach oder?«

Ich schrecke zurück, als er hätte er mir eine Ohrfeige verpasst, fange mich aber schnell wieder.

»Na, ganz toll.« Ich klatsche in die Hände. »Sind wir wieder soweit ja?« Ich breite provokant die Arme aus. »Na los doch Vince. Beleidige mich … Schrei mich an … Schlag um dich …« Mein Tonfall ist bösartig und spottend, so kenne ich mich gar nicht. Wahrscheinlich ist der Zweifel in mir größer als gedacht.

»Ja, ganz genau Emilia …« Sein Tonfall ist kalt und mindestens genauso bitterböse, »… du hast Recht …«

Sein Blick ist wild, stechend und taxiert mich auf eine Art, die ich auch nicht kenne und die mich erschaudern lässt.

»Komm doch mit«, fährt er fort »Oder besser noch… Wieso wirst du nicht gleich meine Leumundszeugin? Du kriegst es fertig, dass ich zehn Jahre Sing, Sing kriege«, schreit er, als er an mir vorübergeht und eine Sekunde später scheppert die Zimmertür ins Schloss. *Scheiße!* Ich bin wirklich eine tolle Unterstützung. *So ein verfluchter …* Ich nehme das Kissen und schleudere es in das Zimmer.

Es streift die kleine Lampe auf seinem Schreibtisch, die kurz darauf auf den Fußboden stürzt und in zwei Teile zerbricht. Ruckartig geht die Tür wieder auf und ich sehe ihn erschrocken an.

»Bitte verwandle mein Zimmer nicht in ein Trümmerhaufen. Danke.« Und dann knallt er die Tür das zweite Mal ins Schloss. Meine Augen fangen an zu brennen.

Ich fühle mich schlecht, ihn vor dieser Anhörung so wütend gemacht zu haben. Aber warum macht er nur so ein Ding daraus, dass ich mitkommen will. Seine Reaktion nagt an mir, als ich das Chaos in seinem Zimmer beseitige. Ich gehe unter die Dusche, um mich ein bisschen zu entspannen und einen klaren Kopf zu bekommen. *Reagiere ich über?*

Ich versuche, die Geschichte neutral zu betrachten.

Nein, ich möchte ihn doch nur unterstützen, während er immer nur alles mit sich selbst ausmachen will und wir wissen ja, wie gut das funktioniert.

Gut die Art und Weise, wie es jetzt geendet hat, war weniger hilfreich, aber das lag nur an seiner Gereiztheit bezüglich des Themas. Ich föhne und drehe mir die Haare ein, während ich weiter grübele und versuche mich irgendwie abzulenken … *wobei ich wirklich grandios scheitere,* bevor ich nach meinem Autoschlüssel greife und die Tür hinter mir ins Schloss ziehe.

Emmi

It's you because no one else makes sense.

— Perry Poetry

Es ist 10:30 Uhr, als ich mich durch die Stadt schlängele, um zu der Anhörung zu fahren, weil ich einfach verdammt scheiße darin bin, zu tun, was man mir sagt. Einer meiner Fehler. *Vielleicht auch ein Reflex.* Ich kenne die Adresse von dem Schreiben des Anwalts. Es sind weniger als zehn Minuten bis dorthin, aber die Nervosität in mir steigt bis ins Unermessliche. Ich weiß, dass er stinksauer sein wird, wenn er mich hier sieht. Aber neben der Tatsache, dass ich will, dass er tief im Inneren begreift, dass ich für ihn da sein will, kann ich das Gefühl einfach nicht abschütteln, dass er mir etwas verheimlicht. Was wahrscheinlich das Resultat seiner Lügen ist. *Doch wer im Glashaus sitzt ...*

Letztlich stehe ich vor dem Gericht.

Inzwischen ist es definitiv Herbst geworden, die Luft ist kalt und wird ab jetzt auch nur noch kälter, dass letzte bisschen Sommer hat sich abgemeldet, doch das macht gar nichts, denn ich liebe den Herbst. Vor allem, wenn die Sonne es dennoch schafft sich ab und zu durch die Wolken zu kämpfen. Ich knöpfe meine Jacke etwas weiter zu und vergrabe mein Gesicht in meinem Schal, bevor ich mich auf die nächstgelegene Bank setze und dabei zusehe wie der Wind die einzelnen, gelb- und orangefarbenen Blätter aus den Bäumen reißt. Vögel tanzen über die Kieswege und singen ihre Lieder über Freiheit. *Es ist eines meiner Lieblingsgeräusche,* doch während sie hell strahlend und laut zwitschernd über die ersten Zeichen des Herbstlaubs schweben, schenke ich meine Aufmerksamkeit dem Vögelchen, das sich zwischen den kahlen Ästen eines Baums versteckt und sie dabei beobachtet. *Wieso ist es nicht bei ihnen?* Ich meine, in diesem Baum ist es zweifellos sicher … doch aus diesem Grund gab Gott ihm keine Flügel. Ich lehne mich an das kalte, braune Holz der Bank und sehe zu ihm hinauf, während ich mich die ganze Zeit frage, was ihm das Leben wohl angetan haben muss, das es nicht mehr zu den anderen passt? *Was hat diesem armen Vögelchen nur die Melodie genommen?* Ich versinke in Gedanken und komme zum ersten Mal seit Tagen zur Ruhe.

Doch ich kann und will nicht allein mit meinen Gedanken sein, denn sie führen mich zu Orten, an die ich nicht gehen möchte, also beschließe ich, etwas zu tun, was längst überfällig ist. Ich fingere mein Handy aus der Tasche und spüre, wie sich mein Herzschlag verdreifacht, während ich das Wörtchen *Mom* in meiner Anruferliste suche. Ich atme tief durch und drücke auf den grünen Hörer, bevor ich dem Freizeichen lausche und mein Herz wie wild gegen meine Rippen hämmert, bis ich ein Klicken höre, gefolgt von einem Rascheln. Sie hat abgenommen, aber sagt nichts. Okay, das wird schwerer als gedacht, also atme ich tief durch, zähle stumm bis drei und fange an.

»Hey Mom.«

Sie seufzt. »Hey.«

Ich kneife die Augen zusammen. »Bist du sauer?«

Stille.

Dann seufzt sie erneut, bevor sie einlenkt. »Ich mach mir Sorgen.«

»Aber das musst du nicht …«

»Doch das muss ich«, schneidet sie mir das Wort ab.

»Ich bin eine Mutter, wir machen uns immer Sorgen«, fügt sie hinzu, bevor ich praktisch spüre, dass sie bei dem nächsten Satz versucht ein kleines Lächeln in die Schranken zu weisen, was ihr jedoch nicht gelingt, und ich bin dankbar dafür.

»Ist Teil des Jobs«, witzelt sie.

»Ja und du hast schon immer Überstunden gemacht«, kontere ich amüsiert, woraufhin sie wieder ernst wird.

»Weil es leider auch zu oft nötig war, Emmi.«

Stille.

Oh Mann, das hier ist das reinste Mienenfeld.

»Mom…«, fange ich an, komme jedoch nicht weit.

»Er verkörpert alles, was schlecht für dich ist«, unterbricht sie mich erneut und mit einer Strenge in der Stimme, die ich nicht kenne.

»Wie kannst du das sagen, *nach nur zwei Minuten?*«, frage ich kleinlaut.

»Weil es offensichtlich war, *nach nur zwei Minuten*«, erwidert sie und dann gibt es kein Halten mehr. »Er zerrt dich raus in den Regen, um Gott weiß was zu machen, sein Verhalten mir gegenüber war absolut inakzeptabel und unverschämt und dann trittst *du* mir so entgegen. Ich meine wäre diese rebellische Phase nicht schon vor ein paar Jahren fällig gewesen?« Dann seufzt sie und ihre Stimme wird weicher.

»Emmi, das sieht dir gar nicht ähnlich?!«

Was genau sieht mir denn ähnlich?

Sie kennt mich gar nicht mehr, zumindest nicht den Menschen, zu dem ich geworden bin.

Ich meine, wie denn auch, sie redet ja nie darüber und ignoriert es gekonnt, *genau wie alle anderen.*

Doch zufällig mag ich dieses *Ich.*

»Emmi, du bist krank…« *Oookay 1:0 für Unvorhergesehenes.*

»… Und du bist nicht vorsichtig damit«, fügt sie sanft hinzu »Und ich bin mir ganz sicher, dass jemand wie er in dieser Situation nicht der richtige Umgang für dich ist«, fleht sie.

»Mom, er macht mich glücklich«, winsele ich.

»Emmi, du denkst das nicht zu Ende, so jemand ist Gift für dich. Und …« Sie verstummt.

»Und?«, hake ich nach.

»Und *du* bist nicht gut für *ihn.*«

Und versenkt.

Mir bleibt die Luft weg und mein äußeres Blickfeld verdunkelt sich. »Ich meine, er will doch sicher Kinder, eine Familie …«

»Nein … das ist nicht das, was er will«, unterbreche ich sie mit einer Stimme, die nicht mir gehört.

»Ja, jetzt noch nicht, aber …«

»Hör damit auf, Mom«, schneide ich ihr krächzend das Wort ab. »Du machst alles kaputt.« Ich schließe die Augen, um den Schatten zu vertreiben, der mein Blickfeld benebelt.

Ich möchte die Wahrheit nicht sehen. Sie ist hässlich hinterhältig und fast noch boshafter als das Monster, was mir gerade in den Nacken kriecht.

Sie seufzt: »Du wirst 21 Emmi ... Zeit erwachsen zu werden.« Dann atmet sie hörbar aus. »Aber was soll ich machen? Du hattest schon immer deinen eigenen Kopf und es war wohl wahrscheinlich einfach Zeit für einen ...«

»Vince«, helfe ich ihr schniefend aus und sie stöhnt ergeben.

»Ich hatte so gehofft, dass du dieses Klischee, bei dem du dich mit dem falschen Jungen einlässt, auslässt.« Und ich spüre praktisch, wie sie die Augen verdreht, bin aber dankbar, dass sie die Stimmung umlenkt.

»So ist er nicht Mom. Er verändert sich gerade.«

»Was soll ich dazu sagen Emmi? Ich kann dir nicht mehr vorschreiben, was du zu tun und zu lassen hast.« Sie atmet traurig aus. »Meine Momkarte ist ganz schön löchrig geworden und ich hab einfach nur schreckliche Angst, dich zu verlieren«, gibt sie zu, während ihre Stimme bricht.

»Das wird niemals passieren Mom«, versichere ich ihr felsenfest und weiß doch, dass es ein Versprechen ist, das ich nicht halten kann, als eine völlig unverständliche Durchsage durch die Lautsprecher des Gebäudes dröhnt.

»Wo bist du denn?«, hakt sie natürlich sofort nach. *Ähm ...*

Ich sitze vor dem Gericht und warte bis die Anhörung von Vince vorbei ist, in der er zugibt, das Waisenhaus, in dem er als Kind gelebt hat und wahrscheinlich auch misshandelt wurde, abgefackelt zu haben, als er betrunken war, und ich hoffe wirklich, er kommt nicht ins Gefängnis, immerhin ist er noch auf Bewährung und muss die Sozialstunden für das letzte Delikt ableisten. Ach übrigens, wir wollen zusammenziehen. Okay? Mom ...? Wo hast du die Waffe her und was willst du damit? Ich schüttle den Kopf. Das klingt nicht gut für meine Ohren, also sage ich: »Ich sitz gerade in der Nähe der U-Bahnstation. Nicht meine beste Notlüge, aber sie scheint sie zu glauben.

»Okay. Hör mal Liebes ...« Sie nennt mich Liebes und mir wird sofort warm ums Herz, »...da wir davon sprachen, dass du 21 wirst ...«

Und dann wird es schockgefrostet, denn damit spricht sie das nächste Tabuthema an, über das wir nie reden und das aus gutem Grund. Für diesen Geburtstag hatten wir Pläne, seit ich mich erinnern kann. Wir wollten nach Las Vegas fliegen.

Wir wollten mir den ersten ganz offiziellen Martini bestellen, während wir eine Minute vor Mitternacht am Black Jack Tisch sitzen und 17 und 4 spielen, wenn ich dann 21 werde. *Genau wie Lorelai und Rory Gilmore.* Das war immer der Plan, doch auch der wurde irgendwie mit in die unsichtbare

Truhe meiner Hoffnung und Träume gelegt, bevor sie im schwarzen Meer versenkt wurde. *Fliegen darf ich sowieso nicht.*

»Was hast du denn für diesen Tag geplant?«, fragt sie vorsichtig.

»Gar nichts«, gebe ich zu und sie zögert.

»Weißt du, in Providence gibt es das Twin River Casino, man sagt, das wäre das weltbeste Casino, sogar noch besser als das Bellagio in Las Vegas.«

»Wer sagt das?«, ziehe ich sie auf.

»Bis jetzt nur ich, aber ich hoffe, es spricht sich rum«, scherzt sie und ich bin so dankbar, dass das Thema Vince nun nicht mehr zwischen uns steht. Es ist längst nicht gegessen, *aber es steht nicht zwischen uns.*

»Ich finde, es klingt legendär«, sage ich liebevoll.

»Also haben wir Freitag ein Date?«, fragt sie etwas unsicher.

»Nichts auf der Welt könnte mich davon abhalten«, verspreche ich ihr, während ich meine Schultern entspanne und ausatme. Es ist, als hätte sich diese Distanz zu meiner Mom um meine Brust geschnürt, wie das Korsett von Elizabeth Swan, kurz bevor sie ohnmächtig wurde und …

Ich erstarre, als es mir erneut sämtliche Luft aus den Lungen presst, während ich in eiskalte, blaugraue Augen blicke, die mich aus knapp drei Meter Entfernung taxieren. *Keenan.*

Emmi

We've got to live,

no matter

how many skies are fallen.

– D.H. Lawrence

Mir läuft es eiskalt über den Rücken, während ich verzweifelt versuche, meine Stimme wiederzufinden

»Mom? Ich rufe dich noch mal wegen der Details an, okay?« Ich warte ihre Antwort nicht ab, bevor ich auflege. Er schlendert entspannt auf mich zu. Seine Haltung ist locker, doch sein Blick ist eisig, metallisch grau und scharf wie eine Guillotine und genauso gefährlich. Ich versuche aufzustehen, damit ich wenigstens auf Augenhöhe mit ihm bin, wenn er bei mir ist, doch es fühlt sich an, als wären meine Beine taub und ich damit völlig unfähig mich zu bewegen. Bei jedem Schritt, den er näherkommt, beschleunigt sich mein Herzschlag drastisch. Auf so eine Konfrontation bin ich nicht vorbereitet.

Ich hab absolut keine Ahnung, wie ich mich verhalten soll.

Er hat mir nichts getan. Objektiv betrachtet ist er mehr oder weniger ein Opfer, doch diese Rolle nehme ich ihm nicht ab! Und vielleicht ist auch genau das der Grund, warum sich eine Gänsehaut auf meinem gesamten Körper ausbreitet, als er vor mir zum Stehen kommt.

»Hallo schöne Frau«, es sind so liebvolle Worte, die so gar nicht zu seinem Tonfall und diesem eiskalten Gesichtsausdruck passen wollen.

»Hi«, piepse ich und zwinge mich im selben Moment zu mehr Selbstvertrauen. »Was machst du hier?«, frage ich anschließend mit einer Stärke in der Stimme, auf die ich schon viel stolzer bin. Er antwortet nicht, sondern lässt sein Blick über mein Gesicht wandern, ein Blick, unter dem ich furchtbar unruhig werde, während er ein schiefes Lächeln aufgesetzt hat, das nicht für eine Sekunde verrutscht.

»Ich bin hier, um meinen guten Freund Vincent zu unterstützen.« Seine Worte triefen vor Sarkasmus und Abscheu, bevor er hinzufügt. »Die eigentliche Frage ist, was du hier machst?« Er kommt noch ein Stück näher und ich weiche instinktiv zurück, während mein selbstauferlegtes Pokerface unter meiner kurzzeitigen Verwirrung bröckelt.

Er bemerkt es und setzt sofort nach.

»Hier draußen mein ich. Wieso bist du nicht dort drin?«

Er nickt zu dem Gebäude, ohne mich aus den Augen zu lassen. Ich blinzle hektisch

»Na ja. Ich … Ich dachte, Privatpersonen sind nicht erlaubt?«, stottere ich und formuliere es wie eine Frage, obwohl er nun wirklich der letzte Mensch auf dieser Welt sein sollte, dem ich irgendetwas glaube.

»Wer sagt denn so was?«, fragt er herausfordernd und amüsiert, dabei kennt er die Antwort ganz genau und dann schüttelt er theatralisch den Kopf, während er mehrere Male hintereinander mit der Zunge schnalzt, als würde er einem Kind drohen, bevor es irgendwelche Dummheiten macht.

Dann atmet er hörbar aus. »Sieht aus, als könnte unser guter alter Vince einfach nicht aus seiner Haut nicht wahr?

Es ist nicht deine Schuld Liebes. Er ist einfach so. Ein Lügner! Ein Betrüger! Verlogen und hinterhältig …«

»Er hat mir erzählt, was passiert ist«, schneide ich ihm das Wort ab, bevor ich ausatmend hinzufüge.

»Ich kenne die Geschichte.« Es ist vollkommen verständlich, dass er Vince so sieht. Doch so ist er nicht mehr und ich werde nicht zulassen, dass dieser Keenan all das kaputtmacht, was ich in den letzten Monaten erreicht hab.

Er reißt die Augen auf, aber nicht schockiert, sondern *missbilligend.*

»Oh, das bezweifle ich«, schnaubt er abfällig.

»Doch«, protestiere ich und meine Mimik und auch mein Tonfall werden weicher, als ich es endlich schaffe, mich von der Bank zu erheben. »Und es tut mir leid.« Dann lege ich meine Handflächen zusammen, um mein Argument zu untermauern. »Ganz ehrlich… Es tut mir leid.« Mein Blick ist weich, wie die erste Blüte, die sich nach einem ewig langen Winter an die Oberfläche kämpft und sein Blick ist … wie der Frost, der wie ein Zauberstab alles Schöne zerstört und innerhalb von Sekunden in die Knie zwingt und ich kann förmlich spüren, wie mein Blick an Stärke verliert und in sich zusammenfällt. Dann schnaubt er ungläubig. »Weißt du was? Das glaube ich dir sogar.« Er verengt die Augen und verzieht den Mund zu einem grausamen Lächeln.

»Ich versteh, was er an dir findet. *Du bist naiv.* Du traust den falschen Menschen.« Dann tritt er noch einen Schritt näher und ich halte den Atem an, während ich zur Salzsäule erstarre und seinen Atem auf meinem Gesicht spüre, als er zischt: »Er wird dir das Herz brechen, Prinzesschen. Lass mich das für ihn tun …«

Und in diesem Augenblick wird er auch schon weggerissen und gute zwei Meter weit weg in den Dreck geschleudert und ich atme erleichtert aus, doch als mein Blick auf Vince fällt, hab ich das Gefühl, die Luft würde mir in den letzten zehn Minuten zum gefühlt hundertsten Mal ausgehen und ich frage mich, wie oft ich das noch schaffe, ohne ohnmächtig zu werden. Sein Gesicht ist wutverzerrt, seine Nasenflügel beben und seine Kiefermuskeln zucken, doch dieser Zorn richtet sich nicht ausschließlich gegen Keenan, sondern auch gegen mich. *Was hab ich ihm schon wieder getan?* Ich konnte nichts dafür, dass er hier aufgekreuzt ist. Ich meine, ja er hat gesagt, dass ich nicht kommen soll. Aber er hat auch gesagt, dass ich nicht mit reindarf, was nun anscheinend gar nicht stimmt.

Behauptet Keenan, jedenfalls!

Doch das ist ein Argument, das ich mir lieber verkneifen sollte. Außerdem hat er mir nicht zu sagen, was ich zu tun und zu lassen hab. Mir ist ganz schwindelig und das Karussell aus meinen sich windenden Gedanken blendet beinahe aus, dass Vince seine Aufmerksamkeit nun auf Keenan richtet, und ich denke, das hier ist ja wohl der denkbar ungünstigste Ort dafür. Er tritt an ihn heran und greift ihm unsanft an den Kragen, während er ihm wieder *aufhilft*.

»Ich sage es jetzt nur noch ein einziges Mal. *Halt dich von ihr fern!*« Die Stimme von Vince zittert vor Wut, doch Keenan lässt es kalt.

»Sonst was?«, lacht er herausfordernd, weil er genau weiß, wie man Vince auf die Palme bringt, und ich gehe dazwischen, bevor er etwas Unüberlegtes tut und sie ihn vielleicht doch noch hierbehalten.

»Vince«, ich stelle mich zwischen die beiden und berühre ihn sanft an seiner Schulter, doch keiner von beiden sieht mich an, während sie einen Kampf auf Leben und Tod mit den Augen austragen. »Vince ...«, fordere ich nun wesentlich energischer. »...Hör auf!«

Das Lachen von Keenan sorgt dafür, dass ein weiterer Schauer über meinen Rücken läuft.

»Genau, Vince, hör auf dein kleines Püppchen. Oder besser noch ... sag ihr doch, sie soll sich beruhigen. Du hast die Puppenspielernummer doch sonst echt raus oder? Sag mal, tut sie wirklich alles, was du von ihr verlangst? Ist sie nur dir hörig, oder kann ich es auch mal versuchen? Denn da gibt es einiges, was sie nur zu gern tun dürfte ...«

Und Vince schlägt zu, bevor Keenan nach hinten taumelt, doch da hat sich Vince auch schon auf ihn gestürzt und ihn mit sich zu Boden gerissen, bevor er auf ihn steigt und zum zweiten Schlag ausholt, während Keenan ihn mit seinem Lächeln nur noch weiter anstachelt.

Er weiß genau, welche Knöpfe er drücken muss!

»Schon gut«, hebt er beschwichtigend die Hände, doch sein Lächeln ist gehässig und falsch, bevor er sagt. »Ich kläre die Details, sowieso viel lieber mit ihr.« Und bevor die Faust von Vince ein zweites Mal auf sein Gesicht prallt, halte ich ihn auf.

Emmi

»Du!«, sagte er, »bist eine schrecklich reale Sache in einer schrecklich
falschen Welt und, das ist glaube ich der Grund warum du so leidest.«
— Nietzsche

»Vince ...« Ich zerre ihn mit voller Kraft zurück. »Lass es gut
sein! Er will dich nur provozieren. Geh einfach nicht darauf
ein, okay?!«

Er zittert vor Wut und ich kann den Sturm und den
Kampf, den er in seinem Inneren führt, praktisch sehen. Ich
nehme sein Gesicht in beide Hände und zwinge ihn mich
anzusehen, doch sein Gesicht ist beinahe so eiskalt wie das
dieses Unruhestifters.

»Ich bin hier. Bei dir. Nirgends anders. Und du bist immer
noch wegen deiner letzten Bredouille in Schwierigkeiten.
Bitte, lass uns gehen«, sage ich scharf, aber es ist nötig, um ihn
zur Vernunft zu bringen, und in diesem Moment windet er
sich aus meinem Griff und stürmt davon.

Ich bleibe noch einen Augenblick stehen, schockiert, genervt und verunsichert von seiner Reaktion, bevor mein Blick auf Keenan fällt, der felsenfest und mit einem Lächeln im Gesicht dasteht, das so bitterböse ist, dass es mich bis ins Mark trifft, bevor ich mich abwende und wieder einmal wie ein Trottel hinter dem Hitzkopf herlaufe, als Keenan eiskalt und in einem drohenden Tonfall hinter mir herruft.

»Wir sehen uns, Emilia«

Ich drehe mich nicht noch einmal um, doch ich spüre seinen drohenden Blick wie einen Dolch in meinem Rücken.

Dieser Typ ist wahrhaftig das Böse. Ganz klar!

Nachdem ich Vince mit einem Mindestabstand, oder besser gesagt Sicherheitsabstand von drei Metern folge, kreisen Keenans Worte durch meinen Kopf, wie Geier.

Ich weiß, dass es für Außenstehende aussieht, als wäre ich naiv. Als wäre ich ihm hörig und obwohl ich weiß, dass es nicht so ist, schmerzen seine Worte, denn das ist das Letzte, was ich möchte und sobald Vince sich beruhigt hat, werde ich mit ihm darüber sprechen, welchen Eindruck wir beide auf andere machen und klarstellen, dass mich dieses Image stört.

Ich versuche wirklich, ihn zu verstehen, und klar, wären die Dinge anders, würde ich mich wahrscheinlich von ihm fernhalten, denn es ist eine wahnsinnige Herausforderung mit den Launen von Vincent King umzugehen, *doch ich weiß, wie er wirklich ist.* Ich weiß, dass er mich liebt und ich weiß, dass das Gefühl, er könnte mich kontrollieren, ihm Sicherheit gibt, *doch das muss aufhören.*

Er muss begreifen, dass ich ihn liebe und das ich nicht weggehen werde. Aber er muss auch lernen, mir Freiheiten zu geben, den Abstand zu wahren, *mir wieder zu vertrauen.*

Mich nicht zu behandeln, als wäre ich sein Eigentum, denn das ist etwas, was ich auf Dauer nicht durchhalte und vor allem ist es etwas, das ich nicht sein möchte.

Nachdem wir fast einmal um das gesamte Gebäude gelaufen sind, bleibt er abrupt vor einer Bank stehen und tritt auf sie ein. Ein Bild, das mich nicht einmal mehr überrascht noch wütend oder traurig macht.

Seine Wut beherrscht ihn und er muss dringend lernen, seine Dämonen in Schach zu halten, aber wenn er sie weiterhin ignoriert, werden sie immer die Macht über ihn haben. Denn um sie endgültig zu bekämpfen, muss er zuerst einmal akzeptieren, dass es sie gibt. Ich trete näher zu ihm und er sieht mich wütend an, bevor er sich auf die Bank setzt und mich anstarrt. *Mein Blick ist emotionslos.* Es ist eine Situation, die schon zu oft da war und die ich einfach nicht weiterhin tolerieren kann. »Na los, Vince«, sage ich ruhig, während mein Gesicht keinerlei Reaktion zeigt.

»Lass es raus.« Ich hebe provozierend die Schultern, bevor ich den Kopf schüttle. »Gib *mir* die Schuld«

Doch diese Reaktion überrascht ihn und er atmet schnaubend aus, bevor er sich in den Nasenrücken kneift.

Das ist gut! Wir müssen diesen Teufelskreis endlich durchbrechen. Die letzten Wochen waren mehr als aufwühlend und wir kamen keine Sekunde zur Ruhe.

Immer in der Erwartung, dass die nächste Welle über uns einschlägt, und ich weiß einfach nicht, wie lange wir uns noch über Wasser halten können. Die Wände kommen näher und wir haben keine Zeit, Luft zu holen. Doch genau das brauchen wir. Wir *brauchen Luft zum Atmen.*

»Lass uns abhauen«, höre ich mich sagen und sein Blick schnellt zu mir.

»Was?« Er sieht mich verwirrt an und ich beginne wie wild zu nicken.

»Eine Pause machen. Einfach ausbrechen.« Ich seufze erschöpft. »Wir müssen raus, Vince.«

»Was redest du da? Wohin denn?« Er schüttelt genervt den Kopf.

»Irgendwohin«. Ich ziehe die Schultern hoch.

Er zieht die Brauen zusammen und sieht mich an, als wäre ich verrückt. »Ich hab Seminare.«

Ich schüttle den Kopf »Doch nicht für ewig. Heute und morgen. Du hast nur Dienstag und Donnerstag Seminare oder? Heute ist sowieso gelaufen und am Donnerstag bist du wieder zurück.«

Er schaut irritiert ins Leere und schüttelt weiterhin den Kopf, unschlüssig, was er von meiner Idee halten soll, abgesehen davon, dass er eigentlich stinksauer ist und bei der Wendung, die das Ganze angenommen hat, nicht hinterherkommt. *Willkommen in meiner Welt!* Und da fällt mir etwas ein.

»Lass uns ans Meer fahren«, sagte ich, ohne auch nur eine Sekunde darüber nachzudenken.

»Ans Meer?«, fragt er skeptisch und auch ein wenig abwertend und ich ziehe sicher das Kinn hoch.

»Kennst du den Anfang von Moby Dick?«

Er zieht die Augenbrauen zusammen. »Das Buch?«

Ich nicke und er schnaube, bevor er die Augen verdreht und abschätzig brummt: »Sehe ich so aus?«, und nun verdrehe auch ich die Augen und schnalze mit der Zunge. »Okay, pass auf. Der Erzähler sagt: *Wenn er die Falten der Bitterkeit um seinen Mund spürte und er den Leuten am liebsten die Hüte vom Kopf schlagen wollte, dann fuhr er zur See.*«

Er sieht mich mit großen Augen an.

»Oookay«, antwortet er, unsicher worauf ich hinaus will und immer noch dabei, sich an seiner Wut festzukrallen, und ich hocke mich zwischen seine Beine.

»Mein Schatz …«

Mein Blick und Tonfall sind sanft und ich spüre, dass ihn diese Worte von einem Teil seiner Wut befreien und rede weiter. »In diesem Moment frisst sich die Bitterkeit so tief in dein Gesicht, dass es schon beinahe wehtut, dabei zuzusehen.« Ich streiche über sein verkniffenes Gesicht und merke, wie er sich darunter entspannt. Er schließt die Augen und atmet tief durch, und als er sie wieder öffnet, ist die blinde Wut verschwunden und der liebevolle Vince, *der mir mit diesem Blick alles gibt, was er hat*, ist wieder da. Er streicht mir das Haar hinter mein Ohr und legt seine Hand an meine Wange, bevor ich mein Gesicht hineinlege, und er lächelt

»Tja, dann müssen wir wohl zu See.«

Emmi

Ich habe einen ganzen Wald in mir
und du hast deine Initialen in jeden Baum geschnitzt.
— Pavana

Ich beobachte die Bäume, die am Straßenrand an uns vorbeifliegen, nachdem wir ein paar von unseren Sachen geschnappt und für unseren kleinen Kurztrip eingepackt haben, was bei mir wirklich kein großer Umstand ist, denn meine Sachen und mein ganzes Leben sind seit einer gefühlten Ewigkeit in Kartons und Kisten verstreut und genau wie diese braunen Pappschachteln habe auch ich diese Tatsache extrem satt. Es fühlt sich an, als würde ich mein Leben in einem Schwebezustand verbringen, nicht weg, aber auch nicht wirklich da und mit diesem traurigen Gedanken starre ich aus dem Fenster. Wenn man nur lange genug hinsieht, kann man beobachten wie die Bäume mit der Zeit zu einem einzigen Meer aus Braun verschwimmen, während die

Äste beginnen kahl zu werden und irgendwie leblos aussehen, weil die Blätter, die sie schön und prächtig haben wirken lassen, langsam aber sicher von ihnen herabrieseln.

Der Himmel ist grau und reglos und lässt jede noch so optimistische Seele wehmütig und traurig werden.

»Woran denkst du?«, fragt mich diese tiefe und harte Stimme, in der doch so viel Liebe mitschwingt.

»An nichts Bestimmtes«, antworte ich leise, während mich diese Wehmütigkeit nicht loslässt.

»Das kauf ich dir nicht ab«, gibt er stirnrunzelnd zurück, während er den Blinker setzt, um das Auto, was vor uns im Schneckentempo vor sich hin schleicht, zu überholen. Ein älterer Mann mit Hut, der auf der Ablage eine von diesen gehäkelten Rollen, gefüllt mit Klopapier oder was auch immer, herumchauffiert.

»Mir gehen die Worte von Keenan nicht aus dem Kopf«, antworte ich wahrheitsgemäß und sehe wie seine Fingerknöchel weiß hervortreten, als er das Lenkrad umkrallt.

Mir ist durchaus bewusst, dass es ein heikles Thema ist, doch es geht nicht um Keenan, sondern darum, wie er und wahrscheinlich auch alle anderen um uns herum uns beide sehen. Ich weiß, dass er mir am liebsten eine bitterböse Antwort entgegenschleudern würde, die dieses Thema sofort beendet, doch das tut er nicht. Stattdessen fragt er:

»Was meinst du?«, während er seinen Kiefer so versessen zusammenbeißt, dass ich seine Zähne knirschen höre und ich seufze.

»Ich möchte nicht, dass alle Welt denkt, ich wäre dir hörig-«

»Was?«, unterbricht er mich scharf und ich sehe ihn sanft an, um die aufkeimende Wut zu beschwichtigen.

»Ich möchte für dich da sein, doch du kannst mich nicht weiterhin als Eigentum betrachten und du kannst nicht immer sofort ausrasten, wenn etwas nicht so läuft, wie du es willst.

Ich liebe dich und ich möchte nichts mehr als mit dir zusammen sein, aber du musst anfangen, mir etwas Freiraum zu lassen und auch akzeptieren, wenn ich mal anderer Meinung bin, und wir sollten lernen einen Konflikt zu lösen, ohne uns wie Kindergartenkinder anzumotzen. Ich ziehe auch gern mit dir zusammen. Aber das mache ich, weil ich es will und nicht, weil du es verlangst, und ehrlich gesagt, habe ich Angst, dass du es nur willst, um die Kontrolle zu behalten.«

Er zieht die Stirn kraus, während er nachdenklich nach vorn sieht. »Du hast das Gefühl, dass ich dich einsperre?«, fragt er beinahe verletzlich.

»Ich habe das Gefühl, dass du so viel Angst hast, mich zu verlieren, dass du versuchst alles zu kontrollieren und ich verstehe das … aber so funktioniert das nicht!

Du musst beginnen mir zu vertrauen. Kannst du das?«, frage ich ihn mit zitternder Stimme, obwohl ich mich wirklich bemühe diese zu vermeiden. »Siehst du denn nicht, dass ich alles versuche?«

Er sieht mich kopfschüttelnd an und zieht die Schultern nach oben. »Doch.«

Ich nicke und streiche ihm sanft über den Oberarm »Ich möchte nur, dass du verstehst, wie wichtig mir das ist. Okay?« Ich kneife zärtlich zu und er atmet pustend aus, sieht mich an und nickt. Ich lächle und strecke das Kinn nach vorn.

»Okay.« Doch sein Blick ist undurchdringlich, bevor er wieder nach vorn sieht und flüstert: »Er wollte dich nur provozieren.« Ich nicke zustimmend.

»Ich weiß, aber das ändert nichts daran, dass seine Worte wahr sind. Ich weiß, dass du mich nur beschützen willst, aber das musst du nicht. Ich bin nicht so schwach, wie du vielleicht denkst.« Ich ziehe herausfordernd die Brauen nach oben und er schnaubt abfällig.

»Ich weiß, dass du nicht schwach bist, glaub mir …«

Er schüttelt den Kopf und schließt kurz die Augen ». . . Aber, wenn dir meinetwegen etwas zustößt. . .«

Er verstummt und schluckt schwer, bevor er verzweifelt den Kopf schüttelt, doch ehe ich etwas sagen kann, atmet er ein und fährt fort.

»Du brauchst niemanden, der dich beschützt, das weiß ich. Aber ich will … dass du mich brauchst.« Dann sieht er mich an. »So wie ich dich brauch.«

Ich greife nach seiner Hand und führe sie zu meinem Mund, bevor ich sie küsse und an meine Wange lege. »Das tue ich. Aber nicht, weil du versuchst, mich von dir abhängig zu machen, sondern weil du mich liebst«, während ich das sage, lehne ich mich zu ihm herüber und er sieht weiter zu mir.

Es ist, als würde sein eindringlicher Blick meine Seele gefangen nehmen, als er rau flüstert »Das tue ich.«

Ich lächle ihn an, bevor ich mich auf die Mittelkonsole stütze und ihn küsse. Er erwidert den Kuss, während er auf die Straße schielt und ich meine Hände in seinem Shirt vergrabe und ihn wieder und wieder küsse. Es fing als Spaß an, doch als ich meine Lippen einen Moment zu lang auf seine presse, nimmt er eine Hand vom Lenkrad und greift mir in den Nacken, um den Kuss zu vertiefen. Er fährt mit seiner Zunge über meine Unterlippe und ich ziehe ihn noch fester zu mir, als ein Hupen uns aufschrecken lässt, weil wir auf die gegenüberliegende Fahrbahn gedriftet sind. »Ist ja gut«, gibt er scherzhaft zurück, während er das Lenkrad ergreift und wieder in unsere Spur lenkt. Er sieht belustigt in den Rückspiegel, bevor er mich ansieht und ein Lachen lacht, *das wirklich echt ist.*

Es klingt wunderschön.

Emmi

*Um die Welt in einem Sandkorn zu sehen und einen Himmel in einer
Blume, halt die Unendlichkeit in deiner Handfläche und die Ewigkeit in
einer Stunde.*
– William Blake

»Eine Fähre?«, stutzt er, als er fragend eine Augenbraue wölbt
und angestrengt versucht, sein *Miesepetergesicht* zu verstecken,
was ihm jedoch nicht wirklich gelingt.

»Ja, eine Fähre«, bestätige ich seine Aussage, die er wie eine
Frage formuliert hat, in der Hoffnung, er würde drum herum
kommen. *Nein, eher nicht.*

»Und du willst damit fahren?«, fragt er stirnrunzelnd und
ich sehe ihn belustigt an.

»Nein, ich dachte wir schwimmen ans andere Ufer.«

Ich ziehe eine Grimasse, woraufhin er die Augen verdreht
und sich über die Stirn streicht.

»Ich denke du willst nur ans Wasser?« Er deutet auf die Anlegestelle. »Was passt dir an dem Wasser nicht?«

»Es ist auf der falschen Seite.« Ich zucke mit den Achseln.

Er zieht die Augenbrauen nach oben. »Dir ist schon klar, dass das Wasser auf der anderen Seite dasselbe ist?«, fragt er herausfordernd und diesmal verdrehe ich die Augen, was seine Laune etwas zu heben scheint. Ich atme tief durch und sehe ihn an »Ich würde dir gern etwas zeigen.«

»Und das ist auf der anderen Seite?« Sein Blick wird weicher.

Ich nicke und er seufzt, bevor er die Tür öffnet.

»Dann besorg ich uns mal die Tickets.«

Ich halte ihn auf, packe ihn am Kragen seiner Jacke und ziehe ihn zu mir herüber, um ihn zu küssen. Anschließend lehne ich mich zurück und sehe ihn an, während ich ihm sanft über das Gesicht streiche.

»Danke«, flüstere ich und er küsst mich erneut, bevor er an meine Lippen flüstert: »Und wenn ich für dich schwimmen müsste ...«

Die Luft ist kalt und brennt in meiner Nase, während der Wind schroff an meinen Haaren zerrt. Ich lehne an der Reling der Fähre und beobachte, wie sich die Wellen der tosenden See an den zerklüfteten Klippen von *Block Island* brechen, während die dicke, graue Front des Himmels genau darüber aufbricht, als hätte man sie mit einem Brecheisen aufgestemmt, damit sich die einzelnen Strahlen der Sonne unaufhaltsam hindurchzwängen und es aussieht, als würde Gott persönlich seine Hand ausstrecken und auf diesen wundervollen Ort zeigen, um mir den Weg zu weisen.

Es ist genau wie damals.

»Es ist nur Fertigkaffee und für diesen Preis werde ich diese ganze verdammte Maschine mitnehmen, wenn wir von Bord gehen«, schimpft er, als er mir meinen Kaffee reicht. Seine Wangen und seine Nase sind ganz rot, vor Kälte und seine Haare sind vom Wind völlig zerzaust. Er sieht so süß aus, dass es wehtut. Ich nehme ihm lächelnd den wirklich winzigen Becher Kaffee ab und rieche daran. »Mmmhh… sieht aus wie Kaffee, riecht wie Kaffee…« Ich verstumme, als ich sein angewidertes Gesicht sehe, nachdem er an dem *Kaffee* genippt hat. »Und das war es auch schon mit dem Vergleich.«

Ich lasse den Becher sinken und lehne mich wieder über die Reling, um dieses atemberaubende Naturschauspiel zu beobachten, als er sich direkt hinter mich stellt und seine

Arme um mich schlingt, bevor er sein Gesicht in meinen Haaren vergräbt. Ich weiß noch, wie er mich zum ersten Mal so hielt. Es war der Tag, an dem er mir das Mohnfeld zeigte.

Es war auch das erste Mal, dass er mir so nah war und ich dachte, mein Herz würde meinen Brustkorb sprengen.

Meine Knie waren butterweich und sein Geruch vernebelte mir sämtliche Sinne, während seine raue Stimme an meinem Ohr einen Stromschlag durch meinen gesamten Körper jagte. Seitdem ist so viel passiert und jetzt stehe ich hier, mit wackligen Beinen und einem Herzschlag, so schnell, wie ein Maschinengewehr, während ich genieße, wie sein Duft sich mit dem Duft der See vermischt und zu einer himmlischen Kombination verschmilzt, woraufhin mein ganzer Körper kribbelt. Ich werde wohl niemals aufhören, so auf ihn zu reagieren, ganz egal, wie oft er mich berührt.

»Okay…«, haucht er rauchig und sanft an mein Ohr. »Das ist wirklich nicht schlecht.« Er nickt auf die Insel und diesen wunderschönen Anblick und ich lächle, bevor ich mich noch etwas näher an ihn lehne.

Nach einer Weile neige ich mein Gesicht leicht zu ihm, doch nicht so weit, dass ich ihn ansehen könnte, bevor ich vorsichtig frage: »Wie ist die Verhandlung gelaufen?« Und dabei Angst habe, dass meine Stimme vom Wind davongetragen wird.

Er schweigt einen Moment, bevor er seufzt und sein warmer Atem meine Wange streift.

»Sie haben den außergerichtlichen Deal, indem sie das Vergehen, als *versehentliches Herbeiführen einer Brandgefahr* deklariert haben, akzeptiert. Unter den Bedingungen, dass ich eine beinahe lächerlich hohe Geldstrafe bezahle.« Er schnaubt missbilligend und ich neige meinen Kopf noch etwas weiter, doch ich kann ihn nicht sehen und er hält mich fest im Griff, als er weiterredet.

»Sie haben meine Bewährung verlängert und meine Sozialstunden verdoppelt.« Sein Griff wird immer fester, doch ich denke, das ist ihm nicht einmal bewusst.

»Und bei dem kleinsten, weiteren Vergehen werden sie dafür sorgen, dass ich für eine ganze Weile keinen Sonnenstrahl mehr sehe.« Bei dem letzten Satz verstellt er boshaft die Stimme und natürlich ist das bitter, aber alles ist besser als eine Gefängnisstrafe und ich atme erleichtert aus, doch er schluckt schwer. *Da ist noch etwas.* Ich befreie mich aus seiner Umarmung und drehe mich zu ihm um. Er lächelt zu mir herunter, doch dieses Lächeln erreicht seine Augen nicht, als er seine Arme wieder um mich legt.

Ich runzle die Stirn und sehe ihn an. »Was willst du nicht verraten?«

Seine Augen weiten sich erschrocken und voller *Staunen?*

Bevor er ein Lächeln lächelt, was echt ist und dabei ungläubig den Kopf schüttelt, als er mir über die kleine Falte zwischen meine Brauen streicht. »So viel mehr, als nur ein hübsches Gesicht«, flüstert er so leise, dass der Wind es um ein Haar mitgerissen hätte, ohne dass ich es höre und ich lege herausfordernd den Kopf schief, als er stöhnend seine Stirn auf meine sacken lässt und die Augen schließt.

»Sie haben zusätzlich ein Anti-Aggressionsprogramm und eine Therapie angeordnet, aber das mach ich auf gar keinen Fall«, zischt er und hebt den Kopf. »Da gehe ich lieber in den Knast.« Bei diesen Worten greift er nach den Kaffeebechern und wirft sie spielend leicht in den zwei Meter entfernten Abfalleimer und ich überlege mir meinen nächsten Zug, bevor ich hörbar einatme.

»Darf ich was sagen?«

Er schnaubt. »Du wirst es sowieso tun.« Er sieht an mir vorbei auf das Wasser und ich atme aus.

»Ich weiß, dass du nicht über deine Vergangenheit reden möchtest.« Er schluckt schwer, doch ich rede weiter. »Und es bedeutet mir unendlich viel, dass du dich mir geöffnet hast und ich habe akzeptiert, dass du nie wieder mit jemandem darüber reden möchtest …« Ich lege meine Hände auf seine Brust. »Aber ich habe gesehen, was dich das kostet.

Diese Wut auf Gott und die Welt und der Zweifel an allem Guten, was dir passiert. Du denkst, du hast deine Vergangenheit überwunden, aber das hast du nicht, du trägst diese Wut weiterhin mit dir herum. Aber Wut ist keine Insel, Vince, sie ist ein Lauffeuer – und hat sie dich weiter gebracht?«

Sein Blick ist weiter auf das Wasser gerichtet. Er antwortet nicht, also fahre ich fort: »Was hat es dir gebracht, so wütend zu sein, außer blutigen Fäusten und Einsamkeit?« Ich nehme sein Gesicht in beide Hände und zwinge ihn mich anzusehen, doch sein Blick ist nicht hart oder kalt oder wütend. Nein, sein Blick ist … traurig. *Er weiß, dass ich recht hab.*

Deshalb rede ich weiter.

»Wut hat einen Preis Vince. Sie ist nicht umsonst … und diese Art von *Wut* frisst dich auf – Stück für Stück. Bis nichts mehr von dir übrig bleibt. Wenn du sie immer wieder zulässt, hat sie Macht über dein Leben und wenn du daran festhältst, wird sie dich zerstören.

Du hast so viel mehr verdient als das und du solltest nicht von vornherein ausschließen, dass diese Therapie dir vielleicht dabei helfen kann, das alles loszulassen.«

Als ich fertig bin, sehe ich, wie er hinter seinen einmaligen Augen einen erbitterten Kampf mit sich selbst führt.

Ein Teil von ihm sehnt sich danach, sich zu öffnen, sehnt sich nach Hilfe und der andere Teil von ihm will einfach gar nichts fühlen und es bricht mir das Herz, weil ich weiß, welchen Schmerz ich ihm zusätzlich zufügen werde, wenn er endlich bereit ist ihn zuzulassen und ich habe unglaubliche Angst, dass er diesen Kampf ohne Hilfe verliert.

Vince

Die Normalität ist eine gepflasterte Straße, man kann gut darauf gehen
– doch es wachsen keine Blumen auf ihr.
– Vincent Van Gogh

Nach einer endlos langen Strecke auf dem Highway und einer Überseefahrt auf einer verdammten Fähre, weist sie mich an, die Straße zu verlassen und kurz darauf auf einen alten Schotterweg abzubiegen. *Von einem Extrem ins andere.* Ich habe keine verdammte Ahnung, wo wir hinfahren, weil dieser kleine Sturschädel sich mit Händen und Füßen dagegen gewehrt hat, dass ich das Navi einstelle und uns ein Hotel raussuche. Stattdessen wird es eine Fahrt ins *Nimmerland*, denn ich kann mir nicht vorstellen, dass hier noch irgendwann irgendeine Art von Zivilisation kommt. Hier gibt es nichts als Felder, kahl gewordene Bäume und irgendwelche Sträucher.

Verdammt, dieser beschissene Tag war wirklich lang und alles andere als einfach.

Ich musste dabei zuhören, wie mich diese Staatsanwälte vor dem Richter runtermachen und darüber debattieren, ob ich ein gemeingefährlicher Feuerteufel bin oder nicht und dann komme ich raus und muss zusehen, wie dieser Psychopath sie bedroht, weil *sie, obwohl sie es versprochen hat,* nicht auf mich gehört hat. Weil sie stur und widerspenstig ist, aber ... Scheiße, ich liebe sie. Und das allein erklärt auch, warum ich seit gefühlten Stunden in meinem Auto sitze und

»zur See« fahre, *was keinen gottverdammten Sinn ergibt,* aber sie schafft es, dass sich meine Wut mit einem Blick auf sie, *nicht unbedingt in Luft auflöst,* aber auf jeden Fall verringert. So sehr ich diesen Groll auch festhalten will, *weil ich mich ohne ihn mittlerweile wahrscheinlich einsam fühlen würde* ...

Ach scheiße, keine Ahnung und ihre verdammte Pension liegt entweder in *Niagara Falls* oder existiert nicht und in dem Moment, in dem meine altvertraute Wut zurückkommen und ich sie fragen will, wo zur Hölle wir hinfahren, öffnen sich die Bäume, die den fahlen Schotterweg umsäumen und es erscheint ein Haus, auf das wir geradewegs zusteuern.

Es ist ein Haus, das komplett aus beigefarbenen Sandsteinen in den verschiedensten Formen und Größen gebaut ist. Die bereits tiefstehende, orangefarbene Sonne spiegelt sich in den vielen Fenstern, die von cremefarbenen, hölzernen Fensterläden umgeben sind.

Das Dach erinnert mich an die Hütten dieser kleinwüchsigen Hobbits, doch man sieht nicht sehr viel davon, weil es von Bäumen verdeckt wird, die im Sommer sicher saftig grün blühen. Wilde Pflanzen und Blumen klettern an der Fassade hoch und glänzen nun in orangen, roten und gelben Farben, während die Bäume schon fast kahl sind.

Nachdem ich dieses, *zugegebenermaßen atemberaubende* Haus etwas zu lang angestarrt habe, fällt mein Blick auf sie, denn ich weiß, dass sie den Herbst und all das ›mystische‹ *ihre Worte nicht meine,* was er ausstrahlt, über alles liebt. Ihre Augen leuchten und sie sieht so glücklich und zufrieden aus, als sie neben dem Auto stehenbleibt und auf das Haus schaut.

Das rot und gelb der Blätter, die sich an der Fassade räkeln, verschwimmen zu einer atemberaubenden Mischung und sehen aus wie ein spektakulärer Sonnenuntergang, während das Haus darunter wirkt, als könnte es unendlich viele Geschichten erzählen und dieses unbeschreiblich schöne Mädchen steht davor und schließt die Augen, als würde sie ihnen zuhören.

Emmi

*Was bleibt, ist deine Liebe und deine Jahre voller Leben und das
Leuchten in den Augen aller, die von dir erzählen.*
– Julia Engelmann

Ich schaffe es gerade noch, ihn am Arm zu packen und
zurückzuziehen, bevor er einfach so durch die Holztür stürmt,
die jedoch, *abgesehen von dem Rahmen,* hauptsächlich aus Glas
besteht und durch die man den kleinen Empfangstresen
dieser wunderschönen idyllischen Frühstückspension sieht.
Ich deute auf das Schild, was er entweder nicht gesehen oder,
und das ist wahrscheinlicher, einfach ignoriert hat.

Nach 18 Uhr,
Bei Anmeldung,
Bitte klingeln!

Er zieht die Augenbrauen nach oben, greift demonstrativ in seine Hosentasche und zieht sein Handy heraus, bevor er selbstgefällig mit den Schultern zuckt.

»Es ist erst fünf vor« und anschließend einen zweiten Versuch unternimmt.

»Vince«, ermahne ich ihn scharf und er verdreht genervt die Augen, bevor er auf die Klingel drückt und Sturm klingelt.

Ich greife nach seiner Hand und ziehe sie weg, wofür er sich mit einer Grimasse bedankt, doch dieses Zucken um seinen Mundwinkel kann er nicht leugnen, bevor ich mich zu ihm nach vorn beuge, auf die Zehenspitzen stelle und genau diese küsse. Er sieht zu mir nach unten und wirkt beinahe entspannt. Dieser Ort hat wirklich etwas Magisches und bekehrt sogar einen Vincent King, denn die Bitterkeit, die sich so in sein wunderschönes Gesicht gefressen hat, ist verschwunden. Er schlingt seine Arme um mich, bevor er mich an sich drückt und mir einen Kuss auf die Nasenspitze gibt.Diese kleinen, simplen und dennoch unglaublich intimen Gesten bedeuten mir einfach alles. Ich lächle ihn an und er nimmt einen Arm von meinem Rücken, um mir in meine Grübchen zu piksen, als sich die Tür öffnet. Es ist Mrs. Mulberry. Ich erinnere mich noch genau an sie. Als ich zum ersten Mal hier war, gab sie mir sofort das Gefühl richtig zu sein. *Zu Hause zu sein.*

Sie ist schon etwas älter und trägt die grauen Haare zu einem Knoten gebunden, während ihre Brille an zwei Bändern, um ihren Hals baumelt. Sie ist klein und gebrechlich, doch strahlt eine so liebevolle Wärme aus, wie ich es nie wieder erlebt habe.

»Hallo Mrs Mulberry. Ich hatte angerufen …«, während ich das sage, tastet sie nach ihrer Brille um ihren Hals und als sie sich diese auf ihre Nase schiebt, werden ihre Augen groß und ein überwältigender Laut kommt über ihre schmalen und mittlerweile vom Leben gezeichneten Lippen, bevor sie mich in die Arme schließt, *was mich ziemlich überrascht*. Doch nach einer Schrecksekunde erwidere ich die Umarmung.

Ich bin mit meinen 1, 56 nun wirklich alles andere als groß, doch zu ihr muss ich mich tatsächlich noch ein kleines Stück runterbeugen.

»Emilia, es ist so schön, dich wiederzusehen. Als Ernest mir sagte, du hättest angerufen, habe ich die komplette Zimmerverteilung über den Haufen geworfen, und dir dein altes Zimmer gegeben.« Sie kneift mich in die Wange, als wäre ich ein neunjähriges Mädchen.

Ich finde es rührend, aber ebenso merkwürdig, dass sie sich so genau an mich erinnert. Ich war damals nur zwei Tage hier und obwohl dieser Ort für mich etwas ganz Besonderes ist, so hat er aus genau diesem Grund auch zahlreiche andere

Besucher, unter denen ich eigentlich annahm unterzugehen, doch dem überschwänglichen Gesichtsausdruck nach zu urteilen, mit dem sie mich immer noch ansieht, während sie mein Gesicht fest im Griff hat, zeigt wohl, das ich mich geirrt habe. Ich schaue zu Vince hoch, der das alles äußerst skeptisch beobachtet und räuspere mich.

»Vielen Dank, aber das wäre wirklich nicht nötig gewesen-«

»Ach Papperlapapp«, unterbricht sie mich mit einer wegwischenden Handbewegung, nachdem sie mich losgelassen hat und ihre Hände anschließend in die Flanken stemmt, während sie ihre Finger die ganze Zeit in ein Geschirrhandtuch krallt. Ich lächle sie erneut an.

»Danke Mrs Mulberry, das freut mich sehr.« Dann deute ich auf den schon wieder ziemlich grimmig guckenden, gutaussehenden Mann neben mir.

»Das ist Vince« Er führt seine Hände in die Hosentasche und nickt kurz und knapp, bevor er anfängt, auf seinen Füßen zu wippen.

Er fühlt sich unbehaglich, was so süß und beinahe witzig ist, aber nur halb so witzig, wie der Gesichtsausdruck, den er bekommt, als Mrs. Mulberry nun auch ihn an sich drückt.

Er schaut mich an, die Augen vor Fassungslosigkeit aufgerissen. Sein Gesicht ist starr und farblos, als könnte er einfach nicht glauben, dass das passiert. *Es ist fantastisch.*

Es traf ihn vollkommen unvorbereitet und lässt ihn in dieser Position verharren. Da ist er, der Vincent King, der jede Annäherung, *sei es nun physisch oder emotional*, scheut und wird von einer fünfundsiebzigjährigen, zuckersüßen Granny überwältigt, die nun eigentlich nicht in das Beuteschema der Frauen passt, die er sonst, *wenn auch nur körperlich*, an sich ran lässt. Zu schade, dass ich seine Kamera nicht zur Hand habe.

Doch ich speichere es ganz sicher in meinen Gedanken, bevor ich vor lauter Belustigung die Lippen aufeinanderpresse, um nicht laut loszuschreien. Er funkelt mich an, bevor er sich wirklich ungalant aus ihrem Griff befreit und es nur mit Mühe schafft, sich nicht zu schütteln, was mich überrascht. *Er will ihre Gefühle nicht verletzen.*

»Kommt rein ihr Süßen, kommt rein«, winkt sie uns ins Foyer. Es ist genau wie in meiner Erinnerung. Die Treppe, der Boden und die verschiedenen Pfeiler, die den Raum trennen, bestehen aus dunklem massiven Holz, die Fenster sind groß und durchfluten den Raum mit Licht.

Im Empfangsbereich steht eine kleine altmodische Couch und ein niedlicher kleiner Sessel aus festem Stoff vor einem kleinen, runden Beistelltisch. Allgemein sind die Möbel sehr nostalgisch und sorgen zusammen mit dem Geruch nach frisch gebackenen Brötchen einfach sofort dafür, dass man sich wohlfühlt.

»Ernie«, ruft sie, während sie sich wieder zu uns umdreht und uns entschuldigend anlächelt, kurz bevor sie ein zweites Mal über ihre Schuler ruft: »Ernie!« Doch bei diesem Mal ist ihr Ton um einiges schärfer und ich muss mir ein zweites Mal in kürzester Zeit auf die Lippen beißen, um nicht zu lachen, und als ich sehe, dass auch die Mundwinkel von Vince zucken, muss ich wegsehen. Sie seufzt.

»Ich weiß auch nicht, wo er schon wieder steckt. Sein Gehör ist auch nicht mehr das, was es einmal war«, klagt sie, als sie nach meinem Koffer greift. *Um Gottes Willen!* Ich will gerade protestieren, da legt Vince seine Hand entschuldigend auf ihre.

»Schon gut. Nicht nötig.« Und bei diesen Worten schenkt er ihr ein liebevolles Lächeln, was mein Herz und auch das Herz von Mrs. Mulberry höherschlagen lässt. Wenn ich es nicht besser wüsste, könnte ich schwören, dass sie rot wird. *Vincent King entzückt Frauenherzen aller Altersgruppen seit 1991.*

Er ergreift den Koffer und nickt fragend die Massivholztreppe hinauf. »Welches Zimmer?«

Und sie sieht ihn verträumt an, bevor sie kaum merklich mit dem Kopf schüttelt. »Das zweite Zimmer auf der linken Seite Herzchen«, flötet sie in einem Singsang. *Oh Mann, sie hats echt erwischt.* Ich sehe sie noch einen Augenblick an, bevor auch meine Augen zu diesem *Herzchen* wandern, der mich selbstgefällig ansieht, dann den Kopf neigt, die Augen schließt und die Schultern hebt, als wolle er sagen.

»Was soll ich machen? Ich bin nun mal unwiderstehlich.« Und ich schüttle grinsend den Kopf, bevor er die Treppe erklimmt.

»Hach«, seufzt Mrs Mulberry, den Blick immer noch auf Vince gerichtet, doch dann reißt sie sich los uns sieht zu mir auf.

»Einen charmanten, jungen Mann hast du da.« Und ich verschlucke mich fast an dem Lachen, das ich bei dem dritten Versuch nun nicht mehr schaffe wegzudrücken. Doch als sie mich fragend ansieht, nicke ich eifrig und gebe ihr Recht.

Sie zieht den Schlüssel aus ihrer niedlichen kleinen Schürze und reicht ihn mir, bevor ich ihn ihr abnehme und mehr oder weniger unbewusst an mein Herz drücke.

»Danke«, sage ich sanft und sie kommt noch ein Stück näher, legt ihre rechte Hand über die auf meinem Herz und schmiegt die andere an meine Wange, während sie mit einer unbestreitbaren Wahrheit in ihrer Stimme und verdächtig glänzenden Augen sagt. »Es ist wirklich unglaublich schön, dich wiederzusehen.« Und in diesem Moment, weiß ich, warum sie sich an mich erinnert.

Emmi

Die Welt existiert nur in deinen Augen.
Du kannst sie so groß und so klein machen, wie du willst.
– F. Scott Fitzgerald.

Er rollt den Koffer in das dunkle Zimmer, während ich auf den Lichtschalter drücke, die Tür schließe und mich mit dem Rücken dagegenlehne, bevor ich die Arme vor der Brust verschränke. Er sieht sich in dem Zimmer um und in seinem Gesicht zeichnen sich tausend Fragen ab. *Warum ist es hier so dunkel? Warum gerade diese Pension? Warum nicht ein Fünf-Sterne-Hotel? Warum bist du noch angezogen?* Doch als sein Blick direkt auf meinen trifft, kommt nur: »Was ist?«, während er fragend die Augenbrauen zusammenzieht. Ich ziehe die Schultern nach oben und schüttle übertrieben den Kopf.

»Nichts.«

Und er stöhnt, als er auf mich zukommt. »Es ist nie nichts.« Er greift mir in die Hüfte. »Also?«

342

Doch ich sehe ihm nur tief und suchend in die Augen, laufe dabei jedoch sofort Gefahr, mich selbst darin zu verlieren. *Konzentrier dich!* Ich starre ihn weiter an.

»Was tust du da?«, lächelt er, weicht aber nicht zurück.

»Nicht blinzeln«, fordere ich, während ich die Augen zusammenkneife und versuche übertrieben bis in die hinterste Ecke dieser geheimnisvollen, verlorenen Augen zu sehen, ohne zu lächeln.

»Bist du jetzt völlig übergeschnappt?«, fragt er mit hochgezogenen Brauen und ich entspanne mich.

»Mmhh …« Ich lasse mich zurückfallen.

»Was Mmhh?«, fragt er skeptisch und ich schüttle amüsiert den Kopf. »Ich wollte nur sichergehen, dass der zynische, bissige, missmutige und arrogante Vince, *den ich so liebe* noch irgendwo dort drinsteckt.« Ich bohre meinen Zeigefinger in seine Brust, bevor ich scherzhaft den Daumen über meine Schulter strecke. »Für einen Moment habe ich gedacht, ich hätte ihn verloren«, witzle ich und spiele auf den vorherigen geradezu irritierend netten Vince an.

»Was redest du da?«, lacht er, ich zucke mit den Schultern und schmunzle.

»Na ja, hätte doch sein können, dass beim Eintritt in dieses verwunschene Haus die Geister von den *Mohegan* Besitz von dir ergriffen haben.«

»Wer?«, fragt er amüsiert.

»Na ja früher wurde *Block Island* von den einheimischen *Niantics* bewohnt. Und wurden Eindringlinge ...« Ich mache eine Geste, als wäre das allgemein bekannt, »... so wie die *Mohegans* auf ihrem Land erwischt, wurden sie von den einheimischen *Niantics* über die Klippen in den Tod gezwungen.« Ich ziehe die Schultern hoch und mache ein selbstgefälliges Gesicht. »Kann doch sein, dass sie deswegen immer noch ein bisschen stinkig sind.«

Er sieht mich mit großen Augen an und lacht. »Hast du dir das gerade ausgedacht?«

Ich schüttle den Kopf. »Nein, das ist Geschichte! Was bringen die euch in dieser Uni eigentlich bei?«, witzele ich und er hebt mich hoch.

»Tja, das kann ich nicht sagen, da ich von meiner Freundin genötigt wurde zu schwänzen und auf eine geheimnisvolle Insel *mit fragwürdiger Geschichte und einer alten Dame, deren Name klingt wie Marmelade,* entführt wurde«, scherzt er, während er mir spielerisch in den Hals beißt und sein Gesicht darin vergräbt, bevor er flüstert. »Also? Warum gerade hier?

Wir sind meilenweit die Küste entlang gefahren und hätten schon viel eher irgendwo am Meer sein können«, während er das sagt, lässt er mich runter und beginnt mich auszuziehen, bevor er seine Finger in das Fleisch meiner Hüften bohrt und raunt. »Wieso hier?«

Ich gehe ein Stück rückwärts und er folgt mir, während sein Blick sich verdunkelt und ich hinter meinem Rücken nach der Quaste suche, die an einem Ende der Vorhänge baumelt. Als ich sie endlich ertaste und daran ziehe, schieben sich die Vorhänge zur Seite und ein atemberaubendes Panorama kommt zum Vorschein. Er wendet den Blick von meinem Körper ab und richtet ihn auf den malerischen Ausblick, als ich an seinen Hals flüstere. »Wegen der Aussicht.« Sein Gesicht ist voller Staunen und ich riskiere einen Blick über die Schulter. »Wahrhaftige Schönheit«, wispere ich und schaue über den paradiesischen Strand von *Mohegan Bluffs* in New Shoreham auf *Block Island*. Man kann kilometerweit über den Atlantik blicken oder man wagt sich die steilen hundert Stufen an den Klippen entlang, um an den Strand von *Corn Cove* zu gelangen. Ich liebe dieses erhabene Gefühl am Rande des Abgrunds zu stehen und sich in diesem wunderschönen Haus mit den Fenstern, die bis zu Boden reichen, doch sicher zu fühlen. *Es fühlt sich an, als könnte man fliegen.* Als müsste man nur die Arme ausstrecken, um über die steile Küste zu gleiten.

Ich schaue wieder zu ihm und bemerke, dass er mich ansieht, und schüttle den Kopf.

»Du hast einen Ausblick auf einen der wahrhaftig schönsten Orte der Welt.« Ich deute aus dem Fenster, bevor ich ungläubig auf mich zeige. »Und du siehst mich an?«

Doch genau das tut er, völlig unbeeindruckt von meiner Bemerkung, mit einer Stimme, die felsenfest und sicher ist. »Ja.« Dann greift er mir unter die Schenkel und setzt mich auf seiner Hüfte ab, bevor ich die Beine darum schlinge. Er fährt mir mit einer Hand den Rücken hinauf, über den Nacken, bis hin zu meinem Hals, bevor er diese Stelle küsst und seine Hand weiter zu meinem Gesicht wandern lässt. Er streicht über meine Lippen und sein Blick bohrt sich so intensiv in mein Gesicht, dass ich das Gefühl habe, darunter zu verbrennen, als er flüstert: »Ich habe etwas übrig für Schönheit, die wahrhaftig ist.«

Vince

Du bist mehr, als nur ein Herzschlag in einer Welt,
die vergessen hat zu fühlen.
— Perry Poetry

Sie presst ihre vollen Lippen auf meine und ich seufze ergeben. Als ihre Hände sich in meinen Haaren vergraben, lasse ich mich auf den kleinen Sessel neben dem Fenster fallen, woraufhin dieses entzückende kleine Wesen sich rittlings auf meinen Schoß setzt. Schnell öffnen ihre kleinen Hände meine Jeans und ziehen sie gerade genug runter, um das freizulegen, was beinahe schmerzhaft nach ihr schreit.

Ihr Mund liegt an meinem Hals, während sie so sehr an meinem Hemd zerrt, dass die beiden oberen Knöpfe aufspringen. Ich schiebe ihr Kleid hoch, um ihren straffen, kleinen Körper zu berühren, und sie angelt das Kondom aus meiner Hosentasche.

»Ich liebe dich«, versichert sie mir, während sie mir das Kondom überstreift. Sie weiß, wie sehr ich es brauche, diese Worte zu hören. Ich packe ihre Hüften und helfe ihr, ihren Körper anzuheben, bevor ich tief in sie hineingleite.

Ich erfülle sie vollkommen, absolut besitzergreifend und ihr entfährt ein leiser Zischlaut, bevor sie ihre süße Zunge in meinen Mund drängt und dabei mein Stöhnen verschluckt, ehe sie langsam die Hüften bewegt.

»Das ist so verdammt tief«, sage ich, greife in ihre Haare und ziehe sanft daran, um sie zu zwingen mich anzusehen.

»So gut«, stöhnt sie, nimmt mich in sich auf, spürt jeden Zentimeter von mir. Eine ihrer Hände wandert wieder in mein Haar, während die andere auf meiner Brust liegt. Wenn sich ihre zarten Gesichtszüge voller Verlangen und Erregung verziehen, so wie jetzt gerade, ist sie so verdammt sexy. Es ist ihr Verlangen nach mir, nach meinem Körper, nach dieser rauschhaften Leidenschaft, die nur wir beide miteinander teilen. Das hier könnte ihr kein anderer geben. Ebenso wenig wie mir. Alles, was ich brauche, ist das hier. Ist sie und ich darf sie niemals verlieren.

»Fuck, ich liebe dich«, flüstere ich in ihren Mund. Sie zieht an meinen Haaren und ihre Finger krallen sich noch fester in meine Brust. Es ist ein leichtes Brennen, das mich schlichtweg um den Verstand bringt.

»Ich liebe dich«, keucht sie, als ich ihr meine Hüften entgegenlehne und noch heftiger zustoße als zuvor.

Ich schaue sie an und genieße diesen euphorischen Gesichtsausdruck und das Gefühl ihrer Bewegungen als ich spüre, wie sie sich anspannt, während sich auch am unteren Ende meines Rückens ein Kribbeln ausbreitet. Sie muss dringend die Pille nehmen. Ich will sie endlich richtig spüren.

»Ich kann es kaum erwarten, dich ohne Kondom zu vögeln …«, stöhne ich an ihrem Hals und sie unterdrückt ein tiefes Stöhnen, indem sie sich auf die Unterlippe beißt und ihre Nägel noch weiter in meine Brust bohrt. Gott, der Gedanke allein bringt mich an den Rand der Verzweiflung.

»Vince …«, stöhnt sie und wirft den Kopf in den Nacken, während sie eine lange, erregend schmerzhafte Spur über meine Brust zieht, als wir uns gemeinsam in den tiefsten Tiefen der Lust verlieren.

Emmi

Sobald du deine eigene Stille ertragen kannst, bist du frei.

– Mooji

Es hat etwas unglaublich Beruhigendes, von den Wellen, die sich an den Klippen brechen, geweckt zu werden. Es ist dasselbe Gefühl, das man damals hatte, als man sich eine Muschel ans Ohr hielt, um das Meer zu hören. Es ist so mächtig und gleichzeitig so beruhigend und es fühlt sich an, als würde jede Welle, die zurück ins Meer gerissen wird, ein Stück von dem Kummer mit sich nehmen, und man beginnt sich langsam und bei jedem Mal, wenn das Wasser den Strand überspült, etwas leichter zu fühlen. Es hat etwas Heilendes, wenn man es zulässt. Ich öffne langsam die Augen und sehe die tief stehende Sonne, die sich über den beeindruckenden Klippen des *Mohegan Bluff* aus den Fesseln des Horizonts befreit und rieche die salzige Luft von Freiheit, die durch das geöffnete Fenster strömt und die Gardine vor dem Fenster leicht zum Tanzen bringt. Ich vergrabe mein Gesicht noch für einen kurzen Moment in dem Kissen, bevor ich mich rumdrehe, um einen mindestens genauso schönen Anblick zu genießen und *erstarre*. Das Bett auf der linken Seite ist leer und das völlig entspannte Gefühl, das sich gerade in mir ausgebreitet hat, weicht einem Anflug von Panik, doch genau in diesem Moment öffnet sich die Zimmertür und er kommt herein. Er trägt eine tief sitzende Jogginghose und ein einfaches weißes Shirt. Sein Gesicht ist noch weich und verschlafen und seine Haare wild.

»Guten Morgen Sonnenschein«, flötet er zuckersüß, während er mit einem Tablett in der Hand auf mich zuschlendert und ich ihn ungläubig dabei beobachte, wie er es vor mich auf das Bett stellt und sich anschließend zu mir lehnt, um mir einen Kuss auf die Stirn zu geben. Ich sehe zu ihm auf. »Im Ernst?«, fange ich lachend an. »Muss ich 'nen Exorzisten rufen?«, witzle ich weiter und er wandert mit Küssen über mein Gesicht, bevor er mir als Antwort in den Hals beißt und flüstert: »Gewöhn dich bloß nicht dran.

Ich wollte unserem kleinen Früchtchen dort unten mit meiner bloßen Anwesenheit nur ein wenig den Morgen versüßen«, säuselt er selbstverliebt.

»Dachte ich mir doch. Du magst sie«, necke ich, bevor ich mich dem wunderschönen Frühstück widme und er die

Augen verdreht. Ein Tablett voll mit Croissants, Marmelade, *höchstwahrscheinlich selbst gemacht,* Orangensaft und Kaffee mit Milch und Zucker. Ich führe mir den dampfenden Becher zum Mund und inhaliere den Duft ein, bevor ich daran nippe.

»Mhhm. Der ist gut«, schwärme ich und er greift nach den Croissants.

»Das hoffe ich doch. Ich musste dafür 'ne Ziege melken.«

Ich lächle ihn an, bevor ich ihm über das Gesicht streiche.

Er hat sich nicht rasiert und ein leichter, dunkler Schatten legt sich über seine Wangenpartie. *Es gefällt mir.* Es lässt ihn noch schurkischer erscheinen und bringt diese mintfarbenen Augen noch mehr zum Strahlen.

»Danke«, flüstere ich und er lächelt sein für sich perfektioniertes, selbstgefälliges Lächeln, bevor er mir einen sanften Kuss gibt.

Emmi

Wir sind die schönste Geschichte,
die man zwischen Wellen finden kann.
– Marie Pöling

Es sind hundert steile Treppenstufen, die durch die scharfen Klippen zu dem Strand von *Corn Cove* führen, was anstrengend, aber diesen Strand allemal wert ist. Er hat seine Jacke bis zum Hals zugezogen und legt sich schützend die Hände über die Ohren, denn der Wind peitscht geradezu über das Meer, als wir unten angekommen sind. Unter dem Arm trägt er die Kuscheldecke, die wir uns kurzerhand von den Mulberrys geliehen haben und auch ich vergrabe das Gesicht im Kragen meiner Jacke, als wir uns ein stilles und geschütztes Plätzchen am Strand suchen, *weit weg von dem Getummel,* was sich zu dieser Jahreszeit in Grenzen hält. Er bleibt stehen und breitet die Decke aus, bevor er zu mir sieht und darauf deutet.

»Ganz wie in alten Zeiten, Maria«, neckt er und sein spitzbübisches Lächeln komplettiert dieses Gesicht, was durch die Röte an seinen Wangen so kindlich und unschuldig wirkt.

Ich knie mich zu ihm herunter auf die Decke und schließe die Augen. Ich genieße das Geräusch der Wellen und lausche dem Gesang der Möwen. Ich lasse mich von dem Duft des Meeres einhüllen, während mir die kalte, salzige Luft durch das Haar weht und genau wie damals fühlt es sich an, als könnte ich endlich wieder atmen, nachdem ich ewig lange unter Wasser war. Ich höre den Auslöser der Polaroid-Kamera, bevor ich wieder die Augen öffne. Er sieht mich an, während er das Bild, das er gerade gemacht hat, in seiner Hand schüttelt.

»Einer dieser Momente, nicht wahr?«, sagt er so sanft, so weich und mit so viel Verständnis in seinem Blick, dass es mich in die Knie zwingen würde, würde ich nicht schon auf ihnen hocken. Ich sehe ihn an und seit langer Zeit komme ich endlich wieder zur Ruhe. Ich sehe diesen Ort, diesen Moment und dann … werde ich traurig. *Sehr traurig.* Und kurz darauf werde ich wahnsinnig wütend, weil dieser Moment …

Jeder Moment mit ihm, niemals vollkommen sein kann.

Es ist unmöglich. Und wenn ich es nicht besser wüsste, würde ich sagen, dass auch das schattige Monster, *was hinter ihm lauert,* das sonst so bedrohlich und angsteinflößend wirkt, in diesem Moment vor Bedauern den Blick abwendet.

»Was ist los?«, fragt er, während er vorsichtig meinen Arm umfasst, um mich zu sich zu ziehen und ich mich anschließend zwischen seine Beine setze, den Rücken an seine Brust schmiege und den Kopf an seine Halsbeuge lehne.

Er gibt mir einen Kuss auf die Schläfe und betrachtet von oben mein Gesicht. *Doch ich kann ihn nicht ansehen.*

Ich beobachte nur die einzelnen Wellen, die in einem monotonen Rhythmus an den Strand gespült werden. Es ist ein beeindruckender Anblick, obwohl er so beständig ist.

Er wiederholt sich im Minutentakt und trotzdem reißt jede Welle, die an der Küste bricht, uns aufs Neue in ihren Bann, bevor die Unendlichkeit des Meeres sie wieder zu sich zurückholt.

»Emmi?«, fragt er erneut, doch ich schaffe es nicht, zu antworten, denn im Moment fühlt es sich an, als würde jede einzelne dieser Wellen mich mit all den Ungerechtigkeiten, die das Leben bisher für mich parat hatte, überrollen.

»Alles okay?«, fragt er mit etwas mehr Besorgnis in der Stimme und ich …

… *bekomme kein Wort heraus.* Ich schüttle nur den Kopf kaum sichtlich, *am Anfang,* doch dann immer stärker, wütend, dass ich das Wort nicht formen kann, das dafür sorgt, dass Tränen mir die Sicht verschleiern, bevor ich ein tonloses, ersticktes »Nein.« hauche und mich gleichzeitig dafür schäme, doch er zieht mich noch fester an sich und die Trauer in seiner Stimme, *als er folgende Wort sagt*, brechen mir das Herz.

»Was fehlt dir denn?«

Ich verziehe schmerzhaft das Gesicht und er vergräbt seins in meinen Haaren, bevor er mir ins Ohr flüstert.

»Rede mit mir.«

Diese Worte zerren an meinem Herzen und fügen es zeitgleich zusammen, doch ich weiß nicht, wie ich dieses Gefühl der Ohnmacht beschreiben soll.

»Keine Ahnung«, schüttle ich den Kopf, bevor ich mit den Schultern zucke und mir mit dem Handrücken die Tränen wegwische. »Irgendwie alles! Ich …« Ich schließe die Augen und versuche die Gefühle, die mich erdrücken wollen zu ordnen, bevor sich mich lebendig begraben. »Ich wäre so gern irgendjemand anders, *nur für einen Moment.* Ich wünschte so sehr …« Ich schüttle erneut den Kopf und versuche, in den Tränen, die nun unkontrolliert über mein Gesicht laufen, nicht zu ertrinken. »Ich wünschte so sehr, ich hätte eine faire Chance …« Ununterbrochen schüttle ich den Kopf und versuche, wieder die Oberhand zu gewinnen, bevor ich mir mit den Handballen über die Augen wische, um wieder klar zu sehen, und als ich das tue, platzt ein pseudobelustigter Laut aus meinem Mund, der unendlich mutlos klingt.

»Und dann diese Wellen … Diese Wellen machen mich traurig und …« Ich ziehe sie Schultern nach oben und versuche einfach nur zu atmen, spüre jedoch, wie er sich hinter mir verspannt, als ich in seinen Armen zusammenfalle, also versuche ich mit einem abmildernden Schnauben die Schwere aus den vorhergegangenen Worten zu nehmen. »…

Das alles zusammen, schätze ich.« Ich sehe auf den Boden, während zwischen uns Stille herrscht. Er hat absolut keine Ahnung, wie er damit umgehen soll. Das ist Neuland für ihn und das verstehe ich. Er hat seinen eigenen Schmerz, für etwas anderes ist einfach kein Platz. Doch er muss diesem Umstand, *den keiner von uns wirklich aussprechen will* einen Platz in seinem Leben einräumen, sonst wird uns der Schatten ersticken … *er gewährt uns nicht ewig eine Schonfrist.*

»Damals«, fängt er an und ich rühre mich nicht. Denn jede kleinste Bewegung könnte jetzt alles zerstören. *Er wagt sich zu mir aufs Eis.* »Als ich … als ich vor dem Waisenhaus stand, hatte ich diese unbeschreibliche Wut. Nicht diese Art von Wut, die ich immer habe. Es war anders. Ich war verzweifelt.

Ich hatte jemanden gefunden, der mich glücklich macht, und konnte es nicht zulassen.

Ich habe es versaut, bevor es überhaupt angefangen hat.

Das war das, was ich am besten konnte. Ich habe immer alles versaut, nur, dass es mir bis dahin egal war. Ich ließ es nie an mich rankommen. Doch dann kamst du und zum ersten Mal war da ein anderes Gefühl, eins, was ich nicht kannte und mir wahnsinnige Angst machte. Es kam immer dann, wenn ich es nicht wollte und dafür hab ich dich gehasst … irgendwie. Und ich musste …« Er verkrampft sich und ballt die Fäuste. *»Es war ihre Schuld.* Diese verfluchte Ruine verhöhnte mich und symbolisierte alles, was in meinem Leben schief gelaufen ist. Alles, was mich zu dem gemacht hat, was ich bin und mir genau deshalb auch in Zukunft jedes Fünkchen Glück nehmen wird, und dann schlug ich um mich. Ich habe auf die zerfallenen Steine eingetreten und den gottverdammten Whisky überall verteilt und … für einen kurzen Moment, wollte ich es anzünden. *Gott ehrlich!*

Ich wollte, dass es verschwindet. Ich zog das Sturmfeuerzeug aus meiner Tasche …« Ich halte unbewusst den Atem an »…und beobachtete die Flamme, die im Wind flackerte. Ich starrte sie an. Minutenlang. Dann zog ich mir eine Kippe aus der Jackentasche und hielt sie an die Flamme, bevor ich sie erstickte, indem ich es wieder zuklappte.«

Er atmete hörbar aus. »Ich setzte mich vor die Ruine und starrte sie an, bis ich letztendlich den letzten Zug nahm.

Dann sah ich nur noch auf den glimmenden Zigarettenstummel und beschloss ... das Schicksal entscheiden zu lassen, indem ich ihn in die Ruine schnippste.

Ich hatte wirklich nicht damit gerechnet, dass es die richtige Stelle traf. Doch das tat sie und ich sah zu, wie der kleine Stummel einem kleinen Feuer wich, das sich blitzschnell zu einem großen Feuer ausbreitete und ich stand da und sah zu.« Er umgreift mich fester, aus Angst ich würde mich aus seiner Umarmung befreien. »Ich sah einfach nur zu.

Doch das tobende Gefühl in meiner Brust, wurde nicht weniger. Nein. Auf einmal sah ich das Feuer meiner Vergangenheit auch auf meine Zukunft übergreifen und mir wurde klar, was ich getan habe.« Er legt seinen Mund auf meine Schläfe, seine Stimme ist gebrochen und voller Reue, als er flüstert, »ich hab sofort die Feuerwehr gerufen und mich gestellt.« Er umgreift mich noch fester. »Den Rest kennst du.«

Ich halte einen Moment inne, dann lehne ich mich an ihn zurück, bevor ich zu ihm nach oben blicke.

Seine Augen sind wild und voller Emotionen, da ist Angst, Reue, Verzweiflung und Ehrlichkeit, es gibt nichts mehr, was er vor mir versteckt. Er errichtet keine Straßensperren mehr, keine Mauern. Er lässt mir freien Eintritt und das ist alles, was mir etwas bedeutet.

»Danke, dass du es mir erzählt hast«, flüstere ich und genau wie meine erste Reaktion, damals auf dem Polizeirevier, überrascht ihn auch diese Antwort. Dann schließt er die Augen und schüttelt ungläubig den Kopf.

»Wie kannst du mich nach all dem immer noch so ansehen?«, fragt er erstaunt und ich rücke noch ein wenig seitlicher an seine Brust, um ihm richtig ins Gesicht sehen zu können.

»Wie?«, flüstere ich und er schnaubt.

»Als wäre ich dein beschissener Held«, sagt er dunkel und tonlos und ich drehe mich um und klettere auf seinen Schoß, bevor ich sein Gesicht in beide Hände nehme, um ihn mit Nachdruck anzusehen.

»Weil du das bist.« Ich streiche ihm die Haare aus der Stirn. »Auch wenn du dir große Mühe gibst, der Böse zu sein.«

Er schüttelt verzweifelt den Kopf und ich nicke ebenso energisch.

»Jeder hat ein Kapitel in seinem Leben, das er nicht laut vorliest. Doch du tust es. Für mich. Und deswegen bist du *mein* Held. Mir ist es egal, was du in der Vergangenheit getan hast. Es spielt überhaupt keine Rolle, denn *mich* hast du gerettet. Dir sind so viele ungerechte Dinge zugestoßen, die du nicht verdient hast und die deine Vergangenheit bestimmt und zerstört haben, doch du kannst sie nicht ignorieren.

Davon verschwindet der Schmerz nicht … aber wenn du dir eingestehst, dass es ihn gibt und du ihn zulässt, wirst du auch irgendwann einen Weg finden ihn loszulassen …«

Ich fahre mit den Fingern über die kleinen Löckchen in seinem Nacken und sehe ihm eindringlich in die Augen » … und lernen dir selbst zu vergeben.«

Ich lege meine Stirn auf seine und schließe die Augen. »Manche Erinnerungen, wird man nie wieder los. Sie setzen sich tief in deiner Seele fest und werden ein Teil von dir.«

Ich öffne die Augen wieder, bevor ich mich ein Stück zurücklehne und die kleinen Salzkristalle beobachte, die sich in seinem schwarzen Haar verfangen. »*So wie das Salz im Meer*«. Ich hebe die Schultern. »Du wirst sie für immer mit dir tragen. Doch sie dürfen nicht dein Leben bestimmen.« Ich sehe zu den Klippen und auf die Möwen, die darüber gleiten, und drehe dann meinen Kopf zum Wasser. »Als ich das erste Mal hier war, habe *ich* losgelassen.« Ich starre auf die Wellen. »Ich war so … Ich hatte es gerade erfahren …« Ich schüttle den Kopf und merke, wie er anfängt, sich anzuspannen, doch ich rede weiter. *Kein Weglaufen mehr.* »In den ersten Momenten, nachdem ich es erfuhr … nach den ersten Momenten vollkommener Stille fielen sie mir ein. All die Dinge, die ich nie mehr tun oder sehen oder erfahren würde.

Eins nach dem anderen und ihr Gewicht drückte mich so fest in die Matratze des Krankenhausbetts, dass ich unter der Last kaum noch Luft bekam, und dann dachte ich an die Zukunft … *Und da war nichts!*

Nur ein undurchsichtiger Nebel aus Unsicherheit und Stille. Es war, als hätte ein Blitz in mein Leben eingeschlagen. Er kam völlig unerwartet und hat mein Leben mit einem einzigen Schlag in zwei Hälften geteilt. In ein vorher und ein nachher … in ein damals und ein jetzt. Vorher war mein Leben voller Licht, Wärme und Freude und dann war es nur noch dunkel, kalt und still. Und all die Ärzte, meine Familie und Freunde … sie wirbelten alle um mich herum und warteten darauf, dass ich irgendwas sage, dass ich die Nerven verliere oder schreie oder heule und ich hätte das auch wirklich gern für sie getan, doch ich konnte nicht … *sie waren dort.* Sie waren im… *Vorher.* Und ich … war auf der anderen Seite. *Im Nachher. Völlig allein.* Und es gab nichts, was sie oder ich hätten sagen können, das etwas daran geändert hätte.

Nie wieder. Ich kam nicht mehr zurück.

In diesem Moment habe ich mich verloren.

Ich war … mein Kopf war leer und gleichzeitig voll wirrer Gedanken, von denen ich keinen greifen konnte und die mich verrückt machten. Es war wie ein Bienenstock in meinem Kopf und der Druck all dieser traurigen Augen auf mir, der Arzt, der ununterbrochen einen medizinischen Ausdruck nach dem anderen von sich gab. All die anderen, die diskutierten, wie es jetzt am besten weitergeht. All die anderen, die über mein Leben bestimmten. *Ich konnte es nicht.*

Es erdrückte mich. Ich musste raus ... und so bin ich am nächsten Morgen in den Zug gestiegen und einfach nur gefahren. Bis zur Endhaltestelle und dann hab ich die Fähre gesehen und sie schien ... ich weiß, dass das dämlich klingt, aber sie schien wirklich nur für mich da zu sein. Abfahrbereit, um mich woanders hinzubringen. Und dann bin ich hier gelandet und hier war die Welt einfach... *still.* Hier konnte ich ich sein. Hier konnte ich zur Ruhe kommen. Wütend sein.

Traurig sein. Alles sein, was ich wollte. Hier ... wollte ich einfach *sein* und die Welt auf stopp stellen.

Ich sah, wie die Sonne aufging und wusste, dass ab diesem Tag nichts mehr so sein würde, wie es mal war und dass es okay ist. Dass ich ein Weg finden musste, das durchzustehen. *Irgendwie* ...« Ich zucke leicht mit den Schultern. »Vielleicht muss man manchmal die Richtung verlieren, um klar zu sehen.« Dann lächle ich ihn verschwörerisch an. »Damals habe ich auch *sie* zum ersten Mal gesehen.«

»Was?«, krächzt er beinahe, völlig in meinen Worten versunken und ich sehe wieder zum Meer, bevor ich aufstehe, mir den Sand abklopfe und ihm die Hand reiche.

Vince

Betrachte die gesamte Welt um dich herum mit funkelnden Augen, denn die großartigsten Geheimnisse verstecken sich an den unwahrscheinlichsten Orten und die, die nicht an Wunder glauben, werden sie niemals finden.

– Roald Dahl

»Fuck!« Ich knicke um und kann mich gerade noch an einem Baum festkrallen, *während ich ihr* wie ein Idiot hinterherstapfe.

Sie dreht sich zu mir um und hat diesen hinterhältigen Gesichtsausdruck. *Oh ja, unsere kleine Madame, findet das hier sehr witzig.* Ich seufze und ziehe eine Fratze. Ich bemühe mich ja wirklich, aber diese Wanderei fängt langsam an mir auf den Sack zu gehen. Ich quäle mich hier schon gefühlt seit Stunden durchs Dickicht. Verdammt, als sie vorgeschlagen hat, zwei Tage auszuspannen, hatte ich gehofft, wir verbringen sie in einem Kingsizebett in nem schicken Fünf-Sterne-Hotel mit Whirlpool.

Gut, das alte Mütterchen ist ganz okay und auch diese Pension hat was. Aber ich hab verdammt noch mal die Schnauze voll hier weiter über Stock und Stein zu kraxeln. Ich starre ihr auf den Arsch wie ein notgeiler Spanner und stelle mir vor, *wie ich hineinkneife, während ich sie packe und mit dem Rücken an den nächsten Baum drücke,* als sie plötzlich stehen bleibt und ich, *völlig in meiner Fantasie versunken,* auflaufe. Sie dreht sich fragend und etwas genervt zu mir um. *Echt jetzt?*

Ich hebe beschwichtigend die Hände.

»Sorry Prinzessin, dein Bremslicht ist ausgefallen«, necke ich sie und die kleine Falte zwischen ihren Brauen verschwindet, während die kleinen Grübchen auftauchen. *Gott, sie macht mich fertig.*

»Wir sind da«, flüstert sie. Ich nehme nur widerwillig den Blick von ihrem Gesicht, erst recht, als ich sehe, dass hier nichts ist! Nichts außer einer beschissenen Wiese, umgeben von Bäumen und halsbrecherischen Steinen. Ich sehe sie an.

»Okay, bei deinem Regenbogen gehe ich ja noch mit, aber das hier ist 'ne verfluchte Wiese! Bitte sag mir nicht, dass wir hier ewig gelaufen sind, um zu einer gottverlassenen Lichtung zu kommen«, sage ich und versuche wirklich meine Stimme im Zaum zu halten.

Sie sieht mich an. »Mmmhh«, dann dreht sie ihren Kopf wieder nach vorn und schaut auf die Wiese, während sie hinzufügt: »Vielleicht bist du doch noch nicht so weit.«

»So weit für was? Hundert Meilen zu laufen, um mir eine beschissene Wiese anzuse-« Sie legt ihre Hand auf meinen Mund.

»Sssschh...!«, zischt sie und sieht mich anschließend fordernd an, ich verdrehe die Augen und nicke unfreiwillig, um ihr zu zeigen, dass ich *leise* bin. Dann kommt sie noch ein Stück näher zu mir und als ich ihren Atem an meiner Haut spüre, ist all der Frust passé.

»Sieh näher hin«, flüstert sie zuckersüß, während sie zur Wiese nickt, doch sie hält meinen Blick noch einen Moment gefangen, bevor sie den Kopf nach vorn dreht. Ich folge ihrem Blick. Ich habe keine Ahnung, was ... doch bevor ich meine stummen Flüche zu Ende fluchen kann, blitzt dort etwas auf. Aber es verschwindet genauso schnell, wie es gekommen ist und während ich diese Stelle fixiere, leuchtet es circa ein halben Meter daneben auf und dann noch weiter vorn ... dahinter ... daneben. Es werden immer mehr.

Was zum ...?!

»Was ist das?«, frage ich sie und starre ungläubig auf die Wiese. Sie dreht sich zu mir und ich sehe sie an.

Die letzten Farben der Dämmerungen sind während unseres *Spaziergangs* konturlos in die beginnende Dunkelheit übergegangen, doch es ist noch so hell, dass ich ihr Gesicht und diesen Ausdruck deutlich erkennen kann. Er ist unbeschreiblich schön, verschwörerisch und strahlend, als sie wispert: »Kleine Wunder.« Ihr Blick liegt auf mir, als sie langsam beginnt, auf die Wiese zuzugehen. Ihr Gesicht ist so sorglos, unbeschwert und … *frei*, als sie lächelt und ihre Hand nach mir ausstreckt. Hinter ihr sind immer mehr von diesen geheimnisvollen, aufflackernden kleinen Lichtern und es ist fast so, als würde dieser Moment langsamer vergehen.

Ich hebe langsam die Kamera, die um meinen Hals hängt und halte ihn fest. *Der perfekte Moment eingeschlossen in der Zeit.*

Dann dreht sie sich um und breitet ihre Arme aus, um mit den Fingerspitzen die oberen Grashalme zu streifen, während sie leicht und graziös durch die Lichtung schwebt. In diesem Meer aus funkelnden Lichtern sieht sie aus, wie … eine Elfe *oder irgendsowas*. Ich hätte echt nicht gedacht, dass eine Wiese voller Glühwürmchen so schön sein kann. Vor ein paar Monaten hätte ich vielleicht noch ein Bild davon gemacht und gut, aber jetzt … keine Ahnung … jetzt ist es … *anders*. Es ist nicht mehr die einfache Wiese mit dem Ungeziefer.

Auf einmal höre ich dieses Surren und Klirren und sehe die grünen Lichter auf wundersame Weise um sie herumtanzen, die Zeit scheint beinahe stillzustehen und plötzlich ist da wieder dieses Gefühl. Namenlos und tief. Warm und schön. Es ist die Art, wie sie die Welt sieht. Die Welt durch ihre Augen zu sehen ist einfach unglaublich und ich weiß nicht, womit ein Arsch wie ich es verdient, ein Teil davon sein zu dürfen. Ich folge ihr ein paar Schritte, dann bleibe ich stehen. Sie sind wirklich überall … in den Spitzen der Grashalme und in der Luft und mittendrin …

Sie, während sie sich langsam dreht, die Arme ausgebreitet, als könnte sie sie berühren, es sieht aus, als würden sie sie einhüllen, sie dreht sich, bis ihr Gesicht zu mir zeigt und dann lacht sie. Kein Schmunzeln, kein Grinsen, kein *Ich-hab-einen-Witz-gemacht-Lachen.* Nein. Das ist ihr *»Ich bin überglücklich«-*Lachen, ein Lachen voller Bewunderung für die kleinen … *Wunder.* Ihre Augen sind voller Staunen. Sie schaut nach oben und zur Seite überall dorthin, wo sie sie umringen, folgt ihnen und streckt die Arme nach ihnen aus, vorsichtig, langsam, bezaubernd, es sieht aus, als würde sie tanzen. Es ist so wunderschön, dass ich es nicht übers Herz bringe, ein Bild zu machen, aus Angst ich könnte auch nur eine Millisekunde davon verpassen. *Dieser Moment ist nur für mich!*

Ich gehe weiter auf sie zu und in diesem Augenblick sieht es aus, als würde Moses das Meer teilen, so schnell flüchten die kleinen Biester vor mir. Ich komme kurz vor ihr zum Stehen und ziehe die Schultern nach oben.

»Scheint, als hätten sie 'ne bessere Menschenkenntnis als du«, witzle ich und meine es nur halb im Scherz. Sie ist so grazil und besonders, *genau, wie das hier* und ich …

passe da einfach nicht rein. Aber sie schüttelt nur den Kopf und hat wieder dieses seufzende Lächeln auf den Lippen, als wolle sie sagen »*armer dummer Junge*«, doch tut sie das voller Ironie. Sie kommt zu mir und legt meine halbherzig ausgestreckten Arme um ihre Hüfte. *Mmmh, schon besser, da sind sie sowieso viel besser aufgehoben.* Sie legt ihre winzigen Hände sanft auf meine Brust, bevor sie sie langsam und vorsichtig zu meinem Hals wandern lässt und anschließend eine Hand in meinen Nacken legt, und anfängt zärtlich mit ihren Fingerspitzen kleine Kreise zu malen und die andere legt sie an meine Wange und streichelt mich mit ihrem Daumen.

Ich merke, wie die gesamte Anspannung von mir abfällt, sie nimmt mir all das, was mich runterzieht, und zurück bleibe *ich,* der hundert Mal besser ist, wenn er bei ihr ist.

Dann legt sie ihr Gesicht auf meine Brust und lässt ihre Hände auf meine Oberarme gleiten, während sie leise flüstert:

»Lass sie zu dir kommen.« Und genau das tun sie – langsam am Anfang, doch dann rasend schnell und als wir uns auf den Boden sacken lassen und ich ihren Rücken an meine Brust ziehe, sind wir umhüllt von hundert glühenden, klirrenden Lichtern. Es wird langsam ganz schön frisch und ich ziehe sie noch fester in meine Arme.

»Sieht man die nicht eigentlich nur im Sommer?«, frage ich sie, während es mich doch tatsächlich schüttelt.

Ich wusste es, zeigt man einmal Schwäche.

»Ja, eigentlich schon! Das hier sind die übriggebliebenen, die, die noch keiner wollte.« Sie atmet tief aus. »Die, die nicht so hell leuchten wie die anderen«

»Entschuldige Baby, ich sprech kein emilianisch! Würdest du es mir bitte übersetzen?«, necke ich sie und nehme ihr Ohrläppchen zwischen meine Lippen, worauf sie ein niedliches Quieken von sich gibt und mich dann aufklärt, indem sie auf die Grashalme deutet. »Die auf den Grashalmen sind die Weibchen, sie können nicht fliegen im Gegensatz zu den Männchen.« Sie zeigt auf die über uns.

»Deswegen müssen die Weibchen hier unten durch ihr Leuchten beeindrucken und das Schätzchen, was am hellsten leuchtet, wird als erste von den Männchen ausgewählt.

Die Paarungszeit beginnt im Juni und da wir nun Ende September … Nein halt, Oktober haben, sind es die Letzten ... die, die nicht ganz so hell leuchten wie der Rest. Sie haben nur diese kurze Zeit, in der sie strahlen, dann paaren sie sich und verschwinden gemeinsam im Dunkel. Aber für diese kurze Zeit waren sie außergewöhnlich und ein kleiner Splitter Ewigkeit.«

Ich wüsste zu gern, ob sie sich sowas vorher aufschreibt, wie kann man aus einem Paarungsritual von Käfern eine gefühlvolle Rede über die Vergänglichkeit des Lebens machen. Ich schmunzle in ihr Haar.

»Na sieh an, wir machen ja eine richtige Bildungsreise.«

Und sie muss lachen, dann atme ich hörbar aus und gebe ihr einen sanften Kuss auf die Wange.

»Ich als Glühwürmchen hätte mich sofort auf dich gestürzt«, witzle ich und sie schüttelt lachend den Kopf.

»Nein, ich denke die Wahrscheinlichkeit, dass wir uns als Glühwürmchen gefunden hätten, ist schwindend gering.«

Ich lehne mich ein Stückchen zur Seite und sehe fragend in ihr hübsches Gesicht. *Und ob ich mich auf sie gestürzt hätte,* doch sie hebt nur vorsichtig die Schultern.

»Naja, du wärst einer von diesen superhell leuchtendend, ungewöhnlich laut klirrenden Glühwürmchen, da oben, dem jedes Glühwürmchen hier unten, den ebenso hell leuchtenden Hintern geradewegs entgegenstreckt« Sie muss selbst lachen, als sie das sagt, doch dann wird sie ... irgendwie traurig, *den Gesichtsausdruck hat sie immer nach der Euphorie solcher Momente,* dann fährt sie fort.

»Ich wäre eines, wie dieses …« Sie deutet auf das Gras und ich muss die Augen zusammenkneifen, um überhaupt eins zu sehen. Mann. Es sieht fast aus, als hätte es aufgeben und sie scheint meine Gedanken zu lesen, als sie sagt: »Unscheinbar, mit einem Licht, das nicht so funktioniert, wie es eigentlich sollte. Was schwach ist und flackert und mit dem eine Zukunft aussichtslos ist.« Sie scharrt mit ihrer Fußspitze in der Erde. Mann, ich bin echt Scheiße in sowas, aber eines weiß ich genau … Ich hebe ihren Oberkörper an und drehe sie zu mir, sie weicht meinem Blick aus, doch ich greife an ihr Kinn, sanft aber bestimmend und zwinge sie mir in die Augen zu sehen.

»Ich würde dich finden.« Sie schließt die Augen und versucht den Kopf zu neigen, doch ich umfasse ihr Kinn noch stärker, sodass ihre Augen aufschnellen und mich ansehen, *nun mit mehr Aufmerksamkeit,* während mein Blick ihren gefangen hält. »Ich finde dich …immer!«

Vince

Unsere Zweifel sind Verräter und häufig die Ursache für den Verlust von Dingen, die wir gewinnen könnten, scheuten wir nicht den Versuch.
– William Shakespeare

5:00 Uhr morgens ... Ich meine, wer kommt auf die Idee um so eine unmenschliche Zeit zurückzufahren? *Sie!* Zugegeben die gestrige Nacht war es allemal wert, trotzdem ändert es nichts daran, dass ich meine gottverdammten Augen nicht aufhalten kann, währen Professor Galloway *Reflexion ästhetischer und kunsthistorischer Fragestellungen anhand konkreter Themen* diskutiert. Zumindest steht es so an der Tafel, ich kann ihr heute nicht eine Sekunde folgen. Ich spüre, wie mein Handy in meiner Hosentasche vibriert, das macht es schon die ganze Zeit. Als wir unseren Ausflug gemacht haben, hat es auch ununterbrochen geklingelt und obwohl es auf Vibration gestellt war, bin ich mir sicher, dass *sie es mitgekriegt hat,* und es sofort Zweifel in ihrem hübschen Köpfchen gestreut hat und wenn sie es herausfindet, wird sie todsicher stinkwütend, doch, wenn sie denkt, ich würde das alles einfach so hinnehmen, hat sie sich geschnitten. Das nervige Geräusch, das allen Studenten, die nicht die Uhr anstarren, sagt, dass diese trockene Diskussion vorbei ist, dröhnt durch meinen viel zu müden Schädel und ich stehe auf.

»Vincent«, hält mich die Stimme von Professor Galloway davon ab, aus dem Raum zu stürmen. *Na wunderbar!*

Ich bemühe mich, nicht die Augen zu verdrehen, als ich mir meinen Block schnappe und die Treppen zu ihr runter trotte wie ein Straftäter vor seiner Hinrichtung. Ich rolle den Block in meiner Hand um bei dem gleich folgenden Vortrag nicht die Fassung zu verlieren und dabei fällt mir ein, dass ich, wenn das heute gut läuft, morgens für meine Seminare mehr einpacken muss, als nur meinen Block und 'nen abgewetzten Stift. Dann kann ich mir den Scheiß, den ich für die anderen Fächer brauche, nicht mehr aus meinem Zimmer holen und bei dem Gedanke an so eine schwule Umhängetasche wird mir kotzübel, doch Professor Galloway unterbricht meine aufkeimende Übelkeit, als sie sich räuspert. *Gut, eine Schlacht nach der anderen.*

»Wie sie wissen, besteht dieser Studiengang aus sehr vielen praktischen Projekten, die mich überzeugen müssen.

Eine große Ehre, die nur den wenigsten zuteil wird, ist es, dass für sechs Monate die dafür ausgewählten Projekte in den Fluren ausgestellt werden. Sehr wichtige Kontakte und eventuelle spätere Arbeitgeber haben ein Auge auf diese Projekte und so heben sich diese und deren Studenten von der großen Masse ab. Von all den Projekten, die als Abschlussarbeit abgegeben und bereits bei der Ausstellung gezeigt wurden, zusammen mit den Projekten der anderen Semester, habe ich mich für die nächsten 6 Monate unter anderen für *ihr Projekt* entschieden.« *Scheiße, was?* Ich dachte, sie verpasst mir einen Einlauf, weil ich die ganze Vorlesung praktisch mit offenen Augen gepennt habe und das alles nicht ernst nehme und was für ein Scheiß die anderen Professoren noch so labern, aber das?! *Echt jetzt?*

»Wieso?«, frage ich, um Zeit zu gewinnen, das auf die Reihe zu kriegen.

»Weil es gut ist«, gibt sie trocken zurück. Mein Projekt, sechs Monate auf den Fluren des College …. *Nein! Scheiße Nein!* Ich lass doch nicht zu, dass eine Million notgeiler Studenten *sie* hier tagein tagaus anglotzen, es gibt schon genug, die ihr in einer Tour am Arsch kleben.

»Das ist wirklich sehr nett von Ihnen, aber nein danke.«

Ich nicke und wende mich zum Gehen, während ich so tue, als würde ich ihren geschockten Gesichtsausdruck nicht mitkriegen, doch das lässt sie nicht gelten.

»Darf man fragen wieso? Das ist eine sehr große Chance und nebenbei auch eine Ehre, um die sich eine ganze Menge der anderen Studenten reißen würden«, sagt sie völlig fassungslos und verbittert und ich schüttle den Kopf.

»Ich weiß, aber nicht dieses Projekt«, antworte ich sicher.

»Mr. King, wenn sie ein Problem damit haben Projekte oder Fotografien auszustellen, die sie persönlich betreffen und berühren, dann sind sie hier falsch und nicht der, für den ich sie halte, denn genau das ist es, was ihr Projekt außergewöhnlich macht! Sie müssen lernen, darüber zu stehen. Sie haben eine Seele und es wird Zeit, dass sie das der Welt auch zeigen, oder sie hören auf meine Zeit und Energie zu verschwenden. Sie haben bis nächste Woche Zeit, darüber nachzudenken.«

Nen scheiß werd ich! Ist das ihr Ernst?

»Soll das ein Ultimatum sein?«, herrsche ich sie etwas zu sehr an und sie dreht sich empört um, während sie eine Autorität ausstrahlt, die sogar mich zwingt, den Blick abzuwenden. Sie atmet tief aus und ihre Stimme ist wesentlich weicher, als sie antwortet.

»Nein, sie haben sich bemüht und auch wenn sie sich dagegen wehren, weiß ich, dass sie das hier wollen, doch sie müssen auch etwas dafür tun. Ich habe in meinen Jahren als Professorin viele angehende, engagierte und vielversprechende Fotografen und Studenten mit vielen künstlerischen Begabungen begleitet, aber bisher nur wenige, sehr wenige mit ihrem Potenzial. Ich werde nicht zulassen, dass sie das alles hinschmeißen, nur weil es vielleicht schwierig oder unangenehm wird.

Denken sie darüber nach und hören sie auf, sich selbst im Weg zu stehen.« Dann dreht sie sich um, ohne überhaupt eine Antwort abzuwarten. *Ich hätte sowieso keine.*

Aber dann blickt sie noch einmal über ihre Schulter.

»Ich bin sicher, sie würde es genauso sehen.« Sie sieht mich mit einem wissenden Blick an, der keine Widerrede zulassen würde, selbst wenn ich eine hätte. Natürlich würde dieser kleine Sturkopf sich auf ihre Seite stellen. Aber ich hab kein Bock, dass sie alle angaffen und ich weiß, dass auch ihr das unangenehm wäre, doch das würde sie nie zugeben.

Nur, um mich zu ärgern!

Und mich zu unterstützen.

Ach Fuck, emotionale Entwicklung ist scheiße.

Emmi

Wenn du denkst, Abenteuer sind gefährlich,
dann versuch es mal mit Routine.
Die ist tödlich.
— Paulo Coelho

Bei jedem Schritt, den ich mache, fressen sich meine Schuldgefühle weiter in mich hinein. Als ich den Park neben mir lasse, schlagen sie ihre Krallen in meine Eingeweide und während ich durch die Drehtür gehe, drücken sie mir so fest die Kehle zusammen, dass ich kaum noch schlucken kann. *Ich hätte es ihm sagen sollen!* Wir haben uns versprochen, ab jetzt immer ehrlich zueinander zu sein, und kaum ist es ausgesprochen, fangen wir schon wieder an. *Ich fange schon wieder an!* Doch das bedeutet nicht, dass mir nicht aufgefallen ist, dass sein Handy in den vergangenen Tagen ununterbrochen klingelt und er es ignoriert , *zumindest bis ich im Badezimmer bin.*

Ich bin wirklich nicht stolz darauf, an der Badezimmertür gelauscht zu haben, doch ich konnte genau hören, dass er telefoniert hat, konnte aber nichts von dem Gesagten verstehen. Nichtsdestotrotz habe ich den Zweifel beiseitegeschoben und darauf gewartet, dass er etwas sagt, *aber das hat er nicht!* Allerdings kann ich von ihm nicht verlangen, mir zu vertrauen, wenn ich ihm hinterherspioniere, das macht keinen Sinn und ist obendrein auch völlig ungesund, wir müssen endlich lernen unsere Probleme anders zu lösen. *Dafür hätte ich ihm wahrscheinlich sagen sollen, dass ich heute zu einer Kontrolluntersuchung muss..* Doch er hat seine Geheimnisse und ich hab meine, *beruhige ich mein schlechtes Gewissen,* welches diese Entschuldigung auch nur widerwillig gelten lässt.

Es ist fast so, als säße eine kleine Emmi mit Heiligenschein auf meiner linken und eine kleine Emmi mit Hörnern und Dreizack auf meiner rechten Schulter und beide versuchen mich davon zu überzeugen, was richtig oder falsch ist, doch wirklich *überzeugend* ist keine von beiden. Vincent King ist hoch explosiv, unberechenbar und trotz alledem mit Vorsicht zu genießen und ich hab immer noch Angst, dass er in dem Moment, in dem ihm vollkommen klar wird, was das alles wirklich bedeutet, aussteigt. *Das hier würde es real machen.*

Der Weg zur Radiologie ist mir mittlerweile in Fleisch und Blut übergegangen, sodass ich quasi auf Autopilot durch die Gänge des Krankenhauses schlendere, während meine Gedanken sich mal wieder überschlagen und zu weit gehen, bis sie irgendwann gefrustet und müde aufgeben.

»Soll ich dir 'nen Rollstuhl besorgen?«, beendet eine Stimme die Kapitulation meiner Gedanken und ich drehe mich überrascht um.

Vince

Ich möchte nur wissen,
dass du dich in derselben Welt, wie ich bewegst
und atmest.
– F. Scott Fitzgerald.

Ich fleddere meinen Block und den Kuli auf mein Bett, als ich in mein Zimmer gehe. Es ist 12 Uhr und ich hab ihr gesagt, ich hätte heute bis 15 Uhr Vorlesung, *was auch stimmt,* doch sie weiß nicht, dass ich die letzte Vorlesung ausfallen lasse, weil ich einen Termin habe, *von dem sie nichts weiß,* doch das rechtfertigt noch lange nicht, warum zum Teufel *sie* nicht hier ist! Ich greife in meine Hosentasche, um mein Handy rauszuziehen, aber diese verfickten Röhrenjeans sind so verflucht eng, dass ich mir dabei fast die Finger breche.

Wo zur Hölle treibt sie sich schon wieder rum? Ich weiß, ich soll ihr Freiraum lassen, und dass sie sich ihrer Meinung nach nicht bei mir abmelden muss, aber sie kann mir doch wenigstens sagen, wo verflucht noch mal sie hingeht und vor allem mit wem?! Ich ringe um Selbstbeherrschung, als ich mir das Handy ans Ohr drücke und auf das erste Freizeichen warte, während meine Zimmertür, *die ich offen gelassen hab, weil ich merkte, dass sie nicht hier ist,* noch weiter aufgedrückt wird.

»Hey Mann.« Rob, steckt vorsichtig den Kopf in mein Zimmer. *Falscher Zeitpunkt Arschgesicht!* Als er unsicher von einem Bein aufs andere tritt, nicke ich fordernd zu ihm.

»Was willst du verdammt?« Er zuckt kaum spürbarzusammen . »Ich hab gesehen, dass deine Tür offen steht und …«, stottert er.

»Und was?«, herrsche ich. Ich kann so ein Gestammel nicht ausstehen, vor allem dann nicht, wenn es schon zum vierten Mal ruft *und sie verdammt noch mal nicht ran geht!*

»Ich hab dir nie was getan, weißt du?!«, sagt er nun schon sicherer und wesentlich lauter.

»Wen interessiert es?«, schnaube ich.

»Mich.« Er deutet wütend auf sich. »Alter, ich hätte dich anzeigen können. Du hast bei deinem letzten Wutanfall meine gesamte Wohnung auseinandergenommen«, knurrt er frustriert.

»Aus gutem Grund und wenn du jetzt auf eine Entschuldigung wartest, kannst du dich gleich wieder verpissen«, brülle ich mittlerweile, als ich das Handy vom Ohr nehme und auf das Bett schleudere.

»Ich wusste nichts davon«, sagt er kleinlaut. »Mir doch scheißegal«, antworte ich nicht mehr ganz so barsch, während er mich mit seinem mitleiderregenden Dackelblick anstarrt.

Ich glaube ihm, dass er nichts davon wusste, doch das ist mir völlig schnurz, ich will nichts mehr mit diesen Wichsern zu tun haben und er gehört nun mal dazu. »Mir, aber nicht«, protestiert er, als ich wieder zu meinem Bett geh und das Handy schnappe. Es ist zehn nach zwölf. Ich muss halb eins in der Innenstadt sein, ich muss los.

»Ich habe jetzt keine Zeit für so was«, knurre ich, während ich ihn mehr oder weniger aus dem Zimmer schiebe.

»Schon klar«, sagt er ergeben, als er sich in die andere Richtung dreht und mit gesenkten Kopf und Schultern geht.

Gott! Mitleidige Seelen aller Welt vereinigt euch! Ich verdrehe genervt die Augen, als ich ihm hinterherrufe: »Vielleicht am Wochenende?«

Er dreht sich überrascht um und nickt vorsichtig. »Klingt gut.«

Ich nicke in die Richtung, in die ich muss, bevor ich mich abwende und gehe. *Scheiße, was hat sie nur aus mir gemacht?!*

Und wo zum Teufel steckt sie?!

Emmi

Magic happens when you do not give up,

even thoughts you want to.

The Universe always falls in love with a

stubborn heart.

– JmStorm

»Gott, was ist mit deinem Gesicht passiert?«, frage ich völlig schockiert, als Finn langsam auf mich zukommt.

»Was denn? Langsam müsstest du seine Handschrift doch erkennen oder nicht?«, fragt er halb im Scherz und die andere Hälfte seiner Stimme ist todernst, während er auf den grün-blau-violetten Bluterguss auf seiner Wange zeigt.

»Du meinst ... Vince hat das getan?«, frage ich völlig überrascht.

»Unglaublich, dass dich das immer noch überrascht«, schüttelt er missbilligend den Kopf und ich tue es ihm gleich, weil ich dieses Puzzle einfach nicht zusammenbekomme.

»Wieso?«, will ich wissen.

»Tja«, er zieht die Schultern nach oben. »Prinz Charming war nicht sonderlich begeistert von deinem kleinen Geheimnis.«

Ich sauge erschrocken die Luft ein. »Und deshalb hat er dich geschlagen?«, frage ich skeptisch.

»Nein, er hat mich geschlagen, weil ich ihn darauf hingewiesen hab, dass ich wusste, dass er sich wie ein Arsch benehmen und dich verlassen würde, wenn er es erfährt und voila ...« Er deutet ein weiteres Mal auf sein entstelltes Gesicht, nur dieses Mal wesentlich theatralischer, dann zuckt er die Schultern und sieht mich überheblich an. »Wer hört schon gern die Wahrheit nicht wahr?« Er gibt mir einen neckenden Schubser, bevor er scherzend hinzufügt. »Ich will ja jetzt nicht sagen, ich habs dir doch gesagt aber ...« Er zieht wissend die Schultern nach oben. »Ich habs dir doch gesagt«, grinst er zufrieden mit sich selbst und unsere letzte Begegnung hier im Park kommt mir wieder in den Sinn.

Damals ist mir diese Art an ihm das erste Mal aufgefallen.

Er hatte etwas Bedrohliches und jetzt sieht er mich an, als wäre er glücklich damit ein Problem aus der Welt geschafft zu haben, nur ist nicht Vince das Problem!

Ich weiß auch nicht, was er damit bezwecken will, aber ich werde niemals so für ihn empfinden und vielleicht sollte ich ihm das ein für alle Mal klarmachen.

»Eigentlich…«, fange ich vorsichtig an und sehe, wie sein selbstzufriedener Gesichtsausdruck bröckelt, »hattest du Unrecht.« Ich zucke mit den Schultern. »Er hat mich nicht verlassen«, füge ich sicher hinzu und er schnaubt nur abschätzig, bevor er übertrieben und suchend nach links und rechts blickt.

»Und wo genau ist er dann jetzt?«, flötet er.

So ein blöder Stänkerer.

»Er hat Vorlesungen«, sage ich bestimmt, bevor ich hinzufüge. »Und ich bin ein großes Mädchen, ich brauche keinen Babysitter. Das hier ist schließlich nur eine Routineuntersuchung«, zicke ich ihn an und er hebt abwehrend die Hände. »Schon gut! Ich meine ja nur, in den wenigen Momenten, in denen er sich nicht arschig benimmt, weicht er dir eigentlich nicht von der Seite.« Und er hat den Satz noch nicht ganz beendet, als mein Handy in meiner Hosentasche vibriert. Ich ziehe es raus und sehe seinen Namen.

»Willst du nicht ran gehen?«, fordert mich Finn heraus. Wenn ich jetzt rangehe, möchte er wissen, wo ich bin, und wird garantiert sauer, wenn ich es ihm erzähle.

Ganz zu schweigen davon, das Finn hier ist.

Er würde durchdrehen.

Ich hab wirklich nicht vor ihn zu belügen und ich werde ihm zu gegebener Zeit schon sagen, dass ich zu einer Kontrolluntersuchung war und sich nichts verändert hat.

Im besten Fall.

Gott, das wird mir gerade alles zu viel. Ich stecke das vibrierende Handy wieder in meine Tasche und schaue flüchtig zu Finn, während ich mich schon zum Gehen wende.

»Ich kann nicht, ich bin wahnsinnig spät dran«, antworte ich, während ich ihm den Rücken zuwende, um ihm zu signalisieren, dass das Gespräch vorbei ist, doch wider Erwarten ergreift er meinen Arm und hakt mich unter.

»Lass *mich* dich begleiten«, sagt er, während er mich weiterzieht, nachdem ich stehengeblieben und ihn verdutzt angesehen habe. Ich schüttle unsicher den Kopf.

»Finn, das ist nicht nötig …« Doch er legt seine Hand um das Handgelenk meines Arms und es fühlt sich an, als würde eine Handschelle zuspringen.

»Ich bestehe darauf! Immerhin ist das mein Job«, grinst er ein eisiges Lächeln, was seine Augen nicht erreicht und ein eiskalter Schauer läuft mir über den Rücken.

I gave you a home in my heart.
And when you left
You forever took a
Part of me with you.
– Brigitte Devoue

»Ist das Echtholz?«, frage ich den verklemmten Schlipsträger, der mit seinem Klemmbrett vor der Brust über Quadratmeter und Energiekosten schwafelt. *Wow, er kann lesen.* Damit ist er auf jeden Fall schon mal klüger als der andere.

Immobilienmakler sind genauso überbezahlte, aalglatte Blutegel wie Anwälte, doch ich muss sie tolerieren, wenn ich eine perfekte Wohnung finden will, was mir, wenn ich mich hier umsehe, nach einer Milliarde unbrauchbarer Vorschläge von einem unfähigeren Trottel, als dem davor, nun endlich gelungen ist.

»Ja, die Wohnung hat einen durchgängigen Echtholzfußboden und …«

»Und sie wird möbliert vermietet?«, unterbreche ich sein unsinniges Geschwätz.

»Ja, genau«, nickt er. *Wenigstens lernt er dazu.* Ich lasse den Blick schweifen und bleibe an der Wand hängen, die mehr oder weniger ein komplettes Bücherregal ist. *Sie wird es lieben!* So haben die Bücher, die sie permanent in Kartons von A nach B schleppt und die sie so liebt, endlich einen Platz.

Auf der linken Seite ist unter dem Fenster eine kleine Nische, von dort aus sieht man über die gesamte Stadt, es ist fast dasselbe Panorama wie das hinter dem Campus. Shit, hätte mir damals, als ich sie dort sah, jemand gesagt, dass ich Monate später eine Wohnung für mich und diese sture, verklemmte Schönheit suche, hätte ich ihn eingewiesen.

Aber das hier … das hier könnte funktionieren.

Ich lasse meinen Blick über den Holzfußboden, die hohen Fenster und die nostalgischen Möbel schweifen.

Das hier könnte sogar richtig gut werden.

»Sie ist ab sofort verfügbar?«, frage ich Mister Oberwichtig, als mein Handy vibriert. *Wird ja auch Zeit,* ich musste alles an Selbstbeherrschung aufbringen, was ich zusammenkratzen konnte, um nicht in meiner Trackingapp nach ihr zu suchen, denn ich bin mir ziemlich sicher, das wäre ein Verstoß gegen ihre Freiraum- und Vertrauensregeln und ich bemühe mich wirklich ihr ihren Freiraum zu geben und ihr zu vertrauen, *denn das tue ich*, meistens zumindest, außer sie verschwindet einfach und genau deswegen werde ich diese App todsicher nicht löschen. Es ist beruhigend zu wissen, dass sie da ist.

Auch wenn ich mich bemühe sie nicht zu benutzen.

Und in dem Moment, in dem ich dieses beschissene Handy endlich aus meiner Tasche gefummelt hab, und sehe, dass nicht ihr Name auf dem Display erscheint, zerfällt das Vertrauen zu Staub. Ich kenne diese fucking Nummer nicht, gehe aber trotzdem ran, nachdem der Wichser vor mir doch tatsächlich den Nerv hat, sich zu räuspern.

»Ja«, knurre ich. »Vince? Hier ist Hannah.«

Hannah? Was will die denn?

»Mmh«, brumme ich zustimmend.

»Ich rufe an, um zu fragen, ob du irgendwelche Pläne für Emmis Geburtstag hast? Ich würde für sie unheimlich gern eine Überraschungsparty schmeißen, aber nachher plane ich alles und du entführst sie sonstwohin.« Sie lacht und ich starre ins Leere und versuche all die Dinge zu sortieren. *Emmis Geburtstag? Wann? Warum zur Hölle hat sie mir nichts davon erzählt? Überraschungsparty? Scheiße, Nein!*

»Emmi hat Geburtstag?«, frage ich etwas zu laut.

»Ähm, ja«, antwortet sie unsicher, doch fängt sich schnell wieder. »Sie wollte es dir sicher noch erzählen.«

Sicher!

»Na ja, auf jeden Fall fährt sie morgen mit ihrer Mom in ein Casino nach Providence, um mit ihr in ihren 21. Geburtstag zu feiern. Frag nicht ... den Plan gibt es schon seit der Mayflower und ich hab mir gedacht, wenn sie Samstag zurückkommt, überraschen wir sie, was sagst du?«

Ich sage, dass ich ernsthaft den Drang bekämpfen muss mein Handy und die komplette Einrichtung meiner ... *unserer* zukünftigen Wohnung zu zerschmettern, bevor wir überhaupt eingezogen sind. *Was zur Hölle soll die Scheiße?* Sie hat Geburtstag? Am Samstag? Sie fährt morgen mit ihrer Mutter in ein Casino? *In Providence?* Ruft mich nicht zurück, treibt sich sonst wo rum und ... *Fuck!*

»Ich muss auflegen«, knurre ich und tue genau das, bevor ich die Trackingapp raussuche. *Sie kann es nicht lassen.*

Stets und ständig muss sie Dinge vor mir verheimlichen und stellt mich dann vor solche beschissenen Herausforderungen. Eine Party? Mit wem? Diesem Wichser in den Poloshirts? Sie fährt mit ihrer Mutter weg, damit sie ihr stundenlang einreden kann, dass ich nicht gut genug für sie bin?! Meine vor Wut schäumenden Gedanken überschlagen sich und dann ... setzen sie mit einem Mal aus und es herrscht komplette Stille in meinem Schädel. Mein Körper ist taub und mein Kopf ist leer, während mir das beschissene Handy aus meiner schweißnassen Hand rutscht … *nachdem ich sehe, wo sie ist.*

Emmi

Der Kontakt zwischen zwei Persönlichkeiten, ist wie der Kontakt zweier chemischer Substanzen, gibt es eine Reaktion, werden sich beide verändern.

– Carl Jung

Habt ihr manchmal auch das Gefühl, dass euer Leben eine ständige Aneinanderreihung von Dingen ist, die nichts verändern, und man sie doch immer wieder durchleben muss.

Es ist ein Gefühl, als würde man ersticken, während die Wände auf einen zukommen. Ich weiß, dass die Tatsache, dass ich in einem MRT liege und die Wände um mich herum nicht einmal zwanzig Zentimeter von mir entfernt sind, dieses Gefühl wahrscheinlich verstärken, doch ich meine es eher im übertragenen Sinne. Ich starre auf diese weißen Sandstrände und das türkisblaue Meer, auf dem in einer endlos erscheinenden Dauerschleife ein Jetski von rechts nach links fährt, während die Palmen im Wind wehen.

Ein Video, das ich schon so oft gesehen hab, dass ich ganz genau weiß, wie lange dieser dämliche Jetski braucht, um von einer Seite zur anderen zu kommen. *Ich könnte es auf die Sekunde vorhersagen.* Genau wie jede Sekunde von jedem dieser nervtötenden Scans, bei denen einer abartigere Geräusche macht als der davor. Dieser nervige monotone Piepton dauert knappe zehn Minuten, das darauffolgende dumpfe Poltern, das klingt, als wäre man in einem Wäschetrockner gefangen, der Tennisbälle umherschleudert, dauert 15 Minuten. Diese darauffolgende kräftezehrende Sirene dauert ganze 20 Minuten und den krönenden Abschluss bildet eine unkontrollierte und in unwillkürlichen Abständen erfolgende Mischung aus diesen Geräuschen, die einen langsam aber sicher in den Wahnsinn treiben. Alles in allem ist eine Stunde meines unberechenbaren Lebens dahin und ich weiß von vornherein, dass es nichts bringt. Ich bin machtlos und mutlos und dieser Zustand würde Vince umbringen, aber wenn wir eine Zukunft wollen, *sei sie auch noch so ungewiss,* muss er letztlich einen Weg finden. Die Schwester hilft mir auf und befreit mich von dem Kontrastmittel, das sie mir bei jedem MRT durch die Venen jagen und bittet mich, mich noch fünfzehn Minuten zu setzen, bevor sie die Kanüle ziehen, und das hat einen guten Grund, denn das Kontrastmittel im Körper macht einen fertig und falls man abschmiert, können sie sich die Mühe sparen, einen neuen Zugang zu legen, um einen an die Infusion zu hängen. Sie führt mich zu dem Zwischenraum, indem man sich für die Untersuchungen in dieses neckische Kleid mit dem Wahnsinnsrückenausschnitt hüllt. Ich lasse es noch einen Moment an, während ich mich setze und ich hoffe inständig, dass Finn verschwunden ist, wenn ich hier fertig bin.

»Geht es?«, fragt die Schwester, die sehr liebenswert ist, sie hat mich schon bei einigen MRTs und CTs begleitet.

»Ja. Mir ist nur ein bisschen schwindelig, aber ist schon okay ...«, winke ich ab. »Es ist... wie ein Karussell«, füge ich witzelnd hinzu, während ich sanft in den kreisenden Bewegungen meines Kopfs mitschwinge, als der Umriss meines Blickes verschwimmt.

»Hier.« Sie reicht mir ein Becher mit Wasser.

»Du musst...«

»Viel trinken ...«, unterbreche ich sie. »Ich weiß«, lächle ich sie an und sie kneift mir aufmunternd und etwas mitleidig in die Wange, bevor sie sich dem nächsten Patienten widmet.

Ich atme tief durch und schließe die Augen, um dieses Schwindelgefühl zu verjagen, während ich mich zwinge, mehr als nur einen Schluck von dem Wasser zu nehmen.

Ich hab nichts für Wasser übrig. Ich weiß, dass alles andere ungesund und zuckerhaltig und, was weiß ich noch was, ist, aber es *schmeckt* und Wasser ... naja ... tut es nicht!

»Wo ist sie?«, höre ich eine Stimme durch die Tür hallen.

Eine Stimme, die es beinahe unmöglich für mich macht, den Schluck Wasser runterzuschlucken. »Wo... Wo ist sie?«

Er klingt panisch und völlig aufgelöst. *Oh Gott.*

»Alter, reg dich ab, sie ist im MRT«, dringt nun die Stimme von Finn zu mir durch und die Hoffnung, er wäre verschwunden, fällt wie ein Kartenhaus in sich zusammen.

Das ist gar nicht gut!

»Was ... Was zur Hölle machst DU hier?«, brüllt Vince fassungslos. *Ich hab ihn ganz sicher nicht herbestellt.*

»Ich arbeite hier«, antwortet Finn herausfordernd und ich spüre praktisch, wie Vince ihn am Kragen packt, während die Schwester versucht, die Situation zu deeskalieren.

»Hör auf mich zu verarschen du Wichser«, knirscht Vince laut und bedrohlich, während ich mich innerlich für diesen Kampf wappne und die Tür zum Warteraum aufschiebe.

Ich hatte Recht, er hat ihn am Kragen gepackt und drückt ihn gegen die Wand, seine Brust hebt und senkt sich extrem schnell, während seine Kiefermuskulatur völlig verrückt spielt, weil er seine Zähne fest zusammenbeißt, um nicht die Kontrolle zu verlieren.

Die Schwester redet wie wild auf ihn ein, doch ich glaube, er nimmt sie gar nicht wahr. Er ist so auf Finn fixiert, der ihn herausfordernd anlächelt. Was Vince den Rest gibt, das weiß ich. Es macht den Eindruck, als wollte ich, dass er hier ist, und Vince hätte uns bei irgendwas erwischt, *aber das ist nicht wahr.*

»Vince«, rufe ich sanft in der Hoffnung ihn irgendwie zu besänftigen und sein Kopf schnellt augenblicklich zu mir.

Ich sitze immer noch auf dieser Behandlungsliege und trage diesen abscheulichen Kittel, als er tief ausatmet und Finn loslässt.

Aber es wäre nicht Vince, wenn er es ohne Schwung machen würde, weshalb Finn gegen die Wand stolpert und ich kann wirklich nicht sagen, dass es mir in diesem Moment leid tut. *Er hat so etwas Fieses an sich, wenn er nicht das bekommt, was er will.* Vince kommt auf mich zu und sein Blick ist wild, voller Wut, Sorge und… *Angst.* Er bricht mir das Herz, als ich hinter ihn sehe und die Schwester mich fragend ansieht. Ich nicke ihr zu, um ihr zu sagen, dass es okay ist.

»Hey«, sage ich vorsichtig, als ich dir Tür hinter ihm ranziehe. Seine Wut ist nun nicht mehr zu übersehen, doch er fragt trotzdem mit unheimlich viel Sorge in der Stimme.

»Was ist passiert? Warum bist du hier?«

Ich schüttle beschwichtigend den Kopf. »Es ist nur eine Routineuntersuchung, es geht mir gut.« Ich strecke den Arm nach ihm aus und versuche seine Hand zu ergreifen, doch er zieht sie weg. *Wow, das hat wesentlich mehr wehgetan, als die Nadel in meinen Venen.*

»Ach Emmi«, seufzt er wütend, während er seine Fäuste gegen die Stirn presst und dann unaufhörlich den Kopf schüttelt, bevor er sich auf die Unterlippe beißt und obwohl ich das auch in diesem Moment unheimlich heiß finde, ist das beunruhigende Gefühl, das sich in mir ausbreitet, weitaus stärker.

»Wieso hast du es mir nicht gesagt?«, platzt es schließlich wütend aus ihm und ich unterdrücke den Impuls ihn zu ermahnen etwas ruhiger zu sein, und schüttle den Kopf, während ich verloren die Schultern hochziehe und kleinlaut wispere »Ich weiß es nicht.« Und auf einmal sind die unschuldige und teuflische Emmi, die sonst unaufhörlich auf mich einquasseln, furchtbar still. »Ich wollte…«, fange ich an, mich zu erklären, doch ich hab keine Erklärung. Keine, die in diesem Moment irgendwie plausibel klingt.

Wenn ich ihm sage, ich wollte ihn nicht beunruhigen, würde er es so auslegen, dass ich ihm nicht vertraue und das stimmt nicht. Also zu 99 % nicht, aber dieses 1 unwissende % macht mich schwach.

»Du wolltest was?«, fordert er wütend und nickt nach draußen. »Lieber mit ihm gehen?«

Ich sehe zu ihm rauf und blinzle hektisch, während ich die Augenbrauen zusammenziehe. Dann sehe ich zur Tür.

Er glaubt wirklich, ich wäre lieber mit ihm hier? Ist er verrückt?!

»Was? Nein«, schüttle ich wie wild den Kopf, als ich ihn entsetzt ansehe, doch er schnaubt nur abschätzig und weicht meinem Blick aus.

»Natürlich nicht«, flüstert er beinahe traurig, während er leicht den Kopf schüttelt und niedergeschlagen auf den Boden starrt. »Das ist alles nur ein wahnsinniger Zufall, stimmt's?«, fragt er ungläubig, während er die Augenbrauen nach oben zieht und übertrieben nickt.

»Ja«, sage ich sanft, aber bestimmt und er atmet schnaubend aus. *Anscheinend glaubt er mir nicht.* Er schüttelt wieder den Kopf, bevor er ihn leicht an die Wand hinter sich knallt, die Augen schließt und seine gesamte Unterlippe einzieht, bevor er so kräftig draufbeißt, dass seine Zähne einen Abdruck hinterlassen und er wieder anfängt, den Kopf zu schütteln.

»Hey.« Ich springe auf. *Schnell!* Zu schnell und das kleine Feuerwerk am Außenrand meines Blickfelds und die weichen Knie, die nachgeben, zwingen, mich dazu mich gleich wieder hinzusetzen.

Ich schließe die Augen, greife in den Schonbezug der Behandlungsliege und bete, dass ich nicht kotzen muss, als ich spüre, wie er sich vor mich hockt.

»Emmi?« Er legt seine Hände an meine Wange und ich atme pustend aus, bevor ich die Augen öffne. In diesem Moment ist sein Blick voller Sorge. *Mann, er kann seine Gefühle schneller verändern, als ein Chamäleon die Farbe.* Ich lasse meine Stirn auf seine sinken.

»Ich will nicht, dass er hier ist. Wenn ich irgendeinen Menschen hier haben will, dann dich«, antworte ich sanft und er hält einen Moment inne, bevor er seine Stirn von meiner nimmt und aufsteht.

»Wieso hast du es mir dann nicht gesagt?«, raunzt er mich immer noch ungläubig an.

»Du hast es mir versprochen und jetzt?! Du hast gesagt keine Geheimnisse mehr und jetzt fängst du wieder mit dieser Scheiße an …« Er schüttelt wieder den Kopf und rauft sich die Haare, bevor er seine Hände hinter seinem Nacken verschränkt. »Das ist doch alles Bullshit«, knurrt er, während er ins Leere starrt.

»Nein Vince«, flehe ich. »Du hast recht, es tut mir leid! Ehrlich ich wollte nur …«

Er sieht mich an »Was?«, blafft er und breitet herausfordernd die Arme aus.

Die ganze Zeit habe ich gesagt, dass ich Angst davor habe, dass er noch nicht soweit ist, doch in diesem Moment wird mir klar, dass ich es bin, die noch nicht bereit dafür ist.

Es ist, wie einer dieser fiesen Gedanken. Im Kopf ist er völlig harmlos, doch ausgesprochen bekommt er unendlich viel Macht ... und das hier, das hier bekommt in diesem Moment die Macht über uns und es tut so verdammt weh, dass ich keine Luft, mehr bekomme. Es ist, als würde sich eine Faust um meine Lungen legen, während Tränen in meine Augen schießen und mein Blick verschwimmt. Sie beginnen wasserfallartig über meine Wangen zu laufen und ich ersticke an meinen Schluchzern. Ich bin völlig unfähig, sie aufzuhalten. Ich bin völlig unfähig zu atmen. Ich bin völlig unfähig, die Kontrolle zu behalten. *Ich breche zusammen.*

Ich versuche, Luft zu holen, doch da ist keine, während die Tränen versuchen, mich zu ertränken und die Wände immer näherkommen. Ich spüre den Schatten hinter mir, spüre, wie er alles um mich herum in die Dunkelheit zieht, während das Monster sich von hinten um meine Brust legt und zudrückt. Ich will das alles nicht. Ich bin noch nicht so weit. Ich falle in die Dunkelheit, alles wird kalt. Die Stille hallt von den Wänden, während die Tränen mir die Sicht verschleiern, bis sich jemand an mich drückt und die Arme des Monsters von mir reißt, um mich in eine Umarmung zu ziehen, die tröstend und stark ist ... bis ich endlich wieder Luft holen kann. Er zieht mich eng an sich. Hält mich fest im Griff, während er mir in sanften und gleichmäßigen Bewegungen über den Rücken streicht.

Er wiegt mich auf seinem Schoß und ich vergrabe mein Gesicht an seinem Hals, immer noch nicht fähig aufzuhören zu weinen und zu schluchzen, doch die Schluchzer werden weniger und in der einen Sekunde zwischen ihnen nehme ich seinen Geruch wahr. Er riecht wie ein wunderschöner Morgen am Strand von *Mohegan Bluff,* an dem die sanften Wellen an den Felsen zerschellen, während die Möwen über die Klippen segeln. Die Erinnerung an diesen Ort lässt mich wieder schluchzen, doch er hält mich. Er wiegt mich, streichelt mich und lässt nicht eine Sekunde nach. Er vergräbt sein Gesicht in meinen Haaren und presst seine Lippen auf meine Stirn.

»Schhhh«, wiederholt er, während er seine Wange an meinen Haaren streicht. »Ich bin hier.«

Seine Stimme ist sanft und ich versuche krampfhaft, gerade genug Luft zu holen, um ihm rau und krächzend zu antworten: »Da bin ich froh.«

Emmi

The Monsters in

My Head always knew

That I would

Lose you in

– The End

Ich habe keine Ahnung, wie lange er mich in den Armen gehalten hat, bis ich mich endlich beruhigt habe, aber letztendlich habe ich das, als die Schwester vorsichtig den Kopf in das Zimmer steckte und uns sehr taktvoll daraufhin hinwies, dass Dr. Hanson auf mich wartet und ich versuche wirklich der Tatsache, *dass er mir ohne einen lüsternen Blick oder einen vulgären Kommentar beim Anziehen zugesehen hat,* nicht allzu viel Gewicht zu schenken, während wir schweigend vor dem Untersuchungszimmer von Dr. Hanson sitzen.

Ich könnte es nicht ertragen, wenn er mich ab sofort anders ansieht. *Nicht er!*

Aber nachdem nun auch er einen Blick hinter *meine* Mauern geworfen oder sie besser gesagt niedergerissen hat, ist ihm die hässliche Wahrheit praktisch ins Gesicht gesprungen.

Und wenn ich hässlich sage, meine ich das auch so, denn wie ein Häufchen Elend in seinen Armen zu schluchzen, ist ganz sicher nicht besonders sexy. Das alles brodelt unter der Oberfläche wie kochendes Wasser und in letzter Zeit kocht es ziemlich häufig über. Wenigstens war Finn verschwunden, als wir aus dem Zimmer kamen, das hier ist alles schon schwierig genug.

»Miss Glass«, unterbricht die Stimme der Arzthelferin meinen Gedankengang, während sie mir mit einer großspurigen Geste verständlich macht, dass Dr. Hanson nun bereit ist. Ich nicke und sehe zögerlich und fragend zu Vince, der versucht, mich ermutigend anzulächeln, doch die Angst hinter seinen Augen und der Schatten aus Verzweiflung, der nun auch ihn immer mehr in Beschlag zu nehmen scheint, ist unbestreitbar, als er meine Hand ergreift und wir aufstehen.

Dr. Hanson ist freundlich, sachlich und distanziert, genau wie immer, als er mir mitteilt, dass das Angiom sich zum vorherigen Mal nicht verändert hat und dabei beinahe erfreut wirkt, was Vince ziemlich wütend zu machen scheint, denn ich kann deutlich sehen, dass er seine Zähne aufeinanderbeißt und die Stuhllehne umkrallt.

Es überrascht mich nicht, dass sich nichts verändert hat, denn das letzte MRT ist noch nicht allzu lang her. Eigentlich ist es gut, dass es in dieser Zeit nicht wesentlich größer geworden ist, deshalb kann ich die sehr überschaubare doch unverkennbare Euphorie vonseiten Dr. Hansons gut verstehen, denn das ist die beste Nachricht, die ich in diesem Stadium bekommen kann. Doch Vince scheint das nicht zu reichen, denn er schnaubt ungläubig, als Dr. Hanson mit seiner Beurteilung fertig ist.

»Und was haben sie jetzt vor?«, fragt er herausfordernd.

Ich wusste, dass er den gesamten Umfang bisher verdrängt hat, doch jetzt ist der Moment gekommen. Der Moment, vor dem ich Angst hatte. Die Worte, die es real machen werden.

Das Ende der Leugnungsphase und wir sind beide nicht bereit dafür. Dr. Hansons Blick wandert unsicher zu mir und ich ergreife die Hand von Vince, die sich wie Stahl um die Stuhllehne gelegt hat, bevor ich sanft mit dem Daumen darüberstreiche.

»Vince«, flüstere ich besänftigend, doch er sieht mich nicht an, sein bedrohlicher Blick bohrt sich in den Arzt, der in seinem Stuhl darunter zu schrumpfen scheint. »Vince...«, versuche ich es noch mal. »Wir haben doch darüber gesprochen. Er kann nichts tun.«

Er gibt einen abfälligen Laut von sich, bevor seine Beherrschung in Flammen aufgeht.

»Das ist doch Blödsinn! Sie müssen ihr doch irgendwie helfen. Ich meine, das ist ihr verfluchter Job oder nicht?!«, brüllt er, während er wütend auf ihn zeigt. *Oh Mann.* Ich hole gerade Luft, um ihn zu beruhigen, doch Dr. Hanson kommt mir zuvor.

»Das haben wir…«, seine Stimme ist beruhigend, als er fortfährt. »Wir haben alles in unserer Macht Stehende getan, doch das Angiom spricht weder auf Strahlentherapie, noch Strahlenoperation, noch auf unsere medikamentöse Behandlung an. Unsere Möglichkeiten sind ausgeschöpft.«

Seine Stimme ist mitfühlender als sonst, doch Vince schüttelt nur den Kopf, bevor er aufspringt.

»Was zum Teufel, soll das heißen?«, flucht er, bevor er auf mich deutet ohne seinen Blick von ihm abzuwenden.

»Sie schicken sie einfach zum Sterben nach Hause?!«

So, da war es. Es ist raus. Es ist gesagt.

Ohne Umschweife. Ohne Eiertanz. Einfach und präzise.

Doch für Dr. Hanson war es wie eine gigantische Ohrfeige, denn so würde er es natürlich niemals ausdrücken, aber genauso ist es und während Vince darauf wartet, dass er ihm widerspricht, schluckt dieser nur schwer … *denn das kann er nicht.*

Als Vince klar wird, dass er die Antwort, auf die er hofft, nicht bekommt, reagiert er so, wie er es eben am besten kann.

Er räumt seinen kompletten Schreibtisch ab und während ich dabei zusehe, wie die losen Seiten durch das Zimmer flattern und zu Boden fallen, als wären sie ein Schwarm verwundeter weißer Vögel, fühlt es sich an, als wäre es seine Hoffnung, die mit diesem letzten Blatt endgültig zu Boden sinkt.

»Sie tun also gar nichts?«, brüllt er verzweifelt und Dr. Hanson, den es nicht einmal zu überraschen scheint, dass er gerade sein ganzes Büro verwüstet hat, sagt den Satz, den ich viel zu oft als Antwort auf diese Frage bekommen habe.

»Unsere Möglichkeiten sind in diesem Fall begrenzt.«

Woraufhin sich die Augen von Vince ungläubig vergrößern und er einen großen Schritt auf ihn zumacht. *Mein Stichwort.*

Ich springe auf und halte ihn zurück, bevor er etwas Dummes macht, doch er flucht nur zwischen zusammengebissenen Zähnen. »Sie mieses, arrogantes Arschloch. Sie …« Er tritt zurück und rauft sich die Haare, sein Gesicht ist panisch und verzweifelt, als er wieder anfängt ungläubig den Kopf zu schütteln, während er mich ansieht und dann hektisch zwischen mir und Dr. Hanson hin und her blickt, bevor er aus dem Büro stürmt. Ich sehe ihm nach, bevor mein Blick bedauernd zu Dr. Hanson fällt.

»Es tut mir leid«, sage ich aufrichtig, als ich nach meiner Tasche greife, die über der Stuhllehne hängt.

»Das muss es nicht«, sagt er mitfühlend und ich nicke ihm zu, bevor ich Vince folge.

Ich kann ihn nicht sehen, als ich durch die Flure gehe, aber dafür umso besser hören. Es scheppert, es poltert, es rummst, während eine Frauenstimme panisch fragt, ob sie den Sicherheitsdienst rufen soll. *Ein typischer Vincent King,* nur dass es diesmal anders ist. Es ist keiner seiner üblichen Wutanfälle.

Nein, das hier ist größer und so beängstigend es auch ist, es ist ein Fortschritt, denn ich denke, es ist offensichtlich, dass wir die Leugnungsphase hinter uns gelassen haben.

Nun kommt *die nächste* und als ich um die Ecke biege und sehe, wie er an den umherwirbelnden Schwestern und den geschockten Patienten, *die im Foyer der Anmeldung sitzen,* vorbei durch den Ausgang stürmt, bin ich mir sicher, dass wir sie erreicht haben. Ich beschleunige meinen Gang, um nicht den Anschluss zu verlieren, und sehe, wie er mit voller Wucht auf sein Auto einschlägt, *was im absoluten Halteverbot steht.* Ja, wir sind in Phase zwei angekommen. Eine Phase, in der er zu Hause ist. *Wut!* Wenn ich mir ansehe, wie sein Auto vor dem Krankenhaus steht, wird mir bewusst, was für eine Angst er gehabt haben muss, als er hergekommen ist.

Was tue ich ihm hier nur an? Er rauft sich zum abertausendsten Mal die Haare und lehnt sich ausgelaugt mit dem Rücken gegen sein Auto. Er sieht mich an und in seinem Blick tobt eine wilde Mischung aus Wut, Verzweiflung und Angst, *der Stoff, aus dem die Monster sind.* Doch zwischen all diesen Gefühlen schwingt auch Bedauern in seinem Blick mit, aber nicht weil ich ihm leid tue, sondern weil er es bedauert, schon wieder so ausgerastet zu sein. Das er nicht Herr der Lage werden kann. *Doch das muss es nicht!* Es ist sein gutes Recht, wütend zu sein. Er sieht mich kurz an und wendet den Blick dann wieder ab.

»Es tut mir leid?«, flüstert er und ich nicke kaum spürbar, bevor ich frage: »Was?«

Er sieht mich an und schnaubt entrüstet, während er sich über das Gesicht fährt.

»Dass ich so ausgerastet bin.« Ich schüttle den Kopf und sehe ihn an.

»Das muss es nicht.«

»Doch natürlich muss es das Emmi! Schnallst du das denn nicht? Ich mache immer alles falsch. Ich hab versprochen für dich da zu sein und bei der ersten beschissenen Feuerprobe, flippe ich aus.«

Er tritt kraftvoll gegen seinen Reifen. »Ich bin einfach nicht gut für dich.«

Und dann lässt er sich an seinem Auto zu Boden sinken, bevor er die Unterarme auf seinen Knien ablegt, den Kopf hängen lässt und monoton und ergeben flüstert.

»Nicht gut genug für dich.«

Ich stehe vor ihm und weiß nicht, was ich sagen soll, dieser Tag hat mich so ausgelaugt und seine Selbstzweifel machen es nicht besser. Seine Ausraster sind falsch. *Immer!* Aber dieses eine Mal hatte er jedes Recht dazu. *Wie kann ich ihm das nur klar machen?* Ich krame meine Tasche durch und suche die zahllosen Blätter zusammen, die sie mir jedes Mal geben.

Eine ganze beschissene Akte, in der die Auswertung dieser Untersuchung und die aller anderen steht. In der alles steht, was wir schon wissen, fein säuberlich und emotionslos notiert, als wäre es nicht mein Todesurteil in Zehnfachausführung. Ich sehe sie mir an und seufze, woraufhin er mich endlich ansieht.

»Was ist das?«, will er wissen und ich starre weiter auf das Papier.

»Das, was auch mich wütend macht«, antworte ich und ziehe die ersten MRT-Bilder heraus, bevor ich sie in der Mitte durchreiße und in die Luft werfe.

Ich knalle den Hefter auf seine Motorhaube, bevor ich ihn aufschlage und er steht erschrocken auf.

»Was machst du da?«

Ich nehme die nächsten Risikoberichte und Auswertungen und zerfetze sie in tausend Stücke.

»Emmi?«, fragt er zögerlich, während ich weitere Befunde zerknülle und sie über die Straße werfe, *so viel zum Thema Schweigepflicht.*

»Emmi« Er hält meine Hände zurück, die nach den nächsten Papieren greifen wollen, und ich hasse mich für die Tränen, die schon wieder beginnen mir die Sicht zu vernebeln, doch ich kann immer noch den besorgten Blick erkennen, mit dem er mich ansieht, während er meine Handgelenke umfasst, bevor ich meine Fäuste öffne und meine Handflächen auf seine Brust lege. *Er lässt es zu.* Ich sehe zu ihm nach oben, während mir die erste Träne über die Wange rollt. Er fängt sie mit dem Daumen auf, bevor er mein Gesicht in beide Hände nimmt und ich ihn eindringlich ansehe, damit er sehen kann, wie wichtig die folgenden Worte sind: »Es ist okay, wenn du wütend bist ...«

Ich neige den Kopf und hebe die Schultern. »Ich bin auch wütend ...«, gebe ich zu. »Und wenn du etwas kaputt machen musst, um irgendwie damit fertig zu werden ...« Ich lasse eine Hand zu seinem Gesicht wandern. »Bei Gott, dann mach es.«

Er zieht die Brauen zusammen und schließt die Augen, bevor er seine Stirn gegen meine fallen lässt.

Dann zieht er mich an sich und umschlingt meine Taille, während wir uns gemeinsam gegen seine Motorhaube lehnen und ich mit meinen Fingern die Konturen seines gequälten Gesichts nachmale.

»Das hier wird nicht einfach werden«, wispere ich, bevor ich ihm in die Augen sehe und der Schmerz darin durchschneidet meinen eigenen. »Das hier wird die Hölle werden«, verbessere ich mich entschieden und er atmet seufzend aus, bevor er den Blick abwendet, doch ich lasse ihn nicht.

»Und wenn du das nicht kannst … dann ist das okay.«

Er verzieht schmerzhaft das Gesicht, als auch seine Augen beginnen verdächtig zu glänzen und ich nicke vorsichtig und einfühlsam, während ich noch einmal über dieses wunderschöne Gesicht streiche. »Es ist okay.«

Und nach einer gefühlten Ewigkeit ergreift er meine beiden Hände und legt sie zusammen mit seiner Hand auf seine Brust und ich habe unglaubliche Angst, ihn anzusehen. Doch schließlich tue ich es und sein Blick ist sanft aber unergründlich, als er mit der anderen Hand eine lose Haarsträhne aus meinem Gesicht streicht und sagt:

»Ich möchte dir was zeigen.«

Finde etwas, wofür du sterben würdest und dann lebe dafür.

– 2 Pac

Es ist zehn nach halb vier, als wir vor dem Backsteingebäude halten. Sie sieht mich verwirrt und immer noch etwas verunsichert an, ehe sie aussteigt. Ich habe auf ihre letzte Aussage, *die jedoch eindeutig eine Antwort verlangt hat,* nichts erwidert, weil ich das hier richtig machen will. *Wenigstens ein verfluchtes Mal.* Also führe ich sie vorsichtig zur Tür, vor der dieser dämliche Makler steht und telefoniert und als wir vor ihm zum Stehen kommen, hat dieser Typ doch tatsächlich den Nerv, uns seinen gottverdammten Zeigefinger entgegenzustrecken, um zu signalisieren, dass wir warten sollen und wenn ich mir an diesem Tag nicht schon genug Ausraster geleistet hätte, würde ich ihm diesen verfluchten Finger abreißen und dort hinstecken, wo die Sonne nicht scheint.

Emmi schielt vorsichtig zu mir herüber und als sie sieht, dass ich mit mir ringe, ergreift sie zögerlich meine Hand.

Es tut mir leid, dass sie so unsicher ist und ich könnte sie von dieser Qual befreien, wenn dieser Wichser endlich aufhören würde zu telefonieren, verflucht noch mal. Er ist clever genug das Gespräch zu beenden, bevor ich ihm meinen Finger entgegenstrecke, *und glaubt mir, es wäre ein anderer.*

Er räuspert sich, bevor er diesem entzückenden Wesen an meiner Seite die Hand reicht.

»Miss Glass.«

Sie sieht mich unschlüssig an, bevor sie ihm höflich und mit einem Lächeln auf den Lippen die Hand reicht, *obwohl ihr im Augenblick garantiert nicht zum Lächeln zumute ist.*

Anschließend bittet er uns mit einer großspurigen Geste ihm zu folgen, und ich verdrehe die Augen, wofür ich einen Knuff in die Rippen ernte. Sie scheint sich mit jedem Schritt von ihrer Unsicherheit zu erholen und ich ziehe eine Grimasse, bevor ich sie in die Seite kneife und sie mir dieses Kichern schenkt. Dieses Geräusch ist so unglaublich schön.

So sanft und zart ...*wie ein Windspiel.*

Ich ziehe sie an mich, während wir diesem Spinner folgen, und gebe ihr einen Kuss auf das Haar, während ich merke, wie sie sich unter meiner Berührung entspannt.

Ich halte es nicht länger aus, außerdem hat sie mit Sicherheit schon geschnallt, wo wir hier sind, denn sie ist nicht nur wunderschön, sondern auch verdammt clever.

Manchmal beinahe zu clever.

Während wir in den Aufzug steigen, fängt dieser dämliche Trottel auch schon an von der herrlichen Aussicht zu faseln und ich flehe stumm um Geduld. Mit absoluter Sicherheit rattern diese Immobilienfuzzis diese Rede bei all ihren Objekten runter, doch das Strahlen meines Mädchens, dem gerade bestätigt wird, wo wir uns befinden, schaltet diesen Clown auf stumm.

»Da wären wir«, flötet er, nachdem wir aus dem Aufzug steigen und er die erste Tür öffnet, an die wir kommen und sich dabei ganz und gar auf sie konzentriert. *Will der mich verarschen?* Doch mein Hass wird von dem überraschten Laut abgelöst, den sie ausstößt, als sie die Wohnung betritt.

Sie geht vorsichtig bis zur Mitte des Raums, während die Dielen des Hartholzfußbodens unter der Bewegung dieser kleinen Püppi knarren. Ihr Blick schweift langsam über das große loftähnliche Zimmer. Links ist ein großer, rechteckiger Wohnzimmerbereich, wo bereits eine, *meiner Meinung nach* altmodischen Couch steht, doch ich weiß, wie sehr sie diese Nostalgiedinger liebt.

An der gegenüberliegenden Wand, die auch im Inneren die Backsteinoptik behält, hängt ein riesengroßer Flachbildfernseher zwischen zwei Erkerfenstern, die man zu Sitznischen umgestalten kann. Als ich die gesehen habe, habe ich mir vorgestellt, wie sie dort sitzt und liest, stundenlang und ab und zu aufblickt, um das Panorama zu bewundern, was sie in diesem Moment entdeckt, während ich und der Makler ihr wie zwei Idioten hinterherlaufen und sie genau beobachten. Sie dreht sich zu mir um und strahlt, während sie aus dem Fenster deutet. »Das ist derselbe Ausblick«, sagt sie beinahe tonlos und ich versuche, mir das dämliche Grinsen zu verkneifen, während ich mir auf die Unterlippe beiße und nicke.

»Ich weiß.«

Und der Blick, den sie mir jetzt zuwirft, lässt doch tatsächlich meine verdammten Knie weich werden, bevor sie hörbar ausatmet und zu der Bücherwand hinter mir sieht und anschließend direkt darauf zusteuert. *Ich wusste, dass es ihr gefällt.*

Diese Wohnung schreit praktisch ihren Namen. Sie fährt gedankenverloren über das Bücherregal und ich gehe zu ihr.

»Gefällt sie dir?«, flüstere ich an ihren Hals, während ich sie von hinten umarme. Sie dreht sich vorsichtig um, bevor sie mein Gesicht in beide Hände nimmt und ihre Lippen auf meine presst.

Ich genieße diese kleine Berührung, die meiner Meinung nach viel zu kurz ist, bevor sie sich löst und wispert. »Ich liebe sie.«

Grinsend streiche ich ihr über die Stirn. »Ich wusste es.«

Dann umschlinge ich sie und lasse den Blick noch einmal durch den Raum gleiten.

»Als ich die Möbel und die Fenster gesehen habe, wusste ich, dass das unsere Wohnung ist«, sage ich, bevor ich sie auf die Nasenspitze küsse.

»Wir dürfen die Möbel behalten?«, fragt sie schockiert und ich lächle sie an, sie ist so süß, wenn sie sich über etwas wundert.

»Ja, sie ist möbliert. Alles bleibt so, wie es ist, aber wir können uns auch nach und nach andere Möbel holen oder auch noch was dazu stellen, wenn wir eingezogen sind«, antworte ich und ihre Augen weiten sich, bevor sie zu dem dunkelbraunen Ledersessel mit Druckknopfoptik, *der vor der rechten Seite des Bücherregals steht*, sieht und mir dann ein Grübchenlächeln der Extraklasse schenkt, als diese Nervensäge sich räuspert. Ich drehe mich genervt um, doch sie hält mich zurück.

»Also sind wir dann bereit zu unterzeichnen?«, fragt er vorsichtig, während er meinem Blick ausweicht und zu Emmi sieht. Ich sehe sie ebenfalls fragend an und sie … *zögert*.

Holy Shit! Ihr Blick wandert schnell von dem Makler zu mir, bevor sie sich nervös über die Augenbraue streicht.

»Ich weiß nicht, ich…« Dann sieht sie an mir vorbei zu diesem Trottel hinter mir und meine verdammten Knie geben wirklich nach.

»Könnten sie uns einen Moment entschuldigen?«, fragt sie freundlich wie immer und er verlässt mit einem »selbstverständlich« den Raum. Dann sieht sie mich an und ich schnaube abwehrend.

»Du hast es dir anders überlegt nicht wahr?« Ich fahre mir durch die Haare und starre an die Decke, bevor winzig kleine Fäustchen an meinem T-Shirt zerren.

»Nein, das hab ich nicht«, sagt sie bestimmt. »Nur nach allem, was heute war …« Sie zuckt mit dem Schultern und sieht mich intensiv an. »Bist du dir wirklich sicher, dass du das möchtest? Ich meine das hier ist ein riesen Schritt und ich möchte nur, dass du dir dessen bewusst bist.«

Ich meinte in meinem ganzen Leben noch nie etwas so ernst. »Ich bin mir sicher.« Ich nehme ihr Gesicht in die Hände. »Hör zu, ich habe keinen Plan von diesem Liebes- und Beziehungsmist, aber eins weiß ich ganz genau, das, was wir haben, ist was Besonderes. Ich kann und will nicht mehr ohne dich sein. Also was auch immer das hier ist und wie auch immer es ausgehen mag.

Ich will verdammt noch mal nur bei dir sein. An jedem Tag und in jedem *dieser Momente,* hast du mich verstanden?!

Ich weiß es wird schwierig werden.« Ich schlucke schwer und sehe kurz zum Boden, um mich zu sammeln, dann sehe ich sie wieder an, sie rührt sich nicht einen Millimeter.

»Ich weiß, es wird die Hölle werden«, nicke ich »Aber ich bin da, wo du bist …« Ich zucke mit den Achseln, bevor ich hinzufüge. »Und wenn ich dir bis in die tiefsten Tiefen der Hölle folgen muss.« Und es ist das dritte Mal an diesem Tag, dass Tränen aus ihren riesengroßen unschuldigen Augen rollen, bevor sie auf Zehenspitzen rutscht und mich an meinem Kragen zu sich runterzieht und küsst.

Emmi

Das Leben ist ein Glücksrad und hier ist meine Chance es zu drehen.
– 2 Pac

Wir sitzen auf den Barhockern, die an dem Küchenblock unserer Landhausküche stehen, als Vince auf der letzten Seite eines unendlich langen und scheinbar sehr detaillierten Dokuments unterschreibt, bevor er es zu mir rüberschiebt und wieder fällt mir auf, dass ich gar keine Zeit hatte, um so viele wichtige Fragen zu stellen, bevor mich die Flutwelle Vincent King wieder in das nächste Abenteuer zog, ohne dass ich überhaupt Luft holen konnte. Ich beginne damit das Dokument durchzulesen.

»Was machst du da ?«, fragt er mich mit gewölbter Augenbraue und ich deute auf das Stück Papier.

»Lesen«, bestätige ich das Offensichtliche und er schnaubt.

»Vince, ich hab gar keine Ahnung, wie viel Miete wir bezahlen müssen oder ab wann der Mietvertrag gilt und …«

Doch er unterbricht meinen Vortrag.

»Um die Miete musst du dir gar keine Gedanken machen und einziehen können wir ab sofort«, reckt er mir stolz das Kinn entgegen.

»Wie meinst du das, um die Miete muss ich mir keine Sorgen machen?«, frage ich skeptisch.

»Die Miete bezahl ich«, sagt er scharf und will damit das Gespräch beenden. *Wann wird er das endlich begreifen?*

»Also wohne ich dann wieder nur bei *dir?*« Die Mimik in seinem Gesicht ändert sich schon wieder so schlagartig, dass ich nicht hinterherkomme.

»Was? Nein«, protestiert er, während er den Kopf schüttelt.

»Doch. Wenn du die Miete bezahlst, ist es deine Wohnung«, entgegne ich. »Nicht, wenn du unterschreibst, dann ist es unsere Wohnung«, feuert er zurück.

»Vince…«, stöhne ich und er beginnt unruhig zu werden

»Bitte unterschreib einfach, um die Kosten können wir uns später noch streiten«, küsst er mich auf die Stirn, als der Makler sich einmischt.

»Sie erhalten ein Exemplar von dem gesamten Vertrag und haben ein Widerrufsrecht, für den Fall, das ihnen im

Nachhinein in dem Vertrag etwas nicht zusagt.« Und ich nicke. Wahrscheinlich hat er keine Zeit mehr, oder er will einfach nur aus dem Schussfeld der giftigen Blicke, die Vince ihm für diesen Kommentar zuwirft, und ich muss mir beinahe ein Grinsen verkneifen, er tut mir leid, aber es ist schon irgendwie witzig, dass er alle Menschen abzuschrecken scheint. Alle bis auf bis Mrs. Mulberry und als ich merke, dass meine Gedanken schon wieder abschweifen, greife ich den Stift und unterzeichne entgegen jede Vernunft. Ich weiß, dass diese Wohnung perfekt ist. Ich weiß, dass ich ihn liebe und ich weiß, dass er mich liebt. Er macht mich glücklich und steht zu mir. Mehr muss ich nicht wissen.

»In Ordnung, hier sind die Schlüssel.« Der Makler, *ich glaube, auf dem Mietvertrag stand, dass er Jeffrey heißt,* gibt Vince und mir einen Schlüsselbund und verabschiedet sich anschließend. Als Vince die Tür hinter ihm zuschlägt, dreht er sich zu mir und breitet dramatisch die Arme aus.

»Willkommen zu Hause, Baby.« Ich renne auf ihn zu und springe ihm entgegen, er fängt mich und setzt mich auf seiner Hüfte ab.

»Ich kann es nicht glauben«, sage ich, als ich mich noch einmal umsehe.

»Ja«, stimmt er mir zu und lässt seinen Blick ebenfalls schweifen.

»Wir sollten unseren ganzen Scheiß aus meiner Bude holen«, nickt er zur Tür und ich atme noch einmal übertrieben ein und puste wieder aus, während ich nicke.

»Ich fasse es nicht, dass wir das tun«, kreische ich, während sich mein Nicken in ein Kopfschütteln verwandelt.

»Ich auch nicht«, lacht er und dann streckt er mir sein Gesicht entgegen und ich lege ihm meine Hände um den Hals, bevor ich mich ein Stück zu ihm beuge.

»Ich bin gerade überglücklich, weißt du das?«, flüstert er ernst und sanft.

»Ich auch«, gebe ich ebenso zurück.

Wir müssen nur zweimal fahren, um das meiste seiner Sachen und meine Kartons zu holen, die nun hoffentlich das letzte Mal umziehen und während Vince schon vorgefahren ist, um die erste Fuhre auszuladen, stopfe ich meine letzten Sachen in die braunen Pappschachteln, um ihnen endlich ein Zuhause zu geben. Ich balanciere gerade einen davon auf meinem Knie, *um ihn richtig greifen zu können,* als ich erstarre.

Mit vor der Brust verschränkten Armen lehnt sie vor der geöffneten Tür. *Marlen.* Ich versuche den Schreckmoment, so schnell es geht, zu verscheuchen, bevor ich ihr das Kinn entgegenstrecke und abfällig schnaube.

»Du bist schon unheimlich genug, musst du auch noch wortlos im Türrahmen lehnen?«

Sie stößt sich mit einem verächtlichen Laut von dem Rahmen ab und sieht sich mit einer pseudobekümmerter Miene in dem ziemlich leer gewordenen Raum um.

»Will er irgendwohin?«, fragt sie, während sie demonstrativ nach einem seiner Shirts, *das in der Ecke liegt,* greift und ihr Gesicht darin vergräbt, während mich die blanke Eifersucht durchfährt und ich es ihr aus der Hand zerre.

»Das geht dich überhaupt nichts an«, zische ich.

Am liebsten würde ich ihr an den Kopf knallen, dass wir zusammenziehen, doch ich lasse mich nicht auf ihr Niveau herab, *außerdem wird sie es früh genug erfahren.*

»Wenn du das sagst *Maria.* Ich frage ihn einfach, wenn er mir das nächste Mal einen ...« Sie zeichnet Anführungszeichen in die Luft »... Besuch abstattet.«

Das Grinsen in ihrem Gesicht ist widerlich. *Sie kann es einfach nicht lassen.* Ich schüttle lachend den Kopf und knurre:

»Du bist so lächerlich«, während ich mich an ihr vorbeischieben will, doch sie hält mich zurück, indem sie mir den Karton aus der Hand schlägt und weiter ihr Gift verspritzt.

»Die Einzige, die sich hier lächerlich macht, bist du Prinzessin. Er hat darum gewettet dich zu vögeln.

Nichts weiter und du bist immer noch so dämlich und machst die Beine für ihn breit. *Ich meine, wie kann man nur so naiv sein?* Jeder hier weiß es …«, breitet sie dramatisch die Arme aus, »…und sobald er dir den Rücken kehrt, kommt er zu uns und *wir lachen über dich.«*

Ich knie mich hin und versuche sie und ihre Worte zu ignorieren, während ich die Sachen einsammle, die aus dem am Boden liegenden Karton gefallen sind, als sie näherkommt und im wahrsten Sinne des Wortes auf mich herabsieht.

»… Bevor ich ihn dafür entschädige mit so einer verklemmten, prüden …«

»Hör auf!«, unterbreche ich sie brüllend, als ich vom Boden aufspringe und sie von mir schubse.

Das war es mit meiner Selbstbeherrschung, doch sie stochert in meinen größten Ängsten und sie weiß es, denn sie lacht nur bitter.

»Was denn, hast du wirklich geglaubt, dass er sich in dich *verliebt* hat?« Sie spricht das Wort *verliebt* aus, als wäre es ein abartiges Schimpfwort und ich bücke mich erneut nach meinen Klamotten, während sie einen überraschten Ton ausstößt.

»Oh Mann. Das hast du wirklich gedacht nicht wahr?«

Ich sehe zu ihr nach oben und sie fasst sich übertrieben ans Herz, während sie eine widerliche Grimasse zieht.

»Awww.« Sie beugt sich zu mir runter. »Das ist ja sowas von putzig.« Als sie versucht, mir in die Wange zu kneifen, schlage ich ihre Hand weg, doch sie lacht nur abschätzig und gerade als ich mit dem Karton im Arm aufstehe, dröhnt eine Stimme durch den Flur, die mir durch Mark und Bein geht

»Was ist hier los?«, fragt Vince streng, während er Marlen nicht aus den Augen lässt.

»Nichts«, flötet sie und hebt spielerisch die Hände, während Vince sich zwischen uns stellt und sie fixiert. Doch überraschenderweise richtet er die folgenden Worte trotzdem an mich.

»Emilia. Geh doch schon mal vor und pack die Sachen ins Auto. Ich komme gleich nach.« Seine Stimme ist hart und lässt keine Widerrede zu. Doch ich denke nicht im Traum daran, ihn hier mit ihr alleinzulassen und als ich mich nicht rühre, kann ich förmlich spüren, wie er die Augen verdreht und mit den Zähnen knirscht, bevor er sein Gesicht lediglich im Profil zu mir wendet und brummt. »Mach einmal das, was man dir sagt.« Ich schnaube entrüstet, während Marlen mich siegessicher anfunkelt und auf einmal fängt der Boden an zu schwanken und meine Brust schnürt sich zusammen, während das Blut in meinen Adern rauscht. *Ich brauche frische Luft*, also kralle ich mich in den Karton und wende mich zum Gehen.

Hatte sie Recht? Ist das alles nur ein weiteres dämliches Spiel?

Nein! Er hat es geschworen und ich hab versprochen ihm zu vertrauen. Doch emotionales Wachstum braucht Zeit und weil ich immer noch echt scheiße darin bin, zu tun, was man mir sagt, lasse ich mich um die nächste Ecke mit dem Rücken an der Wand zu Boden sinken, um an dem Gespräch der beiden still teilzuhaben, während ich den emotionalen Brandstifter auf meiner linken Schulter ignoriere, der mich schmerzhaft daran erinnert, wie das beim ersten Mal ausgegangen ist.

Vince

You are the artist of your life. Don't give the paintbrush to anyone else.

– Chirag Arora

»Was denn? Wollt ihr jetzt zusammenziehen oder was?«, ätzt Marlen und deutet mit einem abfälligen Lächeln auf die Stelle, an der Emmi eben noch stand, doch als sich mein Mund zu einem sicheren herausfordernden Lächeln verformt, verfliegt ihr gehässiges Grinsen augenblicklich.

»Soll das ein Witz sein?«, fragt sie schockiert, doch ich ignoriere ihr dummes Gesicht.

»Was willst du?«, knurre ich sie an und sie schüttelt übertrieben den Kopf, bevor sie provokant die Brauen hebt.

»Alex schickt mich.«

Ich schnaube belustigt und wende mich zum Gehen, doch ihre nächsten Worte halten mich zurück.

»Er sagt, wenn du nicht mit ihm redest, zeigt er dich wegen Körperverletzung an und wir alle wissen, dass du dir das nicht leisten kannst, mein Schatz.«

Ich schnelle zu ihr rum.

»Soll das eine Drohung sein?«

Sie hebt abwehrend die Hände.

»Töte nicht den Boten. Wir alle wollen doch nur, dass es so wird, wie es mal war.« Sie kommt auf mich zu und fängt an mit ihrem nuttigen Finger über meine Brust zu streichen.

»Bevor du wegen dieser kleinen Maria-Schlampe deine ganzen Freunde verraten hast.«

Ich muss mir ins Gedächtnis rufen, dass sie zwar eine Bitch, aber trotzdem eine Frau ist, bevor ich noch irgendetwas Dummes mache, doch wenn sie nicht gleich ihren verdammten Finger von mir nimmt, kann ich für nichts mehr garantieren.

»Glaubst du wirklich, dass sie dich liebt?«, fragt sie überrascht und es fühlt sich an, wie ein Tritt in die Eier, als sie gespielt mitfühlend das Gesicht verzieht.

»Du bist ein Abenteuer. *Eine Badboyfantasie.* Der letzte kleine Flirt, bevor sie einen dieser blonden verweichlichten Bänker heiratet. Ich meine, hast du wirklich geglaubt, dass jemand wie sie jemanden wie dir ihre Eltern vorstellt und gemeinsam in den Sonnenuntergang reitet?«

Sie greift sich überraschend ans Herz. »Aww, das hast du gedacht, nicht wahr?« Sie streicht mir über das Gesicht, während ich versuche all die Wut und die aufkommenden Zweifel, die sich an die Oberfläche kämpfen, im Zaum zu halten, doch sie kommt noch näher, bis ihr Gesicht nur noch wenige Zentimeter von meinem entfernt ist. Ich kann mich nicht rühren, weil sie gerade all meine Selbstzweifel in Brand setzt.

»Und nachdem der Reiz des Neuen verflogen ist, wird sie auch dich langweilen. Ich meine ...« Sie hakt ihren Finger in den Rand meiner Boxershorts. »... Weiß sie denn, was dir gefällt?« Sie funkelt mich wissend an, während ihre Hände weiter nach unten wandern und ihr Atem mich trifft. Als sie immer näherkommt lehne ich mich ihr entgegen, während ich ihr fest in ihre verdammten Haare greife. Ich umfasse mit der anderen Hand ihr Gesicht und kurz bevor sich unsere Lippen berühren, presse ich sie mit voller Wucht gegen die Wand, woraufhin sie überrascht nach Luft schnappt. Ich lege meinen Unterarm auf ihre Kehle nicht allzu fest, *doch fest genug.*

»Gut, jetzt hab ich deine Aufmerksamkeit, also hör mir genau zu.« Ich komme ihr noch ein Stück näher, während meine Augen sich brennend in ihre bohren. »Komm ihr nicht noch mal zu nahe oder ich sorge dafür, dass du es bereust.

Ich persönlich hab nämlich kein Problem damit den Boten zu töten.« Ich lehne mich an ihr Ohr, bevor ich drohend flüstere: »Weil das eine Botschaft überbringt.« Dann lehne ich mich wieder zurück. »Das kannst du gern so weitergeben und wenn Alex irgendetwas von mir will, sag dem Wichser, dass er es sich selbst holen soll.« Ich gebe ihr noch einen kleinen Schubs, als ich sie loslasse und wende mich ohne zu zögern von ihr ab, doch anscheinend ist sie noch dämlicher, als ich dachte, denn sie schafft es einfach nicht ihr Maul zu halten.

»Du machst dir da was vor und das weißt du. Der Vince, den ich mal kannte, wäre nicht so bescheuert gewesen.« Ich drehe mich noch einmal zu ihr um.

»Für jemand anderen hätte ich es auch nicht getan.« Ich schenke ihr ein vernichtendes Lächeln und lasse sie zusammen mit all den Fehlentscheidungen zurück.

Emmi

Du warst ein Risiko,

ein Rätsel und das Sicherste,

das ich jemals gewusst hatte.

– Beau Taplin

Ich springe vom Boden auf und greife nach dem Karton, bevor ich aus dem Haupteingang des Wohnheims renne und mir dabei ein dämliches Grinsen nicht verkneifen kann.

Ich weiß, es war falsch ihm nicht zu vertrauen, doch auch wenn er es versprochen hat, sitzt sein Verrat noch tief und der Zweifel in meiner Brust verschwindet nun mal nicht über Nacht und als sie ihm so nah kam, hat mein Vertrauen auch spürbar geschwächelt. Doch sein anschließendes Verhalten ihr gegenüber lassen den Zweifel mit jeden Schritt zu seinem Auto schwinden, während sich ein warmes Gefühl in meiner Brust ausbreitet, das schlagartig von einem kalten Schauer abgelöst wird.

Es ist dasselbe Gefühl, das ich in letzter Zeit öfter habe.

Fast so, als würde mich jemand beobachten, doch als ich mich auf dem Parkplatz umsehe, ist da niemand und ich schüttle es ab, als ich sehe, wie Vince auf mich zu kommt.

»Alles okay?«, fragt er besorgt und ich nicke knapp, woraufhin er die Brauen zusammen zieht.

»Was wollte sie von dir?«

Ich ziehe die Schultern nach oben. »Ärger machen.«

Er nimmt mir den Karton ab und verstaut ihn in seinem Kofferraum, während er ohne mich anzusehen flüstert.

»Hat sie es geschafft?«

Ich gehe auf ihn zu und schlinge meine Arme um seine Taille, woraufhin ich spüre, wie er sich unter meiner Berührung entspannt. Ich sehe ihn an und schüttle kaum sichtbar den Kopf, bevor ich mich auf meine Zehenspitzen stelle und an seinen Lippen hauche.

»Lass uns zusammenziehen«.

Es ist ein kurzer Weg von seiner Studentenwohnung zu unserer Wohnung. *Unsere Wohnung.* Ich kann es immer noch nicht glauben. Hätte mir das jemand vor ein paar Monaten erzählt, hätte ich ihn für verrückt erklärt. Es ist auch verrückt nach so kurzer Zeit zusammenzuziehen, gerade wenn man objektiv betrachtet, was wir unsere Beziehung nennen und wie turbulent diese letzten drei Monate waren, doch es ändert nichts daran, dass es sich anfühlt, als würden wir uns schon Jahre kennen und es fühlt sich so unglaublich richtig an, als ich meine Bücher aus den Kartons nehme, *in denen auch sie schon gefühlte Jahre versauern* und in das Bücherregal dieser perfekten Wohnung stelle. *Diese Wohnung ist einfach meine Wohnung.* Ich wusste es, seit ich den ersten Fuß hier reingesetzt habe. Ich habe mich zu Hause gefühlt. Ein Gefühl, das ich schon seit Jahren nicht mehr hatte. Ich weiß nicht, ob ich es überhaupt schon jemals so empfunden habe. Ich war die ganze Zeit immer nur, ein Besucher, der aus Kartons lebt und auf Zehenspitzen schleicht, *aber nicht hier.* Hier packe ich aus, hier möchte ich bleiben, hier möchte ich leben. Mit ihm, und deshalb ignoriere ich die Stimme der Vernunft, die mir unaufhörlich ins Gedächtnis ruft, dass das hier ein riesengroßer Fehler ist.

Und wenn schon, es fühlt sich verdammt gut an.

Ich will nicht das machen, was richtig oder vernünftig ist.

Ich will einfach nur glücklich sein und genau das bin ich.

Und auch wenn das die Antwort eines naiven egoistischen Kindes ist, so ist das doch ein geringer Preis für das Glück.

Ich trete ein paar Schritte zurück und betrachte meine Bücher in dem Regal.

Mein Bücherregal zu Hause ist fast aus allen Nähten geplatzt und an dieser riesigen Buchwand wirken sie beinahe verloren, doch dem kann ich ganz schnell abhelfen, denn ich habe mehr als hundert Bücher auf meiner Wunschliste, mit denen ich dieses Regal nach und nach aufstocken werde.

Bei dem Gedanken breitet sich erneut ein warmes Gefühl in mir aus.

»Soll ich Pizza bestellen?«, fragt er, als er seine, in Müllsäcke gestopften, wild durcheinander gewürfelten Sachen in das Schlafzimmer wirft und ich den Kopf schüttle, *mir ein Grinsen aber nicht verkneifen kann.*

»Klingt gut« sage ich, während er auf mich zukommt und ich meine Arme um ihn schlinge. »Da ist aber noch reichlich Platz nach oben«, frotzelt er, während er auf das Bücherregal deutet und dann auch seine Hände auf meine Hüften legt.

»Ich weiß, ich denke, ich werde morgen etwas dagegen unternehmen«, sage ich großspurig und etwas in seinem Gesicht verändert sich, aber ich kann nicht sagen, was es ist.

»Morgen?«, fragt er mich herausfordernd

»Ja«, nicke ich. »Auch wenn die Wohnung möbliert ist, fehlen uns noch tausend Sachen. Geschirr und Essen, ein bisschen Dekoration, Geschirrspülmittel für den Geschirrspüler, Müll-«

»Alles klar, ich habs kapiert«, unterbricht er mich, indem er seine Hand auf meinen Mund legt und ich sie demonstrativ ablecke, woraufhin er süffisant grinst.

»Wenn du mich damit anmachen willst, hast du es geschafft.« Er nimmt die Hand von meinem Mund, packt mich an der Taille und hebt mich an, bevor ich meine Beine um ihn schlinge und er mich zu unserem Schlafzimmer trägt. Er tritt gegen die Tür und mein Blick fällt auf das nackte Bett.

»... Eine neue Bettgarnitur«, füge ich spöttisch hinzu, während er sich rückwärts auf das Bett plumpsen lässt und ich rittlings auf seinem Schoß sitze.

»Ich habe Bettwäsche«, protestiert er.

»Ja, irgendwo in deinem Müllsack, zwischen Klamotten und Heftern und allem, was du mit einer Hand greifen konntest«, spotte ich.

»Na und?«, fragt er und ich kann sehen, dass er wirklich nicht versteht, was daran falsch sein soll und ich seufze.

»Schade, dass wir keine Waschmaschine haben.« Und er hört auf meinen Hals zu küssen und sieht mich verwundert an. »Scheiße, du hast Recht ...«

Ich ziehe die Schultern hoch. »Vielleicht können wir ja morgen ...«

»Du hast das Beste ja noch gar nicht gesehen«, unterbricht er mich, indem er mit Leichtigkeit aufsteht, während ich noch an ihm hänge wie ein Klammeräffchen.

»Was?«, frage ich.

»Tja, das wirst du gleich sehen«, sagt er herausfordernd, als er nach einem Schlüssel auf dem Küchenblock greift und zur Haustür geht, während ich meine Beine von seiner Hüfte löse, doch er hält mich fest im Griff.

»Vince, ich kann laufen«, lache ich.

»Du kannst es aber auch lassen«, sagt er in einem Tonfall, der keine Widerrede zulässt und mich aus der Haustür trägt.

Emmi

Es ist Unsinn, sagt die Vernunft.
Es ist, was es ist, sagt die Liebe.
Es ist nichts als Schmerz, sagt die Angst.
Es ist, was es ist, sagt die Liebe.
Es ist lächerlich, sagt der Stolz.
Es ist leichtsinnig, sagt die Vorsicht.
Es ist unmöglich, sagt die Erfahrung.
Es ist, was es ist, sagt die Liebe.
– Erich Fried

Es ist schwarz wie die Nacht hier unten, bevor die Neonlampe flackernd zum Leben erwacht und einen Kellerraum erleuchtet. Ich sehe zu Vince, der mich widerwillig runtergelassen hat, als er die Tür nicht aufgeschlossen bekam, weil das Schloss geklemmt hat.

»Ist das unser Keller?«, frage ich und er verdreht die Augen, während er sich weigert eine so blöde Frage zu beantworten, und ich strecke ihm die Zunge raus, woraufhin er lächelnd den Kopf schüttelt, bevor er an mir vorbei geht und symbolisch eine weitere Falttür aufschiebt. Und zum Vorschein kommen eine Waschmaschine und ein Trockner.

Meine Augen leuchten, als ich auf den kleinen Raum zugehe und in die Hände klatsche. »Jey.«

Er wölbt eine Augenbraue. »Jey?!«

Doch ich ignoriere seine sarkastische Bemerkung zu meinem kindlichen Ausruf und lasse den Blick durch den quadratischen Kellerraum schweifen. Er hat einen Steinboden und weiße Raupputzwände, doch er ist verhältnismäßig wirklich groß … und leer. Ein weißer, leerer Raum ist genau wie ein weißes, leeres Blatt Papier – offen für so viele Möglichkeiten und gerade deswegen auch irgendwie beängstigend. Es ist sehr warm hier unten, deshalb nehme ich mal an, dass der Heizraum hier irgendwo in der Nähe ist.

Ich drehe mich zu ihm um und er lehnt an der Wand hinter mir, die Arme vor der Brust verschränkt, sein Blick liegt auf mir. Er ist dunkel und sinnlich und mein Unterbauch zieht sich sofort zusammen, während mein Mund augenblicklich trocken wird.

Gott, es ist absolut abwegig, was für eine Wirkung er auf mich hat, doch was in diesem Moment noch überwiegt, ist das Glücksgefühl, weil er mich genauso ansieht. Nach allem, was heute passiert ist, sieht er mich immer noch an, als wäre ich die attraktivste Frau der Welt. Da ist kein Fünkchen Mitleid oder Sorge, kein Bedauern, nur Begierde, dunkel und sexy und ein Schauer fährt mir über die Haut.

»Wieso ist dieser Raum das Beste?«, frage ich trocken und meine belegte Stimme verrät mich – natürlich entgeht ihm das nicht, als ein wissendes und verschmitztes Lächeln seine Lippen umspielt, bevor er die Schultern hebt.

»Weil ich daran denken musste, was ich das letzte Mal mit dir gemacht hab, als wir in so einem Kellerraum waren«, raunt er mit *dieser Stimme,* als er langsam mit seiner tief sitzenden Jogginghose und dem einfachen weißen Shirt auf mich zukommt und ich bei der Erinnerung trocken schlucke.

Ich kann nichts sagen. Ich starre ihn nur mit offenem Mund an und beobachte, wie er auf mich zukommt und wünschte, es würde noch viel schneller gehen, denn jeder Zentimeter meines Körpers schreit mich mit jeder Sekunde lauter an und will einfach nur ihn. Es ist wie eine Sucht. Ein Rausch, den uns niemand anderes geben könnte, wir brauchen einander. *Und alles ist vergessen.*

Als er bei mir angekommen ist, presst er mich fast unsanft an die Wand und mir entwischt das erste Seufzen, als er in meine Haare greift und meinen Kopf zur Seite zieht, um meinen Hals freizulegen. Als seine Zunge meine Haut berührt, setzt es alles an mir unter Strom und mein Unterleib zieht sich beinahe schmerzhaft zusammen. Er leckt quälend langsam meinen Hals hinauf zu meinem Ohr, bevor er mit dieser lasziven, einzigartig rauchigen Stimme flüstert. »Weißt du noch, was ich mit dir gemacht hab?« Er presst seinen harten Körper an mich und ich unterdrücke ein Stöhnen, während ich nicke.

Gott er könnte mich allein mit seinem schweinischen Gerede dazu bringen, ich schwöre es.

»Was hab ich gemacht, Emilia?«, fordert er, während seine Finger sich in den Bund meiner Sporthose stehlen und er sich an mir reibt. *Oh mein Gott.*

»Sag es!«, fordert er, während sein Blick flehend ist, und ich liebe es, dass meine Worte mit ihm dasselbe anstellen, also koste ich es aus.

Ich gebe alles, um so unschuldig wie nur menschenmöglich zu gucken, um den *Bambiblick,* der ihn so wahnsinnig macht, zu perfektionieren, während ich in seine fast schwarzen Augen blicke und mich bemühe genauso unschuldig zu klingen.

»Du hast mich gegen diese dreckige alte Wand gedrückt. So, wie du es immer tust«, während ich das sage, drücke ich ihn fester an mich und reibe mich ebenfalls an der deutlich spürbaren Erektion und muss mich bemühen, die Fassung zu bewahren, als er mir in den Mund stöhnt und seine Finger an meinem Slip vorbeischiebt. »Und dann hast du mich gevögelt. Fest und hart.«

Er verzieht vor Ekstase das Gesicht und ich liebe es.

»In diesem verfickten, weißen Kleid.«

Wir stöhnen beide, als seine Finger die richtige Stelle finden und ich wimmernd hinzufüge. »Wie nur du es kannst.«

Er bohrt die Finger seiner anderen Hand fast schmerzhaft in meine Hüfte, als er tonlos stöhnt und das Gesicht verzieht, und ich bin mir sicher, dass auch ihm das beinahe reichen würde. Ich umfasse seine Erektion und er saugt zischend die Luft ein.

»Und ich will, dass du es wieder tust.« Er hakt seine Finger in meinen Slip und reißt ihn samt Hose von meinen Beinen, während ich meine Finger in den Saum seines Shirts kralle und es ihm über den Kopf ziehe, bevor ich aus der Hose steige.

»Zieh es aus!«, befiehlt er dunkel, als er auf mein Longsleeve deutet und ich tue, was er sagt, während er ein Kondom aus der Hose zieht und es sich überstreift.

Er packt mich an den Oberschenkel und hebt mich hoch, um mich kurz darauf auf sich herabzusenken, während er mich gegen die Rauputzwand drückt. Es ist schmerzhaft, doch in diesem Moment ist das Gefühl von ihm, wie er grob in mich hineinfährt, wesentlich stärker, nach zwei heftigen Stößen umgreift er mit einem Arm meine Taille und trennt somit meinen Rücken von der Wand und legt mit der anderen meine Brüste frei.

»Gott, ich liebe dich. Ich … liebe dich so sehr Baby«, stöhnt er zwischen heftigen Stößen, die mich zum Äußersten treiben. »Ich wollte dich hier drin so gern ficken«, raunt er beinahe verzweifelt und das macht mich so an. Ich liebe es so sehr, dass er mich und das hier, genauso braucht, wie ich ihn.

»Hier…. auf der Küche … Fuck und in jedem … anderen … beschissenen Raum … in dieser gottverdammten Wohnung«, seine Bewegungen werden fahriger und auch ich vergrabe meine Finger in seiner Schulter, woraufhin er lustvoll das Gesicht verzieht und sich auf die Unterlippe beißt.

»Ich liebe dich«, stöhne ich, als mein Unterbauch sich anspannt und der Orgasmus mich überrollt. Das ist alles, was er braucht.

Ich räume die letzten Müllsäcke aus und vermerke mir in Großbuchstaben auf meiner virtuellen Einkaufsliste, morgen dringend ein Bügeleisen zu besorgen, denn mein eigenes ist bei den zahlreichen Ein- und Auspackaktionen und dem Verstauen in diversen Kartons wohl irgendwo auf der Strecke geblieben. Als ich seine Bettwäsche aus dem Trockner hole, kommt mir unwillkürlich der Gedanke, wie viele Frauen wohl schon in dieser Garnitur übernachtet oder noch viel schlimmeres getan haben und meine Brust zieht sich qualvoll zusammen. Ich sollte diese Art von Gedanken wirklich meiden, denn seine Vergangenheit hat es in sich, doch es ist genau das. *Vergangenheit.* Aber das wird mich sicher nicht daran hindern, morgen mindestens zwei neue Garnituren zu kaufen und diese hier verschwinden zu lassen oder besser noch anzuzünden, doch für eine weitere Nacht wird sie ihren Zweck erfüllen. Unsere erste Nacht. In unserem eigenen Bett.

In unserer Wohnung. *Eine neue Ära.*

Ich weiß auch, dass alles andere dadurch nicht verschwindet. *Das weiß ich wirklich* und ich weiß auch, dass die meisten Außenstehenden diese Art für eine Art Ignoranz halten. Doch ich ignoriere es nicht, ich akzeptiere es. Es ist auch keine Resignation ... aber nichts lässt dich so viel Energie verlieren, wie die Diskussion und der Kampf gegen eine Situation, die du nicht ändern kannst.

Ich hab nur gelernt, mit dem, was ich sowieso nicht ändern kann, zu leben, ohne dass es jede Sekunde eines jeden Tages bestimmt, und das hab ich ihm zu verdanken und ich hoffe wirklich, dass ich auch ihm dabei helfen kann, *irgendwann.*

Ich atme tief durch, als ich das Bett bezogen hab und höre die Klingel. Unsere Klingel. *Es ist ein wunderbares Geräusch.*

Ich streiche noch einmal über die bezogene Decke und gehe aus dem Schlafzimmer, wo ich beobachte, wie Vince dem Pizzaboten dreißig Dollar zusteckt. Es sind diese Kleinigkeiten, bei denen er ganz unbewusst beweist, dass er nicht der Teufel ist, denn für diese Gegend sind zwanzig Dollar Trinkgeld wirklich untypisch und extrem großzügig.

Doch seine Arroganz, während er das »*Vielen Dank und einen schönen Abend*« des Pizzaboten ignoriert, verleihen dem ganzen einen Dämpfer und ich verdrehe die Augen, als ich in unsere Küche gehe, wo er den Karton aufklappt und mir der umwerfende Geruch entgegenströmt. Wieder so ein Tag, an dem das Essen wirklich zu kurz kam, umso besser duftet sie jetzt. Ich setzte mich lächelnd zu ihm auf den Barhocker und er reicht mir mein Stück auf einer Serviette, zusammen mit meiner Cola. Wir brauchend dringend Geschirr und auch den Kühlschrank müssen wir füllen, was meine Aufgabe sein wird, und diese habe ich mir wirklich hart erkämpft.

Ich möchte meinen Beitrag leisten, also übernehme ich die Nebenkosten und den Einkauf. Er war alles andere als begeistert und hofft sicher, das Ganze noch abzuwenden, doch das wird er nicht schaffen.

»Eigentlich hätte ich die Pizza bezahlen müssen«, schmolle ich und er wirft mir einen bitterbösen Blick zu, woraufhin ich eine Grimasse schneide und einen riesengroßen Bissen von der Pizza nehme. *Mmhh, sie ist wirklich gut.*

»Also«, fängt er an, während er weiterkaut und die Serviette zerknüllt, ohne mich anzusehen. »DU hast Geburtstag?!« Ich verschlucke mich an meinem Bissen, und muss ein Schluck trinken, um nicht zu ersticken, während sein Blick völlig unbeeindruckt auf mir liegt. *Mann, ich werde bei ihm wohl nie Boden unter den Füßen bekommen.* Es ist wie bei diesen Kellnern, die in einem Ruck die Tischdecke unter dem Geschirr wegziehen können, während alles an seinem Platz stehenbleibt. Ich wünschte, ich würde es irgendwann schaffen, unbeeindruckt stehenzubleiben, wenn er mir den Boden unter den Füßen wegzieht, doch noch schlage ich Saltos, wenn er das tut. Nachdem ich den Bissen inklusive dem Kloß in meinem Hals runtergeschluckt habe, nicke ich. »Ja.«

Sein Blick wirkt *verstimmt* – gelinde gesagt.

»Wolltest du mir das noch sagen oder …?« Er schüttelt fragend den Kopf.

»Ja, natürlich«, antworte ich, wie selbstverständlich.

»Wann?«, fordert er mich heraus und ich schüttle den Kopf. Ich habe heute wirklich keinen Nerv mehr dafür, dass er jetzt einen Streit anzettelt.

»Keine Ahnung«, sage ich etwas zu scharf. »Wenn wir irgendwann mal zur Ruhe kommen«, füge ich genervt hinzu und er zieht die Augenbrauen nach oben. *Jetzt geht's los.*

»Ach jetzt ist es auch noch meine verdammte Schuld, dass du schon wieder anfängst, mir Sachen zu verheimlichen und mich anzulügen oder was?«, blafft er ungläubig.

»Das tue ich doch gar nicht«, schnauze ich zurück.

»Und, ob du das tust. Du lässt mich einfach nicht an deinem beschissenen Leben teilhaben«, brüllt er verzweifelt, indem er die zerknüllte Serviette durch das Zimmer pfeffert und wütend aufsteht.

»Wie bitte?«, fordere ich. »Ich bin gerade mit dir zusammengezogen.« Er schnellt zu mir herum.

»Wow!« Dann breitet er dramatisch die Arme aus. »Also bist du mit mir zusammengezogen, um mir einen Gefallen zu tun?«, fragt er und sieht mich entsetzt an.

»Nein«, sage ich bestimmt und atme langsam aus, während ich die Augen schließe.

Dieser Streit war nötig, es geht nicht nur um meinen Geburtstag, sondern auch um den Arzttermin und ich hätte es ihm sagen müssen, das weiß ich und es tut mir leid, aber ich werde nicht zulassen, dass wir wieder in alte Gewohnheiten verfallen, also zähle ich langsam bis drei, um mich zu beruhigen.

»Nein«, fange ich noch einmal wesentlich sanfter an.

»Ich habe es getan, weil ich dich liebe und mit dir zusammen sein will«, sage ich entschlossen, während ich aufstehe und auf ihn zugehe, worauf auch sein wutverzerrtes Gesicht sich entspannt.

»Und ich habe dir nicht böswillig nichts davon erzählt.«

Ich streiche über die Falte zwischen seinen Augenbrauen, so wie er es schon unzählige Male bei mir getan hat. »Ich wusste nur bis vor ein paar Tagen nicht, was daraus wird, und hab ihn einfach bewusst *ignoriert!* Verstehst du? Meine Mom und ich haben diesen einen Geburtstag schon ewig geplant, doch nun ist er da und alles ist … *anders.*«

Ich sehe an ihm vorbei und auch er senkt den Blick, als ich fortfahre: »Doch wir wollen ihn trotzdem, so gut es geht, durchziehen und ich weiß, dass du nicht sehr begeistert davon bist, dass ich meinen Geburtstag mit ihr verbringe und nicht mit dir …«

»Ich bin auch nicht begeistert davon«, knurrt er.

»Ich weiß, aber Samstag gehöre ich nur dir okay«, sage ich und hoffe, dass er einlenkt. Ich will mich an unserem ersten Abend in unserer Wohnung nicht streiten. Er schnaubt gefrustet und meidet meinen Blick

»Sicher.«

»Hey«, ich zwinge ihn, mich anzusehen. »Ich verspreche es dir«, doch er nickt nur ins Leere und diese Reaktion ist wie ein Nadelstich ins Herz. Er gibt mir einen Kuss auf die Nasenspitze und lächelt ein Lächeln, das seine Augen nicht erreicht, als er an mir vorbei zurück an den Tresen geht.

Ich sehe ihm nach und frage mich, woher er das überhaupt weiß, und woher wusste er von dem Arzttermin? Woher weiß er all die Dinge? Doch das wäre eine Diskussion, für die ich heute einfach zu müde bin. Außerdem bin ich mir nicht sicher, ob ich es überhaupt wissen will, als auch ich mich wieder zu ihm setze und wir beide in Gedanken versunken unsere Pizza essen.

Emmi

The mind remembers the words, but the heart remembers how it feels.
The mind can forget, but the heart never will.
– JmStorm

Der Einkaufswagen füllt sich im Sekundentakt und ich war überrascht, dass er wirklich mitkommen wollte. Nach dem gestrigen Abendessen war es für eine Weile *komisch*, doch dann hat er sich auf die Couch geworfen und mich auf seine Brust gezogen und wir schauten einfach nur eine alte Folge »Game of Thrones«.

Doch die Intimität dieser Liegeposition auf *unserer* Couch war beinahe greifbar und ich wusste, dass auch er es spürte, als er mich noch fester an sich drückte und mir anfing über das Haar zu streichen, kurz bevor er einen Kuss hineindrückte. *Und ich war einfach nur glücklich.* Genau, wie in diesem Moment als wir das Geschirr aussuchen.

Beziehungsweise ich es tue, indem ich ihm Beispiele verschiedener Services entgegenhalte, wie die Showgirls von *der Preis ist heiß* und er entweder die Augen verdreht oder die Nase kräuselt. Am Ende entscheiden wir uns für ein Service, bei dem ich ihm ein schnaubendes Schulterzucken abjagen konnte. So läuft es eigentlich bei allen Dingen, die wir brauchen, *doch es macht Spaß*. Ich weiß, dass er es hasst, doch es amüsiert ihn mich mit seinem übertrieben gekünstelten Desinteresse zu ärgern, denn ich erwische ihn dabei, wie er mich mit diesem *besonderen Blick* ansieht, als er mich dabei beobachtet, wie ich zum zehnten Mal die Vor- und Nachteile verschiedener Kaffeemaschinen abwäge. Es ist ein Blick, mit dem jede Frau wenigstens einmal im Leben angesehen werden möchte. Ein Blick, in dem ich ganz genau sehe, dass er mich mit all den gebrochenen Teilen seiner Seele liebt und dann könnte auch ich vor Glück zerspringen.

Wir haben die meisten Einkäufe der Haushaltswaren erledigt und verstauen sie im Auto, bevor wir ein letztes Mal in die Mall gehen, um unsere Lebensmittel zu kaufen, als er etwas langsamer wird.

»Weißt du was, geh ruhig schon vor, ich muss noch mal zurück. Ich hab was im Auto vergessen«, stockt er, während er sich schon zum Gehen wendet.

»Was denn?«, frage ich, was mir ein genervtes Augendrehen einbringt, und ich hebe ergeben die Hände, während ich ihm eine Sekunde fragend hinterhersehe und dann an den Shops für Accessoires, teuren Modelabeln und diversen Juwelieren vorbei, direkt zum Supermarkt gehe, ohne auch nur einen einzigen Blick zu riskieren, *das hier wird teuer genug.* Auch wenn ich, wie erwartet, einen riesengroßen Streit provoziert habe, als er der Verkäuferin an der Kasse der Haushaltswaren seine Karte entgegenstrecken wollte, doch ich ihr meine reiche, ohne ihn zu beachten. Ich greife mir zum hoffentlich letzten Mal für heute einen Korb und ziehe ihn aus der Abgrenzung. Doch als ich mich umdrehe, um mit ihm durch die Schiebetüren zu gehen, berührt mich etwas an der Schulter.

Ich drehe mich ruckartig um und sehe in ozeanblaue Augen und ein Lachen, das aus tiefster Seele und von ganzem Herzen kommt. *Jonah.*

»Hey«, seufze ich völlig überwältigt, als ich ohne nachzudenken die Arme um seinen Hals schlinge und falls es ihn überrascht hat, lässt er es sich nicht anmerken, bevor auch er warm und liebevoll die Arme um mich legt und mich fest und ehrlich an sich drückt. Es fühlt sich so vertraut an, dass ich mir für einen Moment lang wünsche, sie würde etwas länger dauern.

Als wir uns voneinander lösen, strahle ich ihn an.

Seine blonden Haare sind perfekt zu einer Tolle gestylt, sein Kinn ist glatt rasiert und seine Chinos faltenfrei gebügelt.

Er trägt eine Strickjacke, die perfekt zu dem darunterliegenden Hemd passt. *Er ist perfekt.* Genau wie Barbies Ken. *Nur, dass ich nicht mehr die Barbie bin.*

Diese hat genau jetzt ihren Auftritt. Sie legt ihm besitzergreifend die Hand auf die Schulter, an der sie einen Ring mit einem Diamanten von der Größe eines Türknaufs trägt. Sie hat wundervolles, dickes, glattes, blondes Haar, das ihr glänzend über die Schultern fällt. Sie ist groß und schlank, bildhübsch und… *schwanger.* Bei dem Anblick der Wölbung ihres Bauches geht mir zwangsläufig der Atem aus und auch der Ton um mich herum bekommt diverse Störungen. Es ist wie ein Hammerschlag, der mir kurz die Sinne raubt.

Ich starre wie hypnotisiert auf ihren Bauch und bin nicht fähig, etwas zu sagen. *Ich freue mich für ihn.*

Ganz ehrlich. Er hat genau das, was er immer wollte und was er aus tiefster Seele verdient und doch kann ich den bitteren Beigeschmack der Eifersucht auf meiner Zunge nicht verleugnen. Ich konnte ihm genau das einfach nicht geben, obwohl es eine Zeit gab, in der ich es aus tiefster Seele wollte. Ich reiße meinen Blick von ihrem Bauch los und sehe zu ihm. *Er strahlt sie an.* Voller Liebe, voller Wärme.

Genau so hat er mich angesehen, bevor ich aufhörte, für ihn zu strahlen und die Erinnerung an längst verdrängte Tage holt mich ein und überrollt mich wie eine Lawine.

»Emmi, was ist das?« Jonah hält demonstrativ ein leeres Glas in die Höhe, bevor er demonstrativ daran riecht und ich antworte völlig desinteressiert und trotzig. »Nach was sieht es denn aus?«

Es ist, als würde ich uns beide von außen beobachten und was ich da sehe, ist alles andere, als schmeichelhaft.

»Es sieht aus, als würdest du trinken, obwohl du es nicht sollst«, sagt er streng.

»Wer zur Hölle hat dich zur Spaßpolizei erklärt?!«, reiße ich ihm das Glas aus der Hand.

»Emmi, was ist nur los mit dir? So bist du nicht«, antwortet er mit unendlich viel Bedauern in der Stimme, bevor er seufzend fortfährt. »Die Mädels haben mir gesagt, dass du beim Komitee aufgehört hast?«

»Ja und? Die sollen bloß nicht so tun, als wären sie nicht froh darüber. Ich kann den ganzen Mist einfach nicht mehr ertragen«, winke ich ab.

»Welchen Mist?«, fragt er ungläubig.

»Diesen ganzen Zirkus.« Ich deute aus der Wohnungstür.

»Die ganze Zeit über diese nichtigen, bedeutungslosen Dinge zu diskutieren und so zu tun, als wären sie wichtig. Immer wieder dieselben banalen Gespräche. Jeder lästert über jeden. Es ist nur eine oberflächliche Scheinwelt und mehr nicht und ich ...« Ich deute schwankend auf mich, *»passe da einfach nicht mehr rein.«*

Er schüttelt traurig den Kopf »Emmi, ich weiß, dass es schwer ist ...«

»Du weißt einen Scheißdreck«, unterbreche ich ihn zischend und es sieht mich mit großen Augen an, bevor er machtlos die Schultern hebt.

»Na gut und jetzt? Was hast du vor? Dich allein betrinken und im Selbstmitleid versinken? Ja, wir sind ein wenig ins Stolpern geraten, aber du musst nur durchhalten und dann wird auch alles wieder gut.«

Ich erinnere mich genau, dass er immer fest an diese Worte glaubte. Er dachte, es müsste nur etwas Zeit vergehen und dann würde alles wieder so werden wie es war, und wir würden das Leben führen, was wir immer wollten, doch ich habe seine Träume zerschmettert.

»Herrgott noch mal, wie kann man nur so gutgläubig sein? Nichts wird wieder gut. Ich kann dir nicht das geben, was du willst und was du brauchst. Mach die Augen auf!«, schnauze ich und er holt erschrocken Luft.

»Nein, nicht, wenn du aufgibst.« Er kam näher und sah mich ermutigend an, genauso gut hätte er mir ein Messer ins Herz jagen können.

»Aber meine Emmi würde niemals aufgeben«, flehte er verzweifelt und ich schüttelte nur emotionslos den Kopf.

»Ich bin nicht mehr deine Emmi, Jonah.«

Ich sah in seinen Augen, wie sein Herz zerbrach, und sein Blick jetzt signalisiert mir, dass er mich etwas gefragt hat und so befreit er mich aus dieser bitteren Erinnerung.

Ich war wirklich ein gemeines Miststück und er hatte etwas so viel Besseres verdient und auch wenn es gerade unheimlich schmerzt, vor Augen gehalten zu bekommen, was ich niemals haben kann, bin ich mir sicher, dass es so hat sein sollen.

Denn ich weiß nicht, ob ich, selbst wenn all diese Dinge nicht passiert wären, wirklich mit dieser Vorstadtidylle glücklich geworden wäre, doch sie sieht wie die perfekte Vorstadtbarbie aus, und das freut mich für ihn.

Ich blinzle noch einmal, um mich aus dem schwarzen Loch meiner Gedanken zu befreien, und sehe ihn fragend an.

»Entschuldige bitte, was?«

Doch er lächelt nur liebevoll, *was sonst*. Er deutet erneut auf die blonde Schönheit. »Das ist Camille«

Armes Ding, heißt wie eine Teesorte, doch den fiesen Gedanken vertreibe ich sofort, als ich ihr die Hand entgegenstrecke, und er deutet auf mich.

»Camille, das ist Emmi.«

Und ihr Blick schnellt fragend zu ihm, doch er nickt nur höflich zu mir, um ihr zu verdeutlichen nicht unhöflich zu sein. Sie sieht mich skeptisch an, bevor sie mir die Hand reicht. Ich erwidere es, indem ich höflich lächle.

Klar! Ich weiß, dass sie wahrscheinlich ein kahlköpfiges Klappergestell erwartet hat, doch da muss ich sie enttäuschen. Darin bin ich wirklich gut geworden. Leute zu enttäuschen, für die einen bin ich so krank, dass sie mir nicht in die Augen sehen können, für die anderen offensichtlich nicht krank genug und ich habe es so satt, die Erwartungen von anderen zu erfüllen und da es sowieso ein Kampf gegen Windmühlen ist, habe ich es aufgegeben.

Ich räuspere mich verlegen und Jonah bittet Camille freundlich, aber bestimmt vorzugehen, was ihr gar nicht gefällt, aber sie tut es. Wir sehen ihr eine Weile nach, bevor er sich zu mir dreht und ehrlich und aufrichtig sagt:

»Du siehst toll aus«, und auf mich deutet, wofür ich ihn dankbar anlächle.

»Danke.« Dann deute ich auf ihn. »Du, aber auch.«

Er nickt verlegen.

»Und ich gratuliere dir«, füge ich rasch hinzu und zeige auf die Stelle, an der Camille gerade noch stand und schüttle dann den Kopf. »Ich meine euch«, stottere ich verlegen und er sieht mich bedauernd an. Mann, das ist wirklich unangenehm, dabei sollte es das nicht sein. Ich atme tief durch und versuche, die Unsicherheit abzuschütteln.

»Es freut mich wirklich aufrichtig für euch.« Meine Stimme ist nun deutlich fester, während ich mir ans Herz fasse. »Und es tut mir so unendlich leid, wie es letztendlich zwischen uns gelaufen ist. Was ich zu dir gesagt hab, was ich dir angetan hab.« Bei der Erinnerung steigen mir die Tränen in die Augen, ich war depressiv, hab extensiv getrunken und war gemein, vielleicht wollte ich ihn so auch nur vertreiben, doch alles was er wollte, war mich wieder in Ordnung zu bringen. Er wollte nur, dass alles wieder so wird, wie es war, doch da führte kein Weg mehr hin und ich hatte es einfach satt ihn immer wieder zu enttäuschen und ihm seine Zukunft zu verbauen, die er so verdient. Doch, wenn ich es ihm so gesagt hätte, hätte er es niemals gelten lassen. *Er hätte mich nie verlassen.*

Unvorbereitet streicht seine Hand meine Wange, als ich mich schämend dem Boden zuwende. Er streicht mit dem Daumen über die dünne Haut unter meinen Augen, die nun verdächtig glänzen dürften.

»Es ist okay«, flüstert er, während er mein Gesicht studiert.

»Ich hatte es nicht verstanden.« Dann neigt er wissend den Kopf. »Aber jetzt tue ich es.«

Und sein Lächeln ist dankbar, wehmütig und traurig, als ich meine Hand über seine lege und ihn mit demselben Blick ansehe. Ein Tribut an das Leben, das nicht hatte sein sollen und ein Echo dessen, was wir gewesen waren. Es ist ein bedeutender Moment, zumindest bis eine zischelnde Stimme wie ein Blitz zwischen uns schlägt.

»Stör ich?«

Vince

Einfach tun, was richtig ist,
einfach lassen, was nichts bringt.
Einfach sagen, was man denkt,
einfach leben, was man fühlt.
Einfach lieben, wen man liebt.
Einfach ist nicht leicht ... einfach ist am schwersten.

Ich fasse es nicht! *Fünf Minuten.* Ich kann mich nicht mal fünf Minuten umdrehen, ohne dass ich anschließend mit ansehen muss, wie so ein dämlicher blonder Wichser sich an ihr vergreift. *Verflucht, was ist das?* Hat sie einen Magneten im Arsch, der diese verweichlichten Schönlinge magisch anzieht oder was? Ich höre, wie das Plastik meines Handys knackt, so fest drücke ich es zusammen, als ich den erneuten Anruf von Hannah ignoriere, auf den ich gerade antworten wollte, bevor ich gesehen hab, wie dieser Arsch sie antatscht.

Ich gehe langsam auf sie zu und sie sind so ineinander versunken, dass sie es nicht mal kommen sehen.

»Stör ich?«, zische ich, um ihre Aufmerksamkeit von diesem Lackaffen auf mich zu lenken, was mir gelingt, denn ihr Blick schnellt sofort zu mir, fast so schnell wie die Farbe, die aus ihrem Gesicht verschwindet, als sie mich sieht.

Dann sieht sie irritiert von ihm zu mir und blinzelt heftig.

»Vince«, formt sie tonlos.

»Ganz genau, der Vince«, knurre ich, während ich ihn fixiere, doch er hält meinem Blick überraschenderweise stand.

Er ist genau wie ihr Exfreund, Schrägstrich, Mitbewohner – was ich auch erst glaube, wenn ich es sehe. Dann sieht er sie besorgt an und sie sieht aus, als hätte sie einen Geist gesehen.

Und wieder bin ich der Bösewicht!

»Nein, schon gut, ich wollte gerade gehen«, sagt der kleine Schleimer, der anscheinend weiß, was gut für ihn ist und dann … umarmt er sie. *What the Fuck, das passiert gerade nicht wirklich.*

»Pass gut auf dich auf«, flüstert er ihr ins Haar und ich bin kurz davor, die Geduld zu verlieren, als ich einen Schritt näher an sie herantrete »Dann lass dich nicht aufhalten«, sage ich hart, doch auch dieses Mal ist da keinerlei Unsicherheit in seinen beinahe lächerlich blauen Augen, sondern vielmehr Trotz und was? *Eine Warnung?* Das ist ein Witz oder?

Doch in diesem Moment scheint mein Mädchen ihre Sturheit wiedergefunden zu haben, und funkelt mich böse an, während sie mich zurückhält und sich von ihm löst.

Das kann definitiv nur ein Witz sein!

Dann fällt ihr Blick wieder auf ihn. »Danke, das mach ich.«

Sie nickt ihm zu. Warm und vertraut. *Es macht mich fertig.*

Bevor sie hinzufügt. »Ich wünsche euch alles Gute.«

Er nickt genauso warm zu ihr und in der Millisekunde, in der sein Blick von ihr auf mich fällt, erleidet er einen rapiden Temperatursturz. *Oh, was denn? Butzibärchen kann mich wohl nicht leiden? Das bricht mir echt das Herz!* Ich gebe ihm mit meinen Blick zu verstehen, dass es besser wäre, wenn man sich nicht noch einmal sieht, als ich meinen Arm um ihre Taille lege und sie in die andere Richtung ziehe.

»Wer zum Teufel war das?«, fahre ich sie an, sobald wir außer Reichweite dieses Arschkriechers sind, und sie verdreht nur genervt die Augen, bevor sie müde mit dem Kopf schüttelt.

»Wieso musst du jedes Mal so eine Szene machen?«, fragt sie erschöpft.

»Eine Szene?«, frage ich ungläubig, während ich dramatisch auf mich deute. »Das ist kilometerweit entfernt von einer Szene gewesen.

Eine Szene wäre es gewesen, wenn ich ihm seine Zähne aus seinem perfekten breiten Grinsen geschlagen hätte …«

»Und wieso solltest du das tun?«, unterbricht sie mich barsch.

»Weil er dich angegrapscht hat«, antworte ich wie selbstverständlich. »Ich habe es satt ständig mit ansehen zu müssen, wie dich irgendein anderer Typ antatscht, sobald ich mich umdrehe«, fluche ich.

»Hör auf, immer alles ständig so überzubewerten. Gott, du bist so paranoid«, keift sie mich an, während sie wild mit den Armen gestikuliert und wir wieder einmal im Mittelpunkt der Aufmerksamkeit stehen, aber das ist mir scheißegal.

»Ich bin nicht paranoid. Ich habe es doch genau gesehen«, blaffe ich zurück.

»Was denn?«, fordert sie.

»Eure widerlich vertrauten Blicke und eure zärtlichen Umarmungen und ich soll danebenstehen wie ein Trottel und dabei zusehen?«, frage ich sie zweifelnd.

»Du hättest dich ganz einfach vorstellen können.

Genau, wie seine schwangere Verlobte es getan hat, kurz bevor sie uns allein gelassen hat.«

Ich sehe sie ungläubig an. »Wieso zur Hölle sollte ich … oder auch sie das tun?«

»Weil wir … da war … da war noch so einiges …«, stottert sie, bevor sie sich sammelt. »Weil wir das einfach brauchten, um abzuschließen.«

Ich versuche, wie wild die Information zu sortieren.

»Um abzuschließen? Wie meinst du das? Soll das …«

Ich schließe die Augen und versuche, das Rot aus meinen Augen zu verscheuchen, bevor ich sie wieder öffne und frage, was ich sowieso schon weiß.

»Soll das heißen, das war dein verschissener Exfreund?«, schleudere ich ihr entgegen und deute an den Ort, an dem ich sie mit verträumten Blicken vorfand. Sie weicht meinem Blick aus und neigt den Kopf zur Seite, was Antwort genug ist.

Und ich taumle gespielt zurück, obwohl ich nicht weiß, ob es wirklich hundert Prozent gespielt ist.

»*Natürlich war er das!* Die perfekt gestylten, blonden Haare, die blauen Augen und das aalglatte Märchenprinzgetue …«

Ich schnaube abschätzig. »Genau, wie dein …« Ich zeichne Anführungszeichen in die Luft »*Mitbewohner* … oder dieser verdammte Finn.«

Ich lache bitter und sehe die kleine *Prinzessin* vor mir an.

»Was bin ich für dich? So was wie dein *Antitraumprinz?* Ein Experiment? Eine Badboyfantasie? *Was?* Sags mir, damit ich weiß, was ich von dir erwarten kann, bevor du zu einem dieser Wichser zurückrennst, die sowieso hundert Mal besser zu dir passen, als ich.« Ich reibe mir über das Gesicht, während ich mich von ihr wegdrehe und fahre mir anschließend durch die Haare.

»Das ist doch alles sinnlos«, knurre ich, bevor sie mich am Arm packt und zu sich rumdreht.

»Und schon fängst du wieder an«, protestiert sie. »Wenn auch nur ein winzig kleines Ding nicht ganz so läuft, wie du es willst, rastest du aus und stellst alles infrage, weil du einfach nichts und niemandem vertraust«, schimpft sie, bevor sie seufzt, und tief durchatmet, um sich zu beruhigen. Dann legt sie ihre Hand an meine Wange. »Und das ginge ja noch, weil du nun mal so bist, aber du musst wenigstens mir vertrauen.«

Und ich schüttle den Kopf. Ich bin so wütend und frustriert und fühle mich so ohnmächtig und will einfach nur, dass es ihr genauso geht und ich weiß, dass mich das zu einem riesengroßen Arschloch macht, aber ich nuschle es trotzdem:

»Wie könnte ich das?«

Sie sieht mich an, als hätte ich ihr gerade eine Ohrfeige verpasst und ich bereue meine Worte, weil sie nicht stimmen.

Aber ich kann gerade verdammt noch mal nicht aus meiner Haut.

Das alles fuckt mich so ab! Sie lässt den Blick sinken und ich sehe, dass sich ihre Wange einzieht. Sie beißt sich darauf, um die Tränen zu unterdrücken. *Gott ich bin so ein Wichser.*

Dann nickt sie kaum merklich, dreht sich rum und schnappt sich einen der Einkaufskörbe. Ihre Stimme ist hart und spröde, wie Glas als sie flüstert: »Tut mir leid, dass du so empfindest.« Und mit diesen Worten verschwindet sie durch die Schiebetüren des Supermarkts und lässt mich stehen.

Emmi

Our souls fell in love.

Our egos broke us up

— Brigitte Devoue

Der Heimweg verlief schweigend, was mich wirklich geärgert hat, aber ich hatte einfach nichts zu sagen, was es irgendwie besser gemacht hätte. Ich habe stumm aus dem Fenster gesehen und kleine Kreise an die leicht beschlagene Fensterscheibe gemalt und versucht, das alles nicht allzu sehr an mich rankommen zu lassen. *Denn da sind wir wieder.*

Wieder an dem Punkt angelangt! Ich habe meine Tasche gepackt, mich umgezogen und bin wortlos zur Tür raus, um in das Casino zu fahren, in dem ich mich mit meiner Mom verabredet habe. Es hat mir das Herz gebrochen, mich nicht noch mal zu ihm umzudrehen, bevor ich die Haustür hinter mir zugezogen hab und ich weiß, dass es ihn zerrissen hat.

Aber ich bin es leid, ihm immer und immer wieder entgegenzugehen, wenn er überreagiert und scheiße baut.

Es hat mich sehr verletzt, als er sagte, er würde mir nicht vertrauen und könnte es auch nie mehr. Dieser Satz war wie ein unerwarteter Tritt in die Magengrube und dabei glaube ich, dass er es nur gesagt hat, um mich zu verletzen, was die eigentliche Tragödie ist. Ich hatte wirklich gedacht, wir würden Fortschritte machen, doch eine Meinungsverschiedenheit und wir fallen sofort wieder in unsere alten Verhaltensmuster zurück. Ich weiß, dass es falsch war, ihm nicht von dem Arzttermin zu erzählen, aber ich hätte nicht gedacht, dass das sein Vertrauen zu mir wieder so erschüttern würde *und das hat es auch nicht.* Was ihn erschüttert hat, war das Bild von mir und Jonah. *Seine Unsicherheit ist das Problem!* Er ist so paranoid und sieht in jedem Menschen eine Bedrohung. Jemanden, der ihm auf irgendeine Art und Weise schaden will, oder jemanden, der mich dazu bringt, mich von ihm abzuwenden, was absurd ist, und aus Angst, ich könnte gehen, schubst er mich von sich.

Es ist ein Teufelskreis und ich bin so müde davon ihn immer und immer wieder von vorn zu beginnen. Er ist so versessen auf all das Schlechte in seinem Leben, dass er dem Guten einfach nicht vertraut.

Er ist innerlich so kaputt, dass er alles verdächtig findet, was versucht, ihn glücklich zu machen.

Und ich habe mit dazu beigetragen, das ist etwas, was ich nie wieder gut machen kann, aber er muss verdammt noch mal darüber hinweg kommen. Denn so wird das nicht funktionieren und das muss er einsehen. Ich lasse mich nicht einsperren oder abschotten und schon gar nicht kontrollieren.

Ich liebe ihn und darauf muss er einfach lernen zu vertrauen und aufhören so unsicher zu sein. *Was er natürlich nicht ist,* denn wenn es etwas gibt, was noch größer ist als seine Unsicherheit, ist es sein Ego und das ist eine extrem anstrengende Kombination. Vielleicht sind wir wirklich ein Experiment, das zum Scheitern verurteilt ist. Ich hatte schon vorherige Beziehungen und bei denen war es nie *so schwierig.*

Alles war warm, vertraut und leicht.

Die Liebe zu Vince ist anders.

Unsere Liebe ist keine Liebe, die sanft wie ein Sommerregen in unsere Herzen rieselt. Unsere Liebe ist ein wilder, tiefer, unberechenbarer Ozean und wir sind beide darin ertrunken, als wir sie trafen.

Es ist 16 Uhr, als ich auf den riesengroßen Parkplatz des *Twin River Casino Hotel* abbiege und vor dem Eingang, direkt unter einem dieser typischen Casinovordächer zum Stehen komme und versuche, alle negativen Empfindungen abzuschütteln, bevor ich aussteige, worauf zwei junge Männer mit südländischem Akzent sofort nach meinem Autoschlüssel und meinem Gepäck greifen. *Oh wow!* Das geht alles wirklich ziemlich schnell und ich weiß nicht, wem von beiden ich zuerst folgen soll?! Der Platzwart, der mir den Autoschlüssel abnimmt, drückt mir dafür eine Karte in die Hand, bevor er in mein Auto steigt, den Gang einlegt und wegfährt. *Oookay??*

Doch ich beobachte, wie andere Gäste den gefühlt hundert anderen Pagen mit den geradezu lächerlich bunten Westen ihre Karten geben und dafür ihre Autos zurückbekommen.

Nun gut.

Ich dreh mich einmal im Kreis, um den Liftboy zu finden, der mir meine Tasche abgenommen hat, und sehe ihn geradewegs auf den Eingang zusteuern. Mann, hier ist Zeit wirklich Geld und als ich ihm folge sehe ich meine Mom freudestrahlend vor dem Eingang stehen. Sie sieht glücklich und gleichzeitig unglaublich traurig aus und ich kann es absolut nachempfinden, denn genauso fühle ich mich auch.

Es hat etwas Wehmütiges und gleichermaßen Schönes hier zu sein, also schließe ich die Augen und schüttle auch den letzten negativen Gedanken ab, bevor ich auf sie zugehe.

Heute gehört der Abend nur mir und meiner Mom und wir freuen uns darauf, seit ich denken kann und das wird er mir nicht kaputt machen.

Vince

Sie ist Feuer und Eis.
Du wirst die Kälte fürchten
und dich nach dem Brennen sehnen.
– JM Storm

Ich starre immer noch diese dämliche Wohnungstür an, aus der sie ohne ein verdammtes Wort und ohne sich auch nur noch ein einziges Mal umzudrehen verschwunden ist.

Seit wann ist sie so eiskalt? Klar hab ich mich wie ein Arsch aufgeführt, aber sie hat verflucht noch mal dagestanden und mit ihrem bescheuerten Exfreund geflirtet. *Ich meine gehts noch?*

Ich lasse meinen Kopf sinken und fahre mir durch die Haare. Ich hätte ihr nicht sagen dürfen, dass ich ihr nicht vertraue! Ich weiß, dass das ihr wunder Punkt ist und auf dem reite ich immer und immer wieder rum, wenn ich versuche, meine beschissenen Aktionen zu rechtfertigen.

Mann, was stimmt nur nicht mit mir?

Ich hätte wirklich gedacht, dass sie einlenkt. Ich habe gedacht, sie kommt mit dem Einkauf zurück und ... keine Ahnung, küsst mich oder knufft mich von mir aus oder bringt einen ihrer blöden Witze, bei denen ich so tue, als ob ich sie ganz und gar nicht lustig finde und sie dann so lange irgendwelche Faxen macht, bis ich lache ... und alles wäre wieder gut gewesen. Dann wären wir nach Hause gefahren und ich hätte mich gebührend von ihr verabschiedet und vor allem hätte ich ihr dieses verdammte Kleid ausgeredet, sie sah so verdammt scharf aus, als sie an mir vorbeigegangen ist, dass mein verkorkstes Herz gebrochen, mein kranker Schwanz gezuckt und mein dämlicher Schädel einen Komplettausfall hatte, bevor ich meinen Beinen befohlen habe sie aufzuhalten, doch meine Beine nicht gehorchten, weil mein beschissener Stolz ihnen stets und ständig im Weg steht und jetzt ist sie auf dem Weg in ein verdammtes Casino zusammen mit ihrer Mutter, die mich hasst und die ihr den ganzen Abend einreden wird, dass sie mich verlassen soll.

Ich meine, was ist, wenn sie heute einer angräbt? Sie wird was trinken und sie hat mir erzählt, sie hat ein Zimmer in diesem verdammten Hotel ... Mein Kopfkino übernimmt die Kontrolle und die Bilder, die sich in meinem Kopf abspielen, jagen mir geradewegs ein Messer in die Eingeweide.

Ich greife nach dem Autoschlüssel und renne durch das Treppenhaus, bevor ich mich Minuten später in mein Auto setze und den Motor starte, nur um ihn eine Sekunde später wieder auszuschalten und wie ein Bekloppter auf das Lenkrad einzudreschen, wie ich es heute schon dreimal gemacht habe.

Ich kann ihr nicht hinterherfahren. Ich lege verzweifelt die Stirn auf das Lenkrad. Ich habe es heute schon vermasselt.

Wenn ich ihr jetzt hinterherfahre mache ich alles nur noch schlimmer, denn dann würde ich wieder dagegen verstoßen ihr ihren Freiraum zu lassen, doch darin bin ich wirklich scheiße. Ich steige aus und schlage die Tür zu. Dann öffne ich sie wieder und schlage sie wieder zu … immer und immer wieder. Bis irgendwann mein Handy klingelt. Und nachdem ich es endlich mühselig aus meiner Hosentasche gefingert und den blinkenden Namen gelesen habe, drückt es mich mit voller Wucht zu Boden und ich habe zum ersten Mal in meinem Leben das Bedürfnis, mich einfach nur hinzuwerfen und zu heulen, bevor ich mich an die Nasenwurzel greife und rangehe.

Emmi

I throw wishes into the night and wait for the stars to catch them.

– Christy Ann Martine

Nachdem wir eingecheckt haben, versuchen wir dem Hotelboy, so gut es geht, zu folgen, während er in einem Affenzahn durch die Flure rast und dabei den Rollwagen mit unserem Gepäck schiebt. Das Hotel ist wirklich schön, soweit ich das in meinem Sprint beurteilen kann, denn den benötigt es, um an ihm dran zu bleiben und als wir endlich an dem Lift ankommen, stemme ich meine Hand in die Flanken und stütze mich an der Wand ab, um wieder Luft zu bekommen, was mir einen besorgten Blick meiner Mom einbringt.

Doch das ist nicht nötig. Eigentlich war es viel mehr eine demonstrative Geste, um Forrest Gump dezent darauf hinzuweisen, einen Gang runterzuschalten, doch ihn lässt das völlig kalt, als wir in den Aufzug steigen, der uns schließlich zu unserem Zimmer führt.

Meine Mom bezahlt den ganzen Ausflug und ich habe ihr erklärt, dass es unnötig ist, zwei Zimmer zu buchen, da das Ziel ist: *Zeit miteinander zu verbringen* und das andere Zimmer von daher sowieso die meiste Zeit leerstehen würde und nach einem kurzen Blickgefecht hat sie nachgegeben. Das Zimmer ist relativ klein, aber sehr gemütlich. In der Mitte des Raums steht ein Kingsize Himmelbett, dessen Himmel aus weißem Organzastoff besteht, während das Bett ein goldfarbener Bettrock ziert. Das Gestell ist aus robustem, dunklen Holz, in das gedrechselte Verzierungen geschnitzt sind. Gegenüber hängt ein mittelgroßer Flachbildfernseher und links vom Bett geht es raus zum Balkon. Meine Mom ist, direkt nachdem wir das Zimmer betreten haben, ins Bad gestürmt, was sich gleich links neben der Zimmertür befindet und so wie sie in der Lobby von einem Bein auf das andere getippt ist, musste sie schon, als sie zu Hause losgefahren ist, weswegen ihr das Tempo des Pagen vermutlich auch ganz recht war. Ich gehe durch das Zimmer und halte einen Moment inne, indem ich versuche, die gesamten bisherigen Eindrücke zu verinnerlichen, bevor ich die Glastür zum Balkon aufschiebe und in die kalte Abendluft trete. Inzwischen dämmert es, weswegen die gesamte Umgebung in unzähligen prächtigen Farben strahlt.

Es ist ein Lichtermeer aus Gold, Purpur, Blau und Grün, was diesen Teil der Stadt wie eine bunte Märchenwelt erscheinen lässt. *Es ist einfach spektakulär.*

Der kalte Wind weht mir durch die offenen Strähnen meiner Haare, bevor er mir eine Gänsehaut über die Arme jagt. Ich lege den Kopf in den Nacken und schließe die Augen, um tief durchzuatmen und anzukommen.

Die letzten Tage waren einfach nur hektisch, und ich hab das Gefühl zum ersten Mal zur Ruhe zu kommen. Ich lehne mich an die Balustrade und blicke nach unten. Es gibt keinen Zentimeter, der nicht beleuchtet ist und man hört über den Wind hinaus das Geräusch der verschiedenen Spielautomaten. Außerdem dringt von irgendwoher ziemlich laute Musik aus den Boxen, über der ein reges Stimmenwirrwarr liegt, von dem man jedoch kein einzelnes Gespräch raushören kann.

Es riecht nach Herbst und nach einem tollen Buffet, was mein Magen zum Knurren bringt und mich unwillkürlich lächeln lässt, weil es mich an die zweite Begegnung mit Vince erinnert. Seitdem ist so viel passiert und doch stehen wir wieder an diesem Punkt, an dem er einfach nicht über seinen Stolz sehen kann. Doch ich werde ihn nicht aufgeben.

»Wollen wir?«, flötet meine Mom bemüht fröhlich und ich drehe mich langsam zu ihr um, während ich tief ausatme und nicke.

Dieses Buffet ist der absolute Wahnsinn! Ich glaube, ich habe in meinem ganzen Leben noch nicht so viele verschiedene Kreationen von Gerichten gesehen. *Ich meine, es ist alles da.*

Es gibt eine riesengroße Fischtheke, auf der alle Bewohnern des Meeres vertreten sind und auf spektakuläre Art und Weise in Szene gesetzt werden, während knapp daneben ein Spanferkel am Spieß über offener Flamme gart.

Ringsherum stehen gefühlt hundert Köche hinter den Theken und bereiten einem alles zu, was man sich wünscht und gegenüber steht ein riesengroßer Schokobrunnen umgeben von den süßesten Früchten, während in die Melonen geradezu kleine Gemälde geschnitzt wurden.

Es ist atemberaubend.

Doch ich stehe zwischen diesen tausend Menschen, die sich ungeduldig hintereinander an die Theken reihen, als hätten sie jahrelang nichts gegessen, *abgesehen von den vereinzelten, die es entweder nicht schnallen oder sich mit Absicht vordrängeln* und fühle mich verloren. Doch die Stimme meiner Mom im Nacken beruhigt mich sofort.

»Hast du schon was Schönes gefunden?«, fragt sie lächelnd und ich lache sie an.

»Ja, klar! Alles einmal zum mitnehmen bitte«, witzle ich und nicke zu dem Schokobrunnen, wofür meine Mom mir einen ›*Vor dem Essen nichts süßes*‹-Blick zuwirft, der mich wirklich schmunzeln lässt. Ich hebe herausfordernd die Augenbrauen und recke das Kinn.

»Es ist mein Geburtstag.« Sie schüttelt lachend den Kopf und legt mir den Arm über die Schulter, bevor sie mir einen Kuss auf die Schläfe drückt und wir den Schokobrunnen erobern.

Vince

Always remember, my heart holds you when my arms cannot.

— Perry Poetry

Es ist 21 Uhr, als ich mit den Ellenbogen auf den Knien auf der Kante unseres Bettes sitze und entweder den Boden anstarre oder mich aufrichte und das Bild in unserem Schlafzimmer fixiere, während ich mir verzweifelt durch die Haare fahre. Es war das Letzte, was ich aus dem Wohnheim geholt habe. Und jetzt steht es vor mir und macht sich über mich lustig. Dieses Gesicht wird mich nie wieder loslassen und ich würde es nicht anders haben wollen und ich werde den Teufel tun, sie mit sämtlichen Spinnern des Campus zu teilen. Ich fahre mir wütend über das Gesicht, bevor ich mir zum zehnten Mal mein Handy schnappe, um nachzusehen, ob sie noch dort ist. In einem verdammten Casino. Ohne mich.

Weil ich so ein Idiot bin! Ich meine, ich wäre sowieso nie mitgefahren. *Sie hätte mich sowieso nie mitgenommen.*

Doch es kotzt mich an, dass sie so gefahren ist.

Wütend und schweigend und trotzig und ich keine Ahnung habe, was sie tut, während ich hier in unserer Wohnung sitze und unsere zweite Nacht allein verbringe. Noch dazu ist es ihr Geburtstag *und ich bin nicht bei ihr.* »Fuck«, motze ich, bevor ich mein Handy in die Ecke pfeffere und wieder dieses gottverdammte Bild anstarre. *Es ist ihr Geburtstag!*

Ihr *einundzwanzigster* Geburtstag und ihr sind solche Dinge so verdammt wichtig. *Ich muss es wiedergutmachen.* Ich stehe auf und greife nach meinem Handy, um *nur zur Sicherheit* noch einmal nachzusehen, wo sie ist, bevor ich durch die Anruferlisten scrolle und Hannahs Nummer wähle.

Emmi

Time:

The Healer

And the

Killer.

– Dj

Es ist zehn Minuten vor Mitternacht, als wir uns nach diversen demütigenden Niederlagen an den einarmigen Banditen an den riesengroßen Blackjack-Tisch setzen und meine Mom mir den allerersten legalen Martini bestellt. Ihr ist klar, dass es nicht mein erster ist, aber der Nostalgie zuliebe tun wir so als ob. Die Kellnerin trägt einen hautengen schwarzen Minirock, in den eine körperbetonte weiße Bluse gesteckt ist. Sie ist perfekt geschminkt und trägt die Haare in einer, *meiner Meinung nach,* ziemlich aufwendigen Hochsteckfrisur. Ganz genau wie all die anderen Kellnerinnen hier, von denen es wirklich erstaunlich viele gibt, und alle streifen sie durch das Casino wie perfekt geklonte Barbiepuppen. Der Geräuschpegel ist enorm und überall ertönt Jubel oder man hört, wie jemand frustriert auf einen Spielautomaten einprügelt. Es klingelt, es piept, es surrt, es summt, es rattert und durchzogen wird das Ganze von lautem Gelächter, Stimmen, Musik und dem penetranten Signalton, wenn jemand tatsächlich gewinnt. Alles ist hell und bunt und leuchtet und blinkt in unzähligen Farben und man wird praktisch animiert glücklich zu sein. Und das sollte ich sein.

Denn hier sind wir. Genau wie geplant. Das war immer der Plan, doch der Schatten, der sich in diesem Moment über uns legt, wiegt tonnenschwer und verleiht dem ganzen einen bittersüßen Beigeschmack und ich kann sehen, dass es meiner Mom genauso geht, auch wenn sie es nicht zugibt.

Das würde sie nie tun. Doch die Wehmut in ihrem Blick und die Last auf ihren Schultern ist unbestreitbar, als sie müde lächelt. Ich möchte diese Gelegenheit nutzen, um noch eine Sache loszuwerden, bevor es Mitternacht schlägt und diese Chance verstreicht. Ich atme tief durch und spreche mir Mut zu, bevor ich in einem Atemzug sage:

»Vince und ich sind zusammengezogen.«

Ich sage es so schnell, dass ich hoffe, die Worte rauschen an ihr vorüber, wie ein vorbeifahrender Zug, auf den sie nicht mehr aufspringen kann, um zu antworten.

Doch ich sehe, wie die Worte in ihr nachhallen und ziehe besorgt die Augenbrauen zusammen, während ich den Kampf hinter ihren Augen beobachte. Sie ist dagegen. Das weiß ich.

Sie versteht gerade, dass ich nicht wieder zurückkommen werde. Sie versteht gerade, dass ich mit dem Mann zusammenziehe, der ihrer Meinung nach den Teufel verkörpert. Sie versteht gerade, dass es zu schnell geht, dass es unüberlegt ist. Das es ein Fehler ist und dann bemerkt sie, dass ich in wenigen Minuten einundzwanzig werde und dass ich eigene Fehler machen muss. Ich habe keine Ahnung, was ich erwarte oder was sie sagt, doch nach dem sie den Kampf hinter ihren Augen ausgetragen hat, schließt sie sie und als sie sie wieder öffnet, ist da nichts als Wärme, Liebe und Mutlosigkeit, die der Tatsache geschuldet ist, dass sie mich vor der Welt und allen Ungerechtigkeiten, die sie beinhaltet, nicht beschützen kann. Eine Tatsache, die uns auch in diesem Moment ein Stück von dem Licht raubt. Als die Bedienung die Martinis vor uns abstellt, ist ihr Lächeln sanft und betrübt.

Der Kartengeber beginnt gerade die Karten auszuteilen, als sie meine Hand ergreift und ihr Flüstern ist so traurig, dass es mir das Herz bricht.

»Nicht zu fassen, dass du einundzwanzig wirst. Es kommt mir vor, als wäre es gestern gewesen, als ich dich die ganze Nacht rumgetragen habe, weil du Bauchweh hattest oder du zu mir kamst, weil du einen Albtraum hattest und ich dich noch vor all den Ungeheuern und bösen Dingen auf dieser Welt beschützen konnte. Du warst so klein und winzig und dann …« Sie streicht mir vorsichtig eine Haarsträhne aus dem Gesicht, während ihre Augen beginnen zu glänzen. »… habe ich geblinzelt.«

Ich sehe sie an und sie schluckt schwer, während die Tränen unaufhaltsam in ihre Augen steigen.

Sie lässt los, was auch mir die Sicht verschleiert, als der Mann neben mir aufspringt und ›21‹ schreit, woraufhin der ganze Tisch vor Freude praktisch explodiert. Alle jubeln und klatschen, doch ich nehme all das nur am Rande meines Bewusstseins wahr, alles, was ich höre, ist die riesengroße Standuhr am Eingang, die Mitternacht schlägt, während meine Mom und ich uns bewegungslos ansehen … *und weinen.*

Emmi

If someone makes you feel, let them.

– Reyna Biddy

Ich gebe dem Hotelboy in der knallbunten Weste, *auf seinem Namensschild steht Francesco,* meine Karte, bevor er sie sich ansieht und verschwindet, während meine Mom mir unter diesem monströsen Vordach des Casinos mit zittrigen Händen über die Wange streicht. Das tut sie immer, wenn sie nicht genau weiß, was sie tun oder sagen soll in Situationen, in denen es einfach nichts zu tun oder zu sagen gibt.

Ich atme tief aus. *21. Ein Meilenstein.* Ich bin erwachsen.

Kann meine eigenen Entscheidungen treffen … Fehler machen. Und ich glaube gestern, in diesem wahnsinnig innigen Moment, in dem wir uns schweigend angesehen und doch alles gesagt haben, *hat sie es begriffen.* Ich schließe sie noch einmal in die Arme, als Francesco mit meinem Auto vorfährt und sie drückt mich so fest an sich, dass mir die Luft wegbleibt. *Wer hätte gedacht, dass sie so viel Kraft hat.*

Sie streicht mir noch einmal über das Gesicht, als ich mich von ihr löse. Sie will mich nicht gehen lassen. *Aber sie muss.*

»Schreib mir, wenn du gut zu Hause angekommen bist.«

Sie versucht, nicht zu voreingenommen zu klingen, als sie *zu Hause* sagt, kann die Feindseligkeit jedoch nicht vertuschen, als auch sie dem Pagen ihre Karte gibt. Ich nicke liebevoll, bevor ich um mein Auto gehe und Francesco fünf Dollar Trinkgeld im Austausch für meine Schlüssel gebe, doch bevor ich einsteige, sehe ich sie noch einmal an. »Ich hab dich lieb Mom.« Sie zieht schmerzerfüllt und überwältigt die Brauen zusammen, während ihr erneut die Tränen in die Augen schießen. »Ich dich auch mein Schatz«, erwidert sie, unfähig die Tränen noch weiter zurückzuhalten, als das Auto hinter mir hupt. Ich lächle sie noch einmal an, bevor ich einsteige, den Motor starte und anschließend beobachte, wie sie im Rückspiegel meines Autos immer kleiner wird. Es ist wie ein Schlag in die Magengrube, als ich sehe, dass sie erneut in Tränen ausbricht, *doch andererseits ist es auch ein Triumph,* denn sie gesteht sich endlich ein zu fühlen. Dass sie gestern ihre wahren Gefühle gezeigt hat, hat mir unendlich viel bedeutet und nachdem wir uns wieder beruhigt hatten, haben wir tatsächlich Black Jack gespielt, während wir uns den ein oder anderen Martini genehmigt und später dann die Minibar geplündert haben. Es war, wie wir es uns vorgestellt haben.

Nein. Es war besser. *Bedeutender.*

Wir waren uns des Privilegs dieses gemeinsamen Abends bewusst und haben ihn mehr genossen, als wir es getan hätten, wenn mir das Leben nicht die Arschkarte ausgeteilt hätte.

***

Ich fahre weiter und lasse das Straßenschild, das mir zeigt, dass ich Providence verlasse, hinter mir und das Gefühl, das ich immer bekomme, *wenn ich mich dieser unberechenbaren Urgewalt nähere,* überkommt mich. Ich nenne es mittlerweile das Vincent-King-Phänomen. Es ist ein Gefühl, als wäre mein Magen ein Käfig, in dem hundert Vögel wild umher flattern, *in der Hoffnung sich irgendwie zu befreien,* bevor er sich schmerzhaft zusammenkrampft und ihnen die Luft abdrückt, während ein ziemlich eindeutiges Ziehen in der unteren Bauchgegend dieses Gefühlschaos komplettiert. Meine Hände werden feucht und mein Herz hämmert gegen meine Rippen und jagt das Blut so schnell durch meinen Körper, dass ich es in meinen Ohren rauschen höre. Ich werde nervös und kann es auf der anderen Seite nicht erwarten, ihn zu sehen.

Es ist aufregend und beängstigend. *Überwältigend.*

Und ich bin mir sicher, dass es sich genauso anfühlt, wenn man verliebt ist. Ich liebe ihn. Ich liebe dieses Gefühl.

Das Ungewisse. Die Sehnsucht all dieser Empfindungen, die trotz seiner Art nichts mit dem vorherigen Gefühl der Angst und Leere gemein hat. Er vertreibt sie mühelos und ich fühle mich *frei* und ich bin glücklich ... *meistens jedenfalls.*

Ich parke vor unserer Wohnung. Es ist bereits dunkel und ich sehe kein Licht brennen. *Was, wenn er nicht da ist?*

Ich habe praktisch unaufhörlich auf mein Handy gestarrt und gehofft, er würde sich melden. Mir zum Geburtstag gratulieren. *Doch nichts.* Kein Anruf, keine Nachricht.

Gar nichts. *Was, wenn er ausgezogen ist?*

Was, wenn ihm das alles doch zu viel wird?

Während ich in den Aufzug steige, beschleicht mich der Gedanke, dass das sein gutes Recht wäre. Es ist und bleibt eine Bürde und er hat etwas Besseres verdient.

Er hat ein Leben voller Möglichkeiten verdient. Ich will nicht, dass er all die Momente versäumt, die eine andere Frau ihm geben könnte. Doch ich weiß, dass ich es nicht überleben würde, wäre er nicht da ... *und die Wohnung leer.*

Diese egoistische Erkenntnis legt sich wie eine Schlinge um meinen Hals, während ich den Schlüssel in das Schlüsselloch schiebe und bete, dass er hinter der Tür auf mich wartet.

Vince

We're a mess.
You and I,
but the truth is,
you captivate me in ways
no soul ever will.
– Perry poetry

Die letzten knapp ... 20 Stunden waren ein absoluter Albtraum. Zuallererst, weil ich sie ohne sie verbracht habe, ohne zu wissen, was sie macht, was sie denkt und ob sie mich hasst. *Es ist ihr Geburtstag und ich hab es versaut.* Mir sind Geburtstage scheißegal, aber ich bin mir ziemlich sicher, dass sie ihr, *die in jedem Moment und in jedem noch so großen Arschloch etwas Besonderes sieht*, sehr viel bedeuten. Nur aus diesem Grund beobachte ich, wie geschätzt zwanzig Leute, die ich nicht kenne, wie ein Schwarm Insekten durch unsere Wohnung schwirren und sich an den Chips und Alkohol vergreifen, *die ich gekauft hab.* Dieser ganze Scheiß hier nervt mich so dermaßen und ich würde alles dafür geben, den Rest ihres Geburtstags allein mit ihr zu verbringen. Aber nein …

Ich hab Hannah gesagt, dass sie diese scheiß Party machen kann, *es aber bei uns machen soll,* damit ich den ganzen Zirkus irgendwie unter Kontrolle habe. Hannahs Reaktion hat mich dann vollends erledigt. Sie hatte keine verdammte Ahnung, dass wir zusammengezogen sind und ich rede mir seit gestern ein, dass es daran liegt, dass wir erst seit zwei Tagen hier wohnen. *Zwei Tage und ich habe es schon vermasselt.* Sie hat sämtliche Leute eingeladen und den ganzen Tag die Wohnung dekoriert und Häppchen und einen Haufen anderes Zeug vorbereitet. Ich war ihr dabei keine große Hilfe, auch wenn sie es nicht direkt gesagt hat, konnte ich sehen, dass sie alles im Griff hat und es lieber allein machen wollte.

Noch ein Kontrollfreak!

Ich bin in der Zwischenzeit losgefahren, um ihr Geschenk von dem Juwelier abzuholen und Hailee einzuladen, und jetzt sitze ich hier auf unserer Couch und beobachte den blonden Trottel in seinem Poloshirt, *der wirklich genauso aussieht, wie ihr Wichser von Exfreund,* und ringe um Fassung. Dieser Daniel kann mir nicht weismachen, dass mein Baby ihm egal ist.

Ich sehe ganz genau, wie herablassend sein Blick durch die Wohnung und vor allem zu mir schweift, wenn er denkt, ich sehe es nicht. Gott, am liebsten würde ich ihm in den Arsch treten, stattdessen sitze ich hier und bewirte ihn, *das ist wirklich jenseits von Gut und Böse.* Ich senke den Blick und starre auf das Bier in meiner Hand, während ich das Etikett abpule und hoffe, dass sie bald kommt und sieht, das ich das alles mache, weil ich verdammt noch mal will, dass sie glücklich ist … und dass es mir leid tut, dass ich so einen Scheiß erzählt hab.

Und in dem Moment brüllt auch schon jemand, dass sie auf den Parkplatz fährt und knipst allen Ernstes das Licht aus und während sich alle anderen hinter sämtlichen Möbeln verstecken, bitte ich die Dunkelheit stumm um Geduld, bevor ich das Bier auf dem Couchtisch abstelle, weil meine Hände so feucht werden, dass ich sie an meiner Jeans abwischen muss. Und während die Sekunden kriechen, in denen sie wahrscheinlich in diesem gottverdammten Aufzug steht, pocht mein Herz so extrem gegen meine Rippen, dass ich echt Schiss kriege, dass es sie bricht, und als ich höre, wie sie den Schlüssel in das Schloss steckt, bleibt es buchstäblich stehen.

Emmi

I'll never be that me again.

— B.m

Eine Mischung aus Panik und Schmerz erfasst mich, als ich vorsichtig die Tür aufschiebe und sehe, dass ich recht hatte.

Es ist alles dunkel. *Er ist nicht hier.* Ich lasse die Tasche von meiner Schulter sinken und lege erschöpft den Kopf an die Tür, nachdem ich sie hinter mir geschlossen und auf den Lichtschalter gedrückt hab und *bevor* ... ich am gesamten Körper zusammenschrecke, weil unzählige Menschen, von denen ich im ersten Moment niemanden ausmachen kann, hinter sämtlichen Möbeln hervorspringen und in einem Chor ›Überraschung‹ schreien.

Oh mein Gott!

Ich blinzle perplex und versuche das, was hier gerade passiert zu realisieren.

Doch ich stehe nur fassungslos da, während meine Füße fest im Boden verankert sind, und mein Gesicht versucht sämtliche Gefühle wie Freude, Überwältigung, Überraschung und das gesamte Spektrum aller Emotionen dazwischen in die richtige Reihenfolge zu bringen. Der erste Mensch, den ich bewusst wahrnehme, ist Hannah, als sie freudestrahlend auf mich zukommt und mich umarmt. Ich bin immer noch regungslos, überwältigt und gerührt, doch ich schaffe es meine Arme fest um sie zu legen, denn ich weiß, dass das hier auf ihrem Mist gewachsen ist, als sie an meinen Hals flüstert:

»Happy Birthday Süße.«

Ich lächle ihr dankend zu und sehe in der Menschenmenge Hailee und Daniel und mein Herz macht einen Satz.

Die gesamte Wohnung ist mit Luftballons, Girlanden und mit unzähligen Dekoartikeln, auf denen die Zahl 21 prangt, dekoriert und sämtliche Leute, die ich schon ewig nicht mehr gesehen habe, stürmen auf mich zu und trotz alledem sucht mein Blick nur … *ihn.*

Er steht vorsichtig von der Couch auf, während sein Blick meinen festhält. Er ist voller Ehrfurcht, Reue und Liebe und all meine Zweifel fallen von mir ab, bevor die Leute, die auf mich zuströmen, sie zertreten. Daniel schließt mich als erster in den Arm und ich erwidere die Umarmung beinahe übermütig, weil ich mich unglaublich freue, ihn zu sehen, doch im selben Moment fällt mein Blick wieder auf Vince.

Er hat Daniel eingeladen. Und ich weiß, dass er es hasst, das sehe ich an seiner beinahe versteinerten Kieferpartie, als er mich und Daniel beobachtet. Ich weiß, dass es das Letzte ist, was er will und dass er um ein Hundertfaches lieber mit mir allein wäre. Doch das hier … *hat er für mich gemacht!*

Diese Tatsache kriecht mir schaudernd über die Arme und nistet sich dann in meinem Herzen ein. Dieses verdammte Herz, das einzig und allein für ihn schlägt.

»Happy Birthday«, flüstert mir Daniel liebevoll ins Haar, bevor er sich von mir löst und ich meine Aufmerksamkeit nun ihm schenke. Er sieht gut aus. *Das tut er immer.*

Die blonde Tolle ist akkurat gegelt, die Zähne sind blendend weiß und seine Augen strahlend blau, sodass ich das dümmliche Grinsen in meinem Gesicht nicht länger zurückhalten kann, als ich verlegen ›Danke‹ flüstere.

Danach folgt Hailee und nachdem sie mich fest umarmt und geschüttelt hat, sieht sie mich mit einem leicht vorwurfsvollen *›Wow-schicke-Wohnung-das-Memo-ist-wohl-in-der-Post-verloren-gegangen-Blick‹* an und ich stütze mir tief atmend die Handflächen in den Rücken, bevor ich überwältigt ausatme und sie entschuldigend anlächle.

Eine Verurteilung und Entschuldigung, *ohne Worte,* doch ich weiß, dass ihr das nicht reichen wird, zumal auch Hannah und Daniel vor dieser Party keine Ahnung davon hatten, *obwohl Hannah zumindest wusste, dass es im Raum stand,* somit traf es sie nicht ganz so aus der Kalten heraus *so wie die anderen beiden.* Es wird auf jeden Fall ein Thema sein, welches heute Abend öfter zur Sprache kommen wird, doch zunächst umkreisen mich weitere Freunde von früher, viele von ihnen habe ich in dem vergangenen Jahr höchstens zwei- bis dreimal gesehen. Sie gehören in das Davor. Auf dieser Seite … im Danach, bin ich nur noch ein Schatten der Frau, die in ihrer Welt existiert hat. Sie gehören zu den Menschen, deren mitleidige Blicke mich beinahe umbringen, ganz im Gegensatz zu manchen verwirrten *Sie-sieht-doch-ganz-gut-aus-Blicken,* die auch nicht viel besser sind. Trotz alledem freue ich mich, dass sie hier sind … *irgendwie …*

Doch als mein Blick auf *Claudine Eleonore Weaver* fällt, bin ich mir sicher, dass ich meine Abscheu, *wenn auch nur für einen kurzen Moment,* nicht verbergen kann. Gott, ich hab dieses Miststück schon gehasst, als Bälle noch die wichtigsten Ereignisse des Jahres und die Länge der Röcke unserer Cheerleader-Uniformen entscheidend waren. Sie war stellvertretender Leader, saß mit im Veranstaltungskomitee und hat mir mit Freuden all meine Aufgaben abgenommen, als ich krank wurde, *natürlich nur um mich zu schonen. Ganz klar.*

Aber von mir aus soll diese Brigitte Bardot für Arme die Krone doch haben. *Ich will sie nicht mehr.*

Sie breitet theatralisch die Arme aus, bevor sie mich hineinschließt und dabei das falscheste Lächeln lächelt, das ich je gesehen hab, während sie Happy Birthday quietscht, als wären wir die besten Freunde. *Bei dem Gedanken daran, dass wir uns mal so ähnlich waren, läuft mir ein Schauder über den Rücken.*

»Gott, du siehst toll aus«, bemerkt sie, als sie mich eine Armlänge von sich streckt und inspiziert, wie eine Puppe.

Zugegeben, sie ist weiß Gott nicht hässlich. Um genau zu sein erinnert sie fern an einen *Gremlin.* Sie sind unverschämt niedlich und du denkst sie könnten kein Wässerchen trüben, doch wenn du nicht genau aufpasst, verwandeln sie sich in abscheuliche kleiner Biester, die dich nachts unters Bett zerren und erwürgen.

»Danke. Du auch«, bringe ich gepresst hervor.

Mehr ist einfach nicht drin.

»Danke.« Sie fährt sich freudestrahlend durch die Haare, bevor sie eine Hand neben ihren Mund legt, als würde sie mir ein bedeutendes Geheimnis verraten.

»Extensions«, antwortet sie verschwörerisch und zwinkert mir zu, während ich mich suchend nach Hilfe umsehe.

»Nicht viele«, zuckt sie entschuldigend die Achseln. »Sie geben mir nur ein bisschen Fülle.«

Zu schade, dass sie ihr keine Tiefe geben.

»Deine Haare scheinen sich nach der Bestrahlung und diesen ganzen anderen Sachen wieder einigermaßen erholt zu haben«, sagt sie, während sie mir missbilligend durch die Haare fährt und ich sie ungläubig anstarre.

Was ihr nicht mal auffällt. *Oder sie ignoriert es.*

»Ich wollte ja nichts sagen, aber am Anfang sah es wirklich schlimm aus«, schüttelt sie schockiert den Kopf und ich überlege, ob sie umzubringen den orangefarbenen Overall wert wäre, als Hannah mich rettet. »Hey Claudine!«

Sie streicht ihr sanft, aber distanziert über den Arm, während ich ihr entschuldigend zunicke. »Ich muss jetzt noch ein paar Leute begrüßen.«

»Aber natürlich Schätzchen. Lass dich nicht aufhalten«, flötet sie und wären wir in einem Zeichentrickfilm wäre neben ihr nur noch eine Staubwolke in Form meines Umrisses geblieben.

Nachdem die restlichen Umarmungen getan und die Glückwünsche ausgesprochen sind, widmet sich einer nach dem anderen den Häppchen und Cocktails, bevor sie sich in diverse Gespräche verstricken.

Viele von ihnen kennen sich untereinander, kennen Daniel
… Sie waren alle Teil meines alten Ichs. Doch mein neues Ich
bahnt sich nun vorsichtig einen Weg zu dem Menschen, der
neben meiner Mom, Hannah, Daniel und Hailee wirklich
wichtig ist. Er vergräbt die Hände in den Taschen und fängt
an unsicher auf den Füßen auf und ab zu wippen. Ich komme
kurz vor ihm zum Stehen und er sieht mich besorgt an, bevor
er »Happy Birthday Baby«, flüstert und mich dabei genau
beobachtet, um meine Reaktion einzuschätzen. Ich atme tief
aus und lege meine Arme um seinen Hals. Er hat mit allem
gerechnet, aber todsicher nicht damit, *ging mir genauso.*

Er erstarrt für einen Moment, bevor er mich auch in den
Arm nimmt und so fest und intensiv an sich drückt, dass ich
mir für einen Moment wünschte, wir wären allein und als ich
merke, wie sich allmählich die Anspannung in seinen
Schultern löst, lehne ich mich zurück und er lässt es, *soweit es
nötig ist,* zu. Ich lasse die Hände von seinem Nacken über seine
Brust zu seinem Gesicht wandern. Sein wunderschönes
Gesicht, aus dem nun auch Stück für Stück der Zweifel
schwindet. Ich umfasse es mit beiden Händen und sehe ihm
felsenfest und ehrlich in die Augen. »Danke.« Er nickt
energisch und ich wende den Blick ab und seufze, woraufhin
er mich an sich zieht und seine Stirn auf meine legt.

»Es tut mir leid Baby. Ich bin ein Idiot! Das war absoluter Blödsinn. Natürlich vertraue ich dir.« Er nimmt mein Kinn zwischen Daumen und Zeigefinger und zwingt mich ihn anzusehen. »Ich vertraue dir«, wiederholt er langsam und betont dabei jedes Wort wie ein Mantra und ich nicke kaum merklich, woraufhin ein kleiner Funke Schalk in seine Augen zurückkehrt, als er leicht selbstgefällig sagt:

»Und eigentlich traue ich niemandem.«

Ich lächle leicht und frage gespielt erstaunt: »Ist das so?«

Er lächelt auch, erleichtert und zufrieden, als er erneut seine Stirn auf meine legt und tonlos flüstert: »Ja.«

Ich seufze, bevor ich schmollend den Mund verziehe.

»Manchmal machst du es einem schwer, dich zu hassen.«

Er zieht selbstverliebt die Schultern nach oben, *jetzt wieder ganz der alte.* »Alles Teil meines Charmes.«

Ich ziehe eine Grimasse. »Manchmal machst du es ganz leicht.« Er lacht wissend, bevor er mich noch einmal ansieht und seinem Lächeln ein bedauernder Gesichtsausdruck folgt.

»Es tut mir wirklich leid«, sagt er mit Nachdruck und ich nicke »Ich weiß« und nach einem kurzen Moment nimmt er seine Hand von meiner Taille und greift mir in den Nacken, bevor er mich an sich drückt und küsst.

Innig, verzweifelt und voller Liebe.

Vince

When I saw you

standing there

I finally knew

What happily

Ever after

Look like.

– Christy Ann Martine

Ich sitze an unserem Küchentresen, während sich alle um mein Mädchen reißen und ich dabei zusehe, wie dieser Daniel sie anschmachtet. Ich habe es zwar vermutet, aber ich habe ernsthaft gehofft, dass ich mich irre. *Doch das hab ich nicht.*

Das tue ich nie. Nicht, wenn es um sowas geht. Es ist die Art, wie er sie ansieht. Er sieht aus wie ein verdammtes Hundebaby, das nur darauf wartet, dass es gelobt und belohnt wird, während er sie mustert und unaufhörlich auf irgendeine Art und Weise antatscht und ich mir dabei in einer

501

Endlosschleife vorstelle, wie ich diesem Spinner an die Gurgel gehe. *Ohne scheiß.* Ich stelle mir vor, wie sich meine Hände ganz langsam um seinen Hals legen und ihn würgen, bis er blau anläuft und er verflucht noch mal aufhört sie anzuhimmeln. Verdammt, ich habe es so satt, dass die Leute ständig meine Sachen anfassen. In dem Moment kommt Hannah um den Tresen, ihr Gesicht ist angespannt und nachdem mein Blick hinter sie fällt, weiß ich auch wieso, denn sie hat ein aufgedonnertes, blondiertes Oompa-Loompa im Schlepptau, die so ein Selbstvertrauen ausstrahlt, dass ich sofort das Bedürfnis bekomme, es in Grund und Boden zu stampfen.

»Hey Vince«, flötet Hannah mit einem Seufzen, das dieses eine Mal nicht mir gilt. Sie verdreht die Augen und nickt hinter sich. »Das ist Claudine.« Dann zieht sie eine Grimasse.

»Sie hat darauf bestanden dich kennenzulernen.«

Sie dreht sich zu der eingebildeten Schnalle und nickt zu mir: »Claudine, das ist Vince.«

Sie hat es noch nicht ausgesprochen, da sitzt diese Tussi auch schon neben mir. *Scheiße, nein.*

»Freut mich dich kennenzulernen«, bemerkt sie, während sie an ihrem Oberteil zupft, das ihren kümmerlichen Busen bedeckt.

»Hm …«, brumme ich, ohne mein Baby aus den Augen zu lassen, doch sie steht auf und stellt sich sicher in mein Blickfeld. *Das ist ein Scherz oder?*

Kann man noch armseliger sein? Ich kann noch nicht mal genau sagen, ob sie versucht mich anzumachen oder ob ihr nuttiges Verhalten schon reine Routine ist. Ich widerstehe dem Drang, sie einfach beiseitezuschieben, stattdessen rücke ich ein Stück zur Seite, während sie irgendeinen oberflächlichen Scheiß von sich gibt und Hannah sich augenrollend verdünnisiert. *Sie lässt mich jetzt nicht ernsthaft mit dieser Tussi allein?* Ich sehe ihr ungläubig nach, während diese … *wie auch immer* unaufhörlich mit ihrer Zwergenstimme auf mich einplappert. *Verdammt, das ist, als hätte ich Stuart Little im Ohr.* Ich greife nach meinem Drink und ignoriere sie.

Ich hab kein Bock mich mit ihr zu unterhalten und am liebsten würde ich darübergehen und den Schädel von diesem Penner gegen die Wand schlagen. Der ist total verknallt in sie.

Doch ich kann nicht, weil ich ihr versuche zu beweisen, dass ich ihr vertraue und ihr ihren *Freiraum* lasse, und wohin bringt es mich? Ich sitze hier neben 'ner nervigen, aufdringlichen Tussi und beobachte, wie ein anderer Typ mein Mädchen anbaggert … und genau das ist der Moment, in dem ich aufstehe.

Emmi

You.

I have no other words tonight.

– F. Scott Fitzgerald.

»Wie es aussieht, geht es dir ganz gut?«, fragt Daniel vorsichtig, während er eine Handbewegung durch unsere Wohnung macht, doch ich sehe die Unsicherheit in seinem Blick.

»Ja«, nicke ich vorsichtig und irgendwie auch mit einem entschuldigenden Ausdruck in den Augen und er atmet tief ein, bevor er geräuschvoll wieder ausatmet und die Schultern hebt.

»Ich dachte, du wolltest wieder zurück?«, fragt er mit erhobener Braue und ich ziehe meine zusammen, bevor ich vorsichtig nicke, nur um kurz darauf wieder den Kopf zu schütteln.

»Ja. Ich meine nein ...«, stottere ich unsicher, bevor ich mich sammle. »Die Pläne haben sich geändert.« Ich schultere mich und kann das Gefühl nicht abschütteln, ihn damit zu verletzen. Er nickt, während er sich auf die Unterlippe beißt und den Blick abwendet, bevor dieser kurzzeitig zu Vince huscht und er anschließend wieder mich ansieht.

»Er ist ... außergewöhnlich.«

In seiner Stimme schwingt eine ganze Menge Skepsis mit *oder ist es Abscheu?* Ich kann es nicht sagen, doch was ich in diesem Moment genau sagen kann, ist, dass es ihn irgendwo tief in seinem Inneren zu verletzen scheint und das versetzt mir einen Stich. *Wie konnte ich das nicht merken?* Ich lege tröstend meine Hand auf seine und sehe ihn mitfühlend an, bevor ich entschuldigend die Schultern hebe. »Er liebt mich.«

Er lächelt wissend. »Er wäre verrückt, es nicht zu tun.«

Seine Augen sind schmerzerfüllt und ich kann es nicht fassen, dass ich mir seiner Gefühle bis zum heutigen Tag nicht bewusst war, doch so etwas hat er nie gesagt und ich ...

»Baby.« Vince kommt auf uns zu und das *Baby* in seiner Stimme klingt wie eine Drohung, während er neben Daniel tritt, ohne ihn eines Blickes zu würdigen

»Es wird Zeit für den Kuchen«, sagt er monoton, bevor er an mich herantritt und mich küsst *und zwar mit Nachdruck* und mich dabei ohne von mir abzulassen in unser Schlafzimmer schiebt. Er schließt die Tür hinter sich und lehnt sich mit ausgestreckten Armen an den Rahmen, bevor er mit geschlossenen Augen seine Stirn an die Tür lehnt und stumm sein Mantra aufsagt, offensichtlich, um nicht auszurasten, während ich die Arme vor der Brust verschränke und ihn gerade in die Schranken weisen will, weil ich nicht will, dass er so mit Daniel umgeht. Doch in diesem Moment wird mir bewusst, wie weit er über sich hinausgewachsen ist, diese Situation so zu lösen, anstatt um sich zu schlagen.

Es war immer noch nicht die feine englische Art, aber er bemüht sich. Gestern hat ihn eine ähnliche Situation noch völlig rausgebracht und als Wiedergutmachung veranstaltet er diese Party, die ihn, *und darauf würde ich alles verwetten*, vollkommen anekelt. Doch er denkt nicht mehr nur an sich.

Nein, er denkt an mich und ich werde jetzt nicht unnötig auf dieser Reaktion rumreiten. Zumal Daniels Blicke nun auch für mich offensichtlich waren und ich, *wäre es anders herum gewesen*, sicher auch etwas unternommen hätte. Also atme ich tief durch und sage witzelnd:

»Wo genau hast du den Kuchen denn versteckt?«

Er dreht sich um, *offensichtlich immer noch im Kampf mit seinen Dämonen*, aber auch überrascht über meine Reaktion, bevor er verschmitzt grinst und auf mich zukommt.

»Geduld Miss Glass!«

Er kommt vor mir zum Stehen und streicht federleicht über mein Schlüsselbein, bevor er die Finger sanft über meinen Arm gleiten lässt, *womit er eine Spur aus Gänsehaut legt,* was ihn wissend lächeln lässt, bevor seine funkelnden Augen meinen Blick finden. »Ich verspreche Ihnen sie bekommen heute noch ein Geburtstagsleckerli.« In seinem Tonfall liegt so viel Ironie und als er *Leckerli* sagt, klingt es, als wäre es etwas Verbotenes, vollkommen Obszönes und ich frage mich, ob es noch irgendeinen Menschen auf dieser Welt gibt, der diesen Tonfall, *der einem zu allen Taten ohnmächtig macht,* so perfekt beherrscht. Ich sehe ihn an und ich bin mir sicher, dass meine Augen und mein Atem mich verraten.

Er ist unglaublich sensibel, was das angeht.

Als er mir sanft über die Wange streicht, wird mir der Unterschied zwischen seiner Berührung und der von Daniel oder Jonah oder der aller anderen nur allzu deutlich bewusst.

Ihre Berührungen sind warm und geborgen, seine hingegen *und ist sie auch noch so simpel,* fühlt sich jedes Mal an wie ein Stromschlag, bevor mein ganzer Körper kribbelt und nach mehr schreit.

»Aber zuerst«, sagt er herausfordernd und reißt mich mit erhobener Braue aus meinen Gedanken, die beinahe vergessen haben, dass außerhalb dieses Raums eine Party stattfindet. Er zieht eine kleine Schatulle aus seiner Hosentasche. Sie ist mit blauem Samt überzogen, doch was mich wirklich überrascht, sind seine zittrigen Finger, die sie beinahe ehrfürchtig halten, bevor er sie öffnet. Ich schaue auf den Inhalt der kleinen Box und bin mir dabei seines Blickes durchaus bewusst. Er mustert meine Reaktion, doch ich kann meinen Blick nicht abwenden. Ich führe meine Hand ganz langsam zu dem Schmuckstück und kurz bevor meine Finger das glänzende Silber berühren, klappt er sie wieder zusammen und klemmt mir dabei beinahe die Finger ein. Ich ziehe erschrocken meine Hand zurück und er kann sich das belustigte Schnauben nicht verkneifen …

Ich muss widerwillig auch lachen. Er schafft es immer wieder, solche Momente zu zerstören. Ich funkle ihn gespielt an und sein Lachen wird breiter, als ich ihm die Schatulle aus der Hand nehme und meinen Blick von seinem löse. Er lässt sie los und ich öffne sie in meiner Hand erneut, bevor ich langsam die silberne Kette herausziehe, an der ein Anhänger in Form eines Unendlichkeitssymbols baumelt. Ich lasse die Schatulle auf das Bett sinken, ohne den Blick von der Kette zu nehmen, bevor ich meine andere Hand ausstrecke und das Unendlichkeitssymbol hineingleiten lasse. Sie ist wunderschön und auf den zweiten Blick erkenne ich, dass auf der geschwungenen, ineinandergreifenden Schleife etwas eingraviert ist und als ich es lese, stockt mir der Atem und ich greife mir mit der anderen Hand unwillkürlich ans Herz, bevor ich mit Mühe ein Schluchzen unterdrücke. Ich atme tief durch und lese es erneut

»Two souls are sometimes created together and in love before they´re even born.«

Ich schließe die Augen.

Es ist eines meiner absoluten Lieblingszitate aus *die Schönen und Verdammten*. Das Einzige, was *ich* mir in dem Buch markiert hatte, ohne mir damals der wirklichen Bedeutung bewusst zu sein. Es ist genau, wie mit der Liebe an sich. Sie ist nur ein Wort, bis jemand kommt und dir zeigt, was es bedeutet. *Es ist so passend und perfekt für uns.*

Wir könnten unterschiedlicher nicht sein und doch bin ich felsenfest davon überzeugt, dass meine Seele dafür geboren ist, seine zu lieben.Ich umschließe es mit meiner Hand und drücke es an mein Herz, bevor ich die Augen wieder öffne und ihn ansehe. Er hat die Hände in den Hosentaschen vergraben und wippt. Diese Geste wird ihn einfach immer entlarven und ich beschließe ihn von seiner Unsicherheit zu befreien und trete an ihn heran, bevor ich sie nur widerwillig von meinem Herzen nehme und ihm hinhalte.

»Wärst du so gut?«

Er lächelt kurz, als ich ihm meinen Rücken zuwende und meine Haare nach oben nehme, damit er sie mir umlegen kann. Das Silber ist eiskalt, als es meine Kehle berührt, und ich genieße das Gefühl, dass er mir in diesem Moment seinen Liebesbeweis um den Hals legt und somit alles sagt, was er so nicht sagen kann. Ich spüre seinen Atem an meinem Nacken, als er sie schließt und leise flüstert: »Gefällt sie dir?«

Ich lege meine Hand auf das Symbol, was nun kurz über meinem Herzen liegt, und drehe mich zu ihm um, bevor ich meine Haare wieder über meinen Rücken fallenlasse und ihm tief in die Augen sehe.

»Ich liebe sie.«

Und es ist, als würde ihm eine Last von den Schultern fallen, als ich hinzufüge. »Und ich liebe dich«, während ich das flüstere, stelle ich mich auf die Zehenspitzen, umfasse sein vollkommenes Gesicht und küsse ihn. Sanft fängt es an, doch als er seine Arme um mich schlingt und mich an sich drückt, *fest und besitzergreifend,* gleiten auch meine Hände in seinen Nacken, zu seinen Haaren und als er seine Zunge zwischen meinen Lippen hindurchdrängt, entwischt mir ein Seufzen und ich muss alles an Selbstbeherrschung aufbringen, um mich von ihm zu lösen. Er schnaubt ergeben und legt seine Stirn auf meine, bevor er lächelt und seine Hände auf meine Hüfte legt.

»Können wir den Pöbel dann jetzt nach Hause schicken?«, scherzt er rau, während sein Mundwinkel zuckt. Ich schüttle herausfordernd den Kopf und während er seufzend die Augen verdreht, verschränken wir unsere Finger miteinander und ich ziehe ihn zur Schlafzimmertür, bevor er wimmert wie ein Kleinkind, als ich eine Hand aus seinem Griff befreie und die Tür öffne.

»Wo ist Jaimie heute?«, frage ich Hannah vorsichtig, als sie dabei ist die Chipsschalen wieder aufzufüllen. Sie atmet tief durch, bevor sie mich entschuldigend ansieht.

»Ich habe kurz darüber nachgedacht …« Dann schüttelt sie den Kopf, hebt die Augenbrauen und schließt die Augen, bevor sie ausatmet. »Doch ich möchte, dass ihr euch in Ruhe kennenlernt. Nur unter uns. Nicht inmitten des Getummels.«

Sie deutet auf die Wohnung und ich verstehe sie.

»Außerdem sind heute einige Leute da, die … naja, keine Ahnung haben. Verstehst du?« Sie sieht mich flehend an, was nicht nötig ist, denn ich bin absolut bei ihr, als sie sagt. »Ich schätze, so weit sind wir noch nicht.« Ihr Gesicht ist beinahe schmerzerfüllt und ich merke, dass da noch etwas anderes ist, was sie quält und ich möchte gerade nachhaken, als Hailees schrille Stimme erklingt, während sie einen kleinen Tischtennisball in die Luft hält.

»Bierpong?!«

Und die gesamte Meute, *die wahrscheinlich schon genug Bier intus hat,* jubelt ihr zu, als hätte sie eine Idee, wie man den Hunger in der Welt beendet, und mein Blick huscht zu Hannah, doch die zwinkert mir zu und winkt ab, als könnte sie meine Gedanken lesen, während Hailee auch schon hinter mir steht. »Das Geburtstagskind fängt an.«

Emmi

Ich weiß, wie du aussiehst,

während du schliefst,

und wärst du ne Stadt,

dann wärst du Paris.

– Thees Uhlmann

Es ist warm, zu warm und ich öffne die Augen. Ich habe geschlafen wie ein Stein, doch das Gewicht von Vince, dessen Körper, wie ein heißer, harter Sandsack auf mir liegt, erdrückt mich. Ich blinzle die Müdigkeit weg und halte in der erstickenden Hitze noch einen Moment inne, bevor ich mich vorsichtig zu ihm drehe. Sein starker, muskulöser Arm hält mich fest im Griff, genau wie sein rechtes Bein, das er fest um mich geschlungen hat. Es ist ein Griff und ein Ballast, der mich gemeinsam fast zerquetscht, doch ich kann mir auf dieser Welt keinen schöneren Ort vorstellen als diesen hier.

Unter ihm begraben und fest in seinen Armen, während sein Gesicht, friedlich weich und frei scheint.

Er ist frei, wenn er bei mir ist ... und in diesem Moment weiß ich, dass wir es schaffen können. Das Licht des Tages, der sich vor den verdunkelnden Rollos bereit macht, scheint leicht daran vorbei und erhellt den Raum. Ich schiebe mich vorsichtig unter ihm hervor, nachdem ich mein Gesicht noch einmal an seiner Brust vergrabe. Ich verlasse diesen Ort wirklich nur ungern. *Doch ich muss.* In unserer Wohnung herrscht nach gestern Abend das reinste Chaos und nachdem er über all seine Schatten gesprungen, seine Ängste und Dämonen siegreich bezwungen und seine Unsicherheit und seinen Stolz runtergeschluckt hat, um mir diesen Abend möglich zu machen, ist es wohl meine Aufgabe aufzuräumen. Er brummt aus rauer Kehle, als ich aus seiner Umarmung rutsche, *ein wundervolles Geräusch.* Sein Gesicht zuckt, wird aber sofort wieder weich und er schläft weiter. Für mich waren diese letzten drei Tage wie ein dreißig Meilen Sprint, doch selbst für einen *Normalsterblichen* wie ihn waren sie lang und nervenaufreibend und ich freue mich auf diesen Tag, der so herrlich langweilig sein wird und wir beide endlich mal Luft holen und gemeinsam genießen können, was wir geschaffen haben.

Ich greife nach seinem Hemd, in dem er gestern einfach so umwerfend ausgesehen hat, dass ich es ihm mehr oder weniger vom Körper riss, nachdem die Gäste aus der Tür verschwunden sind. Ich ziehe an dem Kragen und vergrabe meine Nase darin. Wenn es einen Duft gibt, der mich bedingungslos bis zu den Toren der Hölle locken würde, wäre es dieser. Ich knöpfe ein paar Knöpfe zu, um meinen nackten Körper zu bedecken, und schleiche mich nach draußen.

Als mein Blick durch die Wohnung schweift, verebbt dieses wohlig warme Gefühl jedoch schlagartig.

Es ist ein Schlachtfeld.

Die Girlanden hängen teilweise nur noch an einer Seite von der Decke, während das andere Ende müde auf dem Boden liegt. Die Luftballons, die gestern noch voll befüllt durch die Luft schwangen, liegen nun verloren und schlaff auf dem Boden herum, während der komplette Wohnzimmertisch vom Bierpong verklebt ist und die diversen roten Becher komplett im ganzen Zimmer verteilt liegen. Was dafür sorgt, dass es hier riecht wie in einer Kneipe und mein Magen verkrampft sich wie ein Waschlappen, den man auswringt.

Doch dann fällt mein Blick auf den Küchentresen und die letzten Reste der unglaublich beeindruckenden Torte, die Hannah zubereitet hat, entschädigen den Anblick vom Rest der Wohnung. *Gott, sie hat sowas einfach drauf.*

515

Aus mir hingegen wird wohl nie ein Hausmütterchen. Doch das ist etwas, was ich wahrscheinlich auch nie werden muss, *schreit mich die Angst aus meinem Inneren an,* und ich lege die Hand auf meine Brust, als ich mir mit der anderen einen Löffel schnappe und ihn in die Schokonougattorte grabe, während ich die gigantische 21 anstarre, die nun kopfüber von der Decke hängt. Was symbolisch für das gestrige Hoch steht und was sich jetzt, böse und schwer, auf meine Schultern legt, während ich den Löffel mit dem Kuchen auf meine Zunge presse und ihn von ihr schiebe, nur um ihn gedankenverloren wieder in die Torte zu stecken. *Ja, nun sind wir 21.*

Ein Alter, in dem der Alkoholgenuss und die ganzen Partys legal und für die meisten in diesem Alter genau deswegen schon wieder uninteressant werden, denn die wirklich aufregenden Zeiten liegen vor dieser Zahl, weil alles verboten und genau deshalb so verlockend war.

Nein, die meisten Menschen in diesem Alter fangen an erwachsen zu werden. Machen ihren Uniabschluss, bauen Häuser, heiraten und bekommen Kinder, doch für mich ist diese Zahl alles, was ich bekomme. Das hier ... Ich reiße die Zahl von der Decke ... war der Höhepunkt.

Eine bittere Erkenntnis, die mir trotz des Glücksgefühls, die Tränen in die Augen treibt, denn auch wenn ich versuche es nicht aus den tiefsten Tiefen meiner Seele an die

Oberfläche schwemmen zu lassen, so weiß ich doch, dass ich auch *ihm*, abgesehen von dieser Zahl, nichts bieten kann...

Ich dachte, dieser Gedanke wäre leichter, wenn er es weiß und diese Entscheidung aus freien Stücken trifft, doch es ist das genaue Gegenteil. Die Stärke, die er der Sache gegenüber zeigt, scheint wie ein Leuchtpfeil auf meine Schwäche zu zeigen, das ich ihn nicht aufgeben und glücklich werden lassen kann. Diese Wahrheit trifft mich wie ein Vorschlaghammer und bringt mein Herz dazu, sich wie eine geballte Faust zusammenzuziehen. Ich schiebe mir noch ein Stück Himmel in den Mund, und schließe die Augen, als der aufkommende Schatten, der aus den Ecken kriecht, mich übermannt und in die Dunkelheit reißt.

Ich schruppe die letzten Reste des eingetrockneten Biers von unserem Wohnzimmertisch, während ich mich daran erinnere, wie Daniel, Hailee, Kaitlin und Grace, *zwei Freundinnen von früher, die Hannah wahrscheinlich nur eingeladen hat, damit die Party zu meinem 21 nicht allzu armselig aussieht,* dieses idiotische Spiel gespielt haben. Ich habe dabei zugesehen, während Vince mich auf seinem Schoß umklammert hat, als wäre ich ein Rettungsanker. Ich hatte kaum Gelegenheit, auch nur zwei Worte mit Hailee zu reden, die zur späteren Stunde auch wirklich einen im Tee hatte und mir zwischen zwei

Drinks erzählt hat, dass sie jemanden kennengelernt hat, und es freut mich so sehr, dass sie nun endlich von Alex loskommt, denn der hätte sie in *keinem* Leben verdient.

Aber irgendwas in ihrem Gesicht, als sie es sagte, machte mich unruhig, als wäre das nur die halbe Wahrheit, aber auch dieses Gefühl wischte sie, *genau wie Hannah,* mit nur einer Handbewegung weg und ich habe mir geschworen beiden Gesichtsausdrücken so schnell wie möglich auf den Grund zu gehen. Ich vermisse sie, genauso wie Daniel, dessen Anwesenheit mir wirklich unheimlich viel bedeutet hat, genauso sehr, wie die Tatsache, dass Vince es toleriert hat.

Es fehlt mir mit ihm zu reden. Früher haben wir jeden Tag zusammen verbracht und *jetzt* ... außerdem muss ich ihn über seinen neuen Mitbewohner ausfragen, den er endlich gefunden hat *und mir fehlt die Wohnung.* Sie war ein Ruhepol in meinem Leben, auch wenn ich mich die meiste Zeit darin versteckt habe. Ich schmeiße den letzten Rest der Partydekoration in einen der blauen Säcke, bevor ich ein paar Eier in die Pfanne schmeiße und die Kaffeemaschine anstelle.

Anschließend stelle ich eine zufällige Playlist auf meinem Handy an und verbinde es mit der Lautsprecherbox, um meine sich überschlagenden Gedanken abzuschalten und mich auf das Hier und Jetzt zu konzentrieren.

Auf das erste entspannte, gemeinsame Frühstück zu zweit und das Gefühl, dass es ab jetzt immer so sein könnte – das vertreibt die dunklen Schatten, Gedanken und das schlechte Gewissen, und jagt mir ein Lächeln ab, während ich zu dem Song von *Tones and I* mitsumme, und die Toasterstrudel in den Toaster schiebe.

Vince

Die hellsten Sterne brennen am schnellsten,
sodass wir sie dann lieben müssen,
wenn wir können,
so lange wir können.
– Anna Todd

Es ist ein grauer Tag und es ist kalt, als der der Nebel zwischen den Bäumen dichter wird und ich ein Knacken hinter mir höre. Ich drehe mich um. Langsam. *Zu langsam.*

Alles ist schwerer und irgendwie träge und das kleine Reh, das über den Nebel springt, scheint sich in Zeitlupe zu bewegen. *Wieso hat es keine Angst?* Es sieht mich an.

Dieser Blick. Diese Augen. Blau, wie ein wolkenloser Himmel. Strahlend. Unschuldig. Auf tausend Gesichtern, die verschwimmen. Nur diese Augen – jetzt voller Entsetzen.

Emmi? Ihre braunen Locken schwingen über ihre Schultern, als sie sich umdreht und davon rennt. *Emmi?*

Ich kann mich nicht rühren, während mir der Regen die Sicht vernebelt. Ihr Geruch mischt sich mit dem Geruch des Regens, als sie meine Hand ergreift und lächelt, bevor sie sich unter meinem ausgestreckten Arm dreht. *Sie tanzt.*

Sie tanzt zwischen tausend glimmenden Lichtern.

Schwerelos und frei. Sie sieht so friedlich aus … wenn sie in meinen Armen schläft. Ihr Gesicht so zart und reglos wie Porzellan, *das springt, als ich es berühre.* Ich schnappe nach Luft.

Die Hitze des Feuers brennt auf meiner Haut und das Licht der Flammen, gleißend reflektiert von der schwarzen Asche des Bodens, sticht in meinen Augen und wird zu dem Licht der aufgehenden Sonne, die sich aus den Fängen des Horizonts über der Stadt befreit, begleitet von ihrem Lachen, dumpf und hallend, während die Sonne wieder untergeht und das Abendrot zu einem Meer aus Mohnblumen verschwimmt.

Mittendrin sie … *und ich.* Es ist, als würde ich zusehen.

Ich halte sie. Ich halte sie im müden Licht der Dämmerung umgeben von hell glühenden Lichtern, während sie in der Dunkelheit der Nacht verschwindet. *Ich kann sie nicht halten.*

Nein. Sie verschwimmt in meinen Armen, während sich der Nebel des Herbstes über die Lichtung zieht. Nein.

Kein Nebel. *Rauch.* Überall am Himmel. Darunter wir.

Ich halte sie in den Armen, beobachte, wie sie schläft.

Sie sieht so friedlich aus, als das Rot der Mohnblumen um uns herum zu brennenden Flammen wird. Ich beobachte sie und rühre mich nicht, während uns die Flammen umschließen.

Ich schnappe nach Luft und atme keuchend, während ich mich im Zimmer umsehe und realisiere, wo ich bin.

Mein Herz hämmert so heftig, dass es mir vermutlich gleich den Brustkorb sprengt. Ich schließe die Augen und versuche zwischen Traum und Realität zu unterscheiden, während ich mir unaufhörlich das Mantra *›Es war nur ein Traum‹* vorsage und mir über das Gesicht streiche, als könnte ich ihn so vertreiben. Es war nur ein Traum! *Ein beschissener Albtraum.*

Ich lasse mich wieder auf den Rücken fallen und atme tief durch, während mir der Geruch von Kaffee in die Nase steigt und sich mit dem Geruch von Vanille und Plätzchenteig mischt, der sich auch bis in die letzte Schicht des Stoffes ihres Kopfkissens gefressen hat, an dem ich mich festklammere.

Gott, ich liebe diesen Geruch. Er ist wie ein Nebel, der all die Dunkelheit mühelos vertreibt, und ich vergrabe mein Gesicht noch weiter darin, bevor ich mich aus dem Bett rolle, mir meine Jogginghose über den nackten Arsch ziehe und zur Tür hinaus gehe Ich freue mich darauf, sie den ersten entspannten Sonntag ganz für mich allein zu haben, und verscheuche dabei den Gedanken an diesen dämlichen Traum, der mir immer noch kalt über den Rücken fährt.

Als ich in unser Wohnzimmer *Schrägstrich* Flur *Schrägstrich* Küche komme und mir versuche den Schlaf aus den Augen zu wischen, fällt mein Blick auf ein umwerfendes Bild.

Gelockte, braune Haare, die wild über ihre Schultern fallen, während sie mein Hemd trägt, was ihr gerade so über ihren süßen kleinen Arsch reicht, weil sie sich nach etwas im obersten Regal streckt und dabei ihren heißen Körper zu der Melodie von irgend so einem scheiß Mainstreamsong schwingt. Das ist ein Anblick, von dem ich niemals genug bekommen werde. *Ich werde von ihr niemals genug bekommen.*

»Wow, was für ein Klischee«, witzle ich, als ich an sie herantrete und sie sich fast zu Tode erschreckt, bevor sie zu mir herumwirbelt. Ich verschränke die Arme vor der Brust und genieße die Röte, die ihr ins Gesicht steigt, und beiße mir belustigt auf die Unterlippe, während sie sich ertappt schämt und fahrig über die Stirn streicht. *Mann, sie ist so süß!*

Sie sieht mich an und ich hebe herausfordernd und lachend die Augenbrauen ... womit ich jedoch nicht rechne, ist, *dass sie meine Herausforderung annimmt.*

Sie hebt triumphierend die Arme, schnippt mit den Fingern und schwingt abwechselnd mit den Hüften in meine Richtung, bevor sie … mich herausfordert? *Scheiße, nein!*

Ich schüttle den Kopf, um ihr zu signalisieren, dass sie sich komplett zum Trottel macht, kann das Lachen aber nicht verhindern, denn das ist wahrscheinlich das Niedlichste, was ich je gesehen hab. Ich schnappe sie an den nackten Oberschenkeln, während sie lachend den Kopf nach hinten wirft. Verdammt, ihr Lachen wäre für einen Blinden … *wie Liebe auf den ersten Blick.* Ich setze sie auf unserem Küchentresen ab und dränge mich zwischen ihre Beine.

Ihr Blick ist weich und ihre hellblauen Augen sehen mich an, als wäre ich wesentlich wertvoller, als ich es bin. Sie legt ihre Ellenbogen auf meine Schultern und vergräbt ihre Hände in meinen Haaren.

»Guten Morgen Mitbewohner«, sagt sie sanft und süß und mit einer Wärme in der Stimme, die die Kälte restlos vertreibt, während sie mir die Haare aus der Stirn streicht und jeden Zentimeter meines Gesichts überfliegt. Ich lächle süffisant, bevor ich mein Gesicht an ihrem Hals vergrabe und rau an die empfindliche Stelle unter ihrem Ohr flüstere.

»Guten Morgen Mitbewohnerin.«

Sie atmet seufzend und zufrieden aus, bevor ich diese Stelle küsse und ihr dann spielerisch in den Hals beiße, wofür ich mit diesem süßen Kichern belohnt werde, das ich mindestens genauso liebe wie ihr Lachen, ihren Geruch …

Sie! Ich bin gerade dabei die kleine Kuhle zwischen ihren Schlüsselbeinen zu küssen, als ein zischendes Geräusch mich davon abhält. Sie atmet erschrocken ein, bevor sie sich an mir vorbeidrängt, zu der Pfanne stürmt und anschließend in etwas rumstochert, was wohl Rührei sein soll.

»Mmhh«, summe ich leise über ihre Schulter, bevor ich zu dem Schrank gehe und mir eine Tasse heraushole, *obwohl ich verflucht gern gesehen hätte, wie sie sich noch mal streckt.*

»Was soll das werden?«, deute ich nickend zu der Pfanne in der die undefinierbare gelbe Mischung weiter anbrennt.

»Frühstück«, sagt sie sicher, schmollend und ungläubig.

Ich hebe amüsiert die Augenbraue, während ich vorsichtig nicke und die Lippen aufeinanderpresse, um nicht zu lachen

»Was hast du noch?«, frage ich, während ich mich amüsiert in der Küche umsehe und sie mir einen Knuff gibt.

Ich halte mir die Stelle, als hätte sie mir mit ihrer winzigen kraftlosen Faust enorme Schmerzen zugefügt und ziehe eine Grimasse. Sie lächelt kopfschüttelnd und ein bisschen niedergeschlagen, als sie in die Pfanne blickt. Ich seufze und starte einen neuen Versuch, kann aber die gespielte Euphorie der folgenden Worte nicht unterdrücken.

»Und das nur für mich? Wow, du musst mich ja sehr lieben?«, spotte ich und sie zuckt gespielt beiläufig mit den Schultern, während sie weiter in dem Brei rührt.

»Du bist ganz okay.« Sie versucht sich angestrengt das Lachen zu verkneifen, während sie wahrscheinlich völlig unbewusst zu der Melodie von dieser Tussi mitschwingt …

Keine Ahnung, wie sie heißt, irgendwas mit Brooke, auf jeden Fall singt sie über Schlampen und Sünder, weshalb ich es gar nicht so scheiße finde.

»Hätte ja nicht gedacht, dass ich es schaffe ein Hausmütterchen aus dir zu machen«, witzle ich und sie hat nun endlich Erbarmen mit den Küken, *die nie eine Chance hatten,* und nimmt die Pfanne von der Herdplatte, bevor sie mich herausfordernd ansieht und mir den Löffel, *an dem das angekohlte Zeug hängt,* beinahe ins Gesicht drückt.

»Tja, gerade wenn du denkst, du wüsstest, wie ich ticke, ändere ich mich wieder, nur um dich zu ärgern«, summt sie beinahe und ich nicke wissend.

»Ich wusste es.«

Und dann sieht sie mich reizend an und beginnt leise den Text von diesem *Schlampenlied* mitzusingen, in dem diese Brooke-Schnalle doch tatsächlich eine sehr ähnliche Aussage macht, wie sie gerade…. *»Just when you think you got me figured out the seasons already changing. I think its cool, you do what you do,* *dont try to save me…«* Dann dreht sie komplett auf und singt aus vollem Hals, während sie den verkohlten Löffel als Mikrofon benutzt.

»Im a Bitch, im a lover, im a child, im a mother, im a sinner, im a saint, i do not feel ashamed …« Dann zeigt sie mit einem Finger auf mich, während ich sie mit offenem Mund anstarre, wovon sie sich jedoch nicht irritieren lässt. *»Im your Hell, im your Dream, im nothing in between«,* sie schwingt ihren Zeigefinger vor meiner Nase hin und her und ich nicke.

»Oh ja.«

Und sie antwortet mit der entsprechenden Textstelle, während sie mit ausgestrecktem Finger auf mich deutet:

»You know you wouldnt want it any other way.«

Und auch dabei stimme ich zu und sie nickt selbstzufrieden, bevor sie mir den Löffel vor den Mund hält.

»Das kannst du vergessen«, protestiere ich streng, *versuche es zumindest,* doch ich glaube nicht, dass es funktioniert hat, denn sie sieht mich weiterhin warnend und zugleich schmunzelnd an, während sie mitsummt und den Kopf im Takt bewegt.

Ich schüttle fassungslos den Kopf, als sie seufzt, den Löffel sinken lässt und sich von mir abwendet. Ich verdrehe die Augen, ergreife sie und wirble sie in einem Ruck nach oben. Sie schnappt erschrocken nach Luft, während ich lachend an ihr Gesicht schreie und ihr dann leicht in den Hals beiße, bevor ich wie eine Dragqueen eine für mich perfekt zugeschnittene Textstelle mitsinge. *»Im a angel undercover.«*

Und sie lacht! Sie lacht aus vollem Hals, als ich sie gespielt schockiert über diese Reaktion ansehe und sie strafend waagerecht vor mich halte und so tue, als würde ich auf ihr Luftgitarre spielen. Wie ein kleiner Junge der Rockstar spielt, klimpere ich auf ihren Rippen herum und singe weiter.

»Ive been numb, im revived, cant say im not alive. You know you wouldnt want it any other way.«

Ich fahre über ihre Rippen, wie über ein Waschbrett, während sie sich vor Lachen krümmt, bevor ich sie wieder hoch schlenkere und auf den Küchentresen setze und das beende, was ich vor wenigen Minuten angefangen hab.

Emmi

Hinter den schönsten Augen,
liegen Geheimnisse,
tiefer und dunkler,
als der mysteriöse Ozean.
– Yld

Als ich noch klein war, war ich mal mit meiner Mom im Zoo
und da gab es diesen Affen. Es waren hunderte Besucher in
dem Gehege, in denen es die unterschiedlichsten Affenarten
gab, doch dieser eine Affe ... *starrte mich an.* Er beobachtete
jeden meiner Schritte und wendete den Blick nicht einmal ab.

Es war unheimlich und ich versuchte es zu ignorieren,
doch es ging nicht ... ich spürte seinen Blick auf mir.

Diese großen schwarzen Kulleraugen fixierten mich,
ausdauernd und *laut* ... ich weiß, das klingt bescheuert, aber
genauso war es und genau dieses Gefühl habe ich seit Tagen.

Als würde uns etwas so eindringlich anstarren, dass man davon taub werden könnte. Doch, wenn ich mich umsehe, ist da niemand und ich versuche es abzuschütteln, aber genau wie damals schaffe ich es einfach nicht. Genau dieses Gefühl macht es mir an diesem Morgen unmöglich weiterzuschlafen, also gehe ich zu unserem Kleiderschrank und wühle mir ein Shirt und eine Sporthose heraus. Nachdem Vince vor einer halben Stunde ins Krankenhaus gefahren ist, um seine Stunden runterzureißen, *was er auch muss, um irgendwann wieder Herr der Lage zu werden*, habe ich mich noch mal unter seine Decke gekuschelt. Ich ließ ihn wirklich nur unfreiwillig gehen und er wäre sofort geblieben, hätte ich ihn darum gebeten, doch das geht nicht. Ich jedoch habe vor auch diesen Tag, ganz in Ruhe zu verbringen, denn ich kann nicht leugnen, dass mich die letzten Tage angestrengt haben. Nach unserem gestrigen Frühstück haben wir den Rest des Sonntags auf der Couch verbracht. Ich passte perfekt auf seine Brust, während er mich mit den Beinen umschlang und wir uns eine meiner Serien anschauten. *Ja, ganz genau.* Er schaltete sie an und schaute sie mit mir ohne zu knurren oder zu meutern.

Ich wage es sogar zu behaupten, dass sie ihm gefallen hat.

Ich bin immer wieder eingenickt, *weil mein Körper diese Pause einfach brauchte,* doch wenn ich durch einen lauteren Ton aufwachte, lief es immer noch.

Die Überraschungsparty war wunderschön und auch der Abend mit meiner Mom war wirklich toll.

Doch der Tag gestern war perfekt. Diese ganzen kleinen Dinge, von denen ich weiß, dass er sie ohne mich nicht machen würde, sondern *für mich* macht, machen mich überglücklich.

Ich gehe in unser Bad und lasse mir Wasser in unsere freistehende Sissi-Badewanne, die eindeutig *auch zu den Dingen gehört, die mich glücklich machen,* während ich aus der Tür hinaus auf den Küchentresen schaue. Als er gestern Morgen einfach losließ und auf meinen Rippen spielte, als wäre ich eine Luftgitarre, konnte ich den kleinen Jungen in seinen Augen sehen, nur dass er dieses Mal nicht traurig und verloren wirkte, sondern frei und unbekümmert. In diesem Moment wünschte ich mir eine Stopptaste. Ich wollte das Leben anhalten *genau an dieser Stelle* und die Gefühle, die ich genau in diesem Moment hatte, für immer in mein Herz einschließen.

Nachdem ich aus der Wanne gestiegen, mein Haar geföhnt und mich angezogen habe, mache ich mir einen kleinen Toast, nehme meinen Kakao und gehe damit in das Schlafzimmer *Schrägstrich* Büro. Sein Computer steht hier und ich hab ihn gefragt, ob ich ihn benutzen kann, um von hier aus etwas für die Uni zu tun. Also rolle ich mich an den Schreibtisch, stelle die Tasse hin und beiße ein Stück des Toastes ab.

Der Schreibtisch ist das reinste Chaos, das ich anfangs noch versuche zu ignorieren, doch ich kann mich nicht konzentrieren ohne diesen Papierkrieg wenigstens ein bisschen zu ordnen und dabei versuche ich wirklich, nicht neugierig zu sein, wobei viele der Unterlagen sowieso wild durcheinandergewürfelt sind, während er seine Notizen unverständlich an den Rand gekritzelt hat. Ich frage mich, wie er es schafft, sich mit diesen Unterlagen auf seine Seminare vorzubereiten. Aber anscheinend funktioniert es. Ich schüttle gedankenverloren den Kopf. Wie heißt es doch so schön:

Ordnung ist was für Primitive, nur das Genie beherrscht das Chaos und wenn man dieses Chaos betrachtet, muss er wohl Einstein sein. Während dieses Gedankens rutscht der Haufen, den ich aus Heftern, losem Papier und irgendwelchen Unterlagen gebaut hab, in sich zusammen und flattert langsam aber sicher zu Boden. Ich lasse mich stöhnend auf dem Stuhl zurücksinken, werfe den Kopf in den Nacken und verfluche mich selbst, bevor ich genervt und so schnell aufstehe, dass der Bürostuhl quer durch das Zimmer rollt, bevor ich auf die Knie sinke. Als ich das Ausmaß der Katastrophe eindringlich betrachte, beschließe ich, dass ich, wenn ich schon alles einzeln auflese, etwas Ordnung hinein bringen kann, zumindest grob. Ich sortiere die Zeichnungen und Aufzeichnungen zu dem Kurs für Fotografie und Kunst auf einen Stapel und all die trockenen Unterlagen über Wirtschaft, *auf den mehr Zeichnungen von Männchen am Galgen sind, als alles andere,* auf einen anderen Stapel, als mein Blick auf etwas anderes fällt. Ich greife nach dem Blatt, was direkt vor mir liegt und erstarre. *Es ist mein Krankenhausbericht!*

Ich überfliege ihn, nur um sicherzugehen, bevor ich meinen Blick hebe und auf die verstreuten Papiere auf dem Boden schaue und mir meine MRT-Bilder, sämtliche Auswertungen und Prognosen praktisch schreiend ins Gesicht springen. Ich atme zweimal tief durch und versuche meinen Gedanken zu ordnen, bevor ich sie aufsammle. Ich habe sie doch zerrissen, wie kann das …? Dann fällt es mir auf.

Es sind Kopien! Er hat sie wieder zusammengebastelt und kopiert, *aber warum?* Auch die Frage beantwortet sich praktisch, bevor ich sie gestellt hab, als ich ein Fax entdecke, was an der letzten Kopie heftet. Es ist von einem Dr. Sullivan.

Ein Neurochirurg! Das sind Einschätzungen, Krankenberichte und irgendwelche Studien …

Was zum Teufel soll das?

Vince

Ein Vogel der in einem Baum sitzt hat niemals Angst,
dass der Ast bricht,
nicht weil er dem Ast vertraut,
sondern seinen eigenen Flügeln.
– Unbekannt

»Gott, halt die Klappe«, nuschle ich, während ich einen alten,
verbitterten Greis durch die Gänge des Krankenhauses
schiebe, der ununterbrochen davon faselt, dass früher alles
schwerer war und die Jugend von heute nur noch
verweichlicht und zu nichts zu gebrauchen ist. Ich würde ihm
ja recht geben, hätte ich nicht das Gefühl, dass seine Parolen
auf meine Kosten gehen. Da er mehr als nur einmal subtil
angemerkt hat, dass früher nur Frauen Krankenschwestern
waren und die Männer in den Krieg gezogen sind.

Ich verkneife mir anzumerken, dass ich sicher keine Krankenschwester bin, sondern seinen alten faltigen Arsch nur durch die Gänge schiebe, weil ich meine verdammte Wut nicht im Griff habe und er genau deswegen lieber aufhören sollte, so einen Scheiß zu erzählen. Ich schiebe den alten Stiesel ohne Kommentar in den Wartebereich der Radiologie und drehe mich zum Gehen, während eine entsetzte Schwester die Arme in die Flanken stemmt und nach seiner Anmeldung fragt.

»Auf seinem Schoß«, antworte ich uninteressiert, als ich mein Handy aus der Hosentasche ziehe. Sie holt entsetzt Luft.

»Darf ich fragen, was sie jetzt machen?«, zischt sie.

»Pause«, antworte ich, ohne mich noch einmal zu ihr umzudrehen. *Sie muss neu sein.* Die meisten anderen wissen, dass sie mir mit sowas nicht auf den Sack gehen sollen. Er hat seine scheiß Papiere dabei. Warum zur Hölle soll ich warten, bis sich eine der feinen Schwestern mal herablässt, sie mir abzunehmen. Ich schaue auf mein Handy und sehe eine Nachricht von Rob.

»Bin draußen.«

Ich wollte mich eigentlich am Wochenende mit ihm treffen, doch das wurde nun doch turbulenter als gedacht und als er nicht locker ließ, habe ich gesagt, dass ich heute 'ne Doppelschicht schiebe und wir uns meinetwegen in meiner

Pause treffen können, obwohl ich von diesem beschissenen Tag jetzt schon genervt bin. Und es wird nicht besser, als mir dieser Wichser von Arzt entgegenkommt, der uns mit einer Leichtigkeit verkündet hat, dass er nichts für sie tun kann, als ginge es um den Speiseplan der nächsten Woche und nicht um ihr Leben. *Arschgesicht.*

Er hat sie sich nicht mal richtig angesehen.

Es ist völlig unmöglich, dass man ihr nicht helfen kann!

Sie ist jung und die Medizin macht tagtäglich Fortschritte, es gibt garantiert irgendeine Möglichkeit und dieser Trottel ist sich dafür nur zu bequem oder zu eingefahren oder was weiß ich. Ich beiße mir auf den Kiefer und vergrabe meine Finger so sehr in meinen Handflächen, dass es schmerzt, nur um sie ihm nicht um den Hals zu legen, als ich an ihm vorbeigehe.

Sein Blick ist unsicher und schnellt überall hin, nur nicht zu mir. Er weiß genau, warum. Aber wenn er glaubt, ich lege ihr Schicksal in seine Hände, hat er sich verdammt noch mal geschnitten.

»Hey, Mann«, unterbricht Rob meinen inneren Wutanfall und ich nicke kurz und knapp, während er sein Körpergewicht unsicher von einem Bein auf das andere stützt und mich ansieht, wie ein geschlagener Hund. *Na wunderbar!*

Nachdem wir zwei Minuten in einem unerträglich unangenehmen Schweigen nebeneinander hergelaufen sind, sagt er schließlich

»Du wohnst nicht mehr auf dem Campus?« Es sollte eine Frage sein, doch er scheint sich ziemlich sicher zu sein.

»Nein«, antworte ich, bevor ich an dem Kaffee nippe und mir wünschte, es wäre etwas Stärkeres. Er nickt nervös und fast sich in den Nacken.

»Und du hast dein Hauptfach gewechselt?« Wieder keine Frage und ich verdrehe die Augen.

»Offensichtlich« und er greift mir vorsichtig an die Schulter und hält mich zurück.

»Mann, ich gebe mir hier wirklich Mühe. Ich wusste nichts von der scheiß Aktion. Ehrlich.«

Ich beiße mir von innen an die Unterlippe, während ich prüfend sein Gesicht anstarre und schließlich schnaube.

»Ich weiß«, doch das heißt nicht, dass er diesen Arschgeigen nicht alles brühwarm erzählt.

»Du fehlst mir, Mann«, sagt er mit einem dümmlichen Grinsen und ich schüttle den Kopf, kann das Zucken um meinen Mundwinkel aber nicht verhindern.

»Halts Maul.«

Ich remple ihn an und er läuft weiter neben mir her, während er mit den Fußspitzen im Kies scharrt

»Wieso bist du vom Campus weg?«, fragt er, während er auf den Boden starrt, und ich bleibe stehen. Er blickt zu mir hoch und fragt vorsichtig »Ihretwegen?«

Und ich schnaube »Wieso? Willst du es ihnen erzählen, damit sie etwas dagegen …«

Ich zeichne Anführungszeichen in die Luft »… unternehmen.«

Und er schüttelt ungläubig den Kopf. »Ich will nur wissen, ob du glücklich bist? Nach deinem Anfall in meiner Wohnung weiß wohl jeder, dass du keinen Spaß verstehst, wenn es um sie geht.« Ich sehe ihn an.

»Spaß?«, knurre ich und er schüttelt schnell den Kopf.

»Nein, so hab ich es nicht gemeint. Es ist …«

Er atmet angestrengt aus und hebt die Schultern.

»Ich will nur wissen, ob…naja…« Er lässt sie erschöpft wieder sinken

»Hat sie… dir verziehen?« Eine Frage, die wie ein Fausthieb ist und mich an unsere Anfangszeit erinnert und daran, was ich ihr damit angetan habe. Hätte ich diese Worte damals *von ihr* gehört, hätte es mich zerfetzt.

Ich schaue gedankenverloren an ihm vorbei und antworte mit einer Stimme, die nicht zu mir gehört

»Ich hoffe es.«

Er nickt leicht. »Das ist gut. Sie ist … sie ist gut für dich Mann.« Er greift mir an die Schulter und drückt sie leicht und ich sehe ihn an.

»Sie ist zu gut für mich.«

Er reibt sich über die Stirn und sein nervöses, versteinertes Gesicht entspannt sich, bevor er lächelt.

Ein Moment, der zu lange dauert, und es wird echt peinlich, doch er räuspert sich, bevor er nach vorne sieht und weitergeht. »Also Fotografie ja?«

Ich zucke beiläufig mit den Schultern.

»Ja, mal sehen.«

»Also ich finde …« Er stockt und sieht auf etwas hinter mir, bevor er in die Richtung nickt. »Was macht Hailee denn hier?«

Ich folge seinem Blick, als Rob zwei Finger zwischen die Lippen nimmt und pfeift. Sie sieht erschrocken von ihrem Handy auf, bevor sie unsicher winkt. Er sieht sie beinahe wehmütig an. »Ich vermisse die Zeit in der wir zusammen die Clubs unsicher gemacht haben«, sagt er und starrt in die Ferne, als würde er Erinnerungen nachtrauern.

»Was meinst du?«, frage ich ihn stirnrunzelnd und er zuckt mit den Schultern.

»Seit du sie …« Er schüttelt den Kopf, als wären das nicht die Worte, die er sagen wollte, und sammelt sich, um bessere zu finden. *Das hoffe ich für ihn!*

»Seit du meine Wohnung gestürmt und Alex den Schädel eingeschlagen hast, sind wir irgendwie auseinandergegangen.

Du bist nicht mehr da.« Er deutet auf Hailee. »Sie hat sich auch zurückgezogen und Alex und Marlen …« Er schüttelt den Kopf und schaut betreten auf den Boden. »Es ist nicht mehr dasselbe«, sagt er schließlich.

»Ich würde ja sagen, dass es mir leid tut, aber das tut es nicht«, antworte ich scharf und kalt.

»Ich weiß, was sie angezettelt haben, war wirklich daneben…«

»Daneben?!«, schnaube ich.

»Ja. Nein! Es war total arschig. Auf jeden Fall«, beschwichtigt er mich rasch, als sein Blick auf den völlig übertrieben polierten BMW fällt, der vor Hailee zum Stehen kommt und sich ein Kloß von der Größe eines Golfballs in meiner Kehle festsetzt, als ich sehe, dass es dieser Wichser Finn ist, zu dem sie da freudestrahlend ins Auto steigt.

Was zum Henker hat diese Made jetzt schon wieder vor?

Es ist 18:00 Uhr, als ich völlig fertig aus dem Fahrstuhl zu unserer Wohnung trotte und mein Magen sich zu einem verfluchten Knoten verkrampft, als ich der Tür immer näherkomme. Ich muss mit ihr reden und ich weiß, dass es ihr nicht gefallen wird! Und als ich die Tür aufschiebe, verflüchtigt sich das Gefühl und weicht einem anderen oder vielmehr einem Gedanken … nämlich ›Scheiße‹

Sie steht wütend und herausfordernd in unserem Wohnzimmer und wedelt fragend mit einem Stapel Papier in der Hand.

Da ist die Katze wohl aus dem Sack.

Emmi

A Ship in Harbor is safe,
but that is not
what Ships are built for.
– John A. Shedd

Er atmet tief aus und schließt die Tür, indem er erschöpft den Rücken daran presst und sich mit seinem Gewicht dagegen fallen lässt, während er genervt zur Decke starrt.

Dann schließt er die Augen und als er sie wieder öffnet, sind sie starr und kalt, während sie mich ansehen.

»Was ist das?«, frage ich, um ihm die Chance zu geben, es zu erklären.

Er schüttelt nur den Kopf, als er auf mich zukommt.

»Wonach sieht es denn aus?«, antwortet er, als wäre es völlig bedeutungslos. *Ist das sein Ernst?*

»Es sieht aus, als hättest du hinter meinem Rücken einen Termin bei einem Neurochirurgen gemacht, den ich nicht kenne und zu dem ich nicht will, und zwar… *morgen?!*«, betone ich das Wort völlig fassungslos, um ihm klarzumachen, dass er damit zu weit gegangen ist. *Schon wieder!*

Doch er hebt nur provokant die Schultern.

»Wieso fragst du dann?«

Ich sehe ihn an … fassungslos und müde.

Er respektiert mich nicht. Er respektiert meine Grenzen nicht.

Er macht einen Schritt vorwärts und zwei wieder zurück und ich hab keine Kraft mehr, um mit ihm zu kämpfen.

Doch als er mir die Unterlagen aus der Hand nimmt, weicht der Trotz in seinem Blick etwas anderem … *Hoffnung* und die bricht mir schier das Herz. *Bitte tu das nicht!*

»Ich weiß, ich hätte mit dir darüber reden sollen, aber ich wollte mich erst einmal umhören, und sieh doch mal Baby, es gibt noch eine weitere Option, neben der Bestrahlung und Operation, die nennt sich Embolisation, dabei wird ein Klebstoff in den Tumor gespritzt, der dafür sorgt, dass er abstirbt.« Er deutet gehetzt und hysterisch auf das Papier, während er wie wild und unter Druck nach der richtigen Seite sucht. Ich atme tief aus und lasse die restlichen Blätter auf den Couchtisch sinken. »Vince«, flüstere ich mit Engelszungen und trete einen Schritt an ihn heran, doch er überfliegt weiter panisch das Papier, als würde es die Lösung eines unlösbaren Problems offenbaren, wenn er doch nur die richtige Seite findet und mich daran hindern, die folgenden Worte auszusprechen. *Doch das kann er nicht.* Nichts, was dort steht, ist etwas, das ich noch nicht weiß. Ich greife sanft an seine Schulter.

»Auch dieses Verfahren ist bei mir nicht möglich«, sage ich behutsam. »Aus demselben Grund, aus dem auch eine Operation nicht möglich ist.«

Und er schnellt wütend zu mir herum.

»Wer sagt das? Dieser Wichser? Dieser eine Wichser von Arzt sagt das und du glaubst ihm?! Du nimmst es einfach hin und was ...« Er breitet herausfordernd die Arme aus »...stirbst, weil er das sagt?«, fragt er fassungslos und ich schließe die Augen und bete stumm um etwas Kraft, dann öffne ich sie wieder und bemühe mich behutsam zu sein, denn wir sind in der 3. Phase angekommen: *Verhandlung!*

»Nein, Vince. Ich war bei *hundert Ärzten* und sie sagen alle dasselbe«, versuche ich ihn zu beruhigen und lege beide Handflächen zusammen, damit er es versteht, doch das tut er nicht. Er schüttelt wie wild den Kopf und beginnt weiterzublättern.

»Nein, nein… Hier drüben an der Küste gibt es einen Chirurgen, der die ganz schweren Fälle behandelt, wenn wir …«

»Vince nein«, unterbreche ich ihn entschieden und er sieht von den Blättern auf, während die Emotionen in seinen Augen einen Kampf auf Leben und Tod führen.

Genau, wie wir!

»Was?« Er schüttelt unkontrolliert den Kopf, während er mich ungläubig ansieht. »Was redest du da?«, fragt er verzweifelt, als hätte er einen Zaubertrank und ich würde mich weigern ihn zu trinken. Ich nehme die Handflächen, die ich immer noch verbissen zusammendrücke, auseinander, um es ihm zu erklären.

»Natürlich gibt es irgendwo immer den einen, der operiert, oder eines der Verfahren riskiert, auch wenn hundert weitaus erfahrenere Ärzte sagen, dass es unmöglich und viel zu riskant ist«, sage ich kopfschüttelnd und er sieht mich ungläubig an.

»Was?«, fragt er, als könnte er nicht fassen, dass ich von dem Zaubertrank weiß und ich schüttle den Kopf, weil ich will, dass er mich aussprechen lässt.

»Ja, er nimmt die schweren Fälle an, doch wenn ich nicht wieder aufwache oder noch viel schlimmer, als Pflegefall ende, geht er hoch erhobenen Hauptes nach Hause, *denn immerhin hat er es ja versucht.* Im Gegensatz zu den anderen Ärzten, die es besser wussten.«

Ich nehme ihm vorsichtig das Papier aus der Hand und lege es zu dem anderen Papier auf den Couchtisch, bevor ich meine Hände auf seine Schultern lege und ihm tief in die Augen sehe. »Das Risiko ist viel, viel zu hoch Vince.«

Er schüttelt weiter den Kopf.

»Was redest du da nur? Du stirbst, wenn du das nicht machen lässt.« Er weicht einen Schritt von mir ab.

»Ich sterbe, wenn ich es machen lasse«, antworte ich nun etwas schärfer.

»Das weißt du doch gar nicht!«, brüllt er und fegt den nächsten Stapel Blätter von der Lehne der Couch und sie flattern durch den Raum wie weiße Tauben, bevor sie matt und hoffnungslos auf dem harten Boden der Tatsachen landen und ich weiß genau, wie sie sich fühlen. Doch was wirklich wehtut, ist, dass ich nun auch ihn auf diesen harten kalten Boden ringen muss.

»Doch, das weiß ich Vince! Es würde zu einer unkontrollierbaren Blutung kommen und dann ende ich, als Pflegefall.« Ich deute verzweifelt auf mich, während meine Stimme nun auch vor Wut und Verzweiflung zittert und er zeigt wütend auf mich.

»Das ist doch aber immer noch besser, als tot zu sein.«

Und ich weiche zurück, sammle mich, schließe die Augen und schüttle sicher den Kopf. »Nicht für mich.« Dann öffne ich sie wieder und sehe ihn entschieden an. »Ich möchte kein Pflegefall sein.« Ich schlinge die Arme um mich, um es mir leichter zu machen, die folgenden Worte auszusprechen.

»Und das werde ich auch nicht.«

Sein Blick liegt auf mir und er zieht die Augenbrauen zusammen. »Was soll das heißen?«

Ich sehe auf den Boden und schüttle den Kopf, während ich mich selbst umschlinge, als wäre ich ein Rettungsring und er fordert wütend.

»Emmi?!«

Ich atme hörbar aus und sehe ihn an. *Nicht reumütig.*

Nicht bedauernd. Nicht unsicher.

»Ich habe eine Patientenverfügung. Ich will keine lebenserhaltenden Maßnahmen.«

Er torkelt einen Schritt zurück, als hätte ich ihn gestoßen.

»Was?«, fragt er tonlos und ich blicke auf den Boden.

»Sieh mich bitte nicht so an«, dann sehe ich wieder zu ihm.

»Die Entscheidung ist gefallen!«

Er zieht die Augenbrauen nach oben und reißt die Augen auf, bevor er ungläubig auf sich deutet und seine Stimme vor Schmerz und Wut bebt.

»Du wärst lieber tot, als bei mir zu sein, und du erwartest, dass ich damit einverstanden bin?«, zischt er und ich hebe unnachgiebig die Schultern.

»Ich sag nicht, dass du damit einverstanden sein musst. Ich sage, die Entscheidung ist gefallen.«

Er sieht mich fassungslos an und holt zum nächsten verbalen Schlag aus, doch diesen Kampf kann er nicht gewinnen. *Diese Schlacht, hab ich vor ihm geschlagen.*

»Denn ja …«, unterbreche ich ihn, mit ausgebreiteten Armen, bevor er etwas sagen kann. »Ich wäre lieber tot, als mein restliches Leben an Maschinen gefesselt zu sein.« Dann deute ich übertrieben auf mich. »Ja, ich sterbe lieber sofort, als dich irgendwann zu verlieren, weil ich sabbernd in einem Rollstuhl sitze und du immer noch *du* bist.« Ich gestikuliere wild mit den Armen, unfähig die aufkommende Welle an Emotionen zu kontrollieren, bevor sie mich überrollt. »Ja ich würde lieber sofort sterben, als mich ein Leben lang daran zu erinnern, was ich alles hatte und wie glücklich ich mal war, denn das ist etwas, dass ich nicht ertragen könnte.«

Ich atme tief aus und komme mir plötzlich schrecklich klein vor, erschöpft und müde, während er an mir vorbei sieht und beinahe manisch den Kopf schüttelt. Ich trete wieder auf ihn zu und höre die Tränen in meiner Stimme, als mein Körper die weiße Flagge hisst.

»Ich kann so nicht leben Vince.« Ich nehme erneut sein Gesicht in die Hand und hebe die Schultern. »Und ich schaffe es auch nicht und ich will, dass du es verstehst.«

Er sieht mich an, legt seine Hände über meine und sein Blick versteinert. »Und genau das tue ich nicht«, Seine Stimme ist kalt, als er meine Hände von seinem Gesicht zieht und mir den Rücken zuwendet. Ich blicke verzweifelt auf meine Handinnenflächen.

»Das tut mir wirklich leid, doch es ändert nichts daran. Du musst es akzeptieren«, sage ich monoton und leise, während er sich kopflos über das Gesicht fährt und wutentbrannt die kleine Topfpflanze mit dem grün gestreiften Übertopf von dem kleinen Regal neben der Couch fegt und brüllt:

»Weil du mir keine Wahl lässt!«

Ich zucke nicht einmal mehr zusammen. Ich habe schon zu viel zerbrechen sehen. Er presst sich die Fäuste vor die Stirn, immer und immer wieder, als müsste er den ganzen Zorn vertreiben, weil er weiß, dass er ihm nicht helfen wird.

Nicht dieses Mal. Dann fährt er sich durch die Haare und verschränkt die Hände hinter dem Nacken und in diesem Moment wünsche ich mir sein wutverzerrtes Gesicht zurück, denn der Blick, mit dem er mich jetzt ansieht, ist kalt und undurchdringlich und seine Stimme leise, doch scharf wie ein Messer.

»Tu das morgen *für mich!* Ansonsten werde ich dir das nie verzeihen können.« Seine Worte legen sich, wie eine Schlinge um meinen Hals und ich sehe ihn fragend an.

»Was?«, meine Stimme versagt, doch hier sind wir und es wird Zeit es auszusprechen, also schlucke ich den riesigen Klumpen in meinem Hals herunter, der mich daran hindert und frage: »Dass ich sterbe?«

Er zuckt zusammen und schließt gequält die Augen, während seine Lieder unkontrolliert zappeln und sein Gesichtsausdruck so schmerzverzerrt ist, dass ich es kaum ertrage. Es ist nur eine Sekunde, doch es kommt mir vor, als würde die Zeit stehen, bevor er sie wieder öffnet und er zwischen zusammengebissenen Zähnen brüllt. »Nein, dass du mich dazu gebracht hast dich zu lieben!«

Er tritt mit voller Kraft gegen den Barhocker am Küchentresen, der mit Schwung über den Echtholzfußboden poltert, als er verzweifelt die Hände in seinen Haaren vergräbt und mit dem Rücken gegen die gegenüberliegende Wand gepresst zu Boden sinkt, bevor er seine Ellenbogen auf den Knien ablegt und sein Gesicht hinter seinen Händen versteckt. Ich lehne an der Couch. Völlig versteinert, völlig am Boden, hoffnungslos, zerschlagen, müde von den Gedanken und endlosen Gesprächen darüber etwas zu verhindern, was nicht verhindert werden kann und schuldig ihm diese Last aufzubürden und wütend, dass es uns nun einholt und müde davon mich müde zu fühlen. Ich stoße mich von der Couch ab und gehe zu ihm, bevor ich mich zu ihm setze. Ich streife seine Hände von seinem Gesicht und seine Ellenbogen von seinen Knien, bevor ich diese nach unten drücke und mich rittlings auf seinen Schoß setze und dann meine Hände statt seiner an sein Gesicht lege. Sein Gesichtsausdruck spiegelt meine Erschöpfung wider und ich streiche ihm über die Wange, während ich sein hübsches Gesicht betrachte. »Einer der Gründe, warum ich es dir damals nicht gesagt hab, war der, dass ich nicht wollte, dass du mich *so* ansiehst. Voller Angst, Mitleid …« Ich hebe erschöpft die Schultern. »Als wäre ich ein Projekt …« Mein Blick fällt auf seine Lippen, weil ich es gerade nicht ertrage, ihm in die Augen zu sehen. »… ein gescheitertes Projekt. Du musst mich nicht retten Vince.« Ich schüttele müde den Kopf. »Ich will nur, dass du für eine Weile mit mir wegläufst. Ich flehe dich an. Ich möchte nicht, dass diese Krankheit zu meinem Mittelpunkt wird, diese Macht gebe ich ihr nicht. Ich bestimme über mein Leben und ich möchte es *leben*. Nicht in 'nem Krankenhausbett und nicht mit Schläuchen im Hals, sondern mit dir, mit dem arroganten, zynischen, furchtlosen Vince, der mir gezeigt hat, dass es etwas gibt, für das es sich zu leben lohnt. Ärzte und Menschen, die sich Sorgen machen, habe ich genug.«

Ich rüttle langsam an seinem Gesicht, um es ihm klar zu machen, und sehe ihm tief in die Augen. »Ich tue dir morgen den Gefallen, wenn du mir versprichst, es danach ein für alle Mal gut sein zu lassen, und einfach mit mir glücklich wirst okay?« Meine Stimme und mein Blick sind fest und bestimmt, während er nach etwas sucht, was ihm Hoffnung gibt.

Doch die kann ich ihm nicht geben, also schließe ich die Augen und lege meine Stirn auf seine, bevor er flüstert: »Okay!«

Emmi

Weißt du was ich manchmal denke?

Es müsste immer Musik da sein.

Bei allem, was du machst.

Und wenn es so richtig scheiße ist,

dann ist wenigstens noch die Musik da.

Und an der Stelle, wo es am allerschönsten ist,

müsste die Platte springen

und du hörst immer nur diesen einen Moment.

– Frank Giering

Es ist eine Fahrt von knapp einer Stunde bis nach Newport. Die Anspannung nach dem gestrigen Gespräch hat seither kaum nachgelassen. Wir verbrachten den Abend auf der Couch, während ich meine Schläfe gegen seine Schulter lehnte und merkte, wie angespannt er atmete und zwischen der Hoffnung und dem Wissen, dass er sich keine Hoffnung machen sollte, gefangen war.

Dabei war der Sonntag so vollkommen, aber so ist es wohl, wenn man in einer Seifenblase lebt und so tut, als würde die harte Realität nicht existieren, bis sie die Blase zum Platzen bringt und man meilenweit in die Tiefe stürzt. Das Problem ist nur, dass ich es bin, die ihn mitreißt und ich zu egoistisch bin, um loszulassen. Als ich ihn ansah und fragte, ob alles okay ist, antwortete er nur ruhig, dass er müde sei und wir gingen ins Bett. Ich habe kein Auge zugetan und ich weiß zu hundert Prozent, dass es ihm genauso ging. Der bisherige Morgen beschränkte sich auf die nötigsten Gespräche, während keiner von uns wirklich Hunger hatte und wir, ohne zu frühstücken, losfuhren.

Ich beobachte mit angewinkelten Beinen, wie die Welt rasend schnell an meinem Fenster vorbeizieht, während das wolkenlose Blau des Himmels einer dichten, schleierhaften Mischung aus grau und schwarz weicht, bevor sie auf diesen einen makellosen unglaublichen Moment zusteuert. *Kennt ihr ihn?* Diesen einen Moment. In dem die Welt unmittelbar vor einem Sturm nur für den Bruchteil einer Sekunde den Atem anhält? Es ist das friedvollste und gleichzeitig beängstigendste Geräusch, das es gibt. Ein leises Luft holen.

Gefolgt von einem Moment *vollkommener Stille.*

Ich schließe die Augen.

Es ist das Geräusch, das ich am liebsten höre.

Einen Herzschlag später treffen die schwarzen Gewitterwolken donnernd aufeinander, bevor die geladene Luft sich wütend gegeneinander auflehnt und der Sturm sich gewaltvoll über die Welt legt, während ich den Kopf an die Fensterscheibe lege und den ziemlich passenden Tönen von Kodaline folge, die aus dem Radio hallen, als ich den Regen beobachte.

Ein kleines Stück Himmel, was unnachgiebig gegen meine Scheibe schlägt.

But I've got high hopes
It takes me back to when we started
High Hopes
When you let it go, go out and start again
High Hopes
When it all comes to an end
But the world keeps spinning around

Es ist 11.30 als wir uns bei der Anmeldung dieser Klinik, *die so überhaupt nichts mit einem üblichen Krankenhaus gemein hat,* anmelden und Vince der Frau hinter dem Tresen unsere Namen verrät und ihr sagt, dass wir einen Termin bei Dr. Sullivan haben und das alles mit seinem typisch, charmanten

Naturelle, was in diesem Moment wirklich das einzig zuverlässige ist und auf irgendeine Art und Weise tröstend.

Die Arzthelferin oder Sachbearbeiterin oder was auch immer sie ist, hat etwas von einer Hotelangestellten, die so tut, als würde sie uns zu einem 14-tägigen Luxusurlaub auf den Bahamas begrüßen. Der Empfangsbereich ist hell und freundlich und mit extravaganten Blumen in schicken Blumentöpfen dekoriert und ich muss das stille *Wow* unterdrücken, als sie uns in das zweite Stockwerk geleitet, vorbei an beeindruckenden Säulen inmitten der gigantischen Räume mit hohen Decken und wahrscheinlich unverschämt teuren Gemälden an der Wand. Der Fahrstuhl besteht aus Stahl, aber der ganze Aufzug ist aus Glas, während sogar das Ping, *das signalisiert, dass der Fahrstuhl angekommen ist,* etwas Beruhigendes hat. Es ist wie eine Reise in die Zukunft und mir kommt der beunruhigende Gedanke, dass das hier garantiert nicht in die Standardversorgung fällt, die meine Versicherung trägt und werde unruhig. Zu meiner Überraschung ergreift Vince meine Hand und drückt sie so fest, dass es beinahe schmerzt, doch ich bin in diesem Moment so dankbar dafür, bevor wir aus dem Fahrstuhl treten und der Frau in dem schicken Kittel folgen.

Die Berührung darf jedoch nicht lang anhalten, denn am Ende des Ganges angekommen, bittet sie mich in den Vorbereitungsraum auf der rechten Seite zu treten und Vince sieht erst mich und dann sie an.

»Ich würde sie gern begleiten.«

Eine ungewöhnliche Wortwahl, doch der Ton war scharf und fordernd, aber sie schüttelt nur freundlich und unbeeindruckt den Kopf.

»Das ist leider nicht möglich, aber es dauert nicht lange. Dr. Sullivan möchte nur noch ein aktuelles CT, EEG und ein großes Blutbild«, antwortet sie sanft und weich, während sie auf die Tür deutet. Ich nicke und sehe zu Vince, bevor ich mich auf Zehenspitzen stelle, um ihn zu küssen. Doch er erwidert ihn kaum, während er der jungen Frau stumm Flüche an den Hals schleudert und seine Kiefermuskulatur arbeitet.

Ich gebe ihm einen kurzen Kuss auf den Mundwinkel, lasse mich auf die Fersen herab und drehe mich *der eigentlich sehr liebenswürdigen Frau zu*, doch er hält mich zurück, zieht mich an sich und nimmt mein Gesicht in beide Hände.

Er sieht mich einen Moment undurchdringlich an, bevor er weich grinst »Und immer schön lächeln, wenn das Vögelchen kommt«, witzelt er bemüht, bevor er mir einen langen, liebevollen Kuss gibt, mit dem er alles sagt, was er nicht sagen kann.

Er löst sich von mir und streicht über die Falte zwischen meinen Brauen. »Ich warte hier.« Er nickt hinter sich auf den Wartebereich, an dem eine Sitzgelegenheit aus drei Stühlen, *die garantiert mit echtem Leder überzogen sind,* an der Wand befestigt ist und ich nicke, bevor ich zu der Tür gehe.

Emmi

Alle Hoffnungen, die ich habe, beginnen und enden mit dir.

– Perry Poetry

Nach den Untersuchungen sitze ich ohne Umschweife auf einem Stuhl in Dr. Sullivans Büro. *Noch ein Vorteil dieser Klinik?* Keine Wartezeiten! Das CT und das EEG waren blitzschnell vorbei und mir blieb die Dauer eines MRTs und dieser dämliche Kittel erspart. Sogar die Untersuchungsräume wirkten weniger beängstigend, obwohl die langen Tische mit demselben weißen Papier abgedeckt waren, auf denen dasselbe Tablett mit Instrumenten, Latexhandschuhen und verpackten Spritzen lag. Das Kontrastmittel in dem CT war genauso unangenehm und auch die Nadel für den Zugang und der Blutentnahme waren zu spüren und doch wirkte alles irgendwie … *weniger unbehaglich.* Aber die Tatsache, dass ich nun in dem privaten Büro von Dr. med. Prof. Habil. Sullivan:

Spezialist für Neurologie, Neurochirurgie und Radiochirurgie sitze, fernab von den Behandlungsräumen, in denen Ärzte einen eigentlich empfangen, wenn sie noch in Behandlung sind. Wenn es noch eine Behandlungsmöglichkeit gibt. *Wenn es noch Hoffnung gibt,* bestätigt, was ich schon wusste, was jedoch nicht bedeutet, dass es mir nicht jedes Mal den Boden unter den Füßen wegreißt und mir die Luft zum Atmen nimmt. Dieses Büro ist kein Ort für Kämpfe und Hoffnung. *Dies ist der Ort, an dem man sich ergibt.*

Ich weiß das, doch Vince sitzt neben mir und wippt nervös und unaufhörlich mit seinem Bein, während er sich immer wieder vornüberbeugt und sich mit seinen Handflächen über die Oberschenkel fährt. Ich spüre die Nervosität, die er ausstrahlt, die Angst, die in seinem Inneren wütet und an Kraft gewinnt, bis sie zu einem Orkan wird, der bereit ist, alles zu zerstören. Ich beobachte die Zeiger der Uhr, die ihre Runden drehen, und höre das monotone gleichmäßige Ticken, das die Stille durchbricht und dafür sorgt, dass sich diese zehn Minuten anfühlen wie Jahre – und doch sind sie wie Sand in einer Sanduhr, unaufhaltsam und viel zu schnell verronnen. Die Tür öffnet sich und Dr. Sullivan kommt herein, während er eine seiner großen Hände fest um eine dicke Mappe klammert und um einen vollkommen undurchdringlichen Gesichtsausdruck bemüht ist, als er mir die andere Hand reicht. Er ist klein und ein wenig knuddelig, hat einen Schnurrbart, in dem das graue, im Gegensatz zu dem schwarzen, Haar schon beinahe überwiegt. Sein Haar ist dünn und ebenso grau, doch sein Blick ist wach und konzentriert. Der Blick eines Chirurgen. Sein Lächeln ist schmal, als ich seine Hand ergreife und mein Blick auf die Akte unter seinem Arm fällt. Eine Akte, die für eine 21-jährige viel zu dick ist. Voll mit Blutbildern, Diagnostiken, Laborergebnissen, EEGs und MRTs, dutzende Bilder von CTs und Angiografien, Behandlungsverläufen, Ergebnissen der Bestrahlung und einer ewig lange Liste von all den Medikamenten die sie in mich pumpen.

»Miss Glass«, reißt er mich aus meinen Gedanken und ich schüttele sie ab.

»Oh, bitte nennen sie mich Emilia«, antworte ich unsicher, bevor er auch Vince die Hand gibt, um seinen runden Schreibtisch aus Mahagoni geht und sich in seinen Ledersessel setzt, während das Bein von Vince noch schneller wippt.

Er legt die Akte vor sich, blättert sie jedoch nicht auf, sondern faltet nur seine Hände darüber.

Keine Hoffnung! Kein Wunder! Kein Zaubertrank!

Die Bombe in meinem Schädel wird weiter ticken, erbarmungslos und *unaufhaltsam*.

Genau, wie der Sekundenzeiger dieser Uhr, leise und doch ohrenbetäubend und jedes einzelne, leise Ticken, könnte das letzte sein.

»Nun, die Ergebnisse der Bestrahlung und die Lage und Beschaffenheit des Angioms sind nicht wie ich gehofft und komplizierter, als ich erwartet hatte ...« Er spricht weiter und ich höre die Worte. Eine Aneinanderreihung von medizinischen Fachausdrücken, die ich innerhalb des vergangenen Jahres so oft gehört habe, dass ich sie im Schlaf aufsagen könnte und die ganz egal, wie hochtrabend und kompetent sie sich auch anhören, doch nur auf ein einziges und endgültiges Ergebnis hinauslaufen.

»Es tut mir leid Emilia. Ich wünschte wirklich, ich könnte irgendetwas für sie tun. Ich wünschte wirklich, ich könnte ihnen irgendwie helfen.«

Ich nicke stumm, doch Vince springt auf und holt mich in die Gegenwart zurück. Er läuft durch den Raum wie ein wildes Tier, das man in einen Käfig gesperrt hat, die dunklen Augen auf Dr. Sullivan gerichtet und die Angst in seiner Stimme trifft mich mit jeder Silbe.

»Was soll das heißen? Sie lassen sie... Sie geben sie einfach auf? Das kann doch nicht...« Er rauft sich die Haare »Das darf nicht ...«

Er wird gleich durchdrehen, das höre ich an seiner Stimme und ich halte es nicht mehr aus. Also stehe ich auf.

Sicher und *taub*, bevor ich Dr. Sullivan die Hand reiche.

»Vielen Dank.«

Er steht erschrocken auf und streckt mir seine Hand entgegen, lässt sie jedoch nicht sofort los. Sein Blick ist warm und er legt die zweite Hand über meine. »Es tut mir leid.«

Ich nicke ein weiteres Mal und spüre den Zorn von Vince wie einen heißen Wind im Rücken, bevor er die Tür aufreißt und dahinter verschwindet.

Déjà-vu.

Emmi

Vor dem Fahrstuhl stelle ich mich neben ihn. Er starrt geradeaus und ich spüre, wie die Anspannung von ihm abfällt, zusammen mit seiner Hoffnung und seiner Wut fällt sie erbarmungslos zu Boden. Nun bleibt ihm nicht mal mehr seine Wut und ich hätte nie gedacht, dass es einen Moment geben würde, in dem ich sie mir zurückwünschte, doch genau in diesem Moment, in dem Moment, in dem er völlig emotionslos auf den Knopf starrt, der signalisiert, dass der Fahrstuhl kommt, wünsche ich sie mir zurück. Das Ping des ankommenden Fahrstuhls schneidet die unerträgliche Stille.

Er tritt hinein, ohne mich anzusehen und ich folge ihm schweigend, bevor er auf das E drückt, was direkt nach seiner Berührung anfängt zu leuchten und ich bei dem Gedanken beinahe schmunzeln muss, während sich die Türen schließen.

Genau das hat er mit mir gemacht.

Er brachte mich zum Leuchten.

Der Weg, bis es wieder erlischt, ist nicht lang, aber für diese wenigen Augenblicke brachte er mich zum Strahlen.

Für diesen einen Wimpernschlag war ich außergewöhnlich und ein kleiner Splitter Ewigkeit.

Von ihm berührt zu werden war ein Privileg.

Sein Blick brennt sich völlig reglos in den silbernen Stahl der Türen und ich versuche einfach nur zu atmen, bevor er die Stopptaste drückt und der Fahrstuhl zum Stehen kommt.

Er dreht sich zu mir, während ich die Angst bekämpfe, jeden Moment zu hyperventilieren, weil wir in diesem praktisch luftleeren Bunker stehenbleiben. Sein Gesicht ist völlig kalt und sein Blick ist unergründlich, als er auf mich zukommt, mich gegen die Wand drückt und küsst.

Hart. Hastig. Verzweifelt.

Er schiebt seine Zunge mit solcher Inbrunst in meinen Mund, dass ich keine Chance habe zu widersprechen, während er die Finger in den Bund meiner Leggins hakt und sie fast gewaltvoll von meinen Beinen zieht, um sich im selben Moment vor mich zu knien.

»Vince nicht.«

Ich versuche ihn zurückzuhalten, doch er lässt mich nicht. Er schließt seine Hände wie Handschellen um meine Handgelenke.

»Vince, hör auf«, fordere ich, bevor er flüstert.

»Bitte, lass mich.« Seine Stimme ist tonlos und in ihr schwingt eine Verzweiflung und Mutlosigkeit mit, die auch mich beinahe in die Knie zwingt. Ich lasse meine Hände locker und flehe stimmlos.

»Vince.«

Doch er bohrt schmerzhaft die Hände in das Fleisch meiner Oberschenkel. Es hat nichts von seiner sonst sinnlich festen Berührung. Er versucht, sich krampfhaft festzuhalten, um nicht in dieses schwarze Loch zu fallen, in dem es nichts als die Wahrheit gibt. *Es ist ein Raum ohne Türen.*

Er schafft es nicht, seinen Mund dorthin zu legen, wo er will, bevor er in sich zusammen rutscht. Er vergräbt das Gesicht in seinen Händen, als ein Beben seine Schultern erschüttert und ich dabei zusehe wie dieser Mann, *dieser selbstsichere, unantastbare, wunderschöne Mann,* in sich zusammen fällt wie ein Kartenhaus.

Ich ziehe vorsichtig meine Hose nach oben, bevor auch ich auf die Knie sinke, um ihn so gut wie möglich durch die vierte Phase der Trauer zu bringen. *Depression.* Ich knie mich vor ihn und ziehe ihn sanft an meine Brust, während ich meinen Kopf auf seinen lege und ihm tröstend über den Rücken streiche, obwohl ich doch weiß, dass es niemals genug ist. Wir sitzen hier völlig frei von Zeit und Raum.

Der Inbegriff eines Schwebezustandes.

Er hat sie gefunden, *die Stopptaste,* doch die Welt dort draußen dreht sich weiter, während wir hier liegen und ich an dem Gefühl sterbe, ihn mit in dieses schwarze Meer zu reißen und das Monster, was mich seit einem Jahr begleitet, *nur dieses eine Mal,* irgendwie winzig auf mich wirkt.

Ich halte ihn fest, während er in meinen Armen zerbricht, und versuche, all die Teile festzuhalten und weiß doch, dass es mir nie gelingen wird, ihn jemals wieder zusammenzusetzen.

Emmi

Wir sind eine Blüte,

die sich nicht öffnet,

weil sie das Ende kennt.

– Unbekannt

Wir parken vor unserer Wohnung. Er schaltet in den Leerlauf und starrt völlig emotionslos nach vorn und die schmerzhafte Erinnerung an unseren ersten gemeinsamen Abend, an dem er genauso gefühlskalt nach vorn starrte, bevor er mich praktisch aus dem Auto warf, zerrt erbittert an meinen sowieso schon zum Zerreißen gespannten Nerven. Ich sehe zu ihm rüber, vollkommen unfähig etwas zu sagen, das diesen schwarzen Schatten, der uns wie eine Decke einhüllt und sich immer fester um unsere Brust schnürt zu entkräften.

Ich greife nach dem Griff, der meine Tür öffnet, um auszusteigen, doch ich kann mich nicht rühren.

Genau wie er sitze ich in diesem Auto, die Beine bleischwer, während die Stille der Wirklichkeit durch den Wagen hallt. Ich atme aus, öffne die Tür und steige mit einem Bein aus dem Auto, *obwohl es sich anfühlt, als wäre es tonnenschwer.*

»Kommst du?«, frage ich heiser, weil meine brüchige Stimme versagt, doch er starrt einfach weiter nach vorn und umgreift das Lenkrad so stark, dass seine Fingerknöchel, *die schon völlig vernarbt sind,* deutlich hervortreten. Seit seinem Zusammenbruch im Fahrstuhl hat er kein einziges Wort gesagt oder mich auch nur angesehen. Es ist, als würde er stumm schreien, bevor er den Kopf sinken lässt und in den Fußbereich starrt.

»Ich komme … nach.«

Seine Stimme ist sanft, doch sein Tonfall hart wie Eisen.

Meine Brust zieht sich so fest zusammen, dass mir sämtliche Luft entweicht. Ich starre ihn an. Kann mich nicht bewegen. Nichts sagen. Keine Worte dieser Welt würden diese Situation besser machen. Es gibt nichts zu sagen und genau das ist der Moment, in dem etwas in mir zerbricht.

Ich kann die Splitter in meiner Stimme hören, als ich kaum merklich nicke, und »Okay« flüstere, während ich aussteige, die Tür schließe und wie betäubt dabei zusehe, wie er davon fährt.

Emmi

Es tut weh, sagt das Herz,
es wird vergehen, sagt die Zeit.
Doch ich komme immer wieder,
sagt die Erinnerung.
– Unbekannt

Ich bringe all die Kraft auf, die ich noch habe, um in den Fahrstuhl unseres Wohnhauses zu steigen. Zu warten, bis er angekommen ist. Auszusteigen und den Gang zu unserer Wohnung zu gehen. Die Tür aufzuschließen und sie hinter mir wieder zu schließen. Ich atme tief ein und merke, wie der Schmerz und die Leere in meinem Herzen sich wie ein Tsunami an die Oberfläche kämpft, während ich krampfhaft versuche den Deckel auf dieses brodelnde Gemisch in meinem Inneren zu drücken. Ich lasse die Tasche von meiner Schulter sinken und zu Boden fallen, bevor mein Blick auf die immer noch wirren Blätter auf dem Küchenblock fällt.

Die Berichte, Auswertungen und Diagnosen, die mich genau zu diesem Punkt gebracht haben und meine stumpfe Trauer und der Schmerz, die Angst und Hilflosigkeit wandeln sich in ein einziges Gefühl. *Wut.* Ich laufe zu diesen losen Blättern, die ungelesen so harmlos wirken.

Es ist nur ... *einfaches Papier,* doch beherbergt es mein ganzes kaputtes Leben und das erbarmungslose Ziel, was jedes einzelne dieser verfluchten Worte darauf heimtückisch verfolgt. Ich fege sie tobend von dem Tresen und schreie.

Ich schreie. Ich schreie all die Ungerechtigkeit heraus, bis ich keine Kraft mehr habe, während ich Seite für Seite zerreiße und wild durch die Wohnung werfe, hysterisch und blind, während Trauer meine Augen füllt und die umherfliegenden Fetzen aus Papier zu einem weißen Nebel verschwimmen, bevor der Orkan abebbt und mich kraftlos zurücklässt, während ich den Rücken an die Theke presse, und daran zu Boden sinke, weil meine Beine endlich aufgeben und ich in meine Hände schluchze, die ich mir vor den Mund halte.

Und dann heule ich, gebe bebende, erstickte Schluchzer von mir. Ich weine, bis mir das Gesicht wehtut und das Schluchzen in meinem Hals brennt wie ein Brandeisen und ich vor meinen bebenden Schultern kaum noch Luft bekomme.

Ich nehme mein Longshirt und wische mir damit zitternd über das Gesicht, während ich mich an der Theke festkralle und nach oben ziehe, bevor das Monster mich völlig überrollt, denn ich weiß, die Zeit ist gekommen, in der ich es nicht mehr aus seinen Klauen schaffe. Ich greife nach meiner Tasche am Boden und verlasse unsere gemeinsame Wohnung, die ohne ihn nur ein riesengroßes Denkmal für unsere gemeinsame Zeit ist und die, *da bin ich sicher,* jede Sekunde bis auf die Grundmauern zusammenstürzt.

Vince

Es klopft,

es bricht,

es liebt,

es schmerzt.

Für sie.

Nur für sie.

— Perry Poetry

Ich hätte etwas sagen müssen… *Irgendwas!* Doch ich konnte nicht. Als wären all die ungesagten Worte in meiner zugeschnürten Kehle gefangen. Ein undurchdringlicher Nebel in meinem Hirn, der mich daran hindert zu denken. Gedanken zu fassen und Worte zu formulieren und all das ist einzig und allein dem Frust geschuldet, dass uns keine Zeit bleibt. Dass das Innere dieses Wagens von Sekunde zu Sekunde näherkommt und mir die verdammte Luft abschnürt.

Es ist fast so, als würden sich meine Eingeweide nach außen stülpen. Ein dumpfer, schwarzer Schmerz, der an meinen Eingeweiden zerrt und mein Herz so schnell und unregelmäßig gegen meine Rippen schlagen lässt, dass es sich anfühlt, als wäre es ein Tier, das rauswill, während mein Atem rau und abgehackt geht und ich das Gefühl nicht los werde, dass ich gerade eine beschissene Panikattacke bekomme.

Ich fahre rechts ran. Das Blut rauscht durch meine Adern und Ohren, wie auf Speed, als ich auf das Lenkrad einschlage, doch es hilft einfach nicht. Das hier ist nicht die übliche Wut.

Das hier ist nicht der übliche Schmerz. Das hier … stellt mich vor eine unüberwindbare Herausforderung.

Ich bin dafür nicht stark genug.

Ich lasse den Kopf gegen die Rückenlehne sinken und schließe die Augen und versuche irgendwie … *Keine Ahnung.*

Ich muss das auf die Reihe kriegen, bevor ich zu ihr zurückgehe … *irgendwie.*

Ich halte es mit mir allein nicht aus und ertrage den Zustand der Stille nicht. Es gab wirklich einen Moment … einen winzig kleinen dämlichen Moment, in dem ich dachte, alles würde gut werden.

Ein Moment, in dem ich Hoffnung hatte.

Wie dumm von mir.

Ich schlage den Kopf noch einmal an das Kopfteil und öffne die Augen, bevor ich durch die Fensterscheibe des Beifahrersitzes sehe, der nun leer ist. Genau wie mein beschissenes Herz, als ich ein abgewetztes Neonschild sehe, auf dem das Wort *Cocktails* prangt.

Emmi

Es ist immer am dunkelsten, kurz bevor es dämmert.
– Florence Welch

Ich hätte gehen sollen. Ich hätte in dem Moment gehen sollen, in dem mir klar wurde, dass er alles für mich ist.

Ich hatte nicht das Recht, ihn an mich zu binden. »*Ich werde dir das nie verzeihen!*« Seine Worte schallen von dem Meer aus Dunkelheit, das alles abseits dieses Weges verschluckt, zu mir zurück. Ich wollte allein sein. Ich brauchte frische Luft.

Keine Wände, die mich erdrücken. Keine Menschen, die mich mit ihrem verdammten Glück verhöhnen oder mir ansehen, dass ich am Ende bin und mich bemitleiden.

Doch hier am Ende der Welt, wo es wirklich nichts gibt außer Finsternis und dem Echo meiner eigenen verdammten Schritte, mache ich es meinem Monster wirklich leicht.

Das ist praktisch ein Heimspiel.

Aber es stürzt sich nicht auf mich. Wahrscheinlich tue ich mittlerweile sogar ihm leid. »*Dass du mich dazu gebracht hast, dich zu lieben.*« Der Wiederhall seiner Worte treibt mir einen stechenden Schmerz in meine Brust, als ich den beigefarbenen Trenchcoat am Kragen hochraffe und mein Gesicht darin vergrabe, als könnte er mich vor der Kälte schützen, die mich von innen heraus erfasst.

»Ziemlich unklug, sich um so eine Zeit an einem so finsteren Ort herumzutreiben, meine Hübsche.«

Ich erstarre. Diese Stimme ist wie ein Giftpfeil im Rücken und ein Schauer kriecht über meinen Körper, während ich mich zwingen muss, mich umzudrehen und zwar richtig, richtig langsam und als das getan ist, fällt mein Blick auf metallisch graue Augen, die mich fixieren und unter denen sich ein grausames, triumphierendes Lächeln abzeichnet, als er sagt: »Wo ist Loverboy?«

Vince

Zeig mir einen Helden und ich schreibe dir eine Tragödie.
– F. Scott Fitzgerald.

Es ist nicht unbedingt eine klassische Kneipe, in der ich mich Minuten später wiederfinde. Es ist eine Mischung aus Bar und Café und anstatt mich an die gemütlichen Holztische mit gedämpften Licht zu setzen, an denen eine Handvoll dämlicher Hipster mit Laptops sitzen, *was wahrscheinlich an dem kostenlosen W-lan liegt,* bin ich auf direktem Weg zur Bar und lasse mich auf einem der Hocker am Tresen nieder. Der Typ dahinter ist ein Kerl wie ein Baum mit einem zu engen Shirt und Stiernacken. Er wendet sich zu mir und seine warmen Augen verraten ihn. *Harte Schale, weicher Kern.*

»Was darf's denn sein?«, fragt er rau, als er mir einen Untersetzer hinwirft. *Eine gute Frage.*

Ich weiß, dass ich mich wie der egoistische Arsch verhalte, *der ich nun mal bin,* wenn ich sie jetzt allein lasse, mich hier hinsetze und volllaufen lasse ... *und das will ich nicht.* Ich will für sie da sein, nur hab ich keine verdammte Ahnung, wie ich das anstellen soll. Ich kann diesen Gedanken einfach nicht zulassen, *nicht ohne Hilfe.*

»Whisky«, antworte ich und meine Stimme ist hohl, eine leere, verwüstete, ausgehöhlte Imitation meiner selbst.

»Harter Tag?«, fragt er, während er mir den Whisky vor die Nase stellt und ich abfällig grunze: »In letzter Zeit, scheint es keine anderen mehr zu geben« und mit diesen Worten stürze ich den Whisky runter.

Er zögert nicht, bevor er das Glas wieder auffüllt, doch ich sehe ihn nicht an. Mein Blick verliert sich in der bernsteinfarbenen Flüssigkeit, die mir immer geholfen hat, wenn alles Scheiße war, was eigentlich *immer* war ... nur dieses Mal ...ist alles anders.

Ich habe mich immer gefragt, ob sie mich in den Abgrund reißen oder mich retten würde. *Sie hat mich gerettet,* damit der Sturz in den Abgrund spektakulär wird.

Das große Finale meines beschissenen Lebens, das mir ins Gesicht lacht, während es sein Meisterstück präsentiert.

Es ist wie dieses beschissene Maulwurfsspiel, bei dem man mit einem Hammer in der Hand darauf wartet, bis dieser seinen Kopf aus dem Loch steckt, bevor man ihm den verdammten Schädel einschlägt, nur dass ich dieser Maulwurf bin. Das Leben hält den Hammer und sie ist der Sonnenstrahl, der mich, obwohl ich es besser weiß, an die Oberfläche zieht, nur um dann auf brutalste Art und Weise herauszufinden, dass Hoffnung scheiße ist.

Ich ziehe das Polaroid aus meinem Portemonnaie.

Ich hab es immer bei mir.

Sie strahlt, während sie mich ansieht.

Sie ist der Sonnenstrahl, der mich aus meinem Loch gelockt hat.

Ich streiche gedankenverloren über ihr vollkommenes Gesicht. »Und weißt du was? Das war's wert.«

»Wie schafft man etwas so Schönes, das von Anfang an zum Scheitern verurteilt ist?«, reißt der Barkeeper mich aus meinen Gedanken und ich schaue ihn erschrocken und irritiert an, doch er deutet auf eine dieser extravaganten Espressomaschinen, die heißen Dampf ausströmt, quietscht und brodelt, bevor aus der Öffnung, aus der eigentlich der Kaffee fließt, dickflüssiger, schwarzer Teer tropft.

»Dazu muss man hinterhältig oder ahnungslos sein«, fügt er kopfschüttelnd hinzu und die Ironie dieser Bemerkung lässt mich in der Bewegung verharren, während ich beobachte, wie er versucht, sie zu reparieren. Es wird ihm nicht gelingen.

Wie schafft man etwas so Schönes, das von Anfang an zum Scheitern verurteilt ist.

Ich streiche über ihr perfektes Gesicht ... *Etwas so Schönes* darf einfach nicht zum Scheitern verurteilt sein.

Sie darf nicht so krank sein.

Ich krümme mich, denn der Schmerz der sich in mir nach oben kämpft, wenn ich auch nur in Betracht ziehe, diesen Gedanken zu zulassen, ist einfach zu schlimm, um ihn auszuhalten. *Ich darf sie nicht verlieren.*

Das verdammte Leben durfte einfach nicht so unfair sein.

Meine Brust fühlt sich an wie mit Beton gefüllt und mir ist schon wieder zum Heulen zumute. Bevor ich sie traf, habe ich das letzte Mal geweint, als ich zehn war, aber jetzt könnte ich es wieder tun. *Für sie.* Ich würde am liebsten schreien und irgendwas kaputtmachen oder all die falschen Dinge tun ...

Doch nichts davon würde irgendetwas ändern und das Geräusch einer eingehenden Nachricht reißt mich aus den Gedanken, die mich langsam aber sicher in den Abgrund reißen ... *doch es ist keine Nachricht.*

Tonlos rutscht mir das Glas aus der Hand und zersplittert auf dem Boden in tausend kleine Scherben.

Einen Moment lang kann ich mich nicht rühren.

Nicht denken. Nicht mal atmen verdammt.

Wegen des Bildes auf meinem Display.

Wegen des *Fotos.*

Ein Foto von ... *Emmi.*

Doch dieses Mal strahlt ihr Gesicht nicht.

Nein, sie hat ... *Angst!*

Wo ist sie?

Wer zum ...?

Ich schaue auf den Absender und es ist, als würde mein gesamtes Inneres zu Staub zerfallen.

Ich bin völlig bewegungsunfähig.

Als wäre ich in einer eisernen, tonnenschweren Statue gefangen. Meine Knie werden weich, während sich die gesamte Bar zu drehen beginnt und mein verfluchtes Herz erstarrt. Ich will Luft holen, doch als eine weitere Nachricht aufleuchtet, scheint es keine mehr zu geben. Es ist ein Satz ... nur ein simpler Satz, der dafür sorgt, dass sich der Boden unter meinen Füßen auftut.

Keenan Peyton:

»Du hast mir mein Lebensinhalt genommen. Jetzt nehme ich dir deinen!«

Und ich falle.

Emmi

Erlaube den Sternen, dich daran zu erinnern,
warum Dunkelheit notwendig ist.
– Mansi

Ich kann mich nicht rühren. Meine Beine sind am Boden festgeklebt und bleischwer. Er war von Anfang an angsteinflößend, aber jetzt steigt sein bösartiges Grinsen in die nächste Liga auf, während von seinen messerscharfen grauen Augen nur noch ein kleiner Ring zu sehen ist, was seinen Blick noch unheimlicher macht. *Seine Pupillen sind riesig!*

Er ist vollkommen zugedröhnt und meine Kehle schnürt sich zu. Er neigt den Kopf und mustert mich. Er wartet.

Er hat mich was gefragt.

»Er müsste gleich hier sein«, wispere ich krächzend, während die Angst, die mir langsam, aber sicher den Nacken hochkriecht, deutlich darin zu hören war.

Und er atmet hörbar aus. *Erleichtert?*

Weil er weiß, dass es eine Lüge war, doch sein Grinsen ist beinahe kaltblütig, während seine Augen sich verengen. »Das glaube ich nicht.«

Ich atme zitternd ein und nicke leicht, während ich meine Beine anflehe sich zu bewegen. »Du… du hast recht«, antworte ich brüchig, während die Angst mir die Stimme nimmt und ich über meine Schulter deute.

»Er ist spät dran, ich sollte nachsehen …«

»Schon gut, Kleines«, unterbricht er mich ruhig und herausfordernd, als er sein Handy aus der Tasche zieht. »Ich sag ihm, dass ich hier mit dir warte«, bei diesen Worten zieht sich mein Magen schmerzhaft zusammen und der kleine Verdacht, dass das hier übel ausgehen könnte, wird immer größer. Er hat das geplant.

Er hat uns beobachtet.

Die ganze Zeit und jetzt … Ein Blitz reißt mich aus dem Strudel meiner aufkommenden Panik. »Gott, du bist wirklich wunderschön«, raunt er, als er das Foto auf seinem Handy ansieht, das er gerade gemacht hat und ich denke an den Weg, von dem ich gekommen bin und daran, dass dort keine Menschenseele weit und breit ist, zu der ich schnell genug gelangen würde, wenn ich jetzt losrenne. Gott, ich sollte einfach gehen, das hier ist kein verdammter Thriller:

Obwohl mich das Gefühl nicht loslässt, dass es ziemlich nahe dran ist und seinem Blick nach zu urteilen, genießt er es, der Böse zu sein.

»Okay, ich sollte dann langsam …« Ich nicke hinter mich und meine Beine schaffen es tatsächlich einen Schritt zu machen, bevor er mich am Arm packt.

»Hey, nein, warte Kleines, wir feiern jetzt …«

Ich sehe ihn an und er hebt provokant die Brauen, ohne mich loszulassen. »Du weißt schon … meine wiedergewonnene Freiheit und die Tatsache wie herzergreifend sich dein Freund Vincent für mich eingesetzt hat. Ja der liebe Vince war sogar so nett und hat mein Mädchen getröstet, als ich weg war …«

Er kommt näher und seine Augen sind kalt und scharf.

»Da scheint es doch nur fair, dass ich mich ein bisschen um seins kümmere.«

Er fährt mir mit der Handfläche über das Gesicht und ich weiche zurück, doch er hält mich fest und zieht mich noch näher an sich. Fest und aggressiv und mir läuft es eiskalt den Rücken runter. Mein Herz fängt an zu hämmern und meine Hände zittern, als ich versuche ihn von mir zu schieben.

»Nein, lass mich los …«

Er schüttelt belustigt den Kopf.

»Was, Vince bekommt das Sahnestück und ich bekomme gar nichts?« Sein Griff ist wie ein Schraubstock, eng und schmerzhaft, während er von Sekunde zu Sekunde fester wird und das Blut, das durch meine Adern rauscht, wie ein Donnern in meinen Ohren dröhnt. Ich versuche, ihn mit aller Kraft von mir zu stoßen und als er anfängt meinen Hals zu küssen, schlage ich nach ihm, doch sein Griff wird immer kräftiger. Ich werde blind vor Panik. Ich kann nicht denken, als sein warmer Atem über meinen Hals wandert, also tue ich das, was mir als erstes in den Sinn kommt ... ich trete ihm mit voller Wucht, dahin, wo es wehtut und er lässt los.

»Du verfluchtes Miststück«, kreischt er, als er sich den Schritt hält und ich laufe los. Ich kann nichts sehen.

Ich weiß nicht wohin. Ich bekomme keine Luft.

Ich höre nur mein Herz, dessen Schlag in meinen Ohren hallt, als er mich von hinten packt und mit sich reißt.

Der Aufprall ist hart und jagt mir sämtliche Luft aus den Lungen, doch bevor ich wieder Luft holen kann, versuche ich aufzustehen, aber er umgreift augenblicklich meinen Hals und zieht mich daran zurück, bevor er mich würgend festhält.

»Nein«, flehe ich.

»Du wirst jetzt schön brav sein«, raunt er.

»Nein!« Ich schlage auf seine Brust ein und sein Lachen darüber ist bestialisch, bevor er schließlich meinen Hals loslässt und ich nach Luft schnappe, während er meine Hände neben meinem Kopf festhält, sich auf mich setzt und küsst. Ich versuche, den Kopf wegzudrehen und er schnaubt frustriert, woraufhin er meine Hände mit einer Hand über meinem Kopf fixiert und sein ganzes Körpergewicht darauf stützt. Seine Finger bohren sich in meine Wangen, als er seine widerlichen Lippen wieder auf meine presst und als er seine Zunge in meinen Mund drängt, beiße ich mit voller Kraft zu, woraufhin er seine Stirn mit voller Wucht gegen meine schlägt und ich aufhöre mich zu wehren, während die Geräusche in den Hintergrund verschwimmen, genau, wie sein drohender Umriss über mir und die Angst um mich herum.

Ich merke, wie etwas Warmes über meine Stirn läuft und alles in einen Nebel taucht, während er meine Jacke aufreißt und den Saum meines Kleides hochschiebt.

»Nicht!« Meine Stimme ist tonlos, als ich kraftlos versuche seine Hände wegzuschieben, doch er lacht nur gehässig, als er auf mich herabblickt.

Er hat Blut an der Stirn.

Mein Blut!

Sein Blick ist kaltblütig.

»Oh, das wird Vinces kleines Herz brechen, weißt du, er hat noch nie gerne geteilt.«

Seine Stimme klingt rau, als er seine Finger unter meinem Kleid schiebt und in den Bund meiner Strumpfhose hakt.

Meine Arme und Beine werden taub, als er seinen Mund an mein Ohr legt und mich sein warmer Atem trifft, kurz bevor ... er von mir gerissen wird.

Mir ist schlecht.

Ich kann mich nicht rühren und als wieder jemand über mir auftaucht, zucke ich zusammen.

»Emmi?«

Ich öffne die Augen ... meine Wimpern sind nass und schwer und ich muss ein paar Mal blinzeln, doch dann sehe ich ihn ...Vince. Er ist hier und ich bin erleichtert, als sein wunderschönes Gesicht an Schärfe gewinnt, kurz bevor es mir das Herz zerreißt. Er legt mir die Hand auf die Stirn und sein Blick ist voller Schmerz und Bedauern, es erreicht den Teil von mir, der noch nicht vor Erschöpfung streikt und dann ist es ... als würde er einen Schalter umlegen.

Alle Emotionen in seinem Gesicht werden starr und kalt, bevor Wut sein Gesicht verzerrt, und zwar auf einen Art und Weise, wie ich es noch nie gesehen habe und wieder ist es Panik, die in mir aufkeimt

»Nicht«, flüstere ich, als er seine Hand von meiner Stirn nimmt und aus meinem Blickfeld verschwindet. *Nein!*

Ich drehe den Kopf zur Seite und versuche mich aufzurichten, doch diese Bewegung färbt alles in ein weißes, gleißendes Licht und ich drehe mich auf den Bauch, lege den Kopf auf meine Unterarme und bete nicht das Bewusstsein zu verlieren. Mein Blick ist verklebt von Blut und Tränen, doch der graue Nebel lichtet sich, als ich sehe, wie Keenan nach dem Stoß von Vince aufsteht und eine Pistole aus seinem Hosenbund am Rücken zieht und ... auf Vince richtet.

Oh mein Gott.

»Okay, du kommst jetzt wieder runter«, warnt er ihn.

»Was sonst? Knallst du mich ab?« fragt Vince zwischen zusammengebissenen Zähnen.

»Wie das hier ausgeht liegt an dir. Ob du dich jetzt auf der Stelle verpisst oder nicht.« Keenan tritt noch einen Schritt auf ihn zu, bevor er zischt. »Verpiss dich King! Das kannst du doch am besten, zeig ihr, wer du wirklich bist«, höhnt er und mir läuft der Speichel im Hals zusammen, während sich mein Magen verdreht. Doch dann hebt Vince abwehrend die Hände und geht zwei Schritte zurück.

»Ja, ganz genau«, sagt Keenan gehässig. »Sieh gut hin Süße«, lacht er, als Vince sich von ihm abwendet und er die Waffe sinken lässt. »Er würde dich sofort verkaufen, um seinen eigenen Arsch zu retten.«

Er zeigt auf mich, doch bevor er noch ein weiteres Wort sagen kann, nutzt Vince die Gelegenheit und stürmt auf ihn zu. Er rammt ihm seine Schulter in den Bauch und nimmt ihm mit einer Bewegung den Boden unter den Füßen, bevor er ihn mit voller Wucht wieder darauf knallt. Er holt mit seinem gesamten Körper aus, bevor seine Faust in das Gesicht von Keenan prallt und ich ein knirschendes Geräusch wahrnehme, als er ein zweites Mal mit aller Kraft auf sein Gesicht einschlägt und wieder und wieder ... und wieder, während ich Angst habe, dass er ihn umbringt.

Ich sehe mich suchend nach meiner Tasche um, sie liegt etwa fünf Meter weiter weg, der gesamte Inhalt ist auf der umherliegenden Wiese verteilt und das Handy liegt, genau vor einem riesengroßen Stein und ... *neben der Waffe*, die Keenan aus der Hand gefallen ist, als Vince ihn zu Boden warf.

Ich versuche, mich auf die Unterarme zu stützen und zu dem Handy zu krabbeln, als Keenan versucht Vince abzuwehren und vom Boden aufzustehen, doch Vince greift in das völlig blutverschmierte Gesicht von Keenan und rammt seinen Schädel auf den Boden, einmal, zweimal.

»Vince, nicht.«

Doch meine Stimme wird vom Wind fortgetragen, als er ihn ein drittes und viertes Mal auf den Boden rammt, bevor seine Arme müde werden und er anfängt auf ihn einzutreten.

Ich kann nicht erkennen, ob Keenan noch bei Bewusstsein ist, als ich fast bei der Tasche bin, doch in diesem Moment, rafft sich Keenan auf und rammt Vince von unten die Schulter in den Magen und wirft ihn zu Boden, bevor er ihm in sein Gesicht tritt. In dieses wunderschöne makellose Gesicht, aus dem das knirschende Geräusch von Knochen kommt, gefolgt von blutiger Spucke.

Kurz bevor Keenan noch einmal zutritt.

»Aufhören«, schreie ich, während er sich auf Vince kniet und anfängt ihn mit seinem ganzen Körpergewicht zu würgen. Ich bin fast da, als Keenan sich suchend umschaut.

Er sucht die Waffe.

Ich sehe sie.

Nein!

Ich muss nur noch einmal die Hand ausstrecken, *doch er ist schneller* ... Aber er greift nicht nach der Waffe.

Er greift nach dem Stein. Bevor er Vince in die Haare greift und mit dem riesigen Stein ausholt.

Er ist nur einen Meter von mir entfernt, *doch ich kann ihm nicht helfen.* Alles passiert, wie in Zeitlupe und dann rasend schnell. *Wie Lichtblitze.*

Das blutverschmierte Gesicht von Vince.

Die blutige Hand von Keenan.

Dieser kiloschwere Stein.

Nach oben gestreckt.

Er holt aus.

Vince rührt sich nicht.

Er wird ihn umbringen.

Mein Herz schlägt so laut, dass ich meine Gedanken nicht hören kann.

Panik.

Was soll ich tun?

Pure Panik und dann ... *ist alles still!*

Alles hält in der Bewegung inne.

Völlig zeit- und lautlos.

Kein einziges Geräusch bis auf das ohrenbetäubende Knallen und dem Klang von reißendem Metall, das durch Fleisch, Blut und Knochen dringt.

CPSIA information can be obtained
at www.ICGtesting.com
Printed in the USA
LVHW090909211020
669386LV00002B/276